Annette John

Das Geheimnis des Rosenhauses

Annette John

Das Geheimnis des Rosenhauses

Hexenroman

BELTZ
& Gelberg

Annette John, geboren 1951, studierte Germanistik und Romanistik und lebt heute in Saarbrücken. *Das Geheimnis des Rosenhauses* ist ihr erster Roman.

www.beltz.de

Lektorat Susanne Härtel
Neue Rechtschreibung
Einbandbild: Eva Schöffmann
Einbandtypografie: Max Bartholl
Satz und Bindung: Druckhaus »Thomas Müntzer«,
Bad Langensalza
Druck: Druck Partner Rübelmann, Hemsbach
Printed in Germany
ISBN 978-3-407-81018-2
1 2 3 4 5 11 10 09 08 07

1. Kapitel

Es war ein schon später Nachmittag, als die alte Vettel Jovinda den Unterricht für beendet erklärte. »Alte Vettel« war der Hassname, mit dem die Kinder Jovinda belegten, und heute hatte die Alte ihn redlich verdient, fand Lulu. Sie wusste nicht, was eine Vettel war, und sie war sich ziemlich sicher, dass ihre beiden Mitschüler und Leidensgenossen es ebenfalls nicht wussten. Aber alte Vettel klang gut. Schön böse. Es klang nach Fett, Falten, Schmutz und anderen unappetitlichen Dingen. Passend für Jovinda, die sie den ganzen langen Tag gequält hatte mit dem langweiligsten aller Unterrichtsstoffe: Genealogie oder Stammeskunde, die Geschichte der großen Hexenfamilien.

Eigentlich hatte Lulu sich auf dieses Fach gefreut, sie hatte geglaubt, etwas darüber zu erfahren, wie die Hexen und ihre Kinder in den vergangenen Jahrhunderten gelebt hatten. Aber bei Jovinda klang das so: »Und Tavinia gebar Loren. Und Loren gebar Wieken und Salen und Tavinia-Nina. Und Tavinia-Nina gebar Einar, Wineta und Nassia. Und Wineta gebar Sandrina, doch Nassia hatte keine Kinder. Und Sandrina gebar …«

So ging es weiter und weiter und weiter. Stundenlang saßen sie in Jovindas stickiger Stube und wiederholten im schläfrigen Singsang endlose Reihen von Namen, die der Hexenmütter, Hexentöchter, Hexensöhne, während Jovinda mit ihrer Krücke den Takt dazu auf den Boden klopfte und wie ein Schießhund aufpasste, dass sich keiner ihrer Schüler versprach. Geschah es doch einmal, so wandte sie sich mit einer Blitzesschnelle, die niemand ihrem schwerfälligen Körper zugetraut hätte, dem Unglücksraben zu und zwickte ihn mit scharfen Fingernägeln ins Ohr, was höllisch wehtat, und alle mussten wieder von vorne beginnen. Den kleinen Colin hatte es heute schon viermal getroffen, sein rechtes Ohr leuchtete wie eine Laterne. Er konnte kaum noch die Tränen zurückhalten, schniefte und wischte sich ständig mit dem Handrücken glänzende Tropfen von der Nasenspitze.

Vettel, dachte Lulu hasserfüllt, widerliche, alte Vettel! Doch sie schlug die Augen nieder und machte ein Gesicht wie ein Engel, denn sie fühlte Jovindas harten, wässrigen Blick auf sich.

»Schluss für heute«, verkündete Jovinda. »Colin und Bertha können gehen. Ludovica, du bleibst noch hier. Ich habe mit dir zu reden!«

Mist! Lulu sank in sich zusammen. Colin und Bertha schossen von ihren Stühlen hoch, flitzten, ohne einen Blick auf die unglückliche Lulu zu riskieren, aus der Stube, aus dem Haus, und erst als sie über den Hof und den äußeren Ring hinaus und in Sicherheit waren, hielten sie kurz inne, drehten sich um, riefen ein dünnes »Wiedersehen, Madame Jovinda!«, und verschwanden kreischend vor Erleichterung im Schatten der hohen Bäume.

In der Stube wurde es sehr still. Die Wanduhr seufzte. Evchen, Jovindas fette Katze, sprang mit einem lautlosen Satz auf den Tisch, blieb mit zuckendem, hoch erhobenem Schwanz stehen und starrte Lulu unverwandt an. Jovinda sah zum Fenster hinaus, in die Richtung, in die ihre beiden Schüler verschwunden waren. Endlich drehte sie sich um und stampfte unwillig mit ihrer Krücke auf den Boden.

»Keine Manieren«, schimpfte sie. »Diese beiden haben keine Manieren. Aber ich nehme es ihnen nicht übel. Sie sind Bauernkinder, von ihren Eltern hergeschickt, damit sie ein paar Zaubersprüche lernen für den Garten und das Feld und vielleicht, um hin und wieder ein krankes Stück Vieh zu kurieren.«

Und was sie wirklich lernen, sind sinnlose Reihen von Namen und wie man es anstellt, vor Langeweile nicht zu sterben, dachte Lulu.

»Evchen kann deine Gedanken hören«, sagte Jovinda.

Lulu erschrak. Evchen setzte sich und begann, hektisch ihr Brustfell zu lecken. Lulu wollte nicht glauben, was Jovinda gesagt hatte, allerdings benahm Evchen sich genau so, wie Katzen sich benehmen, wenn sie bei etwas ertappt worden sind.

»Vettel«, sagte Jovinda, »ist eine verächtliche Bezeichnung für eine alte Frau. Heißt so viel wie liederliches, schlampiges, schmutziges, altes Weib.«

Dann war ich ja nah dran, dachte Lulu trotzig.

Wieder stampfte die Krücke auf den Boden. »Ich bin eine Hexe und keine schlechte. Glaubst du, ich könnte nicht, wenn ich wollte, genauso schön und jung aussehen wie deine Mutter? Ja, deine Mutter, die schöne, ewig junge Graviata. Ich weiß, wie alt sie wirklich ist, sogar ziemlich genau. Doch das ganze Land, selbst der Palast liegt ihr zu Füßen, weil sie keinen Tag älter als zwanzig aussieht. Als ob das etwas Besonderes wäre. Sie ist eine Hexe, genau wie ich. Sie verkauft ihre Sprüche, ihre Wässerchen und lässt die Leute jung und schön aussehen. Na und? Firlefanz ist das. Unwichtiger, unnötiger Firlefanz!«

Sie spuckte ein bisschen, als sie »Firlefanz« sagte. Lulu überlegte, was Firlefanz war, sie wusste es nicht. Nichts Gutes vermutlich.

»All diese Sprüche und Wässerchen, die kenne ich auch«, fuhr Jovinda fort. »Doch ich wende sie nicht an. Evchen und ich haben schon vor langer Zeit beschlossen, in Würde zu altern.«

Sie betonte das Wort Würde. Als ob Lulus Mama kein Krümelchen Würde besäße, nur weil sie auf ihr Äußeres hielt. Aber Graviata musste jung bleiben. Ihr Aussehen war ihre Reklame, Jugend und Schönheit waren ihr Geschäft, ein gutes Geschäft, das sie bis in den Palast gebracht hatte und sie alle ernährte. Einschließlich Jovinda, die für ihren langweiligen Unterricht ein saftiges Schulgeld von Graviata bezog.

»Glaubst du nicht auch«, fuhr Jovinda fort, »dass eine Frau, selbst eine alte Hexe, das Recht hat, so zu sein, zu leben und auszusehen, wie sie es für richtig hält, ohne dafür ein hässliches Schimpfwort hinnehmen zu müssen, das vermutlich vor einigen hundert Jahren von ein paar arroganten jungen Schnöseln erfunden worden ist?«

Du liebe Güte, jetzt kam die alte Vet… äh … Dame ja richtig in Fahrt. Lulu wusste nicht so recht, was sie von Jovindas Vortrag halten sollte und ob sie ihn überhaupt verstanden hatte. Lulu war elf und die Probleme von alten Leuten waren ihr irgendwie schnurz. Jovinda war uralt. Lulus Mama war auch alt, zwar schön, aber alt. Sogar Rafaela, Lulus Schwester, war alt. Und die war gerade mal vierzehn. Beneidenswert alt, aber alt.

Jovinda seufzte.

»Stammeskunde gehört seit Jahrhunderten zur Schulbildung. Jede gebildete Hexe hat als Kind die Namen der großen Hexenmütter auswendig gelernt und kann sie vermutlich noch auf dem Totenbett hersagen. Und genauso wie wir haben die Magier und die Gelehrten ihre Stammväter und -mütter, die sie in Ehren halten und deren Namen sie in ihre Bücher schreiben. Wir Hexen schreiben nicht, wir lernen auswendig. Du wirst in deinem Leben noch Tausende und Abertausende von Sprüchen und Rezepten lernen müssen, da ist die Genealogie ein gutes Training. Und wenn Gedächtnistraining für ein Hexenkind gut ist, warum sollte es dann für Bauernkinder schlecht sein? Auch sie werden sich anstrengen müssen, all das zu behalten, was ich ihnen im kommenden Herbst beibringen werde.«

Lulu rutschte unbehaglich auf ihrem Stuhl hin und her. Es gab nun keinen Zweifel mehr: Jovinda kannte ihre Gedanken. Ob von Evchen oder ob die Alte selbst in den Köpfen anderer Leute horchen konnte, war egal. Lulu fühlte sich ertappt. Kalt erwischt. Wenn sie ein Brustfell gehabt hätte wie Evchen, hätte sie hektisch daran zu lecken begonnen.

»Ich weiß selbst nicht, warum ich dir das alles zu erklären versuche«, brummte Jovinda missmutig. »Erstens verstehst du nichts und zweitens legst du keinen Wert auf meine Erklärungen. Es ist ...« Mit einer herrischen Bewegung brachte sie Lulus Beteuerungen zum Schweigen, dass sie sehr wohl verstehe und auch Wert lege auf Erklärungen und all so was – und das bevor Lulu auch nur einen Laut hatte von sich geben können. »Es ist nur so, dass Evchen etwas an dir aufgefallen ist. Du trägst den Schein.«

Lulu brach der Boden unter den Füßen weg, bildlich gesprochen. Er brach nicht wirklich weg, sie hatte nur das Gefühl, er täte es.

»Du liebe Güte!«, rief Jovinda. »Reiß dich ein wenig zusammen, du bist ja weißer als ein Käsekloß. Und schau mich nicht mit diesen riesigen, schwarzen Augen an, als hätte ich dir ein Messer in die Brust gestoßen. Da!«

Sie schnippte mit dem Daumen und vor Lulu erschienen ein Becher und ein Tonkrug.

»Trink was!«, befahl Jovinda. »Das Wasser ist frisch und kühl.«

Der Becher war schon voll eingeschenkt, dafür war Lulu

dankbar. Sie hätte es nicht geschafft, sich selbst aus dem Krug zu bedienen. Ihre Hände zitterten so stark, dass sie den Becher kaum zum Mund brachte, und ein Teil des Wassers schwappte auf die Tischplatte.

»Wisch es weg, das gibt Ringe!«, zischte Jovinda.

Hastig patschte Lulu in der Pfütze herum, aber sie schmierte das Wasser nur weiter über den Tisch. Jovinda seufzte.

»Wenn deine Hände schon mal nass sind, fahr dir damit durch die Haare. Sie stehen nach allen Seiten ab. Ich kann mich nicht mit jemandem unterhalten, der wie ein Igel aussieht.«

Gehorsam strich Lulu sich die Haare glatt. Mit mäßigem Erfolg. Ihr Haar war schwarz und dick und widerspenstig. Sehr widerspenstig, vor allem, wenn ihr jemand sagte, sie trage den Schein.

»Du weißt also, was es bedeutet, wenn man sagt, jemand trägt den Schein«, bemerkte Jovinda.

Lulu nickte. »Das bedeutet …«, ihre Stimme versandete in einem Flüsterton. Sie trank noch einen Schluck und nahm von Neuem Anlauf: »Das bedeutet, ein schreckliches Unglück wird mich treffen oder jemanden aus meiner Familie oder uns alle, und ich bin schuld, ich bin eine Aussätzige, jeder kann es mir ansehen, oh …« Ihre Stimme wurde immer dünner und piepsiger, und sie wusste, sie würde gleich anfangen zu weinen. Sie schlug ihre Hände vors Gesicht.

»Unsinn«, sagte Jovinda scharf. »Führ dich nicht auf wie

eine schlechte Schauspielerin. Nimm die Hände runter und sperr die Ohren auf. Du weißt, dass alle Lebewesen einen zarten Kranz von Licht abstrahlen?«

Lulu nahm die Hände runter und nickte. »Au…«, sagte sie, ein Schluckauf schnitt ihr das Wort ab. »Aura, heißt das, glaub … glaub ich.«

»Richtig. Trink mehr Wasser gegen den Schluckauf. Der Schein ist eine winzige Änderung in der Farbe des Lichts oder der Aura, wenn du so willst. Eine winzige Ahnung von kränklichem Grün, sehr schwer zu sehen. Ich hätte überhaupt nichts bemerkt, wenn Evchen mich nicht darauf aufmerksam gemacht hätte. Sie hat scharfe Augen und täuscht sich so gut wie nie. Also hielt ich es für richtig, es dir zu sagen. Andere hätten geschwiegen, weil du noch ein Kind bist. Aber ich halte nichts davon, Kinder zu schonen. Erstens schonen sie uns auch nicht (hier wurde Lulu ganz kurz von schlechtem Gewissen gepiekt wegen der alten Vettel) und zweitens sind Kinder genau so betroffen wie Erwachsene.«

»Betroffen?«

»Ja, betroffen. Der Schein kündigt eine Veränderung im Leben desjenigen an, der ihn trägt, oft auch im Leben derer, die ihm nahestehen. Und, nun ja, es ist meistens keine Veränderung zum Guten. Aber …« Sie machte eine Pause und hob beschwichtigend die Hand, denn Lulus Mund begann wieder zu zittern. »Aber erstens muss diese Veränderung nicht unbedingt eintreten. Der Schein ist eine Warnung, und was hätte eine Warnung für einen Sinn, wenn man nichts gegen die drohende Gefahr unternehmen könnte? Zweitens zeigt sich der Schein meistens bei der Person, die etwas bewegen kann.«

»Ihr meint, bei der Person, die machen kann, dass das Unglück nicht kommt?«

»Oder die Folgen des Unglücks mildern kann.«

»Diese Person bin ich?«

»Schwer zu glauben, aber ja.«

»Was kann ich tun?«

»Sprich mit deiner Mutter. Erzähl ihr von Evchens Wahrnehmung. Sie wird vermutlich toben, weil ich dich eingeweiht habe, aber sie wird die Warnung ernst nehmen. Ist sie zu Hause?«

Lulu schüttelte den Kopf. »Sie ist im Palast. Sie kommt erst in zwei Tagen heim.«

»Sprich mit ihr«, wiederholte Jovinda. »Und jetzt hör mit diesem Schluckauf und diesem Kindergetue auf und zeig mir, dass ich recht hatte, dich einzuweihen. Ich habe eine Botschaft für deine Mutter. Es ist überaus wichtig, dass Graviata sie erhält, Wort für Wort, Silbe für Silbe. Eigentlich wollte ich gar nichts damit zu tun haben, aber Evchen hat mich umgestimmt. Im Übrigen ist das Unglück vielleicht schon abgewendet, wenn du es schaffst, die Botschaft korrekt zu überbringen. Wort für Wort, Silbe für Silbe. Wirst du das schaffen?«

Lulu nickte eifrig. »Klar, das ist leicht. Um was geht es in der Botschaft?«

»Um nichts, was dich interessiert. Um Dinge aus einem

anderen Leben. Ich könnte sie deiner Mutter natürlich selbst mitteilen, aber Evchen und ich haben beschlossen, uns aus euren Familienproblemen so weit wie möglich rauszuhalten. Wir werden für eine kleine Weile verreisen. Nicht wahr, meine Süße?«

Die Süße tat, als ginge sie das alles überhaupt nichts an, reckte eine Hinterpfote in die Höhe und begann sich energisch und geräuschvoll zu putzen.

Jovinda sah zu Lulu. »Bist du so weit?«

Lulu nickte und Jovinda fing an. Sie benutzte die alte Sprache, die geheime Sprache der Hexen, die Lulu noch nicht gelernt hatte. Aber sie war, dank eines endlosen Nachmittags in Hexengenealogie, gut im Training und außerdem mit Eifer und Leidenschaft bei der Sache. Wenn das alles war, was von ihr verlangt wurde, eine Botschaft in einer merkwürdigen, für sie sinnlosen Sprache auswendig zu lernen und korrekt wiederzugeben, dann würde sie das machen. Sie würde es verdammt gut machen. Und kein Unglück würde sie treffen, alles würde so bleiben, wie es war.

Es dauerte eine geschlagene Stunde, bis Jovinda zufrieden war und Lulu erlaubte, vom Stuhl aufzustehen. Höchste Zeit! Sie musste dringend mal. Während sie das Klo benutzte, hörte sie Jovinda im Haus rumoren. Die Alte stapfte hin und her, öffnete eine Tür, ächzte, hantierte mit etwas Metallischem und murmelte irgendwelche Sprüche in ihrer Hexensprache. Vermutlich begann sie mit ihren Reisevorbereitungen.

Lulu spritzte sich Wasser ins Gesicht und betrachtete sich im Spiegel. Sie sah blass aus, fast weiß. Einen Schein sah sie nicht. Sosehr sie sich auch mühte und die Augen zusammenkniff – nichts, keine Aura, kein Schein, kein kränkliches Grün. Nur ihre Augen glühten. Und ihre Haare standen ab, schlimmer denn je. Obwohl sie wusste, dass es sinnlos war, versuchte Lulu, sie erneut mit Wasser zu glätten. Da waren sie dann nass und standen immer noch ab. Pech! Sie hatte immer Pech. Ein Pechrabe, das war sie, Lulu, der Pechrabe mit dem kränklich grünen Schein. Wahrscheinlich war alles umsonst, das mühsame Lernen der geheimen Botschaft, ganz umsonst.

»Trägst du den Schein, wirst tot du bald sein«, flüsterte sie. Das war ein Abzählvers für ein blödes Kinderspiel, das sie schon tausendmal gespielt hatte. Tausendmal hatte sie diese Worte hergesagt und dabei mit dem Zeigefinger ihre Mitspieler angetippt. Wer ausgezählt wurde, musste sofort der Länge nach umfallen und für den Rest des Spiels tot sein, durfte sich nicht rühren, wenn er gekitzelt, herumgerollt oder mit Wasser bespritzt wurde. Tat er es doch, hatte er verloren. Na ja, jetzt hatte sie verloren, so viel stand fest. Sie würde bald die Tote sein. Ihre Augen füllten sich mit Tränen. Tot. Was für ein schreckliches Wort. Tot.

Jovinda hämmerte von draußen an die Tür.

»Bist du ins Klo gefallen? Deine Gobblings versammeln sich am Ring und werden unruhig. Evchen und ich müssen noch packen und wir haben ein Geschenk für dich. Wirst es brauchen können. Also komm endlich raus!«

Lulu riss sich zusammen. Ein Geschenk von Jovinda und Evchen. Diese beiden hatten noch nie jemandem etwas geschenkt. Sie wusste nicht genau, ob sie freudig oder ängstlich überrascht sein sollte. Hastig putzte sie sich die Nase mit Jovindas feinem Klopapier. Es war wirklich fein, wunderbar weich und duftend. Sie entriegelte die Tür und spähte in die Diele. Jovinda lehnte an der geöffneten Haustür, Evchen saß draußen auf der Fußmatte in der Abendsonne, zwischen beiden stand ein Vogelkäfig, in dem Käfig hockte ein trauriger schwarzer Vogel.

»Eine junge Krähe«, sagte Jovinda. »Ich habe sie heute Morgen aus ihrem Schwarm heruntergesprochen. Du kannst sie haben, aber du musst sie noch zähmen. Wenn du es richtig anfängst, wird sie dir nützlich sein. Krähen sind klug. Doch bevor du etwas mit ihr unternimmst, musst du ihr einen Namen geben.«

Lulu kauerte sich auf den Boden vor den Käfig. Die Krähe saß da mit hängenden Flügeln und gesenktem Kopf.

»Pech«, flüsterte Lulu, »Pechvogel.«

Der Vogel rührte sich nicht.

»Sie heißt Corina«, sagte Lulu laut.

Da hob die Krähe ihr Köpfchen ein wenig, drehte es zur Seite und sah Lulu mit einem schwarzen Knopfauge an.

»Corina«, schnaubte Jovinda verächtlich. »Was für ein Name für eine Krähe!«

»Evchen«, sagte Lulu, »was für ein Name für eine Katze!«

Jovinda stampfte mit ihrer Krücke auf. Evchen sah Lulu mit unendlicher Nachsicht an, gähnte, streckte sich und schritt mit würdevoll erhobenem Schwanz in den Gemüsegarten, wo sie hinter ein paar dicken Kohlköpfen verschwand.

»Sie hat einen Narren an dir gefressen«, bemerkte Jovinda. »Jeder andere hätte nach einer solchen Frechheit ein paar blutige Striemen um die Knöchel.«

»'tschuldigung«, sagte Lulu verlegen. »Und, äh, danke für die Krähe.«

»Hm. Kannst du deinen Text noch?«

»Häuscher af busch, häuscher af rossen vun seven af seven af seven. Sin ville de seven. Gran vun sude, san vun blot, sat de rossen. Fin de rot, fin de blot. But de seik af de farten vil se kamen. Borleif.«

»Gut«, nickte Jovinda. »Jetzt schnapp dir deinen Vogel und mach dich auf den Weg, bevor die Gobblings da drüben durchdrehen.«

Oben am Käfig war ein Ring zum Tragen. Der Käfig war nicht schwer, aber unhandlich, zu groß für die kleine Lulu. Sie musste den Arm angewinkelt halten und sich beim Gehen zur Seite neigen, damit er nicht über den Boden schleifte. Und ständig stieß er gegen ihr Bein.

»Häuscher af busch, häuscher af rossen vun seven af seven af seven. Sin ville de seven«, murmelte Lulu beim Gehen. *»Gran vun sude, san vun blot, sat de rossen. Fin de rot, fin de blot. But de seik af de farten vil se kamen. Borleif.«*

Die Gobblings erwarteten sie hinter dem äußeren Ring. Sie begleiteten Lulu immer, besser gesagt, ein Teil von ihnen begleitete Lulu, die übrigen blieben zu Hause oder begleiteten ein anderes Familienmitglied. Jovindas äußeren Ring, die Grenze zum Anwesen der alten Hexe, überschritten sie jedoch nie. Lulu hatte keine Ahnung, warum. An Evchen konnte es nicht liegen. Zu Hause gab es ja auch eine Katze, nein, keine Katze, verbesserte sich Lulu, einen Kater. Sein Name war Murks. Außerdem konnte keine Katze der Welt einen Gobbling fangen, niemand konnte das. Gobblings waren verdammt schnell, winzig, aber schnell.

Auch jetzt hielten sie auf ihren winzigen Beinchen mühelos mit Lulu Schritt, und wenn Lulu Siebenmeilenstiefel getragen hätte, hätten sie auch Schritt gehalten. Ihre kleinen Gesichter imitierten genau Lulus Gesichtsausdruck, eine Mischung aus Kummer, Empörung, Sorge und Konzentration. Ihre Münder bewegten sich und formten lautlos den fremden Text, den Lulu unaufhörlich vor sich hin murmelte, um ihn nicht zu vergessen, und die meisten von ihnen gingen genauso schief wie Lulu und taten so, als trügen sie einen Vogelkäfig in ihren Händchen.

Lulus Mama behauptete, Gobblings brächten Glück in ein Haus, aber die Kinder hatten den Verdacht, dass sie das nur erfunden hatte, weil man gegen die Anwesenheit von Gobblings sowieso nichts tun konnte. Wenn sie kommen wollten, kamen sie, und wenn sie bleiben wollten, blieben sie. Warum also die Dinge nicht positiv sehen? Aber wie auch immer, ob sie nun vollkommen nutzlos waren, wie Rafaela behauptete, oder ob sie Glück brachten, man gewöhnte sich an sie. Nach einer Weile konnte man sich ein Leben ohne sie einfach nicht mehr vorstellen. Sie waren wie das Salz auf dem Ei oder der Zuckerguss auf dem Kuchen. Sie machten, dass man sich nie einsam fühlte, dass man sich wichtig vorkam, weil sie einen bei allem, was man tat, so ernsthaft beobachteten und imitierten. Und sie brachten einen zum Lachen mit ihrer albernen Nachmacherei.

Vielleicht war das ja schon Glück, überlegte Lulu. Vielleicht wäre die alte Jovinda weniger mürrisch, wenn auch in ihrem Haus ein paar Gobblings wohnten. Obwohl sich Lulu unter Glück immer etwas anderes vorgestellt hatte, etwas Größeres wie einen Goldschatz, ein fliegendes Pferd, oder einfach Schutz vor schrecklichem Unglück. Womit sie wieder beim Thema war.

»*Häuscher af busch, häuscher af rossen vun seven af seven af seven. Sin ville de seven*«, rezitierte sie pflichtbewusst und wechselte den Käfig in die andere Hand. Er wurde jetzt doch schwer, schnitt ihr in die Finger. Der Weg würde lang werden heute, zum Glück war Hochsommer, die Zeit der endlosen Tage.

»*Gran vun sude, san vun blot, sat de rossen. Fin de rot, fin de blot. But de seik af de farten vil se kamen. Borleif.*«

Der Käfig stieß gegen ihr Bein, machte ihr wahrscheinlich lauter blaue Flecke. Sie stolperte über eine Wurzel und fluchte. Die Gobblings stolperten ebenfalls und machten verärgerte Gesichter. Endlich erreichte Lulu die Mitte des Waldes. Erleichtert stellte sie fest, dass der Versammlungsplatz, der Steinkreis inmitten der alten Buchen, heute nicht benutzt wurde. Eine Versammlung von Hexen und Zauberern, alles Bekannte und Freunde ihrer Mutter, die sie höflich hätte begrüßen und deren Fragen sie freundlich hätte beantworten müssen, das hätte sie jetzt nicht ertragen. Nur eine Hasenfamilie mümmelte auf dem Platz und trollte sich träge, als sie Lulu und ihr Gefolge bemerkte. Lulu brauchte eine Pause. Sie stellte den Käfig ab und setzte sich daneben. Die Krähe sah furchtbar aus, wie ein halb gerupftes schwarzes Suppenhuhn.

»Krah«, sagte sie schwach.

Sofort wurde Lulu von schlechtem Gewissen übermannt. Die ganze Zeit hatte sie sich über den Käfig geärgert, über seine Klobigkeit, dass er ständig gegen ihr Bein stieß und sie zu einem schiefen Gang nötigte. Keine Sekunde hatte sie an die Gefangene darin gedacht. Die Ärmste musste furchtbar durchgeschüttelt und herumgeworfen worden sein. Wahrscheinlich war ihr speiübel.

»Ach Corina«, sagte Lulu traurig.

Da war es, als ob ein schwarzer Wind über den Platz wehte. Verwirrt sah Lulu auf. Ein Krähenschwarm segelte lautlos über sie hinweg und lautlos ließen sich die Vögel auf den Steinen im Rund nieder. Das war äußerst merkwürdig. Bis jetzt hatte Lulu nicht geglaubt, dass diese lärmenden Vögel so perfekt den Schnabel halten könnten. Sie saßen einfach nur da und sahen zu ihr herunter.

»Sind das deine Leute?«, fragte sie.

»Krah«, machte Corina ebenso leise wie vorhin.

Lulu fühlte sich unbehaglich. Sehr unbehaglich. Sie brauchte nur in die Gesichter der Gobblings zu schauen, um zu wissen, wie unbehaglich. Und langsam veränderten sich die Mienen der Gobblings. Sie wurden ärgerlich, fast wütend.

»Verdammt, Corina, gib mir nicht die Schuld. Ich habe dich nicht aus deinem Schwarm herausgezaubert. Das war Jovinda. Ich kann nichts dafür, dass sie dich mir geschenkt hat. Ich habe sie nicht darum gebeten. Jovinda macht immer, was sie will. Ich soll dich zähmen, hat sie gesagt. Ha! Typisch Jovinda. Ich hab keine Ahnung, wie ich das tun soll!«

Da hoben alle Krähen gleichzeitig wie auf ein geheimes Kommando ihre Flügel, breiteten sie aus, als wollten sie wegfliegen. Doch sie blieben, wo sie waren, mit weiten Flügeln und stumm auf den Steinen. Ihr schwarzes Gefieder glänzte und ihre Vogelaugen glitzerten. Auch Corina versuchte, die Flügel zu strecken, aber es ging nicht, der Käfig war zu eng.

Lulu wusste, was sie zu tun hatte. Sie öffnete den Käfig und ließ Corina frei. Die stakste ein wenig unsicher hinaus, sagte noch einmal leise »Krah«, als könne sie nicht fassen, wie ihr geschah, dann erhob sich in einem einzigen Rauschen und Kreischen der ganze Schwarm mitsamt Corina, hoch und höher, und verschwand über den Wipfeln der Buchen im blassen Abendhimmel.

»Du meine Güte, was hab ich getan?«, flüsterte Lulu entsetzt. Sie hatte Jovindas Geschenk ausgeschlagen. Corina, die Krähe, die ihr mit ihrer Klugheit helfen sollte, die kommenden, vielleicht schweren Zeiten zu überstehen. Sie hatte versagt, mal wieder. Doch dann wurde sie schrecklich wütend, über Jovinda, über Evchen, über sich selbst, über Corina, die das überraschende Geschenk ihrer Freiheit so selbstverständlich angenommen hatte, statt es höflich abzulehnen. Schrecklich wütend wurde Lulu und fluchte laut das böseste Wort, das sie kannte.

»Kacke!«, schrie sie und gab dem nutzlosen Vogelkäfig einen Tritt, dass er scheppernd über den halben Platz flog. Sie stieß sich dabei den großen Zeh und das tat höllisch weh. »Kacke! Kacke! Kacke!«, schrie sie und rannte los, rannte durch den Wald nach Hause, und es war ihr egal, dass ihr Fuß schmerzte, es war sogar gut, dass er es tat.

Die Gobblings rannten neben ihr mit zornroten Gesichtern und ihre Münder wiederholten tonlos Lulus Flüche.

2. Kapitel

Sie rannten bis zum äußeren Ring von Lulus Haus. Hier hatte Graviata einen schützenden Bann gezogen, wie immer, wenn sie ihre Kinder für ein paar Tage allein lassen musste. Nur Familienmitglieder und einige wenige Freunde konnten ihn passieren, jeder andere würde an eine unsichtbare Mauer stoßen.

Lulu blieb stehen und versuchte, ihren keuchenden Atem zu beruhigen. Es war wichtig, den Bann zwar energischen, doch ruhigen und gemessenen Schrittes zu durchqueren. War man zu zaghaft, verhedderte man sich unangenehm wie in Spinnweben, war man zu schnell, konnte es passieren, dass man zurückgefedert wurde wie von einer Gummiwand.

Erst nach einer ganzen Weile, als Lulu endlich das Gefühl hatte, ruhig genug zu sein, um gemessene Schritte hinzubekommen, erst da fiel ihr Jovindas geheime Nachricht wieder ein und ihr Herz raste von Neuem los.

Die Botschaft war weg! Ganz und gar weg. Ihr Kopf war völlig leer, als ob ihr Schimpfen und Fluchen alles Wichtige darin hätte zerplatzen lassen. Wie furchtbar! Was sollte sie jetzt bloß tun? Zurücklaufen zu Jovinda? Gestehen, dass sie die Krähe hatte fliegen lassen? Sich am nächsten Baum aufhängen?

»Ruhig«, ermahnte sie sich laut. »Erst mal hinsetzen und überlegen. Der Text wird schon wiederkommen. War am Anfang nicht irgendetwas mit *häschen* oder *häschern* und dann kamen die *rossen* und die *sevens*, jawohl, *ville de sevens*. Also: *Häscher de rossen af rossen mit ville de sevens*. Irgendetwas stimmt nicht. Genau, da war ein Busch, *rossen* am *busch mit seven de seven* und *ville de rossen. Un blot.* Oder *blut*? Das letzte Wort ist *borleif*, das zumindest weiß ich noch. *Häschen af blot mit ville de rossen un ville de sevens und* … was für ein Mist, alles ist falsch, *borleif*, was soll ich bloß tun?«

Pechrabe Lulu hatte alles vermasselt. Keine Nachricht für Graviata, keine Rettung vor dem Unglück, alles aus. Sie würde einfach hier auf dem Waldboden sitzen und in die verzweifelten Gesichter der Gobblings starren. Einfach nur starren, bis Graviata heimkam oder bis die Sterne verblassten oder bis sie tot umfiel oder bis …

Da war ein Rauschen, ein Flattern, schwarze Flügel streiften ihr Gesicht, eine Krähe ließ sich auf ihrer Schulter nieder. Und im selben Augenblick war Jovindas geheimnisvoller Text wieder da, klar und deutlich, Wort für Wort, Silbe für Silbe mit allem Drum und Dran, mit *häuscher af busch* und *rossen* und *seven af seven*, mit *san* und *sude* und *blot*, mit allem.

»Danke, Corina!«, rief Lulu, als die Krähe aufflog und sich zu ihren Genossen gesellte. »Krah!«, riefen die Krähen. Und nun schritt Lulu energisch, doch gelassen durch den Bann.

Es war fast Nacht geworden, Rafaela hatte im Wintergarten schon die Lampen angezündet. Leise Musik und Gelächter wehten aus den weit geöffneten Türen über den Vorplatz. Die Tiere bemerkten Lulus Ankunft als Erste und kamen ihr entgegengerannt. Vorneweg, wie immer, Captain Sabber, Graviatas mächtiger Boxer, gefolgt vom Traurigen Ralf, einem Waschbären, der eigentlich Damiano gehörte, Lulus großem Bruder. Früher hatte der Traurige Ralf einfach Ralf geheißen, aber dann war Damiano fortgegangen und aus Ralf war der Traurige Ralf geworden. Über den beiden flatterte Kralle, Rafaelas Papagei, und das Schlusslicht bildete, betont gelangweilt, Murks, der Kater, der niemandem gehörte.

Captain Sabber bellte einmal tief und grollend, schüttelte die tausend Falten in seinem Gesicht und verspritzte weiße Sabberflöckchen. Der Traurige Ralf schaute traurig aus seinen schwarz geränderten Augen und seufzte wie immer. Kralle umklammerte die oberste Sprosse des Gartenzauns und zeigte seine Riesenwelle.

Lulu klopfte sich Sabbers Spuckeflöckchen von den Kleidern und ging zum Haus. Ihr kleiner Bruder saß auf der Treppe zum Wintergarten und drückte sich ein Cremetörtchen in den Mund.

»Bumbum«, sagte er und hielt Lulu das zermatschte Teil entgegen. Sie setzte sich neben ihn und ließ sich füttern. Der Kleine liebte verteilte Rollen, normalerweise war er es, der gefüttert wurde. Lulu liebte Cremetörtchen.

»Besuch?«, fragte sie mit vollem Mund, obwohl es offensichtlich war. Männliche Stimmen drangen aus dem Haus, junge männliche Stimmen, und Rafaela kicherte. Das tat sie selten. Eigentlich nur, wenn sie Besuch hatte.

»Bumbum«, nickte Bumbum. Er war schon bald drei Jahre alt, aber er sagte nie etwas anderes als »Bumbum.« Rafaela meinte, man müsse langsam anfangen, sich Sorgen zu machen, aber Graviata hatte nur gelacht und behauptet, Bumbums Ein-Wort-für-alles-Methode sei ein Zeichen für besonders hohe Intelligenz, wenn nicht gar für Genialität. Lulu fand das auch. Sie verstand Bumbum immer und er sie ebenfalls.

»Sehen wir mal nach, was die da oben treiben«, schlug sie vor.

Gemeinsam mit den Gobblings erklommen sie die Stufen zum Wintergarten. Rafaela, auf der Couch zwischen zwei jungen Männern, hatte sich fein gemacht. Sie trug ihr bestes Kleid, das rote, und passend dazu ein Band im Haar. Die beiden Besucher waren Arminio und sein Bruder Clementio, Söhne einer befreundeten Hexe, die zweitausend Schritt weiter westwärts wohnte. Rafalea hielt ein Sprechendes Buch auf den Knien. Alle drei steckten die Köpfe zusammen und sahen sich eine Folge von »Serafia und der König« an. Süßliche Musik und der Duft von Serafias schwerem Parfüm erfüllten den Raum.

»Du meine Güte, wie schaust du denn aus?«, rief Rafaela, als sie ihre kleine Schwester bemerkte. Schnell klappte sie das Buch zu, um nichts von der Handlung zu verpassen. Sofort verstummte die Musik.

»Was meinst du? Wie schau ich denn aus?«, fragte Lulu erschrocken und erwartete etwas zu hören wie: »Grün. Du hast einen total kränklich grünen Schein!«

»Dreckig«, sagte Rafaela.

»Schmuddelig«, sagte Arminio.

»Wie ein gerupfter Rabe«, sagte Clementio und fuhr sich mit gespreizten Fingern durch seine blonden Haare, damit sie abstanden wie Lulus.

»Sonst noch was?«, fragte Lulu.

»Frag mich morgen, dann mach ich dir eine Liste«, blaffte Rafaela. »Dein Abendessen steht in der Küche. Außerdem bist du heute mit Aufräumen dran, ich hab gekocht!« Damit schlug sie das Buch wieder auf, die Musik säuselte los und der Parfümgeruch wurde stärker. Lulu drehte ab in Richtung Küche, Bumbum und ein Teil der Gobblings folgten ihr.

»Wenn du willst, kannst du nachher mit uns ›Serafia‹ gucken!«, rief Rafaela etwas milder hinter ihr her. »Ist eine neue Folge. Arminio und Clementio haben sie aus der Stadt mitgebracht.«

»Keine Lust«, sagte Lulu und ließ die Tür knallen.

Die Küche war ein Schlachtfeld. Überall stapelten sich schmutzige Teller, Töpfe und Pfannen. Auf dem Herd simmerte das, was Rafaela so großspurig als Lulus »Abendessen« bezeichnet hatte – ein winziger Rest Suppe, der schon verbrannt roch. Angewidert schmetterte Lulu den Deckel zurück auf den Topf. Darauf hatte sie keinen Appetit, eigentlich war sie überhaupt nicht hungrig, schließlich hatte sie gerade erst ein Cremetörtchen verdrückt.

Seufzend machte sie sich an den Abwasch, das heißt, sie ließ die Helferlein aus ihrem Käfig. Die kleinen Kerle waren schon völlig außer sich vor Ungeduld, tobten herum, warfen ihre hölzernen Körper gegen die Gitterstäbe, begierig, sich endlich in ihre Lebensaufgabe, das Saubermachen, zu stürzen.

Nun hätte Lulu eigentlich zu den anderen in den Wintergarten gehen können. Sie liebte »Serafia und der König«. Es wurde viel gesungen darin und getanzt und die Geschichte war sehr spannend. Sie spielte in längst vergangenen Tagen, zur Zeit des großen Kriegs. Damals hatte eine schrecklich böse Hexe ihren Körper mit dem des Königs vertauscht, und nur Serafia, die tapfere Schöne, ahnte die Wahrheit. Bestimmt würde sie am Ende dafür sorgen, dass alles gut ausging, doch bis dahin hatte sie noch eine Menge Abenteuer zu bestehen.

Lulus Bedarf an Abenteuern war für heute gedeckt, und ihr Bedarf an Rafaelas spitzen Bemerkungen ebenfalls. Sie hatte auf rein gar nichts mehr Lust. Sie setzte sich auf einen Stuhl, nahm Bumbum auf den Schoß, sah den Helferlein zu und rezitierte stumm ihren Text. Er war noch da, Corina sei Dank, er war noch da!

»Bumbum«, sagte Bumbum müde. Er wollte, dass sie ihm ein Lied sang, wie immer, wenn er schläfrig wurde. Also sang Lulu. Sie nahm die Melodie von »Fuchs im Kirschgarten«, dazu die Worte ihrer geheimen Botschaft. Es klappte ganz gut, ein bisschen holprig zwar, doch Bumbum schlief ein. Wenn er müde war, schlief er überall ein, sogar in der

Küche, während die Helferlein lärmend ihre Arbeit verrichteten.

Langsam wurden sie fertig mit dem Geschirr, und Lulu überlegte, wie sie es schaffen sollte, sie wieder in ihren Käfig zu bugsieren, ohne Bumbum aufzuwecken. Ein paar von ihnen klapperten schon über den Boden, wischten ihn auf und begannen die Schränke abzuwaschen. Das war zwar im Prinzip nicht schlecht, doch wenn man ihnen nicht rechtzeitig Einhalt gebot, würden sie in ihrer Arbeitswut das ganze Haus auseinandernehmen, danach wieder von vorne anfangen, wieder und immer wieder, bis sie völlig ausgelaugt wären und bestenfalls noch als Feuerholz taugten. Lulu versuchte, die aufgeregten Holzkerlchen mit dem Fuß auf die Ablage neben der Spüle hinaufzutreiben, doch erreichte nur, dass die Helferlein sich an ihre Sandale klammerten und wie verrückt an den Riemchen herumpolierten.

»Borleif«, fluchte sie verhalten und wollte sich gerade unter Bumbum herauswinden, als die Küchentür aufging und Arminio hereinkam.

»Lass nur, ich mach das schon«, sagte er, sammelte die Helferlein ein und steckte sie in den Käfig. Da saßen sie nun und trommelten wütend an die Gitterstäbe. Niemand kümmerte sich darum. Nach einer Weile würden sie damit aufhören.

»Rafaela lässt fragen, ob du heute noch zu kommen gedenkst«, sagte Arminio. »Bei ›Serafia‹ fängt nämlich gleich ein neues Kapitel an.«

»Nö«, sagte Lulu. »Hab keine Lust.«

»Keine Lust auf ›Serafia‹ oder keine Lust auf deine Schwester?«, grinste Arminio.

Lulu zog die Schultern hoch und grinste ebenfalls. Sie mochte Arminio. Rafaela mochte ihn auch. Die war überzeugt, dass er nur wegen ihr so häufig zu Besuch kam, aber Lulu wusste, dass das nicht stimmte. Arminio kam nur als Mutmacher, als Verstärkung für seinen Bruder Clementio, der in Rafaela verliebt war. Aber aus dem machte sich Rafaela nichts, sie fand ihn kindisch. Er war erst sechzehn, und nicht achtzehn wie Arminio.

»Du, Minio«, fragte Lulu zögernd, »kannst du Auras sehen?«

»Hm«, nickte er, »du nicht?«

Sie schüttelte beschämt den Kopf. »Ich kann gar nichts.«

»Du weißt viel«, sagte Arminio. »Du weißt Sachen, die niemand dir gesagt hat.«

»Jovinda hat mir eine Krähe geschenkt«, erzählte Lulu.

»Jovinda, der Geiz in Person? Nicht zu fassen. Und wo ist die Krähe?«

»Ich hab sie fliegen lassen.«

»Warum denn das?«

»War besser so. Sie war traurig.«

»Ich sag's ja. Du weißt mehr als andere.«

»He, Minio!«, rief Rafaela aus dem Wintergarten. »Wo steckst du, es geht weiter!« Arminio ging zu den anderen zurück.

Lulu erhob sich mühsam mit Bumbum auf dem Arm, trug ihn hoch und legte ihn in sein Bettchen.

»Bumbum«, murmelte der im Schlaf, ohne den Daumen aus dem Mund zu nehmen. Lulu gab ihm einen Kuss.

Dann machte sie ein bisschen Katzenwäsche, weniger wegen der Sauberkeit, als vielmehr um noch einmal im Spiegel ihre Aura zu überprüfen. Aber sie sah rein gar nichts. Die anderen hatten auch nichts gesehen, keinen Schein zumindest, da war sich Lulu sicher.

»Hör auf, dir Sorgen zu machen, nur weil Evchen angeblich was bemerkt hat«, ermahnte sie sich laut. »Evchen ist eine Katze und alle Katzen sind Angeberinnen. Immerzu wollen sie sich wichtig machen.« Das glaubte sie zwar nicht wirklich, aber die Vorstellung hatte etwas Beruhigendes.

In ihrem Zimmer legte sie sich aufs Bett, nur so, um ein wenig auszuruhen, schlafen wollte sie nicht. Sie hatte viel zu viel Angst, ihren Text zu vergessen. Aber kaum lag sie da, hüllte die Müdigkeit sie ein wie eine schwere, dunkle Decke und sie fiel in unruhigen, schweißnassen Schlaf. Träume jagten sie, Wortfetzen verfolgten sie, etwas erschreckte sie ganz furchtbar, sie fuhr hoch und saß hellwach mit tosendem Herzen im Bett. Um sie herum lauter Gobblings mit entsetzt aufgerissenen Augen.

Aber es war gar nichts. Die Lampe brannte, das Zimmer war friedlich.

Unten im Hof verabschiedete Rafaela ihre Besucher. Sie kicherten, prusteten, lallten etwas, das sie ungeheuer lustig fanden, und wollten sich vor Lachen schier ausschütten. Graviata hatte wohl vergessen, ihren Weinvorrat wegzuschließen. Na, das würde was geben, wenn sie zurückkam.

Endlich beschlossen die beiden Jungen, sich auf den Heimweg zu machen.

Lulu hörte, wie Rafaela krachend die Türen schloss und singend die Treppe heraufkam. Im Bad hielt sie den Gobblings einen undeutlichen, von Kichern und Kieksern unterbrochenen Vortrag, doch plötzlich scheuchte sie die Winzlinge panisch hinaus. Sie stöhnte und würgte ganz furchtbar, die Klospülung rauschte mehrmals und endlich tapste Rafaela über den Flur in ihr Zimmer. Es wurde ruhig im Haus.

Lulu hatte eine Idee. Sie befahl ihrer Uhr, sie bis zum Morgen jede volle Stunde zu wecken; sie würde dann schnell die geheimen Worte hersagen und wieder einschlafen. Die Uhr protestierte empört, aber Lulu ließ sich davon nicht beeindrucken.

»Tu, was man dir sagt, dann kriegst du keinen Ärger!«, fauchte sie. Das war so ein Satz, den sie auch ständig zu hören bekam. Es tat gut, ihn selbst einmal anzuwenden. Die Uhr resignierte, Lulu schlief ein.

3. Kapitel

Am nächsten Tag ließ Rafaela bis zum Nachmittag die Vorhänge in ihrem Zimmer geschlossen und lag sterbenselend im Bett. Sie habe Migräne, röchelte sie, eine Frauensache. Lulu wusste natürlich, dass die »Frauensache« vom Wein herrührte, sie war ja kein kleines Kind mehr. Außerdem hatte sie die Überreste der Party im Wintergarten gefunden – leere Flaschen, umgestürzte Gläser, Weinpfützen auf dem Boden. Graviata würde der Schlag treffen, wenn sie sehen könnte, was mit ihrem guten Tropfen geschehen war. Lulu ließ die Helferlein aufräumen, kochte Kräutertee und brachte ihn ihrer Schwester ans Bett. Sie verkniff sich Vorwürfe und hämische Bemerkungen, Rafaela würde sowieso einiges von ihrer Mutter zu hören bekommen. Graviata war die beste Mama der Welt, aber wenn sie böse wurde, war sie zum Fürchten. Lulu erinnerte sich noch mit Schaudern an die endlosen Kräche, als Damiano, ihr großer Bruder, beschlossen hatte, in die Stadt zu gehen, um zu lernen, wie man ein Gelehrter wird. Graviata hatte es ihm verboten, aber das hatte nichts genutzt, er war trotzdem gegangen. Seitdem sprach sie nicht mehr von ihm, tat so, als existiere er nicht. Lulu vermisste ihren großen Bruder sehr. Besonders an einem Tag wie heute, wo sie sich elend und heillos überfordert fühlte.

»Ich wollte, Jovinda hätte mir nichts gesagt, schließlich bin ich noch ein Kind«, beschwerte sie sich bei Bumbum. Aber es half nichts. Die Alte hatte ihr die geheimnisvollen Worte eingetrichtert. Sie breiteten sich in Lulus Gehirn aus, machten ihr Kopfschmerzen, klebten sich an alle Gedanken. Egal, was sie tat, ob sie die Tiere fütterte, den Garten goss, mit Bumbum Kuchenbacken in den feuchten Beeten spielte, sie tat es im Rhythmus der Worte *seven af seven af seven* und schlug siebenmal auf das umgedrehte Sandeimerchen.

Am Nachmittag ließ sich eine Schar Krähen in den Bäumen ums Haus herum nieder. Sie krakeelten eine Weile, als führten sie eine heftige Diskussion miteinander, und flogen wieder davon. Doch eine blieb.

»Corina!« Lulu rannte in den Hof und reckte lockend einen Arm in die Höhe. Corina kam angeflogen und setzte sich auf ihre Hand.

Sie blieb den ganzen Nachmittag, ließ sich das Haus zeigen und mit Leckerbissen verwöhnen. Kekse mochte sie gerne, besonders die mit dem glänzenden Gelee-Klecks in der Mitte. Das brachte Lulu auf die Idee, der Krähe ihren größten Schatz zu zeigen, ihre Glitzerperlen, und sie breitete sie im Wintergarten auf dem Boden aus. Bumbum war selig. Normalerweise durfte er die Perlen nicht anrühren, er war noch zu klein, um sorgsam damit umzugehen. Aber heute war ein Tag, um Ausnahmen zu machen.

Seit Corina gekommen war, ging es Lulu besser. Sie wurde ruhiger, die fremden Worte drehten sich nicht mehr unaufhörlich in ihrem Kopf und waren trotzdem noch da, auf Abruf sozusagen. Sie saß entspannt auf dem Boden, ließ sich von Bumbum alle roten Perlen reichen und fädelte sie für ihn zu einer Kette auf. Hin und wieder hielt sie inne und beobachtete Corina. Auch die Krähe war fasziniert von den Glitzerdingern. Sie nahm sie in den Schnabel, hielt sie ins Licht, häufte sie zu kleinen Hügeln auf, stieß sie mit dem Füßchen an, dass sie über den Boden kullerten, und hüpfte begeistert hinterher, um sie wieder einzusammeln.

Irgendwann kam Rafaela herunter. Es ging ihr immer noch nicht gut, sie war furchtbar blass, ihre Haare waren fettig und sie roch unangenehm. Mit Leidensmiene sank sie aufs Sofa und zuckte jedes Mal schmerzhaft zusammen, wenn Corina glücklich krächzte, obwohl sie es nur sehr leise tat. Sie war ein rücksichtsvoller Vogel.

»Wart nur ab, was Mama sagt, wenn sie merkt, dass du noch ein weiteres Tier ins Haus gebracht hast«, sagte Rafaela.

»Wart nur ab, was Mama sagt, wenn sie merkt, dass kein Wein mehr da ist«, sagte Lulu. Aber gleich bereute sie ihre Bemerkung, denn Rafaela schluchzte auf und vergrub ihr Gesicht im Paradekissen.

»Ich kann Wasser in die leeren Flaschen füllen«, bot Lulu an.

»Das nutzt doch nichts!«, heulte Rafaela. »Mama bringt mich um!«

Na ja, vermutlich schon, dachte Lulu. Rafaela tat ihr leid, doch helfen konnte sie ihr nicht. Außerdem hatte sie ihre eigenen Sorgen.

Gegen Abend kam Corinas Schwarm angeflogen, um sie abzuholen. Lulu schenkte ihr eine gelbe Perle zum Abschied.

Alle gingen früh zu Bett.

Am nächsten Morgen zogen köstliche Düfte nach Kuchen und frischen Rosinenbrötchen durchs Haus. Offenbar ging es Rafaela besser, und sie hatte sich vorgenommen, ihre Mutter durch ein Festessen versöhnlich zu stimmen. Kein schlechter Gedanke. Pech war allerdings, dass nach Graviatas unumstößlicher Meinung zu einem Festessen auch ein guter Wein gehörte. Lulu ging in die Küche, um zu fragen, ob sie helfen könne, doch ihre Schwester tat ganz fürchterlich gehetzt und lehnte jede Hilfe ab.

»Geh mir nicht auf die Nerven. Mach sauber und kümmere dich um Bumbum!«, blaffte sie. Dann brach sie in Tränen aus, weil ihr Napfkuchen in der Form kleben blieb, sich partout nicht auf ein Kuchengitter stürzen lassen wollte und zerbrach.

Auch gut, dachte Lulu. Sie nahm sich einen Krug Milch, stibitzte zwei Rosinenbrötchen und picknickte mit Bumbum in ihrem Bett. Bumbum war ein wählerischer Esser. Rosinen mochte er nicht besonders. Er pulte sie aus seinem Brötchen und stopfte sie unter Lulus Kopfkissen. Lulu ließ sie dort. Sie waren ein guter Notvorrat für schlaflose Nächte. Danach räumte sie ein bisschen auf und brachte die Helferlein nach oben, damit diese die Schlaf- und Badezimmer putzen konnten. Sie badete mit Bumbum, zog ihm und sich selbst frische Sachen an, klatschte ihr Haar, so gut es ging, fest an den Kopf und machte mit Bumbum einen langen Spaziergang. Die Tiere begleiteten sie, sogar Murks kam mit. Und natürlich ein großer Teil der Gobblings.

Sie spazierten zum Versammlungsplatz in der Mitte des Waldes. Corinas Käfig lag immer noch dort, wo Lulu ihn hingetreten hatte. Sie gab ihm noch mal einen Tritt und er rollte ein bisschen weiter. Bumbum, Murks und Sabber waren begeistert und so spielten sie ziemlich lange Käfigtreten. Als sie genug davon hatten, legten sie sich in den Schatten und ruhten aus. Lulu sagte ihren Text auf. Corina kam vorbei, hockte sich auf ihr zerbeultes Gefängnis und krächzte triumphierend. Bumbum schlief ein, Lulu kuschelte sich neben ihn und schloss die Augen. »Nur ganz kurz«, murmelte sie. »Nur um das Brennen aus den Augen zu vertreiben.«

Da war eine Frau. Sie ging mit einem Kind an der Hand über ein rotes Feld. Das Kind sträubte sich. Es wollte nicht mit der Frau gehen. Doch sie hielt sein Handgelenk fest umklammert, zog es mit sich immer tiefer in das rote Feld hinein. »Wie schön es hier ist«, sagte sie und machte mit der freien Hand eine Geste weit über all das Rot. »Empfindest du nicht auch, Liebes, die tiefe Schönheit um dich herum?«

Das Kind weinte.

»Es muss dir doch eine große Befriedigung sein, zu all dem hier beizutragen, nicht wahr, Liebes?«

Das Kind weinte lauter und herzzerreißender.

»Aber, aber«, sagte die Frau begütigend. Sie zog ein Messer aus ihrem Gürtel, packte das Kind bei den Haaren, bog ihm den Kopf zurück und schnitt ihm den Hals durch. Blut rann in breiten Stömen aus der Wunde, versickerte in dem roten Feld. Die Frau sang ein Lied. Helle Töne zerschnitten den Gesang. Das rote Feld, die Frau, das blutende Kind, alles zerrann.

Lulu erwachte stöhnend. Was für ein furchtbarer Traum. Was für ein furchtbarer, furchtbarer Traum. Bumbum patschte aufgeregt auf ihr herum, Captain Sabber stürzte bellend davon. Die hellen Töne erschallten wieder, Trompetentöne, Graviatas Lied. Sie kündigte sich immer auf diese Weise an. Lulu schüttelte sich wie ein nasser Hund, versuchte den Traum zu vertreiben. Lieber nie mehr schlafen, als solche Träume zu haben!

Bumbum trippelte ungeduldig, er wollte, dass sie ihn an der Hand nahm und mit ihm Graviata entgegenlief.

»Warte«, murmelte Lulu. Sie fuhr sich mit den Fingern durch die Haare und klopfte ihre Kleider aus. Vom Schlafen auf dem Waldboden waren sie zerknittert und voller Erde. Bumbum sah auch nicht besser aus. Sie reinigte sein Gesicht mit Spucke. Rafaela keuchte herbei, sie sah abgehetzt aus, hatte Mehl im Haar und Flecke auf dem Kleid.

»Gerade fertig geworden«, japste sie. »Hatte keine Zeit mehr, zu baden und mich umzuziehen.«

Die Trompete erschallte erneut, Hufgetrappel war zu hören, Sabbers glückliches Bellen, dann endlich erschien Graviata hoch zu Ross zwischen den Bäumen, ein Packpferd hinter sich. Jubelnd stürzten ihr die Kinder, die Gobblings und die Tiere entgegen. Graviata brach in Lachen aus, als die verdreckte Menagerie bei ihr angekommen war. Sie selbst war schön wie der Sommer, groß und üppig in ihrem roten Reitkostüm, die rabenschwarzen Haare kunstvoll verweht um den Kopf drapiert, am Sattelknauf die funkelnde Trompete.

»Du lieber Himmel!«, rief sie in scheinbarer Verzweiflung. »Hat eure Mutter euch denn nicht beigebracht, wie man sich wäscht?«

Sie sprang vom Pferd, nahm Bumbum hoch, umarmte ihre Töchter und ließ die Kinder aufsteigen. Wie die Orgelpfeifen saßen sie auf dem Gaul, Bumbum vorne, Lulu in der Mitte, Rafaela hinten. Ihre Mutter nahm die Zügel und führte sie, während der Captain sie selig umkreiste.

»Schau, Mama«, rief Lulu und zeigte nach oben, »da fliegt Corina. Sie ist meine Freundin. Sie kommt mich manchmal besuchen. Du hast doch nichts dagegen, oder?«

»Kommt drauf an, wie sie sich benimmt«, gab Graviata zurück. Sie drehte sich um und musterte ihr jüngere Tochter aufmerksam.

»Sag mal, Lulu, fehlt dir was?«

Lulu fühlte einen dicken Kloß im Hals, und die Tränen saßen ganz locker, doch sie schüttelte stumm den Kopf. Später. Sie wollte später mit Graviata reden, wenn sie alleine waren und wenn der furchtbare Traum nicht mehr auf ihr lastete wie ein dunkler Felsen. Graviata schaute sie noch einmal scharf an, fragte aber nicht nach.

»Ich hab ein Festessen für dich gekocht«, sagte Rafaela. »Ganz allein, nur ich. Mit Kuchen und Braten und allem Drum und Dran, ganz ohne Lulus Hilfe.«

»Sie hat gesagt, ich soll mich verpiss… verziehen«, stellte Lulu klar.

»Wenn du keine Hilfe von Lulu wolltest, solltest du dich auch nicht beschweren, Schatz«, sagte Graviata.

»Tu ich ja gar nicht, ich wollte nur, dass du's weißt«, sagte Rafaela.

»Und du, Lulu, solltest keine solchen Wörter benutzen, sie bleiben in deinem Kopf kleben und verdrängen alles Nützliche daraus.«

»Ich weiß«, sagte Lulu düster.

Bumbum erzählte begeistert, doch ohne allzu viel Worte, eine lange Geschichte.

Sie näherten sich dem Bann. Graviata hob eine Handvoll Erde auf, warf sie in die Luft und murmelte ein paar Worte. Der Bann brach zusammen. Wenn Graviata zu Hause war, wurde er nicht mehr gebraucht.

Captain Sabber schlug an. Vor dem Haus stand eine Frau und winkte. Es war Larabelle, die Mutter von Arminio und Clementio, Graviatas beste Freundin. Sie war zum Willkommen herüberspaziert.

»Wo stecken denn deine beiden Jungen? Sie sind doch sonst immer zu meiner Begrüßung hier?«, fragte Graviata.

»Diese Nichtsnutze kamen vorgestern sturzbetrunken nach Hause«, antwortete Larabelle. »Jetzt sind sie leider damit beschäftigt, unser Haus neu zu streichen.«

»Da sind sie ja noch billig davongekommen«, meinte Graviata trocken.

Die Mädchen sprangen vom Pferd und hoben Bumbum herunter, Rafaela mit sorgenvollem Gesicht.

Doch sie hatte wahrlich gute Arbeit geleistet. Der Wintergarten glänzte vor Sauberkeit, der lange Tisch war gedeckt mit dem schönsten Tuch und dem besten Geschirr. Auf den silbernen Wärmeplatten dampften Braten und Gemüse, umgeben von frischem Brot, Rosinenbrötchen und dem verunglückten Napfkuchen, der in seinem Zuckerguss aber ganz glücklich wirkte.

Vor jedem Gedeck stand eine kleine Vase mit ein paar Gänseblümchen.

»Wunderbar, mein Schatz!«, strahlte Graviata und umarmte Rafaela. »Setzt euch, meine Lieben. Ich laufe schnell in den Keller und hole Limonade für die Kinder und für uns Alte eine Flasche von meinem besten Roten. Heute wird gefeiert!«

»Mama«, sagte Rafaela mit Piepsstimme.

»Was ist, Liebes?« Graviata blieb stehen und wandte sich ihr zu.

Rafaela holte tief Luft. »Ich …«

»Nichts ist«, fiel Larabelle ihr ins Wort. »Sie wollte dir nur sagen, äh …«

»… wie lieb sie dich hat«, fiel Lulu ein. Sie war manchmal

verflucht schnell von Begriff, viel schneller als Rafaela, die nur verwirrt schaute.

»Ich hab dich auch lieb, mein Schatz. Euch alle!«, antwortete Graviata gerührt, umarmte Rafaela noch einmal und lief in den Keller.

»Ich habe den Weinvorrat deiner Mutter aufgefüllt«, zischte Larabelle. »Mit meinen eigenen Flaschen. Sie wird nichts merken, wir haben den gleichen Geschmack.«

»Tante Belle«, stammelte Rafaela.

»Ich liebe deine Mutter, sie ist eine wundervolle Frau. Aber ich weiß auch, wie hart sie sein kann, wenn sie von jemandem enttäuscht wurde. Und ich weiß, dass du, Rafaela, nie auf die dumme Idee mit dem Wein gekommen wärst, wenn meine beiden Nichtsnutze dich nicht angestiftet hätten. Hab ich recht?« Rafaela zog die Schultern hoch. »Natürlich hab ich recht«, brummte Larabelle. »Aber eins sag ich dir, junge Dame«, sie drohte mit dem Finger. »Wenn so etwas je wieder geschieht, sorge ich persönlich dafür, dass du ein Jahr lang sämtliche Hausarbeit allein verrichtest, und vorher werde ich alle eure Helferlein zu Feuerholz verarbeiten! Sind wir uns einig?«

Rafaela fiel Larabelle um den Hals.

Graviata kam aus dem Keller zurück. »Worauf wartet ihr?«, rief sie. »Greift zu!« Sie entkorkte die Flaschen und füllte die Gläser.

Rafaelas Essen war überaus gelungen, der Braten gerade richtig, die Soße würzig und fast ohne Klümpchen, der Kuchen süß und buttrig.

»Wenn deine Mutter dich nicht mehr will, kommst du zu mir«, sagte Larabelle. Rafaela glühte vor Stolz.

Graviata erzählte von ihrer Arbeit im Palast. König Armand und seine Gemahlin, Königin Feline, hatten schon vor vielen Jahren Graviata zu ihrer persönlichen Schönheitsberaterin ernannt. Graviatas Wässerchen, Salben und Sprüche hatten dem Paar zu der strahlenden Schönheit verholfen, für die es in der ganzen Welt berühmt war. Dieselben Mittelchen sorgten auch dafür, dass das Strahlen des königlichen Paares im Lauf der Jahre und Jahrzehnte nicht verblasste. Königin Feline sah immer noch wie ein junges Mädchen aus, obwohl ihr Sohn, Kronprinz Dorvid, gerade einundzwanzig Jahre alt geworden war.

»Findest du nicht, die Königin sollte so langsam ins Auge fassen, ein wenig zu altern?«, fragte Larabelle. »Sie sieht immer noch wie fünfzehn aus. Wenn ihr Sohn neben ihr steht, wirkt er wie ihr ältlicher Onkel.«

Graviata schüttelte den Kopf. »Keine Chance. Als ich ihr neulich, ganz vorsichtig, einen Vorschlag in dieser Richtung machte, hat sie mich fast gefeuert. Der König ist übrigens auch nicht besser. Beide wollen ihre Jugendlichkeit vermutlich für die nächsten fünfzig Jahre erhalten. Sonst haben sie wenig im Kopf. Wenn wir Prinz Dorvid nicht hätten, würde unser Land von niemandem regiert.«

»Prinz Dorvid ist doof.« Rafaela zog eine Schnute. »Er macht immer so ein ernstes Gesicht und schön ist er auch nicht!«

»Hüte deine Zunge, Hexenkind«, warnte Graviata und

drohte mit dem Finger. »Es ist der Kronprinz, von dem du sprichst. Pass auf, dass ihm solch respektlose Worte nie zu Ohren kommen!«

»Wann sollten ihm wohl je meine Worte zu Ohren kommen?«

»Das könnte schneller geschehen, als du glaubst.«

»Was meinst du damit?«

Graviata druckste ein wenig herum. »Wir ziehen um!«, platzte sie dann heraus. »Der Kronprinz hat mich zur Palasthexe ernannt! Wir ziehen in die Stadt!«

Erst waren alle still. Dann brachen Rafaela in Jubel und Lulu in Tränen aus.

»Was ist mit dir, Lulu?«, fragte Graviata alarmiert. »Ich dachte, du würdest dich freuen. Du warst doch immer so glücklich, wenn du mich in die Stadt begleiten durftest!«

»Die Tiere«, schluchzte Lulu. »Was wird dann aus den Tieren und den Gobblings?«

»Ach, du Dummerchen!«, lachte Graviata erleichtert. »Die Tiere nehmen wir natürlich mit. Ich habe das Wort des Prinzen, dass sie genauso willkommen sein werden wie wir Menschen. Glaubst du wirklich, ich würde unsere Tiere im Stich lassen? Und die Gobblings werden uns vermutlich auch begleiten, oder?«

Sie hob ihr Glas und sah sich herausfordernd im Raum um. Überall saßen die winzigen Leutchen, blitzten herausfordernd zurück und hoben ihre Hände, als hielten sie Gläser darin.

»Wir werden ein Haus haben«, fuhr Graviata fort, »ein feines Haus, größer und schöner als dieses. Es steht in den Palastgärten, ein wenig abseits in einem besonderen Teil der Gärten, einem besonders hübschen, wie ich finde. Es gibt einen Teich. Sogar deine neue Freundin, wie heißt sie noch gleich …«

»Corina.«

»Corina, die Krähe, kann mitkommen, wenn sie will. Zufrieden?«

Lulu nickte tapfer. Aber sie war nicht zufrieden. Ihre Sorge um die Tiere und die Gobblings war nur vorgeschoben. Sie wusste selbst, dass Graviata nie ihre Tiere im Stich lassen würde. Sie gehörten zur Familie. Und die Gobblings taten sowieso, was sie wollten. Es war die Veränderung, die ihr Angst machte. Der Schein kündige eine Veränderung an, sagte man. Sie hatte so sehr gehofft, dass es nicht stimmte. Und nun kam Graviata mit diesen Neuigkeiten! Lulu wollte keine Veränderung, sie wollte, dass alles so blieb, wie es war. Doch sie schluckte ihre Befürchtungen hinunter. Noch war nicht die Zeit, davon anzufangen. Jovinda hatte ihr zwar nicht ausdrücklich befohlen, mit ihrer Mutter nur unter vier Augen zu sprechen, aber Lulu hatte das sichere Gefühl, dass die Alte es so gemeint hatte.

»Dann hat er sich also umstimmen lassen?«, fragte Larabelle.

Graviata nickte. »Seit drei Jahren, seit er achtzehn ist, versuche ich dem Kronprinzen klarzumachen, dass äußere Schönheit und eine ernsthafte, verantwortungsvolle Gesinnung sich nicht ausschließen müssen. Aber er hat eine Behandlung immer abgelehnt. Vermutlich hat er sich schon als Kind geschworen, nie zu werden wie seine Eltern.«

»Und was hat seine Meinung geändert?«

»Er hat sich verliebt.«

»Ah«, nickten Larabelle und Rafaela verständnisvoll.

»Was ihm am meisten Sorge macht«, fuhr Graviata fort, »sind sein schütteres Haar und seine picklige Haut. Ich habe ihm für den Anfang ein paar Mittelchen gemixt und ihm genau beschrieben, wie er sie in den kommenden vier Wochen, während der Hof in der Sommerfrische weilt, anwenden soll. Danach kann ich mit der eigentlichen Behandlung beginnen, aber dazu muss ich jeden Tag mit ihm arbeiten. Und aus diesem Grund ziehen wir in die Stadt. Heute in vier Wochen geht's los!«

»Wie wunderbar für euch alle!«, rief Larabelle. »Dein Geschäft wird aufblühen, du wirst dich vor neuen Kunden kaum noch retten können. Und ihr Mädchen werdet die Stadt lieben. Da könnt ihr ein ganz anderes Leben führen als hier im Wald!«

»Das wird ein tolles Leben«, hauchte Rafaela glücklich.

Lulu kannte Prinz Dorvid nicht. Sie wünschte ihm eigentlich nichts Schlechtes, aber sie wäre verdammt froh, wenn er mit einer Glatze und eitrigen Furunkeln aus den Ferien zurückkäme und keinen Wert auf eine weitere Behandlung durch ihre Mama legte. Dann müssten sie nicht in die Stadt ziehen. Sie schloss die Augen und betete stumm die geheime Botschaft her, bis sie Graviatas forschenden Blick auf sich fühlte.

»Das wird bestimmt ein tolles Leben«, piepste sie und lächelte krampfhaft.

»Bestimmt«, sagte Graviata und wechselte das Thema. »Ich habe Geschenke mitgebracht. Außerdem müssen die Pferde versorgt werden. Wer kommt mit nach draußen?«

Alle kamen mit. Sie luden Graviatas Reisesack vom Packpferd und brachten beide Tiere zur Tränke. Graviata wühlte in ihrem Sack herum und zog für jeden ein kleines Geschenk heraus. Rafaela bekam ein Singendes Buch, die absolute Neuheit, alle jungen Leute in der Stadt seien verrückt danach, versicherte Graviata. Als Rafaela es aufschlug, ertönte näselnder Gesang, begleitet von etwas, das sich wie ein Gemisch von Hupen, Trillerpfeifen und Pferdewiehern anhörte.

»Slavendrian«, hauchte Rafaela ehrfürchtig. »Danke, Mama, ich liebe Slavendrian! Darf ich?«

Graviata nickte, und Rafaela zog sich ins Haus zurück, um ihr Glück zu genießen. Kaum gedämpft quäkte das Näseln über den Hof.

»O je«, stöhnte Graviata, »hoffentlich war dieses Geschenk kein Fehler.«

Lulu bekam ein Säckchen voll neuer Perlen, gläserne Kostbarkeiten, die alle einen Schatz in ihrem Inneren umhüllten: eine bunte Feder, eine winzige Schnitzerei, Schneekristalle. Noch nie hatte Lulu so schöne Perlen gesehen. Für einen Moment vergaß sie ihre Sorgen.

Larabelle bekam einen Gürtel mit Silbereinlagen, und für ihre Söhne hatte Graviata zwei Taschenmesser mit eingravierten Namen mitgebracht. »Gib sie ihnen, wenn du glaubst, dass sie ihrer würdig sind«, sagte sie.

»Weiß der Himmel, wann das sein wird«, lachte Larabelle.

»War da nicht noch jemand?« Graviata tat verwirrt.

»Bumbum!«, schrie Bumbum empört.

»Ach ja, Bumbum. Hab ich denn auch etwas für dich?«

Sie tauchte in ihren Sack, suchte und wühlte darin herum, während Bumbum vor Ungeduld von einem Füßchen auf das andere trat. Endlich kam seine Mama wieder zum Vorschein und hielt ihm eine überlebensgroße, gelbe flauschige Stoffente entgegen.

»Bumbum!«, schrie Bumbum, nahm das riesige Vieh in seine Arme und stapfte begeistert mit ihm davon, um es den anderen Tieren vorzustellen.

»Er hat gar nicht gemerkt, dass es quakt, wenn man ihm auf dem Bauch drückt«, murmelte Graviata.

Larabelle schaute Bumbum nach. »Weißt du eigentlich, dass du wunderbare Kinder hast?«

»Natürlich weiß ich das«, antwortete Graviata.

»Und Damiano? Hast du ihn endlich gesprochen?«

Lulu hielt die Luft an. Keiner außer Larabelle hätte sich getraut, das zu fragen.

Graviata schwieg. Ein paar bedrückende Augenblicke lang war es sehr still. Nur Slavendrian musizierte unbeirrt weiter.

Larabelle seufzte. »Ich bringe die Pferde in den Mietstall. Bleib du bei deinen Kindern. Sie haben dir bestimmt noch eine Menge zu erzählen.« Sie schwang sich auf eines der beiden Pferde, nahm das andere am Zügel und ritt vom

Hof. »Danke für die Geschenke!«, rief sie noch, bevor sie im Schatten der Bäume verschwand.

Die Sonne stand tief, bald würde sie untergehen. Ein Schwarm Krähen flog über das Haus und suchte sich auf den Bäumen im Umkreis seine Schlafplätze. Corina ließ sich nicht blicken, aber Lulu war sicher, dass es ihr Schwarm war. Ihre Freundin hatte wohl beschlossen, sich erst einmal eine Weile im Hintergrund zu halten und abzuwarten, was Graviata für eine Sorte Hexe war. Lulu konnte das verstehen. Schließlich hatte Corina so ihre Erfahrungen.

Rafaela blieb mit Slavendrian in ihrem Zimmer. Graviata hatte sie von den abendlichen Pflichten entbunden, weil sie doch den ganzen Tag über so sehr geschuftet hatte. Lulu und ihre Mutter brachten den Tieren ihren Anteil vom Festmahl und fütterten auf Bumbums ausdrücklichen Wunsch auch seine neue gelbe Stoffente. Dann brachte Graviata den Kleinen ins Bett und sang ihm sein Lied. Lulu zündete im Wintergarten die Lampen an. In der Küche werkelten die Helferlein mit dem schmutzigen Geschirr. Lulu wartete und probte ihren Text, bis ihr die Augen zufielen. Als sie erwachte, war es schon stockdunkel.

Graviata saß ihr im Sessel gegenüber und beobachtete sie.

»Ich hätte dich ins Bett tragen können«, sagte sie. »Aber dann dachte ich, es sei besser zu warten, bis du wieder aufwachst. Das konnte nicht allzu lange dauern, du warst sehr unruhig, hast gebrabbelt. Woher kennst du das Wort *borleif*?«

Schlaftrunken setzte Lulu sich auf. Ihr Mund war staubtrocken.

Graviata reichte ihr ein Glas Wasser. »Nun?«, fragte sie.

Lulu trank das Glas auf einen Zug leer. »Sieh mich an!«, forderte sie ihre Mutter auf. »Sieh meine Aura an! Sieh genau hin!«

»Was soll das, Lulu? Deine Aura ist gut, wie immer!«

»Kein kränklich grüner Schein?«

Graviata sog scharf die Luft ein. »Wie kommst du denn auf so etwas?«

»Jovinda hat gesagt, ich trage den Schein«, brach es aus Lulu heraus. »Ein fürchterliches Unglück wird uns treffen. Eine Veränderung zum Schlechten, hat Jovinda gesagt. Und jetzt willst du mit uns in die Stadt ziehen. Das ist doch eine Veränderung. Ach, Mama, wir dürfen dort nicht hin, ich trage den Schein!« Schluchzend stürzte sich Lulu in Graviatas Arme.

Die streichelte sie, murmelte leise die zärtlichen Worte, die sie benutzt hatte, als Lulu noch ein Baby war, und ließ sie weinen. Als Lulu nicht mehr gar so sehr schluchzte, hielt Graviata ihre Tochter auf Armeslänge von sich, mitten vor das Licht einer Lampe, und betrachtete sie scharf und lange.

»Nichts!«, sagte sie. »Kein Schein. Nicht die Spur eines Scheins.«

»Wirklich nicht?«

»Natürlich nicht!«

Graviata atmete tief ein, ließ Lulu los und begann mit schnellen Schritten den Raum zu durchmessen. Sie trug immer noch Reitstiefel, ihre Absätze klackten auf dem Dielenboden.

»Wie konnte Jovinda es wagen, dir so etwas zu sagen!«, fauchte sie. »Wie konnte sie es wagen, dir so eine Belastung aufzubürden! Du bist noch ein Kind. Du bist mein Kind! Wie konnte sie nur!«

Immer wütender wurde sie, ihre Schritte wurden schneller, ihre Gesten heftiger.

»Ich habe dich ihr anvertraut!«, schrie sie. »Sie hat mein Vertrauen missbraucht, diese miese, alte … dumme Person! Außerdem«, blitzte sie Lulu an, »außerdem, ganz unter uns, Jovinda ist eine jämmerliche Hexe und eine noch jämmerlichere Seherin. Sie könnte keinen Schein erkennen, selbst nicht, wenn er aus ihrer eigenen Nase wüchse! Ohne Evchen wäre sie ein Nichts, ein jämmerliches kleines Nichts, ein …«

»Evchen hat ihn gesehen«, flüsterte Lulu.

»So, Evchen also«, murmelte Graviata und musterte Lulu noch einmal.

»Ist da nun ein Schein?«

Graviata blickte ihr fest in die Augen. »Nein, nichts. Deine Aura ist die eines gesunden, kleinen Mädchens, das sich umsonst große Sorgen macht! Und mit Jovinda werde ich ein Wörtchen reden«, fügte sie grimmig hinzu. »Am liebsten würde ich sofort zu ihr rüberrennen und sie in Stücke zerfetzen. Ha, ich werde den Captain mitnehmen und ihn auf sie hetzen, auf sie und das fette Evchen!«

»Sie sind verreist.«

»Typisch!«, fauchte Graviata. »War das alles oder hat sie dir noch einen weiteren Floh ins Ohr gesetzt?«

»Eine Botschaft«, sagte Lulu.

Sie nahm ihre Mutter bei der Hand und führte sie unter die Lampe. Dann stellte sie sich in Positur, genau vor Graviata, konzentrierte sich auf Graviatas Gesicht, damit ihr auch nicht das winzigste Zucken entging, holte tief Luft und legte los:

»Häuscher af busch, häuscher af rossen vun seven af seven af seven. Sin ville de seven. Gran vun sude, san vun blot, sat de rossen. Fin de rot, fin de blot. But de seik af de farten vil se kamen. Borleif.«

Vollbracht! Von Anfang bis *borleif* fehlerfrei aufgesagt. Ein Stein fiel von Lulus Herz, ein Felsbrocken. Graviata aber verfügte entweder über eine grandiose Selbstbeherrschung oder der Text war völlig nichtssagend.

»War's das?«, fragte sie etwas spöttisch.

Lulu nickte erst, schüttelte dann aber den Kopf. »Ich hab was geträumt, heute Nachmittag, ganz kurz bevor du gekommen bist. Etwas Schreckliches.«

»Willst du es mir erzählen?«

»Hm«, nickte Lulu. »Also, da war ein Feld.« Sie verstummte.

»Was ist an einem Feld so schrecklich? Die Welt ist voller Felder.«

»Nein, kein gewöhnliches Feld, es war …« Es fiel ihr nicht mehr ein. Nur das Gefühl war noch da, ein Grauen, wie sie es bisher noch nie empfunden hatte.

»Nun ja, Schatz, Träume machen uns oft Angst, aber …«

»Rot!«, rief Lulu. Bruchstücke des Traums kamen zurück.

»Das Feld war rot wie Blut und eine Frau war da. Sie hat ein Kind getötet. Mama?«

Graviata lehnte an der Wand und bedeckte ihr Gesicht mit den Händen.

»Ist es sehr schlimm, Mama?«

»Nein«, sagte Graviata dumpf in ihre Hände hinein. Als sie ihr Gesicht wieder zeigte, war es gelassen und entspannt wie immer. »So ein Traum ist beängstigend, aber nicht schlimm. Und Jovindas Worte bedeuten gar nichts. Zerbrich dir nicht länger den Kopf. Du hast deine Sache wunderbar gemacht. Es muss doch schrecklich gewesen sein, diesen schwierigen Text zu behalten. Wie ich dich kenne, hast du in den letzten Nächten kein Auge zugetan aus lauter Angst, ihn zu vergessen.«

»Jaahhh«, gähnte Lulu.

»Und jetzt vergiss die Worte und den bösen Traum!« Sanft strich sie ihrer Tochter über die Stirn. Text und Traum verschwanden aus Lulus Gedanken, als hätte es sie nie gegeben.

In dieser Nacht schlief Lulu wunderbar. Aber zu kurz. Sie wurde im Morgengrauen wach, warum, wusste sie nicht. Im Haus war es still. Draußen im Wald begann der erste Vogel zaghaft zu fiepen, ein viel zu schwaches Geräusch, um davon wach zu werden. Lulu wälzte sich ein bisschen hin und her und beschloss, auf die Toilette zu gehen, mehr aus Langeweile als von einem wirklichen Bedürfnis getrieben.

Als sie auf dem Flur war, hörte sie ein leises Klingen, Metall auf Metall, das aus Graviatas Labor zu kommen schien. Auf bloßen Füßen schlich Lulu die Treppe hinunter, huschte durch die dunkle Diele und den ebenso finsteren Salon, der nur benutzt wurde, wenn Graviata Kundschaft hatte. Dahinter lag das Labor. Die Tür war geschlossen, aber Licht drang durch einen Spalt zwischen Türblatt und Boden und durch das Schlüsselloch. Das dünne Klingen kam eindeutig aus diesem Raum.

Lulu zitterte. Der ganz frühe Morgen im Wald war kühl, auch im Hochsommer, aber eigentlich zitterte sie mehr aus Angst, erwischt zu werden. Graviatas Arbeit im Labor war für die Kinder tabu. Lulu kämpfte kurz mit sich, dann spähte sie durch das Schüsselloch. Graviata saß über ihren Arbeitstisch gebeugt, das Profil Lulu zugewandt, beleuchtet von einer kleinen, blauen Flamme, die aus einem Stab zu wachsen schien. Sie feilte und schabte an etwas sehr Kleinem, Schimmerndem herum, nahm den Stab, hielt die Flamme an das, was sie herstellte, hämmerte mit einem zierlichen Hammer, feilte, schabte und bohrte. Unentwegt murmelte sie etwas vor sich hin, als spräche sie ein Gebet.

Lulu konnte nichts verstehen, aber sie hätte wetten mögen, dass es Worte aus der alten Hexensprache waren. Ihre Mutter war offensichtlich, sofort nachdem Lulu eingeschlafen war, ins Labor gegangen, hatte sich noch nicht mal die Zeit genommen, bequemere Kleidung anzuziehen, trug immer noch das rote Reitkostüm. Lediglich eine Schürze hatte sie umgebunden und die Stiefel ausgezogen. Ihre Füße steckten in Wollsocken und die Fersen wippten nervös auf und ab. Sie schien sehr müde zu sein, immer wieder rieb sie sich mit dem Handrücken die Augen, ohne ihre Arbeit zu unterbrechen, ohne ihre Werkzeuge auch nur für einen Moment beiseitezulegen.

Was macht sie da?, überlegte Lulu. Es sah fast so aus, als stelle sie Schmuckstücke her. Aber warum sollte sie das tun? Vor allem, warum sollte sie es heimlich in der Nacht tun und in solch offensichtlicher Eile?

Und plötzlich wusste Lulu die Antwort. Es waren Amulette. Graviata stellte Amulette her, Schutzamulette wahrscheinlich.

»Oh, Mist!«, flüsterte sie oder vielleicht dachte sie es auch nur. Doch wie auch immer, es war zu laut.

»Ab ins Bett, Lulu!«, rief Graviata, ohne von ihrer Arbeit aufzusehen.

Und Lulu floh nach oben, die Treppe hinauf, in ihr Zimmer, in ihr Bett, wühlte sich zitternd in ihre Kissen, rieb die kalten Füße aneinander und hoffte vergebens, wieder einschlafen zu können. Irgendwann gab sie jeden Versuch auf. Sie kramte Bumbums Rosinen unter dem Kopfkissen hervor und wünschte sehnlichst, sie hätte nicht spioniert.

4. Kapitel

Der schreckliche Traum war für immer aus Lulus Kopf verschwunden, die Worte aber, Jovindas geheime Botschaft, kehrten zurück. Sie kamen am nächsten Morgen mit Corina, der Krähe. Die setzte sich auf Lulus Schulter, und augenblicklich erinnerte sich Lulu an jedes *seven*, an *gran* und *sude* und *borleif*. Ihr erster Gedanke war, zu Graviata zu laufen und sich zu beschweren: »He, Mama, dein Gedächtniszauber wirkt nicht!«, aber sie ließ es bleiben. Vielleicht war es wichtig, dass sie sich an die Worte erinnerte. Außerdem hätte Graviata, wenn sie herausfand, dass Corina das Vergessen der Botschaft verhinderte, sie bestimmt fortgeschickt. Lulu wollte nicht, dass Corina fortgeschickt wurde, die Krähe war ihre beste Freundin geworden. Man braucht Freunde, dachte Lulu, vor allem, wenn man sich Sorgen macht. Man braucht jemanden zum Reden. Mit Corina konnte sie reden, zumindest in Gedanken. Sie verstand die Krähe, und Corina verstand Lulu. Es war so ähnlich wie bei Bumbum, dachte Lulu, bei ihm hatte sie auch nie Schwierigkeiten, zu verstehen, was er sagen wollte.

Graviata sprach nie über die Ereignisse der letzten Zeit,

sie sprach nicht über Amulette, nicht über den kränklich grünen Schein, nicht über merkwürdige Botschaften in unverständlichen Sprachen, nicht über Träume. Sie blieb stundenlang in ihrem Labor und arbeitete. Wenn sie herauskam, war sie ungewöhnlich fröhlich, spielte auf ihrer Trompete, alberte mit Lulu und Bumbum herum, tanzte mit ihnen durch das Haus.

Lulu tat dann immer ganz begeistert mit, viel begeisterter als früher, als sie noch keine Sorgen hatte, und sie fragte sich, ob das allen Leuten so ging, ob alle Leute, die so besonders fröhlich waren, in Wirklichkeit einen geheimen Kummer mit sich herumschleppten.

Rafaela machte nie mit bei diesen Spielen. Sie blieb in ihrem Zimmer und hörte Slavendrian. Sie hatte Liebeskummer. Arminio zog mit einem Mädchen herum, mit einer, die schon achtzehn war und niedliche, blonde Locken hatte. Bei den seltenen Anlässen, zu denen sie ihr Zimmer verließ, war sie mürrisch und fauchte jeden an, der die Kühnheit besaß, das Wort an sie zu richten. Ihre Laune besserte sich erst, als ein Herold aus dem Palast an die Tür klopfte und verkündete, der Kronprinz sei aus der Sommerfrische zurück und sehe voller Ungeduld Graviatas Ankunft im Palast entgegen.

»Berichtet Seiner Hoheit, dass ich in sieben Tagen kommen werde«, beschied ihn Graviata.

Sieben Tage. *Seven af seven af seven*, dachte Lulu. Bis zuletzt hatte sie gehofft, dass es nicht so weit kommen, dass der Prinz auf Graviatas Dienste verzichten würde und ihrer aller

Leben so bleiben könnte, wie es immer gewesen war. Doch nun hatte ihre letzte Woche im Wald begonnen.

Graviata teilte die anfallenden Arbeiten unter ihre Töchter auf. Das Haus musste sauber gemacht werden, Wäsche und Kleidung bereitgelegt, Lebensmittelvorräte aufgebraucht oder an Freunde verteilt werden. Graviata selbst kam fast gar nicht mehr aus ihrem Labor zum Vorschein. Tag und Nacht schloss sie sich darin ein.

Lulu fand trotz der vielen Arbeit an einem der letzten Tage noch Zeit, quer durch den Wald zu Jovindas Haus zu laufen. Sie wusste selbst nicht, was sie sich davon erhoffte, aber was auch immer es gewesen war, es wurde enttäuscht. Jovindas Haus lag verlassen und verwaist da. Die alte Hexe und die fette Katze waren von ihrer Reise noch nicht zurückgekehrt.

Dann kam der letzte Tag. Vom Mietstall hinter dem Wald wurde ein offener Reisewagen samt zwei Kutschpferden geliefert. Lulu und Rafaela bepackten den Kofferraum mit Dingen des täglichen Lebens, Graviata verstaute einen Großteil ihrer Hexenausrüstung darin. Sie hatte beschlossen, am nächsten Morgen in aller Frühe aufzubrechen, damit sie noch bei Tageslicht in ihrem neuen Heim ankämen.

Am Abend gab es ein Fest, ein Abschiedsfest für Graviata und ihre Kinder. Es fand auf dem Versammlungsplatz in der Mitte des Waldes statt. Larabelle hatte es organisiert, und alle Waldbewohner waren gekommen, selbst diejenigen, die immer abfällig von Graviata sprachen, die Nase über sie rümpften, weil sie sich dem oberflächlichen Geschäft der Schönheit verschrieben hatte und damit mehr verdiente als sie alle zusammen. Es gab viel zu essen und zu trinken, Musik und Tanz. Lulu wurde ständig von irgendwelchen Leuten umarmt und geküsst, man versicherte ihr wieder und wieder, was für ein Glück sie habe, von nun an im Palast leben zu dürfen. An Lulu zog alles vorüber wie ein Traum, den eine andere träumt. Sie hätte sich am liebsten irgendwo verkrochen und geheult. Dankbar hörte sie gegen Mitternacht Graviatas Trompete, die zum Aufbruch rief. Es wurde noch einmal schlimm, als sie sich von Larabelle und den Jungen verabschiedeten, aber dann war auch das geschafft.

Sie gingen heim zu einer letzten kurzen Nacht in ihren alten Betten und brachten am Morgen nach einem schnellen Frühstück die letzten Kleinigkeiten in den Wagen hinaus. Dann geschah es. Eigentlich war es schon die ganze Zeit über geschehen, sie hatten es nur nicht bemerkt. Immer weniger Gobblings ahmten nach, was sie machten. Fast alle hatten so getan, als frühstückten sie. Sehr viel weniger hatten sie zum Wagen hinausbegleitet, und nur noch ein einziger kam mit, als Rafaela Kralles Käfig verstaute. Vor dem Wagen sah er sich um, bemerkte, dass keiner seiner Verwandten ihn begleitete, und schwups, schnell wie der Wind, verschwand er vom Wagen und schloss sich der Mehrheit an. Vor dem Haus standen sie alle in einer Reihe, unbeweglich, still und starr, eine winzige Mauer menschenartig aussehender Geisterchen.

Etwas Seltsameres und Unheimlicheres hatte Lulu noch nie gesehen. Keiner von ihnen. Selbst Graviata war sprachlos, jedoch erholte sie sich als Erste, verbeugte sich vor den Gobblings und machte eine einladende Bewegung zum Wagen hin. Nicht einmal diese Geste imitierten sie. Keine Reaktion. Sie versuchten es alle, Lulu, Bumbum, Rafaela – ohne Ergebnis. Die Gobblings reagierten nicht.

»Es hat keinen Zweck«, sagte Graviata endlich mit müder Stimme. »Steigt ein, wir fahren ohne sie.«

»Nein!«, rief Lulu. »Lass uns hierbleiben, Mama! Das ist ein schlechtes Zeichen!«

Doch Graviata schüttelte den Kopf. »Du verstehst nicht, Lulu. Der Kronprinz bittet mich zwar in den Palast, aber das ist nur so eine Redensart. Jemand wie er bittet nicht, er befiehlt. Wir haben keine Wahl.«

Also stiegen sie ein. Lulu und Bumbum mit seiner gelben Stoffente setzten sich auf die eine Sitzbank, Rafaela mit Kralles Käfig auf die gegenüberliegende, Murks, der Traurige Ralf und Captain Sabber lagen irgendwie umeinandergerollt auf dem Boden. Graviata kletterte auf den Kutschbock und ließ die Pferde anziehen, langsam rollten sie los. Ein Krähenschwarm erhob sich kreischend von den Bäumen und begleitete sie.

»Dem Himmel sei Dank!«, flüsterte Lulu. Sie hätte es nicht verkraftet, wenn Corina und ihre Gesellen sie auch im Stich gelassen hätten.

Hinter dem äußeren Ring hielt Graviata den Wagen an, stieg vom Kutschbock und errichtete den Bann.

»Damit keiner im Haus rumschnüffelt, wenn wir nicht da sind«, brummte sie und schickte sich an, wieder auf den

Bock zu klettern. Doch sie überlegte es sich anders, blieb stehen und wühlte in ihrer Rocktasche.

»Ich hab was für euch«, sagte sie und zog ein Säckchen hervor. »Eigentlich wollte ich es euch erst später geben, aber …« Sie ließ den Satz unvollendet, hielt vier Schmuckstücke hoch, wenn man die Dinger denn so nennen wollte. Es waren schwarzgraue Anhänger an ebenso dunklen Halskettchen. »Ich möchte, dass ihr die jetzt anlegt und niemals, hört ihr, niemals abnehmt!«

»Diese Dinger?«, sagte Rafaela mit einer Stimme, als handele es sich um Hundeköttel.

»Es sind Amulette«, erklärte Graviata. »Es hat mich viel Zeit und Mühe gekostet, sie herzustellen. Einmal hast du mich dabei beobachtet, Lulu.«

Lulu nickte schwach.

»Die ersten, die ich gemacht habe, sind nichts geworden«, fuhr Graviata fort. »Auch die zweiten nicht und die dritten auch nicht. Ich hab vergessen, wie viele Versuche ich gebraucht habe, aber diese hier sind perfekt. Legt sie an!«

»Ich finde, sie sind so …« Rafaela verkündete lieber doch nicht, wie sie die Amulette fand.

»Sie sind aus Gold«, sagte Graviata. »Ich habe sie geschwärzt, damit man sie euch nicht stiehlt. In der Stadt wimmelt es von geschickten Dieben.«

»Oh, Gold!« Diese Information bewirkte immerhin, dass Rafaela ihr Amulett in die Hand nahm und genauer betrachtete. »Aber die Anhänger sind so …« Wieder ließ sie den Satz unvollendet.

»Sie machen Angst«, sagte Lulu.

»Nur auf den ersten Blick. Schaut sie ruhig etwas länger an!«

Jeder Anhänger war eine sorgfältig gearbeitete dämonische Fratze. Es kostete Überwindung, sie länger als einen Wimpernschlag lang zu betrachten. Doch wenn man durchhielt, geschah etwas Eigenartiges: Die Fratze verwandelte sich. Das Grinsen wurde zum Lächeln, die bösartigen Züge verschwanden, ein freundliches Gesicht erschien, schwer zu sagen, ob männlich oder weiblich, jedoch die Güte in diesem Gesicht war eindeutig.

Stumm vor Staunen sahen die Kinder diese Verwandlung.

»Ich wollte erreichen, dass niemand euch diese Amulette stiehlt«, erklärte Graviata. »Deshalb wirken sie auf den ersten Blick wertlos, sogar abstoßend. Niemand will so etwas haben. Doch ihr Zauber ist mächtig. Sie werden euch beschützen, wenn ich einmal nicht mehr in der Lage dazu sein sollte.«

Mit einer herrischen Geste brachte sie den Proteststurm ihrer Töchter zum Schweigen. »Ich werde alles tun, was ich kann, damit dieser Tag nie eintritt. Und glaubt mir, ich kann viel. Aber …« Sie brach ab und suchte nach Worten. »Aber man weiß nie«, sagte sie mit einem hilflosen Achselzucken. »Wenn mir etwas geschieht, werden euch diese Amulette beschützen. Sie können Schicksalsschläge nicht verhindern, aber sie mildern sie ab. Sie bewirken, dass man freundliche Menschen trifft, nicht allein bleibt, Hilfe findet. Und falls ihr einander einmal verlieren solltet, machen die Amulette, dass ihr wieder zusammenkommt. Also tragt sie immer.«

Eingeschüchtert halfen die Mädchen sich gegenseitig, die Kettchen anzulegen, und hängten auch Bumbum seines um den Hals. Mit großen Augen ließ er es geschehen, umarmte nur die gelbe Ente etwas fester.

»Willst du dein Amulett nicht auch anlegen?«, fragte Rafaela und zeigte auf das vierte, das ihre Mutter noch immer in der Hand hielt.

»Das ist nicht für mich«, sagte Graviata. »Ich habe diese Amulette für meine Kinder gemacht.« Sie ließ die letzte Kette zurück in das Säckchen rieseln und schaute etwas unsicher zwischen ihren Töchtern hin und her. Schließlich drückte sie es Rafaela in die Hand.

»Du bist die Ältere«, sagte sie, »du hast die Verantwortung. Doch ich will, dass ihr beide gemeinsam, du und Lulu, so bald wie möglich Damiano aufsucht und ihm das Amulett gebt. Erklärt ihm, was es damit auf sich hat, und schärft ihm ein, was ich euch eingeschärft habe. Und jetzt reden wir nicht mehr über die Sache.«

Gewandt kletterte sie auf den Kutschbock, ließ die Pferde anziehen und schnitt so alle weiteren Fragen ab. Der Wagen ruckelte über den wurzeligen Waldweg, die Vögel lärmten in den Bäumen und ganz oben über den Wipfeln flog Corinas Krähenschar.

»Du hast Mama also beobachtet, wie sie Amulette gemacht hat«, stellte Rafaela fest.

Lulu nickte.

»Gibt es sonst noch etwas, das ich nicht weiß?«

Lulu nickte wieder.

Rafaela seufzte und verdrehte die Augen. »Jetzt komm schon raus damit! Lass dir nicht alles einzeln aus der Nase ziehen.«

Lulu wollte erzählen, sie brannte sogar darauf, aber sie kam nicht dazu. Der Wagen ruckelte und rumpelte, die Vögel im Wald lärmten, die Pferdehufe klackerten, und zu allem Überfluss hatte Graviata oben auf dem Kutschbock lauthals zu singen begonnen, als gäbe es nichts auf der Welt, das ihr Sorge bereitete. Jetzt zückte sie ihre Trompete, setzte sie an und blies ein herausfordernd schrilles Kutschersignal.

»He ihr Trantüten!«, rief sie. »Der Wald liegt hinter uns, die Welt vor uns. Jetzt singen wir alle zusammen das Lied vom langen Weg nach Sarracant!«

Lulu und Rafaela schauten sich an und verdrehten die Augen. Aber es half nichts.

»Lang, schrecklich lang ist der Weg nach Sarracant«, stimmte Graviata an und ließ die Peitsche knallen.

»Wohl zwanzig Meilen lang ist der Weg nach Sarracant«, fielen die Mädchen ein.

»Bumbum«, sang Bumbum und schwenkte seine Ente im Takt.

Als sie durch ein Dorf fuhren, blinkerten Sonnenstrahlen in den Fensterscheiben und brachten die Ziegeldächer zum Leuchten. Vor den Häusern und in den Gärten hielten die Menschen in ihrer Arbeit inne, lachten und winkten dem Wagen und seinen singenden Insassen zu. Hoch oben in der Luft kreischte Corina mit ihren Kumpanen.

Vielleicht wird alles gut, dachte Lulu und winkte zurück.

Um die Mittagsstunde lenkte Graviata den Wagen an ein Bachufer, zog die Bremse an und verkündete, sie brauche eine kleine Pause. Seufzend kletterte sie vom Bock und legte sich ins Gras. Den Mädchen blieb es überlassen, die Tiere zu versorgen und ein Picknick zu richten. Sie tränkten die Pferde, hängten ihnen Futtersäcke um, breiteten eine Decke aus und hoben Bumbum aus dem Wagen. Da stand er dann, presste seine Ente an sich und sah sich mit großen Augen um.

»Bumbum?«, fragte er zaghaft. »Bumbum?«

»Sie sind nicht da«, antwortete Lulu etwas unwirsch. »Sie wollten nicht mitkommen. Erinnerst du dich?«

Da verzog der Kleine seine Unterlippe und begann jämmerlich zu weinen. »Bumbum!«, schluchzte er untröstlich und zeigte mit seinem kurzen Finger auf die Welt um ihn herum, wo alles Mögliche war, Blumen, Schmetterlinge, Krabbeltiere, aber kein einziger Gobbling. Sein ganzes Leben lang waren sie da gewesen, immer. Doch nun waren sie fort.

Graviata nahm ihren kleinen Sohn in die Arme, küsste und wiegte ihn und erklärte, dass die Gobblings daheimgeblieben seien, um auf ihr Haus aufzupassen, dass sie ganz sicher dort blieben und auf sie warteten und dass sie sehr bald alle wieder zusammen sein würden, so wie es immer gewesen war. Es gebe nun einmal Orte, sagte sie, die Gobblings nicht mochten, und keine Macht der Welt brachte einen Gobbling dazu, solch einen Ort zu betreten. Jovindas Haus zum Beispiel. Sie waren nie dorthin gegangen, aber sie hatten immer brav gewartet, bis das jeweilige Familienmitglied Jovindas Haus wieder verlassen hatte. Und so würde es auch diesmal sein. Sie würden zu Hause warten.

Die Mädchen drängten sich an ihre Mutter, umarmten sie und Bumbum und wiederholten ihre Worte, um den Kleinen zu trösten, aber eigentlich trösteten sie sich selbst.

Kummer macht müde. Graviata streckte sich auf der Decke aus, Bumbum kuschelte sich neben sie und die beiden schliefen ein. Sabber, Murks und der Traurige Ralf hielten Wache, Kralle tockte in seinem Käfig, Corina und ihre Kumpane besetzten die Äste einer Tanne.

»Mitkommen!«, befahl Rafaela flüsternd und zog Lulu zum Bachufer hinunter, außer Hörweite der anderen. »Leg los, ich höre!«

Lulu berichtete. Sie erzählte von Jovinda und Evchen, vom kränklich grünen Schein, von der geheimnisvollen Botschaft, von der Nacht der Amulette.

»Ich fass es nicht!«, rief Rafaela. »Was bist du doch für eine Geheimniskrämerin! Warum hast du mir das alles nicht schon längst erzählt?«

»Ich hab mich nicht getraut«, rechtfertigte sich Lulu. »Du warst immer so furchtbar schlecht gelaunt wegen Arminio.«

»Ich war überhaupt nicht schlecht gelaunt!«, fauchte Rafaela. »Schon gar nicht wegen diesem Blödmann! Der ist mir völlig egal! Ich lach doch über den Blödi! Haha! Hörst du? Haha! Von wegen schlechte Laune! Haha!«

»Haha!«

»Genauso. Also, was ist jetzt? Krieg ich die geheimnisvolle Botschaft zu hören oder unterhalten wir uns weiter über Blödmann Arminio?«

Lulu verbiss sich ihren Ärger und raunte ihrer Schwester die Botschaft zu.

»Noch mal!«, befahl Rafaela, als Lulu geendet hatte. »Aber nuschel nicht so!«

Lulu wiederholte die Worte.

»Merkwürdig«, brummelte Rafaela. »Ich versteh die Worte und versteh doch nichts. Bist du sicher, dass du alles richtig hergesagt hast?«

»Ganz sicher.«

»Wirklich merkwürdig. *Seven* heißt sieben. *Rossen* heißt Rosen. *Blot* heißt Blut. *Borleif* heißt für immer. Auch das andere ist mir einigermaßen klar. Aber zusammen gibt es keinen Sinn. Nichts davon ergibt einen Sinn. Warum hast du Larabelle nicht gefragt? Sie hätte es bestimmt übersetzen können.«

Lulu schüttelte heftig den Kopf. »Die Botschaft war nur für Mama. Du darfst sie niemandem weitersagen. Schwöre es!«

»Hat Jovinda das befohlen?«

»Nicht direkt, aber ich weiß es. Ich weiß, dass niemand außerhalb unserer Familie davon erfahren darf. Schwöre mir, dass du nichts verrätst!«

»Machst du nicht ein bisschen viel Wind?«

»Schwöre es!«

»Also gut, ich schwöre«, gab Rafaela nach. Auch sie hatte schon oft festgestellt, dass Lulu mehr als andere wusste. Dinge, die niemand ihr gesagt hatte, wusste sie einfach. Mit drei Fingern über dem Herzen machte sie die Geste des Eides. Lulu war beruhigt.

»Wahrscheinlich ist die Botschaft doppelt verschlüsselt«, überlegte Rafaela.

»Was meinst du damit?«

»Ich meine damit, dass jedes Wort eine doppelte oder vielleicht sogar dreifache Bedeutung hat. *Rossen* heißt zwar Rosen, aber vielleicht auch Liebe oder Heimat oder es ist der Name einer Person. Was weiß ich.«

»Dann kriegen wir nie raus, was der Text bedeutet.«

»Vielleicht kann Damiano es herausfinden.«

»Mano?«

»Klar, überleg doch mal. Er gehört zur Familie, also darfst du ihm die Worte sagen. Und er ist jetzt ein Gelehrter. Er kann lesen und schreiben. Er kann in den Büchern seiner Akadamie, oder wie das heißt, nachschauen. Die haben dort massenhaft Bücher, in denen alles drinsteht, was es gibt. Das hat er mir selbst gesagt.«

Das stimmte allerdings. Bevor er fortgegangen war, hatte Damiano auch Lulu vorgeschwärmt, welche Mengen an Wissen die Gelehrten in ihren Büchern angehäuft hätten und dass dieses Wissen bald auch ihm, Damiano, zur Verfügung stehen würde.

»Wir könnten natürlich auch Mama fragen, was die Worte bedeuten«, grinste Rafaela.

»Sicher doch«, grinste Lulu zurück.

Sie wussten beide, dass Graviata sich eher die Zunge herausreißen würde, als sich in ihren Sorgen und Nöten ihren Kindern anzuvertrauen.

Aber Damiano? Damiano hatte mit Hexendingen nichts am Hut. Er war nie müde geworden, das zu betonen und Graviata damit bis zur Weißglut zu reizen. Andererseits war er jetzt ein Gelehrter. Lulu hatte noch nie einen Gelehrten kennengelernt, aber sie glaubte zu wissen, dass sie ausgeglichene, ruhige Menschen waren, strebsam, offen für alles Neue und sehr, sehr klug. Zwar hatte sie Schwierigkeiten, sich ihren Bruder Damiano so vorzustellen. Er war viel zu wild und aufbrausend, um in dieses Bild zu passen, aber vielleicht gab es ja auch wilde Gelehrte. Doch wie auch immer, Rafaela hatte bestimmt recht, er lebte in der Akadamie, er hatte massenhaft kluge Bücher zu seiner Verfügung und er konnte sie lesen. Einen Versuch war es wert. Lulu fühlte sich besser, viel besser. Es tat gut, nicht mehr die Einzige zu sein, die sich Sorgen machte und über Geheimnissen grübeln musste.

»Wir schaffen das schon«, sagte Rafaela zuversichtlich.

Als sie endlich weiterfuhren, war der Nachmittag schon fortgeschritten. Rafaela und Lulu lösten ihre Mutter auf dem Kutschbock ab. Lulu war sehr stolz, dass sie kutschieren durfte, sie kam sich erwachsen vor, verantwortungsvoll. »Ho!«, rief sie gewichtig, »He!« oder »Brr!« und ließ die Peitsche knallen. Erst als gegen Abend die ersten Häuser der Stadt auftauchten, übernahm Graviata wieder die Zügel.

Sie fuhren durch die Randgebiete, zur Stadtmitte, zum Hauptmarkt. Immer mehr Fuhrwerke ratterten um sie herum, Fußgänger drängten sich auf den Gehwegen, und oft genug überquerten sie die Fahrbahn, ohne sich im Geringsten um die Pferdekutschen zu kümmern. Kinderbanden wuselten um die Fuhrwerke, hängten sich hinten an und fuhren lachend und schreiend ein Stück mit. Man musste ein geschickter Kutscher sein, um sich in dem Durcheinander zurechtzufinden und keinen Unfall zu verursachen.

Lulu war schon zweimal mit ihrer Mutter in der Stadt gewesen. Sie liebte den Markt, seine Gerüche, die Farben, die seltsamen Waren, das Geschrei der Verkäufer, die Flüche der Kutscher, die im Gedränge nicht vorankamen. Sie dachte, dass sie nun herkommen konnte, so oft sie wollte, und war ziemlich froh darüber. Viele der Marktfrauen kannten Graviata und winkten. Einige warfen den Kindern kleine Geschenke zu, Bonbons, Äpfel und diese wundervollen Früchte mit der harten, bitteren Schale und dem wunderbar süßen Fruchtfleisch, deren Namen Lulu sich einfach nicht merken konnte.

Langsam verließen sie das Gebiet der Innenstadt, den Markt und die engen, vollen Gassen und gelangten ins Regierungsviertel. Hier war keines der Kinder je gewesen. Die breiten Straßen waren prachtvoll, schnurgerade, menschenleer, gesäumt von riesigen Gebäuden, viele davon mit Säulengängen, schmiedeeisernen Zäunen, leuchtenden Messingspitzen, goldblitzenden Türmchen, Steinfiguren und Springbrunnen in den Vorgärten.

Sie umrundeten einen kreisförmigen Platz, in dessen Mitte ein riesiger, steinerner Mann aufragte. Dahinter wurde die Straße noch breiter. Von Bäumen gesäumt, führte sie auf ihr majestätisches Ziel zu – den Königspalast. Lulu und Rafaela kannten ihn natürlich von Bildern und aus den Erzählungen ihrer Mutter, aber ihn jetzt so wirklich vor sich zu sehen war schon etwas anderes. Kalt und weiß und prächtig ragte er am Ende der Allee vor ihnen auf. Lulu bekam Gänsehaut auf dem Kopf, bis ihr widerspenstiges Haar nach allen Seiten abstand. Vor dem Palast breitete sich ein schier endloser Platz aus. Ebenfalls weiß – und völlig leer. Die einzigen Farbkleckse waren die blau-goldenen Kordeln, die den Platz von der Straße abtrennten, und ein paar Soldaten. Die Palastwache in blau-goldenen Uniformen patrouillierte in gemessen feierlichen Schritten. Wahrscheinlich war es ihre Aufgabe, zu verhindern, dass ein gewöhnlicher Mensch den Platz betrat und ihn mit gewöhnlichem Dreck verunreinigte.

Graviata hielt den Wagen an und stieg ab. Ein Soldat mit besonders viel Gold an der Uniform trat auf sie zu, die beiden wechselten ein paar Worte. Der Soldat drehte sich um, bellte einen Namen. Aus der Gruppe seiner Leute rannte ein junger Mann herbei, verbeugte sich ehrerbietig vor Graviata und etwas weniger tief, doch immer noch ehrerbietig vor den Kindern. Rafaela wurde rot vor Verlegenheit, und Lulu fing nervös an zu kichern, doch ein strenger Blick von Graviata ließ sie das Kichern in den Hals zurückstopfen, worauf sie dann einen Schluckauf bekam. Der junge Soldat kletterte auf den Kutschbock und nahm die Zügel. Sie fuhren am Platz entlang bis zu seinem Ende und gelangten dort in eine schmale, gepflasterte Gasse, die zwischen zwei hohen, glatten Mauern verlief. Von Pracht keine Spur.

»Wo bringt er uns denn hin?«, fragte Rafaela enttäuscht. »Ich dachte, wir wohnen im Palast.«

»Wir haben ein Haus im Palastgarten«, erklärte Graviata. »Die Mauer zu unserer Linken ist die Gartenmauer. Dort, seht ihr die kleine Tür? Sie führt zu unserem Haus. Ich werde sie mit einem Bann belegen, dass keiner außer uns sie benutzen kann. So brauchen wir keinen Schlüssel. Aber der Wagen passt durch diese kleine Tür nicht hindurch, deshalb bringt uns unser junger Freund zum Haupttor.«

»Und was liegt, hicks, hinter der Mauer auf der rechten Seite?«, fragte Lulu.

Graviata strich ihr mit der Hand zart über die Kehle. Der Schluckauf verschwand.

»Dort liegen die Siedlung der Dienstboten und einige Wirtschaftsräume, die Wäschereien zum Beispiel.«

»Wieso können wir nicht über den weißen Platz und den Palast zu unserem Haus?«

»Der Platz und der Vordereingang sind nur für die königliche Familie und hohen Staatsbesuch bestimmt.«

»So, so«, machte Lulu und wusste nicht, ob ihr das alles gefiel. Graviata strubbelte ihr über den Kopf.

»Brr!«, rief der Soldat zu den Pferden, nachdem sie am Ende der Gasse angekommen waren und vor einem eisernen Tor standen. Er wollte gerade vom Kutschbock steigen, als eine Schar Krähen im Tiefflug über sie hinwegbrauste.

»Na so was!«, rief er, riss sein Gewehr von der Schulter und legte auf die Vögel an.

»Mama!«, schrie Lulu entsetzt.

Graviata war sehr schnell. Sie sprang auf, ergriff das Nächstbeste und warf es dem Soldaten um die Ohren. Der wankte, ruderte mit den Armen, um das Gleichgewicht zu halten, und so schoss sein Gewehr nichts als ein Loch in die Luft. Was Graviata geworfen hatte, war Bumbums Ente, die jetzt auf der Erde lag. Graviata sprang aus dem Wagen und hob sie auf.

»Wage es nicht, noch einmal auf die Krähen zu schießen!«, schrie sie. Ihre Augen blitzten, ihr schwarzes Haar umwehte sie und sie fuchtelte mit der Stoffente wie mit einer tödlichen Waffe. »Diese Krähen sind unsere Freunde. Sie haben uns den ganzen Weg vom Wald bis hierher begleitet und sie stehen unter meinem Schutz!«

Erschreckt stand der Soldat da. »Madame«, sagte er leise und hob abwehrend die Hände.

Graviata schnaubte und gab Bumbum sein Tier zurück. »Entschuldige, mein Schatz«, sagte sie. »Das war ein Notfall!«

»Madame«, wiederholte schüchtern der junge Soldat. Graviata drehte sich herausfordernd zu ihm um. »Madame Graviata, es ist nur so …«

»Ja?«

»Es ist nur so, dass Ihre Majestät, Königin Feline, Krähen nicht leiden kann. Sie hat den Soldaten befohlen, alle Krähen in der Nähe des Palastes und der Gärten abzuschießen. Sie sind schmutzig, sagt sie, und sie, äh …«

»Ja?«

»Stinken.«

»Corina stinkt überhaupt nicht!«, rief Lulu empört. »Und Königin Feline hat ja wohl einen …«

»Ruhe!«, sagte Graviata scharf und Lulu verstummte.

»Auch die Gärtner haben Gewehre«, sagte der Soldat.

»Ruf die Krähen zurück, Lulu«, sagte Graviata müde.

Lulu war verwirrt, sie wusste nicht so recht, was Graviata von ihr wollte. Corina und ihre Bande waren ihnen immer freiwillig gefolgt, sie hatte die Vögel nie gerufen. Wie sollte das überhaupt funktionieren? Sollte sie krächzen? Doch da kamen sie schon. Die Krähen segelten herbei und ließen sich auf der rechten Mauer nieder, die das Gelände der Dienstboten umschloss. Corina setzte sich auf Lulus Schulter.

»Corina weiß, was du denkst«, erklärte Graviata. »Sie fühlt, dass du sie brauchst, und sie kommt. Die anderen folgen ihr.«

Ich hab's geahnt, dachte Lulu. Corina ist für mich, was Evchen für die alte Jovinda ist. Sie streichelte ihrer Krähe zärtlich über das Köpfchen. Corina gab einen sehr leisen Krächzlaut von sich, alle anderen Krähen waren stumm. Sie hatten schnell kapiert, dass ihr übliches freches Gehabe im Augenblick nicht angebracht war.

»Und was machen wir jetzt?«, fragte Rafaela mürrisch.

»Äh, Madame Graviata«, druckste der Soldat verlegen herum. »Äh, habt Ihr noch andere Tiere mit Euch?«

»Das siehst du doch«, herrschte Graviata ihn an. »Wir

haben einen Hund, eine Katze, einen Waschbären, einen Papagei, etwa ein halbes Dutzend Krähen und eine gelbe Stoffente. Ist daran etwas auszusetzen?«

»Ihre Majestät, Königin Feline …«, begann der Soldat.

»Ich bin auf Befehl des Kronprinzen hier«, unterbrach ihn Graviata ungeduldig. »Er wusste, dass ich mit meinen Kindern und meinen Tieren kommen würde. Das war von Anfang an klar. Ich habe sein Wort, dass es keine Probleme geben wird.«

»Aber der Befehl der Königin wurde nicht widerrufen«, beharrte der Soldat. »Wir, das sind die Palastwache, die Parkwächter und die Gärtner haben Befehl, auf alle Tiere zu schießen.«

»Auch auf Hunde und Katzen?«, fragte Rafaela ungläubig.

»Die Königin mag keine Tiere, nur Bäume und schöne Blumen«, sagte Lulu und wunderte sich, woher sie das wusste.

Auch der Soldat wunderte sich, aber er nickte zustimmend. »Ihre Majestät findet Tiere, äh, vulgär.«

»Das heißt gewöhnlich«, erklärte Graviata, bevor jemand fragen konnte. »Na schön.« Sie hatte einen Entschluss gefasst. »Lulu, du schickst die Krähen weg. Es ist hier zu gefährlich für sie. Sie sollen sich in der Stadt ihre Schlafplätze suchen. Es gibt massenweise alte Häuser und mehr als genug Futter in der Gegend des Hauptmarktes. Morgen suchen wir einen Platz, wo du dich gefahrlos mit Corina treffen kannst.«

Lulu nickte tapfer. Sie strich Corina zum Abschied noch

einmal über den Kopf, dann flog ihre Freundin mit ihren Kumpanen davon, zurück in Richtung Stadtzentrum.

»Ich wollte, wir hätten auch ein Haus am Hauptmarkt«, sagte Rafaela. »Wir können doch nicht riskieren, dass die unsere Tiere abschießen.«

»Ich werde das regeln«, versprach Graviata. »Jetzt beziehen wir erst einmal unser Haus, verschließen Fenster und Türen und halten die Tiere heute Nacht drinnen. Morgen sehen wir weiter.«

Niemandem war so recht wohl dabei, aber etwas Besseres fiel ihnen auch nicht ein. Der junge Soldat öffnete das Tor – vor ihnen lagen die Palastgärten.

5. Kapitel

Es hätte sehr schön sein können, die herrlichen Gärten zu durchfahren. Da waren alte Bäume, riesig und fremdartig, Rosenhecken, leuchtende Blumen, deren Namen sie nicht kannten, von zierlich eleganten Pavillons gekrönte Hügel, künstliche Wasserfälle, Teiche mit Seerosen und schwungvoll gebogenen Holzbrückchen, Mauerwerk und Säulengänge. Die Kinder sahen das alles, wussten auch, dass es schön war, aber freuen konnten sie sich nicht daran. Sie hielten krampfhaft ihre Tiere fest, voller Angst, sie könnten aus dem Wagen springen, um dieses neue, interessante Land auf eigene Faust zu erkunden. Murks und der Captain brannten darauf, das war ihnen deutlich anzusehen, und selbst der Traurige Ralf war beim Anblick des vielen Wassers aus seiner Depression erwacht.

Der Soldat lenkte den Wagen auf einen der Nebenwege, sie passierten ein kleines Tor in einem niedrigen Mäuerchen und kamen in einen Teil des Parks, der sich deutlich von dem, den sie gerade durchfahren hatten, unterschied. Er wirkte einfacher, war mit einheimischen Pflanzen bewachsen, hauptsächlich Kiefern, Ginster und Heidekraut. Es gab einen Teich mit einem Steg, an dem ein Kahn dümpelte. Sabber bellte sehnsüchtig aus tiefster Brust. Rafaela beugte sich über ihn und hielt ihm den Mund zu, während Lulu versuchte, den quirligen Murks zu halten, der sich in ihren Armen wand wie ein Aal. Die Tiere hatten genug von dem engen Wagen. Sie fühlten, dass das Ende ihrer Reise gekommen war, und wollten nur noch hinaus.

»Dem Himmel sei Dank, da ist das Haus«, sagte Graviata.

Es war hübsch, soweit Lulu das im Durcheinander ihrer Ankunft beurteilen konnte: ein großes, weißes Steinhaus mit einem Schieferdach, einer rundlaufenden Veranda, Säulen und zwei Türmchen mit goldenen Spitzen im ersten Stock. Vor den Stufen der Veranda hatten sich zwei Frauen und ein Mann aufgestellt, eine Art Begrüßungskomitee, wie es schien, aber es war keine Zeit, sich begrüßen zu lassen, denn alle stürmten aus dem Wagen, Graviata zog den Captain an seinem Halsband, Lulu trug den sich windenden Murks und Rafaela keuchte unter dem Gewicht des Traurigen Ralf. Bumbum kletterte als Letzter aus dem Wagen, steckte einen Daumen in den Mund und stolperte, seine Ente am Schnabel hinter sich herziehend, der Mutter und den Schwestern nach.

»Ganz durch«, kommandierte Graviata, »zu den Wirtschaftsräumen!«

Sie rannten durch eine Diele, eine Halle, einen Flur, ein paar Stufen hinunter in eine schöne, saubere Küche, in der es hervorragend roch. Eine Menge Töpfe, Platten und Schüsseln standen auf der Anrichte und dampften verführerisch. Trotz all der Aufregung bemerkte Lulu, wie hungrig sie war.

»Zurück!«, rief Graviata und machte kehrt, aus der Küche hinaus in den Raum daneben, eine Art Waschküche, auf blank gescheuertem Boden mehrere Zuber, Waschbretter und Holzgestelle, ein großer Kessel über einem zurzeit kalten Feuerplatz. Kein Fenster, nur eine Tür, die auf einen mit Holzbrettern hoch umschlossenen Hof führte. Den hinteren Abschluss des Hofs bildete die Steinmauer, auf deren anderer Seite die Gasse liegen musste, durch die sie eben gekommen waren. Bis auf einige Wäscheleinen war der Hof völlig leer.

Lulu schloss die Tür zum Flur und sie ließen die Tiere frei. Murks rannte sofort in den Hof und versuchte, an den Bretterwänden hochzuklettern. Aber sie waren glatt gehobelt und dick mit weißer Farbe bestrichen, so fanden seine Krallen keinen Halt, ebenso wenig wie an der weiß verputzten Mauer zur Gasse.

»Perfekt!«, sagte Graviata.

Nun ja, perfekt war übertrieben. Nach der langen Reise waren die armen Tiere in einem Gefängnis gelandet. Aber wenigstens würde sie hier niemand erschießen. Bumbum überlegte kurz, ob er seine Ente auch in der Waschküche einsperren sollte, entschied sich dann aber doch, sie wieder mit hinauszunehmen. Erleichtert gingen sie zurück zum Vordereingang.

»Wer sind die Leute vor dem Haus?«, fragte Lulu.

»Unsere Dienstboten«, antwortete Graviata.

»Dienstboten? Aber Rafaela und ich haben die Helferlein eingepackt. Wir brauchen keine Dienstboten!«

»Wir werden uns an sie gewöhnen müssen, Schatz. Sie wurden nicht gefragt, ob sie für uns arbeiten wollen. Man hat es ihnen befohlen. Also zieh keine Schnute und sei höflich!«

Die drei Dienstboten standen mit dem Soldaten neben dem Wagen und starrten fasziniert auf Kralle in seinem Käfig. Aus schrägen Augen musterte er die fremden Leute und versuchte, nicht sehr erfolgreich, eine Unterhaltung in Gang zu bringen. Als sie Graviata und die Kinder bemerkten, stellten sich die Dienstboten rasch wieder in eine Reihe, die Frauen knicksten, der Mann verbeugte sich.

»Wilkommen, Madame Graviata!«, murmelten sie im Chor. Es klang nicht über die Maßen begeistert.

Graviata dankte ihnen, stellte die Kinder vor und erklärte die Sache mit den Tieren. »Es wird euch keine zusätzliche Arbeit erwachsen«, sagte sie. »Meine Töchter werden die Tiere versorgen und auch den Hof säubern, wenn die Tiere ihn verunreinigen.«

»Arbeit stört uns nicht, Madame«, entgegnete die ältere Frau würdevoll. »Zum Arbeiten sind wir hier.«

Graviata musterte sie nachdenklich. »Sind wir uns schon einmal begegnet?«, fragte sie.

»Nein, Madame«, antwortete die Frau. »Mein Name ist Else, ich bin die Köchin. Dies sind Wanda und Manfredo, Hausmädchen und Hausdiener. Die beiden werden Euch die Zimmer zeigen und das Gepäck versorgen. Ich richte derweil das Essen.«

»Etwas an dir kommt mir bekannt vor«, beharrte Graviata. »Natürlich, jetzt weiß ich es wieder. Ich habe dich gesehen, als ich mit dem Kronprinzen seine Braut besuchte. In ihrem Elternhaus. Du hast für Anassia Bolin gearbeitet.«

»Anass...«

Die Frau verschluckte sich und würgte wie ein dicker Pelikan. Das Hausmädchen schlug ihr auf den Rücken, bis sie sich beruhigt hatte.

»Anassia Bolin, die Braut des Prinzen«, sagte Graviata. »Du hast für sie gekocht.«

»Gekocht, Madame?«, wiederholte die Köchin schwach und wischte sich die Hustentränen aus den Augen.

»Ja, gekocht. Ist es nicht das, was Köchinnen tun?« Graviata klang scharf. Sie hatte eine anstrengende Fahrt hinter sich und begann die Geduld zu verlieren.

»Ach so, Ihr meint, ob ich dort gekocht habe! Ja allerdings, das habe ich getan«, rief die Köchin eilfertig. »Seine Hoheit, der Kronprinz, hat mich dorthin befohlen und ich habe ein paar Tage lang dort gekocht. Eine Woche oder zwei.«

»Sechs«, sagte das Hausmädchen.

»Oder sechs. Wenn ich arbeite, achte ich nicht auf die Zeit.«

»Löblich«, sagte Graviata, die nun wirklich die Geduld verlor. »Dann achte auch jetzt nicht darauf, sondern mach dich gleich an die Arbeit. Meine Kinder sind müde und hungrig!«

»Sehr wohl, Madame«, murmelte die Köchin und verschwand mit einer Verbeugung im Haus. Sie wirkte erleichtert, Lulu hätte gerne gewusst, warum, und warum sie vorher so nervös gewesen war.

Manfredo, der Mann, den die Köchin als Hausdiener bezeichnet hatte, war ebenfalls alt, dick und kahlköpfig, und er schien nett zu sein. Er sagte »tolle Ente« zu Bumbum und begann den Wagen abzuladen.

Graviata ließ ihre Hexenausrüstung in die Bibliothek bringen. Dort und in dem sich anschließenden Kabinett wollte sie ihr Labor einrichten. Außer der Küche, den Wirtschaftsräumen und Graviatas Bereich gab es im Erdgeschoss noch eine Halle, einen Salon und ein Esszimmer. Wanda, das Hausmädchen, führte die Kinder herum. Sie schien kaum älter als Rafaela zu sein und war schrecklich stolz auf die Einrichtung. »Edelholz«, sagte sie und streichelte den Esstisch. »Seidenbezüge auf den Stühlen. Goldfäden in den Vorhängen.«

Es war wirklich ein feines Haus, überaus luxuriös eingerichtet, das persönliche Juwel des Kronprinzen. Es diente ihm als Fluchtmöglichkeit, wenn er sich vom strengen Hofzeremoniell des Palastes erholen wollte, und hin und wieder ließ er auch seine Gäste hier wohnen, doch nur solche, die ihm wirklich wichtig waren.

Rafaela war hin und weg. »Schau doch nur, Lulu!«, rief sie. »Badewannen mit Löwenfüßen! Kleine Seifen in Herzform!«

»Hm«, machte Lulu. Die Löwenfüße waren in Ordnung, aber der ganze andere Krimskrams ging ihr auf die Nerven.

Sie stapfte nach unten, um die Tiere zu versorgen, und blieb bei ihnen in der Waschküche, bis Rafaela sie zum Essen rief.

Es gab Kräutersuppe, gefüllte Teigtaschen, Hühnchen in Sahnesoße, süßen Eierschaum mit Vanille und Früchten. Falls Else etwas zu verbergen hatte, dann nicht die Tatsache, dass sie eine schlechte Köchin war. Lulu aber fühlte sich gestört, weil Manfredo und Wanda die ganze Zeit im Raum blieben. Sie trugen auf, räumten ab, schenkten Getränke nach, und wenn sie nichts zu tun hatten, standen sie mit vor dem Bauch gekreuzten Händen unbeweglich vor der Anrichte und machten Gesichter, als wären sie nicht da. Das war unbehaglich, fand Lulu. Den anderen schien es ähnlich zu gehen, eine Unterhaltung kam kaum zustande. Was sollte man auch bereden, wenn die ganze Zeit über zwei völlig fremde Leute mithörten? Nicht mal Bumbum sprach viel.

Nach dem Essen saßen alle im Salon. Wanda zündete die Lampen an und verkündete, das Badewasser für den jungen Herrn sei bereit. Selbst Graviata brauchte einen Augenblick, um zu begreifen, dass Bumbum der junge Herr war.

»Kommt, junger Herr!«, rief sie lachend. »Ich werde Euch baden, salben und zur Ruhe betten!« Sie wollte Bumbum hochheben, hielt jedoch mitten in der Bewegung inne und fuhr herum. Draußen näherten sich Schritte, jemand rannte über die Veranda und hämmerte gegen die Haustür. Das klang nicht gut.

»Madame Graviata!« Eine Männerstimme, dringlich, verzweifelt, die Tür wurde aufgerissen, ein untersetzter Mann in vornehmer Kleidung stürzte herein. Sein Gesicht konnte man nicht erkennen, er trug einen breiten Hut und hatte ein Seidentuch wie eine Maske vorgebunden.

»Hoheit!«, rief Graviata erschrocken.

»Ich brauche Euch, Madame! Ich brauche Euch jetzt! Fort, fort mit euch!« Seine Stimme kippte wie die eines unreifen Knaben, und er fuchtelte in Richtung der Kinder, als wollte er eine Schar Hühner verscheuchen.

»Hoheit, was ist mit Euch geschehen?« Graviata war weiß vor Schreck.

»Nicht hier!«, heulte der verzweifelte Besucher. »In Eurem Gemach! Unter vier Augen!«

»Bringt Bumbum ins Bett und geht dann schlafen«, befahl Graviata den Mädchen. »Los, macht schon!«

Lulu und Rafaela lösten sich aus ihrer Erstarrung, Rafaela nahm Bumbum auf den Arm, und zusammen schlichen sie wie Diebe aus dem Raum, die Treppe hinauf. Oben auf dem Flur hörten sie, wie Graviata die Dienstboten wegschickte. Wanda und Manfredo schienen widerspruchslos zu gehorchen, nur Else protestierte, die Küche sei noch nicht fertig, die Gläser seien noch nicht poliert. Doch Graviata blieb hart, auch Else verließ das Haus. Der Captain bellte, Graviata schrie, dass er den Mund halten solle, und rannte in die Bibliothek. Die Tür knallte.

Die Mädchen badeten Bumbum. Sie sprachen nicht, doch Rafaela sah zu Lulu und formte mit den Lippen tonlos das Wort »Kronprinz«, dabei machte sie eine Kopfbewegung in die Richtung, in der Graviatas Labor lag. Gedämpfte

Geräusche drangen von dort herauf, gedämpft, doch ungut. Unterdrückte Schreie, Schritte, schnell und zerhackt, Klirren, Poltern, als werfe jemand mit Sachen um sich. Einmal klang es wie Weinen. Die Mädchen zogen Bumbum sein Schlafzeug an, brachten ihn ins Bett und sangen ihm seine Lieder. Mit weit aufgerissenen Augen lag er da und drückte seine Ente an sich, Lulu legte sich neben ihn. Irgendwann schlich Rafaela aus dem Zimmer und flüsterte, sie komme gleich wieder. Endlich steckte Bumbum den Daumen in den Mund und schlief ein. Auch Lulu fielen die Augen zu.

Gerade als sie sich dem Schlaf hingeben wollte, rüttelte Rafaela sie an der Schulter. Sie legte den Zeigefinger auf die Lippen und bedeutete ihr, aufzustehen und dabei sehr, sehr leise zu sein. Etwas benommen stieg Lulu aus dem Bett und folgte ihr über den Flur in Rafaelas Zimmer. Das Fenster stand weit auf. Rafaela packte eine Wolldecke vom Bett und noch eine, die über einen Sessel gebreitet war, und warf beide aus dem Fenster.

»Was …?«, rief Lulu, doch Rafaela hielt ihr die Hand vor den Mund.

»Psst!«, machte sie. »Du musst still sein! Mäuschenstill. Dann kann ich dir etwas Schreckliches zeigen.«

Lulu wusste nicht genau, ob sie etwas Schreckliches sehen wollte, aber Rafaela ließ ihr keine Zeit nachzudenken. Sie schwang sich über die Fensterbrüstung und hüpfte hinaus. Lulu blieb fast das Herz stehen, bis ihr einfiel, dass das Vordach der Veranda dicht unterhalb der Fenster um drei

Seiten des Hauses herumlief. Sie atmete tief durch und folgte Rafaela. Die hatte eine der Decken aufgehoben, bedeutete Lulu, die andere zu nehmen, und flitzte auf bloßen Füßen lautlos wie eine Katze über das Verandadach zur Giebelseite. Lulu folgte ihr, so schnell und so leise sie konnte.

Die Stimmen und Geräusche schienen lauter zu werden, je mehr sie sich dem Ende der Veranda näherten. Lulu kannte das Haus noch nicht besonders gut, doch sie vermutete, dass in Graviatas Labor irgendwo ein Fenster offen stand und dass sie genau dorthin unterwegs waren. Es war eine kühle Nacht, der Herbst hatte begonnen, doch Lulu brach der Schweiß aus, wenn sie daran dachte, was ihnen blühte, wenn sie erwischt wurden. Nicht nur, dass sie Graviata in ihrem Labor belauschen wollten, was ja für sich genommen schon ein Vergehen war, sie wollten es sogar tun, während ihre Mutter einen Kunden versorgte, und dieser Kunde war mit Sicherheit niemand anderer als Prinz Dorvid, der Thronfolger. Das war ein Kapitalverbrechen. Dafür wurde man bestimmt gehenkt oder zumindest bis an sein Lebensende mit Hausarrest bestraft.

Rafaela blieb stehen und wartete, bis Lulu sie eingeholt hatte. Sie deutete auf das Ende des Vordachs, an das sich, nur geringfügig höher, ein Anbau anschloss. Aus dem Dach des Anbaus strahlte Licht, die Stimmen waren nicht mehr bloß Gemurmel. Wenn man sich konzentrierte, konnte man verstehen, was sie sagten.

»Das ist das Kabinett«, flüsterte Rafaela. »Dort sind sie drin. Unten sind alle Fenster fest verschlossen. Sogar die

Läden sind zu. Aber das Kabinett hat zwei große Dachfenster, die haben sie vergessen. Eins davon ist offen.« Sie zeigte in die Richtung des Lichts. »Wir gehen da jetzt rauf, kriechen zum Fenster und gucken rein. Mach nicht so ein ängstliches Gesicht. Wenn wir wissen wollen, was auf uns zukommt, brauchen wir Informationen. Und nimm deine Decke mit, es ist kalt. Nicht, dass wir uns durch Zähneklappern oder Niesen verraten.«

Das war schlau. Lulu nickte, knotete die Decke wie einen Umhang um die Schultern und wollte los. Doch Rafaela hielt sie zurück. »Prinz Dorvid sieht schrecklich aus, schrei bloß nicht!«, warnte sie. »Sein Gesicht ist rot und geschwollen und voller Pusteln. Manche haben eitrige Spitzen und sie nässen.«

»Sinessen?«, fragte Lulu verständnislos.

Rafaela nickte nur, stieg auf den Anbau, legte sich platt auf den Bauch und begann in windenden Bewegungen wie eine Schlange zu dem leicht geöffneten Dachfenster hinzukriechen.

Lulu tat es ihr nach. Rauch wehte durch den Fensterspalt in die Nachtluft, Graviata verbrannte Zauberkräuter, die Mädchen erkannten den Geruch. Sie hielten sich die Decken vors Gesicht, um nicht niesen oder husten zu müssen.

»Seid Ihr wirklich sicher, Hoheit, dass Ihr nichts anderes gegessen habt als das, was Ihr mir eben aufgezählt habt?«, hörten sie ihre Mutter fragen.

»Ach, Graviata«, rief der Kronprinz weinerlich, »und

wenn Ihr mich noch hundert Mal fragt, nein, nein und nochmals nein, ich habe nichts anderes gegessen. Und ja, ja und nochmals ja, ich habe Eure Anweisungen bis ins kleinste Detail gewissenhaft befolgt! – Wirkt die Salbe?«, fragte er dann zaghaft.

»Haltet still, Hoheit, ich habe sie noch nicht ganz entfernt.« Man hörte sie hin und her gehen.

»Nun«, ertönte Graviatas Stimme in einem Tonfall, den die Mädchen gut kannten. Sie benutzte ihn immer, wenn eines von ihnen krank war und sich ganz furchtbar fühlte. »Es ist durchaus ein wenig besser geworden. Mit etwas Geduld …«

»Lasst mich in den Spiegel schauen!«, unterbrach sie der Prinz ohne Geduld.

Rafaela berührte Lulu an der Schulter und bedeutete ihr, jetzt durch den Spalt nach unten zu schauen. Der Rauch hatte sich verzogen. Lulu kroch dichter an das Fenster, hob ein wenig den Kopf und spähte hinunter in das Atelier. Und fast hätte sie doch geschrien. Ganz sicher hätte sie es getan, wenn Rafaela sie nicht vorgewarnt hätte. Prinz Dorvid saß fast genau unter ihr und blickte in einen Spiegel. Rafaela hatte nicht übertrieben, er war völlig entstellt. Sein Gesicht war rot aufgeschwollen und über und über mit Pusteln bedeckt.

»Nein!«, schrie der Ärmste und hämmerte mit den Fäusten auf die Spiegelkonsole. »O nein! Nichts ist besser geworden. Gar nichts! Ihr seid mit Euren Hexenkünsten am Ende, Graviata!«

»Ich habe mit meinen Hexenkünsten noch nicht einmal angefangen, Hoheit.«

Auch Graviata war nun zu sehen. Sie trat hinter ihn und legte ihm sanft die Hände auf die Schultern. Lulu und Rafaela zuckten zurück und drückten sich platt aufs Dach, darauf gefasst, die schneidende Stimme ihrer Mutter zu hören, die sie ins Bett schickte und für den nächsten Tag entsetzliche Strafen ankündigte. Doch nichts dergleichen geschah. Graviata hatte sie nicht bemerkt.

»Die Salbe wirkt. Hier oben, seht Ihr, da ist eine kleine Stelle, die vor dem Auftragen noch befallen war. Nun ist sie rein.«

»Die Stelle ist winzig, Graviata, kaum sichtbar. Wenn Ihr in diesem Tempo weitermacht, dauert meine Heilung eine Ewigkeit. Habt Ihr vergessen, dass ich mich in wenigen Wochen verheiraten will?«

Graviata schien zu überlegen. »Also gut, Hoheit, seid Ihr bereit für ein stärkeres Mittel?«

»Habt Ihr das gemeint, als Ihr sagtet, dass Ihr mit Euren Hexenkünsten noch nicht einmal angefangen hättet?«

»Ganz recht. Soll ich beginnen?«

»Ich bitte Euch darum, Graviata. Worauf wartet Ihr noch? Ganz egal, was es ist und wie schlimm es wird, schlimmer als dies hier kann es nicht werden!«

»Nun, dann zieht Euch aus!«

»Wie bitte?«

»Legt Eure Kleider ab.«

»Die Wäsche auch?«

»Alles.«

Der Prinz schien zu gehorchen. Lulu und Rafaela wussten, dass es ganz und gar ungehörig war, jetzt zu spionieren, und doch schoben sie sich wieder dicht ans Fenster und schauten hinunter. Der Prinz stand fast genau unter ihnen. Er war nackt, ein rundlicher, junger Mann mit sehr weißer Haut, ein paar schwarzen Haaren auf Brust und Beinen und schwarzem Kopfhaar. Der hässliche Ausschlag setzte sich am Körper fort, wenn auch nicht ganz so schlimm wie im Gesicht. Er stand da mit hängenden Schultern, das Gesicht zum Boden gesenkt, die Hände über dem Geschlecht gefaltet. Von Majestät keine Spur, nur ein bedauernswerter Junge, der sich seiner Blöße schämte.

Lulu schämte sich auch und wollte sich zurückziehen, doch was sie sah, ließ sie erstarren.

Graviata sprang hinzu. Sicher war es Graviata, wer sollte es sonst sein? Doch sie war es auch wieder nicht. Sie war ein … ein fremdes Wesen, in Felle gehüllt, Wolfsfelle, mit Köpfen und Pfoten, die zuckten wild, fast so, als ob sie ein eigenes Leben hätten. Die Wolfsfrau umrundete den Prinzen, geschmeidig, gefährlich, immer einen Fuß genau vor den anderen setzend, wie Wölfe es tun. Sie sprach in Worten der Hexensprache mit einer Stimme tief aus der Kehle, nicht wie die ihrer Mutter, nicht wie die eines Menschen – es war ein Grollen, das Knurren eines wütenden Tieres. Sie fuchtelte mit einem Gegenstand herum, und Lulu erkannte darin die Blechdose mit den Löchern im Deckel, die sie zum Befeuchten der Bügelwäsche benutzten.

»Vagate selem, verrochen de vagate!« So oder ähnlich lauteten die Worte der Wolfsfrau. Immer wieder knurrte sie diese Worte, immer schneller, immer bösartiger.

Der Prinz schwankte im Rhythmus, vergaß, wo und wie und wer er war. *»Vagate!«*, murmelte er. *»Verrochen de vagate!«*

Graviatas Sprünge wurden schneller, enger zog sie den Kreis.

»Verrochen de vagate«, heulten beide, *»selem de vagate!«* Der Prinz zuckte, torkelte, Graviata reckte die Arme und ließ schwarzes Pulver aus der Blechdose regnen.

»Vagate!«, schrie der Prinz, spuckte in die Hände und rieb sich das Pulver ins Gesicht, auf den Körper, er heulte und tanzte seinen irren Tanz.

Graviata riss den Deckel ab und warf den schwarzen Staub mit vollen Händen in die Höhe. Die Luft um sie herum schwirrte, Rauch entstand, sich windende Rauchsäulen ohne Feuer, und Graviata tanzte mit dem Rauch.

Entsetzt sahen die Mädchen, wie ihre Mutter sich in eine Wölfin verwandelte. Sie wollten fliehen, sie wollten das nicht sehen, doch sie konnten sich nicht rühren, sahen, wie die Wölfin den Prinzen umsprang, knurrend und geifernd. Der Prinz tobte, schrie heiser sein *»Vagate!«* und schlug um sich, ehe er sich weinend einrollte und wie Bumbum den Daumen in den Mund steckte. Die Wölfin beschnüffelte ihn ausgiebig, leckte ihn, als sei er eins ihrer Jungen, heulte auf wie unter schrecklichem Schmerz, verwandelte sich in Rauch, in eine dünne, schwarze Fadensäule aus Rauch, die sich drehte und durch den Mund in den Prinzen hineinfuhr.

Der schrie von Neuem, erbrach sich, immer und immer wieder, bis nur noch Flüssigkeit kam und endlich nichts mehr als ein Röcheln. Ein letztes Mal bäumte er sich auf und würgte einen Wurm aus, eine bleiche Made. Der Rauch fuhr aus ihm heraus, wurde zur Wölfin, wurde zu Graviata, einer schrecklichen Graviata, einer furchtbaren Hexe, die keinerlei Ähnlichkeit hatte mit Lulus und Rafaelas Mama. Schnell wie der Blitz stürzte sie sich auf die Made, zermanschte den bleichen Wurm, zerrieb ihn zwischen den Händen. *»Verrochen!«*, krächzte sie, *»ah, verrochen de vannenem selem!«*

Sie breitete die Handflächen aus und Graviata war wieder sie selbst. Erschöpft schleppte sie sich aus dem Raum. Der Rauch war verschwunden, nur Schmutz, Gestank und ein paar Fetzen Wolfsfell zeugten von dem, was gerade geschehen war. Der Prinz lag schlafend auf dem Boden und seine Haut leuchtete rein und rosig wie die eines Babys.

»O Mann«, hauchte Rafaela.

»O Mannomannomann«, wiederholte Lulu zitternd. »Das hätten wir nicht sehen sollen.« Rafaela schüttelte stumm den Kopf.

Eigentlich sollten sie nun schleunigst über das Dach zurückkriechen, aber sie waren noch nicht in der Lage dazu. Graviata kam zurück. Sie trug wieder ihre normale Kleidung und schleppte zwei Eimer voll heißen Wassers. Mit dem Fuß stieß sie den Käfig der Helferlein herein. Sie wusch den Prinzen selbst und deckte ihn zu, den Rest erledigten die Holzkerlchen. Zum Schluss zündete Graviata eine Duftlampe an und weckte dann sanft den Prinzen auf.

Der gähnte und räkelte sich, brauchte eine Weile, um zu begreifen, dass er nackt unter einer Decke in Graviatas Labor lag, brauchte noch eine Weile, um sich zu erinnern, warum er da lag. Und dann konnte man sehen, wie die Erinnerung zurückkam, als dunkelrote Schamröte stieg sie ihm vom Hals bis zu den Haarwurzeln. Lulu hatte Angst, dass der Ausschlag wieder käme, doch Graviata hatte die Situation im Griff.

»Hoffentlich war es keine allzu wilde Sitzung, Hoheit«, sagte sie. »Das Dumme ist, dass ich mich hinterher überhaupt nicht an das erinnere, was während der Behandlung geschah.«

»Ach«, machte der Prinz. »Es war gar nicht so schlimm.« Grenzenlose Erleichterung ließ die Schamröte verblassen. Er wickelte sich in die Decke, stand schwankend auf, wankte zum Spiegel und starrte sich sprachlos an.

»Graviata«, sagte er dann leise, »Ihr seid die Beste.«

»Stimmt«, bestätigte sie trocken. »Verzeiht, Hoheit, wenn ich Euch nicht beim Ankleiden helfe, aber ich bin etwas erschöpft. Auf dem Tisch dort liegt ein Fläschchen mit schwarzem Pulver an einer silbernen Halskette. Hängt die Kette um und tragt das Fläschchen immer bei Euch. Versprecht mir, es nie zu vergessen.«

»Wozu ist es gut?«

»Es schützt vor fremdem Zauber.«

»Vor fremdem Zauber? Wollt Ihr damit sagen, dass …«

»Ich will damit sagen«, unterbrach ihn Graviata, »dass ein so aggressiver Zauber, wie ich ihn eben angewendet habe, nur gegen einen anderen aggressiven Zauber wirkt. Gegen jede, sagen wir, natürliche Krankheit wäre er wirkungslos.«

»Ihr macht mir Angst, Graviata. Wer sollte mir so etwas Böses antun?«

»Ich weiß es nicht, Hoheit, aber ich werde es herausfinden. Und Angst braucht Ihr nicht zu haben, das Pulver wird Euch schützen. Tragt es immer bei Euch, Tag und Nacht, und gebt es nie in fremde Hände. Morgen werde ich auch für Eure Eltern solche Schutzzauber anfertigen. Doch nun sagt mir, was haltet Ihr von einem kleinen Imbiss?«

»Madame Graviata, Ihr wechselt die Gesprächsthemen schneller, als ein Hase seine Haken schlägt. Aber ja, ein Imbiss wäre wunderbar. Um ehrlich zu sein, ich habe einen Appetit, als hätte ich seit Tagen keine Mahlzeit zu mir genommen.«

»Gut, dann erwarte ich Euch in der Küche. Oder ist es für einen Kronprinzen unzumutbar, in der Küche zu essen?«

»Mit Euch, Graviata, wird eine Küche zum Thronsaal«, entgegnete er charmant.

Sie ging zur Tür und lachte geschmeichelt. Unfassbar, wie schnell sie sich von einem wilden Hexentier wieder in eine schöne Frau verwandelt hatte, die Komplimente entgegennahm wie ihr gebührenden Tribut.

»Wo Ihr gerade von Thronsaal sprecht«, meinte sie, »ich brauche von Euch eine Art hochprinzliches Dekret, ein Schießverbot für Soldaten, Parkwächter und Gärtner zum Schutz meiner Tiere.«

»Betrachtet diesen Befehl als ausgesprochen«, antwortete

Prinz Dorvid. »Wenn mir diese, äh, Krankheit nicht dazwischengekommen wäre, hätte ich ihn längst herausgegeben. Meine Mutter, die Königin, wird sich an den Anblick von ein paar vulgären Tieren gewöhnen.«

Graviata dankte ihm und verließ den Raum. Der Kronprinz stand vor dem Spiegel und betrachtete glücklich sein Gesicht. Er ließ die Decke fallen und strich selbstvergessen über die schöne, reine Haut seines Körpers.

Das war für Lulu und Rafaela das eindeutige Signal zum Rückzug. Unendlich vorsichtig krabbelten sie über den Anbau und huschten über das Verandadach zu Rafaelas Zimmer. Es war schrecklich kalt gewesen da draußen, trotz der Decken. Jetzt in der Wärme und im Schutz des Raumes konnten sie sich endlich erlauben, mit den Zähnen zu klappern und herumzuhüpfen, um ihre kalten, steifen Glieder aufzuwärmen. Ein heißes Bad wäre wunderbar gewesen, aber das ging natürlich nicht. Nicht um diese Zeit. Sie schauten nach Bumbum. Er schlief, zum Glück. Nicht auszudenken, was geschehen wäre, wenn er aufgewacht und sich auf die Suche nach ihnen gemacht hätte.

Dann legten sie sich zusammen in Lulus Zimmer ins Bett. Es lag auf der anderen Seite des Hauses, und sie hatten beide, ohne darüber zu sprechen, den Wunsch, so weit wie möglich vom Kabinett, dem Ort ihres Verbrechens, entfernt zu sein. Denn ein Verbrechen war es, was sie getan hatten, das war ihnen klar. Zumindest nach Graviatas Definition. Und eigentlich auch nach ihrer eigenen. Sie hätten das nicht sehen sollen.

»Ich möchte keine Hexe werden, wenn ich groß bin«, flüsterte Lulu zähneklappernd. Die Kälte wollte gar nicht verschwinden. Rafaela zog die Decke ganz über ihre Köpfe und schmiegte sich dicht an sie, um sie zu wärmen.

»Ich möchte so etwas niemals tun, für niemanden, auch nicht für einen Kronprinzen.« Sie schüttelte sich. »Ich bin bloß froh, dass sie nicht aus seinem Hintern wieder rausgekommen ist.«

»Du bist unmöglich«, kicherte Rafaela.

Da musste Lulu auch kichern. »Aus seinem Hintern«, wiederholten beide immer wieder, »wie ein Furz!«

Irgendwann schlief Rafaela ein. Lulu lag da, hörte ihre regelmäßigen Atemzüge und beneidete ihre Schwester. Sie konnte nicht schlafen. Sie hatte zu viel zum Grübeln. Eigentlich war es für sie immer klar gewesen, dass sie eines Tages auch eine Hexe sein würde, wie ihre Mama, doch jetzt hatte sie ernste Zweifel. Bloß gut, dass sie noch viel Zeit hatte. Sie war noch ein Kind und Kinder wurden keine Hexen. Die lernten ein paar Zaubersprüche und trainierten ihr Gedächtnis, aber die eigentliche Hexenausbildung kam erst viel später, wenn man erwachsen war, wenn man wusste, wofür man sich entschied, weil man etwas vom Leben gesehen hatte. Und dann, wenn man eine Hexe war, spielte Zeit keine Rolle mehr. Hexen hatten viel Zeit, die großen Magier auch, mehr als andere Leute. Alt wurden sie nur, wenn sie es wollten. So wie Jovinda.

Als sie an Jovinda dachte, musste Lulu wieder an den Schein denken, den Evchen angeblich gesehen hatte und der Unglück bringen sollte. Geschah das Unglück schon? Graviata hatte Amulette hergestellt. Und ach, die Gobblings waren nicht mitgekommen. Brachten Gobblings wirklich Glück, oder dachten die Leute das, weil die Gobblings nur bei glücklichen Leuten wohnten? Das war ein Unterschied, ein ziemlich großer sogar. War sie früher glücklich gewesen, zehn Jahre lang, und hatte es nicht gewusst? War sie jetzt unglücklich, weil die Gobblings fort waren, oder waren die Gobblings fort, weil sie unglücklich war? Immer mehr Fragen, die sich im Kreis drehten, immer verrückter, immer schneller.

Erst als Lulu daheim war, im Haus im Wald, und Else, die Köchin, auch dort war, sie anschaute und sagte: »Nein, ich habe den Prinzen nicht gekocht. Ich bin keine Hexe, deine Mutter hätte sofort gemerkt, wenn ich eine wäre. Eine Hexe erkennt eine andere immer. Du hättest es auch gewusst. Du weißt viel.« Erst da merkte Lulu, dass sie träumte, dass sie also eingeschlafen war, und sie beruhigte sich ein wenig. Sie wollte nachschauen, ob die Gobblings noch da waren und auf sie warteten, wie Graviata behauptet hatte. Aber das vergaß sie dann irgendwie, der Traum ging anders weiter. Lulu ärgerte sich, aber ändern konnte sie es nicht.

6. Kapitel

Morgens fragte Lulu sich bang, wie sie ihrer Mutter begegnen sollte, wie sie es schaffen sollte, ihr in die Augen zu schauen und unschuldig zu tun, als wüsste sie nichts von Wolfsfrauen, Maden und nackten Prinzen. Doch das Problem stellte sich gar nicht. Graviata am Frühstückstisch, umflossen von Morgensonne und einem dunkelroten Hausgewand, war dem wilden Hexengeschöpf der letzten Nacht ferner als der Mond der Erde. Sie residierte im Speisezimmer und besprach sich mit zwei Leuten, die sie den Kindern als Mamsell Irene und Meister Voss vorstellte, Schneiderin und Lehrer für Lebensart.

»Mamsell Irene wird euch Kleider nähen, die ihr zur Audienz bei der Königin tragen werdet. Meister Voss wird euch unterrichten, damit ihr mich und euch selbst nicht blamiert. Von heute an wird er euch an jedem Vormittag Unterricht erteilen. Es wird Zeit, dass ihr lernt, wie man sich außerhalb unseres Waldes benimmt.«

Lulu schluckte. Sie hatte sich vorgenommen, sofort nach dem Frühstück aufzubrechen, um Corina zu suchen. Danach wollte sie zu Damiano in die Akadamie, er musste sein

Amulett bekommen und mithilfe der gelehrten Bücher Jovindas Text übersetzen. Außerdem wollte sie ihn so schrecklich gerne wiedersehen.

»Die Nachmittage habt ihr zu eurer Verfügung«, sagte Graviata, »doch jetzt lasst Mamsell Irene rasch Maß nehmen und dann setzt euch zum Frühstück.«

Mamsell Irene war eine flinke, kleine Person. Wenn sie ein Tier gewesen wäre, dann ein Vogel, überlegte Lulu, eine Amsel wahrscheinlich, oder doch eher eine Maus. Sie wuselte mit ihrem Maßband um die Kinder herum und malte mit einem Stift geheimnisvolle Zeichen in ein kleines Buch.

»Welche Farbe wollt ihr für eure Kleider?«, fragte sie abschließend, als sie ihr Buch zuklappte.

»Rot«, sagte Rafaela bestimmt, »roten Samt.«

»Schwarz«, sagte Lulu.

»Bumbum«, sagte Bumbum.

»Rosa«, sagte Mamsell Irene beleidigt. »Rosa Baumwolle für die Mädchen und hellblaue für den Jungen. Das sind die einzigen Farben, die Ihre Majestät an Kindern sehen will. Dazu natürlich Rüschen und weiße Schleifen für die Mädchen, für den Jungen eine Schärpe und eine Kappe.«

Rafaela zeigte eine Miene des Ekels, als müsse sie sich gleich übergeben, doch ein Hüsteln von Graviata ließ sie innehalten. So machte sie nur noch ein grimmiges Gesicht. Zu Hause wäre sie heulend aus dem Zimmer gerannt und hätte sich auf ihr Bett geworfen.

Mamsell Irene wuselte fort und die Kinder setzten sich zum Frühstück. Das war auch keine reine Freude, denn

Meister Voss hatte beschlossen, seinen Unterricht sofort zu beginnen. Ständig krittelte er an ihnen herum, verbesserte ihre Haltung, zeigte ihnen, wie man ein Besteck richtig hielt, welches Gesicht zu welchem Gericht passte, über welche Themen man sprach, wie voll man den Mund nehmen durfte, wie viel Rest auf dem Teller liegen bleiben musste und wie man es hinbekam, beim Essen zu sprechen, ohne dass aus dem Mund herausfiel, was man gerade hineingestopft hatte. Ziemlich entnervend, fand Lulu.

Als sie fast fertig waren, kam Wanda und brachte einen riesigen Blumenstrauß. Rosen in allen Farben.

»Für Euch, Madame Graviata, von seiner Hoheit, dem Kronprinzen. Ein Brief ist auch dabei.«

»Lies vor«, sagte Graviata, suchte zwei besonders schöne Rosen heraus und reichte sie ihren Töchtern. Bumbum bekam auch eine, doch bevor sie ihm die Blume gab, biss Graviata alle Dornen ab und spuckte sie auf ihren Teller. Meister Voss war einer Ohnmacht nahe, er musste sein Riechfläschchen zücken.

»Wie bitte?«, fragte Wanda.

»Mach schon, lies vor!« Ungeduldig wedelte Graviata mit den Blumen.

Wanda brach den Brief auf, vier Glöckchen an bunten Bändern fielen heraus. Sie legte sie auf den Tisch, räusperte sich und las:

»Geschätzte Madame Graviata, liebe Freundin,
wie ich Euch bei unserer gestrigen Unterredung verspro-

chen habe, besteht kein Grund mehr, Euch Sorgen um das Wohlergehen Eurer Tiere zu machen. Das gesamte Personal der Palastgärten sowie die Soldaten der Wache haben strikten Befehl, den Hund, die Katze, den dicken kleinen Bären und den Papagei in Ruhe ihrer Wege ziehen zu lassen, wo immer diese Wege innerhalb der Palastgärten auch hinführen mögen. Die Königin bittet Euch lediglich, den genannten Tieren diese Glöckchen umzuhängen, damit sie nicht mit wilden Eindringlingen verwechselt werden können, und zu tun, was in Eurer Macht steht, damit ihren kostbaren Blumen kein Leid geschieht. Was die Krähen betrifft, so war die Königin leider nicht zu einem Umdenken zu bewegen. Sie empfindet tiefe Furcht vor diesen schwarzen Vögeln und kann sich nicht überwinden, sie in ihrer Nähe zu dulden.

Liebe Freundin, ich hoffe, Euch in Eurem Sinne gedient zu haben, und freue mich sehr auf unser morgiges Wiedersehen. Genießt diesen schönen Tag und bitte grüßt Eure reizenden Kinder.

Gezeichnet Dorvid, Prinz von Nordland«

»Corina muss draußen bleiben, das ist nicht gerecht«, schimpfte Lulu.

»Du und deine blöde Corina. Der geht's draußen viel besser als hier drin. Sie kann essen, was und wie sie will, und wird nicht in rosa Rüschen gesteckt.«

»Denkst du eigentlich auch mal an was anderes als an Kleider?«

»Oh, Lulu Wunderkind, verzeih mir bitte, dass ich nicht so perfekt bin wie du!«

»Lulu Wunderkind schmeißt dir gleich dieses Rührei ins Gesicht!«

»Versuch's und du bist tot!«

»Schluss jetzt!«, donnerte Graviata und hieb mit der Faust auf den Tisch, dass Teller und Tassen klirrten. Meister Voss musste wieder sein Riechfläschchen ziehen.

»Ich bin sehr enttäuscht, wie ihr euch vor unserem Gast aufführt«, schimpfte Graviata. »Ihr geht jetzt mit Meister Voss in den Salon und übt gutes Benehmen. Und wenn ich auch nur eine Klage höre, bleibt ihr beide bis auf Weiteres im Haus. Dann ist Schluss mit den freien Nachmittagen, bevor sie überhaupt angefangen haben! Ist das klar?«

»Ja, Mama.«

»Ja, Mama.«

»Bumbum.«

»Bumbum, du warst nicht gemeint. Du hilfst mir, den Tieren gutes Benehmen beizubringen und ihnen diese Glöckchen umzuhängen. Nicht zu fassen, wie diese beiden großen Mädchen sich anstellen. Nicht ein Wort der Freude oder der Anerkennung, wie ich es geschafft habe, unseren Tieren hier ein sicheres Leben zu garantieren. Die reine Selbstsucht.«

Immer noch schimpfend, verließ Graviata mit Bumbum an der Hand den Raum. Wanda begann das Geschirr abzuräumen. Lulu und Rafaela trotteten beschämt hinter Meister Voss in den Salon und übten gutes Benehmen.

Sie gaben sich alle Mühe, aber es war nicht leicht. Meister Voss' Regeln schienen ihnen kompliziert und lächerlich zugleich und draußen war so ein wunderschöner Tag. Sie hörten Graviata und Bumbum mit den Tieren herumtollen und die wiedergewonnene Freiheit feiern.

Endlich, am späten Vormittag, meinte der Meister, dass es für diesmal genug sei. Nicht dass er einen zufriedenen Eindruck gemacht hätte, er schien eher von seinen neuen Schülerinnen die Nase voll zu haben, oder, wie er sich ausgedrückt hätte, die Arbeit mit ihnen beanspruchte seine zarte Konstitution über das übliche Maß. Er verabschiedete sich, jedoch nicht ohne für den nächsten Morgen eine weitere Lektion anzukündigen. Rafaela machte wieder ihre Geste des Erbrechens, als die Tür hinter ihm zufiel. Jetzt konnte sie es ohne Risiko tun.

Die Mädchen gingen zu den anderen, die sich alle am Teich versammelt hatten, hinaus in die Sonne. Sabber wälzte sich wohlig im Gras, Murks lag in Lauerstellung auf der Brücke und beobachtete den Traurigen Ralf, der irgendwo eine Wursthaut organisiert hatte, die er jetzt sorgsam im trüben Uferwasser wusch. Kralle übte am Geländer seine Riesenwelle. Er hatte etwas Neues. Jedes Mal, wenn er mit seiner Welle den Scheitelpunkt erreichte, verharrte er kurz, schrie: »Haabt Acht!«, um sich dann schwungvoll weiterzudrehen. Graviata döste in einem Gartenstuhl, und Bumbum fütterte seine Ente mit einem Salat, den er aus Gräsern und etwas Schlammsoße zubereitet hatte. Im Schatten der Veranda deckten die Dienstboten den Tisch für einen kleinen Mittagsimbiss. Lulu zog Schuh und Strümpfe aus, watete ins Wasser und fühlte, wie der Uferschlamm sanft und glucksend zwischen ihren Zehen hindurchquaddelte. Das war schön und ein ganz klein bisschen eklig. Sie liebte das. Rafaela hockte sich neben ihre Mutter ins Gras und hielt ihr einen Vortrag darüber, wie unendlich beknackt sie rosa Rüschenkleider fand. Graviata brummelte mitleidig, ließ sich aber zu keiner andersfarblichen Zusage hinreißen.

Nach dem Mittagessen gähnte Graviata und verkündete, sie werde sich für ein Stündchen hinlegen und Bumbum mitnehmen, der schon seinen Daumen im Mund hatte. Wanda solle sich den Nachmittag freinehmen und ihren Töchtern den kürzesten Weg in die Stadt zeigen. Wanda wurde rot vor Freude, während Else ein verkniffenes Gesicht machte, denn nun würde die Nachmittagsarbeit an ihr alleine hängen bleiben.

»Du brauchst uns kein großes Abendessen zu kochen«, meinte Graviata, der die Verstimmung der Köchin aufgefallen war. »Eine Suppe genügt völlig.«

»Und wer putzt die Küche?«, fragte Else schnippisch. »Ich habe heute Morgen gebacken, Brot, Kuchen und Pasteten. Da war keine Zeit zum Saubermachen. Das Geschirr muss gespült, die Küche geputzt und die Höfe gekehrt werden.«

Graviata zwinkerte ihren Töchtern zu. »Vielleicht fällt euch ja eine Lösung ein«, sagte sie und ging mit Bumbum nach oben.

Natürlich wussten die beiden, worauf ihre Mutter angespielt hatte. Sie halfen beim Abräumen, setzten Else und

Wanda in der Küche auf die Ofenbank, drückten jeder ein Glas Limonade in die Hand und befahlen ihnen, sich zu entspannen. Dann ließen sie die Helferlein auf Mehlstaub und Teigverklebungen, Kuchen- und Pastetenformen los, auf den verkrusteten Backofen, den verklebten Fußboden, das Geschirr, auf die Veranda und die hinteren Höfe.

Else und Wanda staunten tonlos und mit offenen Mündern. Else vergaß, dass sie ein Glas in der Hand hielt, es fiel auf den Boden und zerbrach. So schnell, wie man gar nicht schauen konnte, hatten die Helferlein die Scherben zusammengefegt und die Pfütze aufgewischt. Else zog hastig ihre Füße an, aus Angst, gebissen zu werden.

»Sie tun nichts. Man muss nur zusehen, dass man sie schnell wieder einsammelt, wenn sie mit ihrer Arbeit fertig sind«, erklärte Lulu und steckte die kleinen Kerle in ihren Käfig. »Sie stänkern dann noch eine Weile herum, weil sie weiterarbeiten wollen, aber darauf muss man nicht hören.«

»Das ist das Verrückteste, was ich je gesehen habe«, stöhnte Else, erhob sich schwerfällig und prüfte mit dem Zeigefinger die Sauberkeit der Kücheneinrichtung. Sie hielt Gläser und Teller ins Licht und kroch auf allen vieren in die Ecke zwischen Herd und Wand. »Das ist das Verrückteste, was ich je gesehen habe«, murmelte sie, als sie nirgendwo einen Fleck oder ein Stäubchen fand.

»Wir lassen den Käfig hier«, sagte Rafaela und stellte ihn auf den Tisch. Die Helferlein trommelten wütend an die Gitterstäbe. »Bedient euch, wann immer ihr sie braucht. Gehen wir?«

Das war an Wanda gerichtet, die nickte stumm, griff ihr Umschlagtuch, und die drei Mädchen wandten sich zur Tür.

Else sank wieder auf die Ofenbank. »Das ist das Verrückteste, was ich je gesehen habe«, murmelte sie und starrte ratlos die wilden Kerlchen an.

»Sie hat noch nicht viel gesehen, die gute Else«, meinte Rafaela draußen und befestigte eine Leine am Halsband des Traurigen Ralf. Er war sehr aufgeregt, hatte seine Depression völlig abgelegt, als schien er zu ahnen, dass er seinen geliebten Herrn wiedersehen sollte. Sie verließen die Palastgärten durch die kleine Pforte in der Mauer, die Graviata ihnen tags zuvor gezeigt hatte. Sorgfältig schloss Wanda auf und hinter ihnen wieder zu. Lulu und Rafaela sagten ihr nicht, dass Graviata die Pforte mit einem Bann belegt hatte und die sich nun für alle Mitglieder ihres Haushaltes freiwillig öffnete, das hätte Wanda mit Sicherheit überfordert.

Sie verlor ja schon fast die Nerven vor Schreck, als sich draußen auf der Gasse eine Krähe im Tiefflug näherte, haarscharf über ihre Köpfen hinwegsegelte und sich dann Lulu auf die Schulter setzte.

»Oh, Corina!«, rief Lulu glücklich und liebkoste ihre schwarze Freundin.

Die Krähe neigte ihr Köpfchen, als wolle sie Lulu etwas mitteilen, und Lulu verstand sie sofort, ganz ohne Worte. Corina ging es gut. Sie und ihre Kumpane hatten sich im Gebälk eines alten Turms in der Nähe des Hauptmarktes einquartiert. Essen gab es dort reichlich. Überhaupt gab es in der Stadt Futter im Überfluss, sie brauchten es nur aufzupicken. Zwar hatte es schon ein paar Auseinandersetzungen mit alteingesessenen Krähenbanden gegeben, doch Corina und ihre Kumpane waren furchtlos und stürzten sich begeistert in jeden Kampf.

Lulu war stolz auf ihren Vogel. Wenn sie selbst ein Tier sein müsste, dann wollte sie eine Krähe sein, mutig, frech und frei.

»Können wir weiter?«, fragte Rafaela ungeduldig.

Lulu nickte, Corina blieb auf ihrer Schulter hocken.

»Komische Leute seid ihr«, sagte Wanda, als sie sich erholt hatte, »komische Leute.« Sie ging voraus, durch eine Pforte in der gegenüberliegenden Mauer, auf einen schmalen Pfad zwischen Gebüsch und kratzigem Gesträuch, das nach Abfall roch. Vermutlich wurde das Gelände als Müllplatz genutzt.

»Hier geht's zu unserer Siedlung«, erklärte Wanda. »Da wohnen fast alle, die im Palast arbeiten, sogar die Wachsoldaten. Ist ganz in Ordnung hier«, fügte sie hinzu, als müsse sie den schmuddeligen Weg entschuldigen.

Der Pfad führte auf die Rückfront vieler kleiner, niedriger Steinhäuser zu, alle aneinandergebaut, alle gleich. Sogar die Gärten hinter den Häusern waren gleich: viereckig, mit Stangenzäunen abgegrenzt, Klohäuschen im hintersten Winkel, Wäscheleine am Haus und zwei Beete mit überall den gleichen Gemüsen, Kohl, Zwiebeln, Karotten und Bohnen. Lulu fragte sich, wie die Leute, die hier wohnten, bei all dem Einerlei je ihr eigenes Haus finden konnten und was Wanda dabei empfand, hier zu wohnen und in einem Haus im Palastgarten zu arbeiten. Lulu hätte sich gehasst, wenn sie an Wandas Stelle gewesen wäre, doch der schienen solche Gefühle unbekannt zu sein. Sie führte die Mädchen durch einen schmalen Durchgang zwischen zwei Häuserreihen auf eine breite, staubige Straße. Erstaunt sahen Lulu und Rafaela, dass sie nur einen Zipfel der Siedlung gestreift hatten. Überall von der breiten Straße zweigten schmale Straßen ab, alle mit diesen langen Häuserreihen. Manchmal gab es ein größeres Gebäude, das anders aussah, aber nur sehr selten.

»Ich wohne da drüben«, sagte Wanda und zeigte mit dem Kopf in eine unbestimmte Richtung. »Ihr braucht nur immer der breiten Straße nachzugehen, bis zum großen Tor. Dahinter liegt die Gerbergasse. Die geht ihr geradeaus durch zum Hauptmarkt. Wenn ihr heute Abend zurückkommt, müsst ihr auf dieses Gebäude achten.« Sie zeigte auf einen unansehnlichen steinernen Würfel mit ein paar vergitterten Fenstern. Ein unangenehmer Geruch wehte von dort herüber. Der Traurige Ralf zog panisch an seinem Halsband und wollte nichts wie weg.

»Das ist die Schlachterei«, fuhr sie fort. »Merkt euch die. Genau gegenüber liegt der Durchgang, durch den wir gerade gekommen sind. Wohin wollt ihr eigentlich in der Stadt?«

»Zu unserem Bruder Damiano. Er studiert in der Akadamie«, sagte Rafaela wichtig.

»Das heißt Akademie«, verbesserte Wanda. »Ihr seid komische Leute. Ihr seid reich und berühmt und könnt zaubern, aber ihr könnt nicht lesen und nicht schreiben. Stört euch das nicht?«

»Warum sollte es?«, fragte Rafaela gleichmütig, aber sie war rot geworden, als Wanda sie verbessert hatte.

»In welcher Akademie studiert euer Bruder?«

»Gibt es denn mehrere?«

»Du liebe Güte!« Wanda verdrehte die Augen. »Es gibt drei große in der Innenstadt: ›Unter den Linden‹, ›Weisheit des Lichts‹ und ›Bruder Asmus‹. Und dann gibt es noch mal fünf in den Außenbezirken, da weiß ich aber nicht, wie sie heißen.«

»O nein«, sagte Lulu. Sie hatte keine Ahnung, an welcher dieser Akademien Damiano war. Und Rafaela wusste es auch nicht.

»Dann bleibt euch nichts übrig, als sie der Reihe nach abzuklappern«, meinte Wanda. »Fangt mit ›Weisheit des Lichts‹ an. Das ist die größte und berühmteste. Sie liegt gleich hinter dem Hauptmarkt. Wenn er dort nicht ist, fragt euch zu den anderen durch. Aber denkt dran: nicht Akadamie, sondern …

»Akademie«, ergänzten Lulu und Rafaela im Chor. Sie bedankten sich bei Wanda und zogen los, allerdings etwas bedrückt. Wenn sie nicht außergewöhnliches Glück hätten, würden sie lange nach Damiano suchen. Sie wanderten über die staubige Straße in der Richtung, die Wanda ihnen gewiesen hatte. Die Siedlung wirkte verwaist, nur ein paar alte Leute saßen vor den Häuschen und sahen neugierig den beiden fremden Mädchen nach, von denen eines eine Krähe auf der Schulter trug und das andere einen Waschbären an der Leine führte.

Die Straße endete am großen Tor, wie Wanda gesagt hatte. Sie gingen hindurch, hetzten durch die bestialisch stinkende Gerbergasse, die ihren Namen nicht durch Zufall hatte – der Traurige Ralf zog an seiner Leine, als wären sämtliche Teufel hinter ihm her –, und traten ein in das Gewühl des Hauptmarktes.

Und dann hatten sie doch außergewöhnliches Glück, zumindest dachten sie am Anfang, dass es außergewöhnliches Glück sei. Denn kaum hatten sie den Markt betreten, stieß der Traurige Ralf einen herzzerreißenden Schrei aus, was Waschbären sonst nie tun, und zog so stark an der Leine, dass Rafaela der Länge nach hingefallen wäre, wenn Platz dafür gewesen wäre. So aber fiel sie in eine Verkaufsbude, deren sorgsam aufgetürmte Waren um sie herumpurzelten, viele Sprechende und Singende Bücher, die sich öffneten und ohrenbetäubend schwatzten und quäkten. Ralf riss sich los und stürzte heulend wie ein Wölfchen dem Verkäufer in die Arme. Lulu starrte, Rafaela rappelte sich auf und starrte ebenfalls – der Verkäufer mit dem glückseligen Traurigen Ralf im Arm war niemand anderes als ihr Bruder Damiano.

»Mano«, sagten sie gleichzeitig. Mehr fiel ihnen nicht ein. Damiano war Marktmann oder wie auch immer man das nannte. Er stand da, Ralf in den Armen, in einer gelbe Jacke, einem roten Hemd mit gelb-grün gestreiftem Halstuch und schwarzer Lederhose. Auf dem Kopf hatte er einen zerfransten gelben Strohhut. Kralles Gefieder war dagegen um einiges dezenter.

Lulu wusste viel, unter anderem, dass Akademiestudenten so nicht rumliefen. Sie trugen schwarze Anzüge aus Wolle und hatten die Köpfe kahl rasiert. Damiano aber hatte Haare unter seinem Hut, dicke, lockige schwarze Haare. Also machte er diese Arbeit hier nicht erst seit gestern.

»O Ralf, mein Alter«, seufzte Damiano, »wie hab ich dich vermisst!«

»Wir dachten, du wärst ein Student in der Akadamie«, sagte Rafaela.

»Akademie«, verbesserte Lulu, als ob es nicht völlig egal wäre, wie das blöde Wort richtig hieß.

»Hab mir schon gedacht, dass ihr hier aufkreuzt«, brummte Damiano, »jetzt, wo ihr im Palast wohnt. Die ganze Stadt spricht von nichts anderem.« Er setzte sich auf einen Stuhl hinter dem Verkaufstisch und zottelte und knuddelte den Waschbären, zog ihn an den Ohren, kraulte ihm den Bauch, und der Traurige Ralf gab Töne von sich, die Lulu und Rafaela noch nie von ihm gehört hatten.

»Die Akademie war nichts für mich«, grummelte Damiano mehr zu Ralf als zu seinen Schwestern. »Überhaupt nichts.«

Er stand auf, setzte den Waschbären auf den Stuhl und begann, seine Ware einzusammeln und auf dem Verkaufstisch zu arrangieren. Lulu und Rafaela halfen ihm dabei.

»Oh, du hast ja das ganz neue Slavendrian-Buch!«, rief Rafaela entzückt.

»Willst du's haben?«, fragte Damiano. »Nimm's dir ruhig. Geschenk zum Wiedersehen. Und du Lulu, was möchtest du? Eine neue Folge von ›Serafia und der König‹? Oder Glasperlen? Ich hab die schönsten in der ganzen Stadt. Such dir welche aus!«

Doch Lulu schüttelte unglücklich den Kopf. »Hat Mama mal was bei dir gekauft?«, fragte sie.

»O ja, Madame Rabiata hat uns einmal die Ehre gegeben!«

»Du sollst sie nicht so nennen, Mano!«

»Und warum nicht, Lulu? Ja, sie hat Sachen bei meiner Freundin gekauft, Geschenke für euch, und mich hat sie keines Blickes gewürdigt, obwohl ich direkt neben ihr stand. Sie hat uns das Geld vor die Füße geschmissen und gefaucht, dass wir den Rest behalten könnten. Und zu meiner Freundin hat sie gesagt, sie solle sich von mir trennen, ich sei so blöd wie mein Vater.«

Das klang allerdings gar nicht nett, doch sehr nach Graviata, wenn sie wütend war.

»Weißt du, wer dein Vater ist?«, fragte Lulu.

»Du hast eine Freundin?«, fragte Rafaela.

»Natürlich nicht«, sagte Damiano zu Lulu. »Madame Rabiata spricht ja niemals über solch unwichtige Dinge.«

»Ja«, antwortete er Rafaela und seine Augen leuchteten. »Sie heißt Nanette. Ihr gehört der Laden hier.« Er machte eine Geste über den Verkaufstisch, als umschlösse er ein Königreich.

»Wo ist sie denn?«, fragte Lulu.

Er spähte über den Platz. »Sie müsste eigentlich schon hier sein. Oh«, er schluckte schwer, »da kommt sie.« Sein Gesicht, das eben noch so schön geleuchtet hatte, verdüsterte sich schlagartig. Lulu und Rafaela folgten seinem Blick und sahen eine junge Frau auf den Stand zukommen. Sie war hübsch, sehr schlank, sehr fröhlich, ihr Lachen drang trotz des Lärms der vielen Leute bis zu ihnen herüber. Sie hatte einen hüpfenden Gang und ihr schweres, honigfarbenes Haar schwang bei jedem Schritt um ihre Schultern wie ein Mantel.

Doch sie kam nicht allein, sie hatte sich rechts und links bei einem Mann eingehängt. Es waren vornehme Männer, nach ihrer Kleidung zu schließen, vielleicht sogar Adelige. Lulu konnte fast hören, wie der Zorn in Damiano hochkochte, doch diese Nanette schien nichts zu bemerken. Lachend hüpfte sie heran, ihre beiden Kavaliere im Schlepptau, und winkte herüber.

»Hallo Damianito, du hast Kundschaft, das ist schön. Diese beiden Herren hier wollen mir einen Laden zeigen, der billig zu haben ist. Wir sehen uns heute Abend!« Sie warf ihm eine Kusshand zu und zog vorbei. Die beiden Herren nickten kurz. Nanette schüttelte lachend ihr Haar. Ihr grün-gelb gestreifter Rock wippte so hoch über ihren Stiefelchen, dass man die Löcher in den schwarzen Strümpfen erkennen konnte.

»Offensichtlich hat sie sich Mamas Rat zu Herzen genommen«, bemerkte Rafaela.

»Das ist nicht wahr!«, rief Damiano zornig. »Ihr kennt sie

nicht. Nanette ist wunderbar. Sie hat mich hier aufgenommen, mich zu ihrem Teilhaber gemacht.«

Er hob den Traurigen Ralf hoch, setzte sich mit ihm auf den Stuhl und streichelte ihn. »Wenn ich nur Geld hätte«, sagte er leise und zornig. »Wenn ich Geld hätte, dann würde ich ihr einen Laden kaufen. Den schönsten in der Stadt. Dann bräuchte sie nicht mehr mit diesen reichen Idioten herumzuziehen.«

»Ach, Mano«, seufzte Lulu, »warum hast du nur die Akademie geschmissen? Jetzt ist alles aus.«

»Das war nichts für mich, Lulu.« Er kraulte Ralf hinter den Ohren, der Waschbär grunzte vor Seligkeit. »Den ganzen Tag mussten wir in stickigen Räumen sitzen und Bücher wälzen, Stunde um Stunde, Tag für Tag. Wir durften fast nie raus. Nur am Nachmittag für eine halbe Stunde. Es war so langweilig, zum Sterben langweilig. Ich bin immer wieder heimlich raus, sonst wäre ich verrückt geworden oder wirklich gestorben. Sie haben mich erwischt und wollten mich zur Strafe einsperren.« Er schüttelte sich bei der Erinnerung. »Da bin ich endgültig abgehauen.«

»Aber du wolltest doch unbedingt Gelehrter werden.« Lulu konnte es nicht fassen. All diese fürchterlichen Streitigkeiten und Kräche zwischen ihm und Graviata – zu was hatten sie geführt? Dass Damiano auf dem Markt billigen Tand verkaufte!

»Was hast du denn geglaubt, was Gelehrte den ganzen Tag lang tun?«, rief sie wütend. »Tanzen? Schnaps trinken? Kuchen backen?«

»Mann, Lulu, krieg dich ein. Ich hab wirklich geglaubt, dass ich Gelehrter werden wollte, aber«, er zog die Schultern hoch, »wahrscheinlich wollte ich nur von unserer Mutter weg. Was hast du übrigens damit gemeint, dass jetzt alles aus wäre?«

Lulu und Rafaela wechselten einen Blick. Rafaela schüttelte unmerklich den Kopf.

»Nicht so wichtig«, sagte Lulu. »Vergiss es!«

Ein Kunde kam und suchte ein paar silberne Ohrringe für seine Braut. Er wählte lange und sorgfältig und kaufte dann die teuersten und protzigsten, weil Damiano ihm versicherte, dass in ihnen ein Zauberspruch eingraviert sei, der ihm die ewige Liebe der Schönen garantiere.

»Stimmt das?«, fragte Rafaela.

»Nö«, grinste Damiano.

Eine weitere Kundin fragte Lulu, was die Krähe koste. Ihr kleiner Sohn wünsche sich schon lange eine zahme Krähe. Als Lulu sagte, Corina sei unverkäuflich, bot sie ziemlich viel Geld und ging schließlich beleidigt weg.

»Seit wann hast du denn die Krähe?«, fragte Damiano.

»Ach, das ist eine lange Geschichte.«

»Eine Hexengeschichte?«

»Hm.«

»Dann will ich sie nicht hören. Mit Hexengeschichten bin ich fertig. Für immer.«

Lulu und Rafaela tauschten einen ziemlich resignierten Blick, aber sie hatten schon vor dieser Bemerkung gewusst, dass Damiano keine große Hilfe sein würde. Er wirkte eher wie jemand, der selber Hilfe brauchte. Sie blieben bis zum frühen Abend an seinem Stand, halfen ihm beim Verkaufen, was wider Erwarten ziemlich viel Spaß machte, erzählten ihm von Bumbum, den Tieren, dem neuen Haus im Palastgarten, von den Freunden zu Hause im Wald, von Rafaelas wildem Besäufnis und wie Larabelle sie gerettet hatte. Von den Gobblings erzählten sie nichts, auch nichts von Jovinda und Evchen und natürlich kein Wort von Graviata und ihrer Arbeit. Damiano fragte auch nicht danach, erzählte stattdessen von Nanette, wie schön sie sei und wie großzügig. Wie er sie kennengelernt hatte bei seinen verbotenen Streifzügen durch die Stadt und wie sie ihn so selbstverständlich aufgenommen hatte, als er aus der Akademie fortgelaufen war und vor dem Nichts stand.

Sie warteten auf Nanette. Lulu und Rafaela wollten nicht unfair sein und ihr eine Chance geben, den ungünstigen Eindruck vom Nachmittag gutzumachen. Doch als der Markt in der Abenddämmerung geschlossen wurde, war sie noch nicht zurück, und so halfen sie Damiano, seine Waren in einen Karren zu packen. Als Rafaela ihn fragte, wo er denn wohne, machte er eine unbestimmte Bewegung mit dem Kopf, gerade so wie Wanda, als sie durch ihre ärmliche Siedlung gelaufen waren.

»Draußen am Stadtrand«, sagte er. »Ist ziemlich weit.« Es war allzu offensichtlich, dass er keinen Wert auf ihre Begleitung legte.

Vermutlich lebt er in einem ganz miesen Loch und schämt sich dafür, dachte Lulu. Doch sie akzeptierte gern das Geschenk, das er ihr bot, eine neue Folge von »Serafia und der König«. Sie würde sie abends im Bett anschauen, wenn sie mal wieder vor lauter Grübeln nicht einschlafen konnte. Rafaela packte ihren »Slavendrian« ein. Das waren sehr großzügige Geschenke von Damiano. Die Singenden und Sprechenden Bücher waren seine teuerste Ware und sein bestes Geschäft. Corina bekam eine Glitzerperle. Sie packte sie mit dem Schnabel, drehte noch eine kleine Abschiedsrunde über dem Markt und schloss sich dann einer Krähenschar an, die hoch über den Dächern auf die Spitze eines alten Turms zuflog.

»Ralf behalte ich bei mir«, sagte Damiano. Er band die Leine um den Griff seines Karrens und wollte sich aufmachen, doch Rafaela hielt ihn zurück.

»Warte«, sagte sie, »wir müssen dir etwas geben.« Sie fischte das Säckchen mit dem Amulett aus ihrer Rocktasche, zog das Amulett heraus und reichte es ihrem Bruder.

»Du musst es immer tragen. Mama hat für jeden von uns eines gemacht. Sie sagt, dass die Amulette uns beschützen werden, wenn sie selbst es nicht mehr kann.«

»Was soll das?«, rief Damiano empört. »Ich will nichts zu tun haben mit euren Hexengeschichten!« Er warf nur einen kurzen Blick auf das Amulett und ließ es angewidert fallen.

Lulu hob es auf, nahm seine Hand, legte das Amulett hinein und schloss seine Finger darum.

»Damiano«, sagte sie ernst, »trag es!«

Er öffnete die Faust und schaute das Schmuckstück noch einmal an.

»Na gut, ist ja gar nicht so hässlich, wie ich zuerst glaubte«, brummelte er. Doch er legte es nicht um den Hals, sondern steckte es in die Hosentasche.

»Trag es!«, wiederholte Lulu.

»Tu ich doch«, grinste er und klopfte auf die Tasche. »Kommt ihr morgen wieder vorbei?«

Lulu und Rafaela nickten. Sie sahen ihm nach, wie er seinen Karren geschickt zwischen den Buden hindurchmanövrierte. Ralf zockelte neben ihm her. Er schaute sich nicht mal nach den Mädchen um. So sind Waschbären, undankbare Viecher.

Auch die Mädchen gingen heim, still, jedes für sich in seine Gedanken versunken. Die Gesindesiedlung war jetzt belebter als am Mittag. Essensgerüche waberten durch die Luft, Familien hockten vor den Häusern oder standen in Gruppen herum, Gespräche, Lachen, Musik erfüllten die Dämmerung. Die Mädchen merkten wenig davon. Sie waren so in ihre Gedanken vertieft, dass sie an der Schlachterei vorbeiliefen, irgendwo falsch abbogen, umkehren und sich durchfragen mussten. Als sie endlich die Palastgärten erreichten, atmeten sie auf, waren zum ersten Mal dankbar für den Luxus und die gepflegte Ruhe.

»Bumbum?«, fragte Bumbum, der an Graviatas Hand aus dem Haus kam, um sie zu begrüßen.

»Er wollte lieber bei Damiano bleiben. Er ist jetzt wieder glücklich«, antwortete Lulu. »Wir besuchen ihn morgen. Wenn Mama es erlaubt, kannst du mitkommen.«

Graviata nickte kaum merklich und blickte fragend Rafaela an.

»Ich hab ihm das Amulett gegeben. Er hat es in seine Hosentasche gesteckt.«

»Er sollte es um den Hals tragen«, sagte sie ärgerlich.

»Und du solltest nicht immer so geheimnisvoll tun«, schnauzte Rafaela ihre Mutter an. »Es wäre dir doch kein Zacken aus der Krone gebrochen, wenn du uns gesagt hättest, dass er Marktverkäufer statt Gelehrter geworden ist.«

»Ihr habt es ja auch ohne meine Hilfe herausgefunden«, antwortete sie ungewöhnlich milde.

Sie setzten sich zu Tisch. Es gab Suppe, Pasteten, Salat und zum Nachtisch Heidelbeerkuchen mit Schlagsahne. Lulu und Bumbum amüsierten sich, indem sie sich gegenseitig ihre blauen Zungen herausstreckten. Meister Voss war ja nicht da. Zum Glück hatte er die Abendmahlzeit noch nicht in seine täglichen Lektionen eingeschlossen.

Nach dem Essen kuschelten sich die Kinder unter einer Wolldecke auf der Veranda zusammen und schauten bei Kerzenlicht das neue Serafia-Buch an. Es war ein schöner Herbstabend. Die Luft war kühl und würzig, in den Kiefern nah beim Haus rief ein Käuzchen. Murks pirschte über die Wiese. Im Hinterhof schwatzten die Dienstboten, in der Küche werkelten die Helferlein. Der Geruch von Manfredos und Elses Zigarren vermischte sich mit dem von Holzfeuer. Graviata hatte in ihrem Labor den Kamin entzündet.

7. Kapitel

Die nächsten Tage waren von der immer gleichen Routine erfüllt. Morgens kam Meister Voss und blieb bis kurz vor dem Mittagessen. Er brachte ihnen bei, oder besser gesagt, er versuchte ihnen beizubringen, wie man sprach, wenn man bei der königlichen Familie zu einer Audienz geladen war, wie man schaute, wenn man von einem Mitglied der königlichen Familie, insbesondere der Königin, angesprochen wurde, wie man ihr antwortete, wie man stets und immer an alles, was man sagte, »Eure Majestät« anhängen musste, dass man die Augen gesenkt hielt, wann man sie ausnahmsweise heben durfte, wann man sie sogar heben musste und so weiter und so fort. Er brachte einen Tanzlehrer mit, der ihnen jedoch nicht das Tanzen, sondern das grazile Schreiten, vorwärts und rückwärts, sowie, ganz wichtig natürlich, den Hofknicks beibrachte.

Mamsell Irene kam und brachte die Kleider zur Anprobe, was Rafaela jedes Mal in stumme Wut versetzte. Sie versuchte die Arbeit der Mamsell zu hintertreiben, indem sie ihren Bauch mal zu einem Ballon aufblies und ihn dann wieder einzog. Einmal polsterte sie sich mit Tüchern aus, einmal ließ sie sich von Wanda in ein Schnürleibchen pressen, doch sie erreichte damit nur, dass sie noch mehr Anproben über sich ergehen lassen musste. Lulu waren Kleider eigentlich egal, sie stellte nur zwei Ansprüche: Sie durften nicht unbequem und nicht scheußlich sein, doch Mamsell Irenes Werke wurden selbst diesen minimalen Anforderungen nicht gerecht. Es waren zwei mit Rüschen und Schleifen versehene Monstrositäten in Schweinchenrosa. Und Bumbums kleiner Anzug war auch nicht besser: himmelschreiend blau mit kurzen Hosen, an denen unten weiße Spitzen hervorschauten. Das Schlimmste war die Kappe. Sie saß auf seinem dicken Kleinkinderkopf wie ein blauer Kuhfladen.

Bloß gut, dass wir die Sachen nicht oft tragen müssen, dachte Lulu.

Die Nachmittage allerdings entschädigten die Kinder. Manfredo hatte einen kleinen Wagen gezimmert, in den sie Bumbum und seine Ente hineinsetzten, manchmal packten sie auch Kralle und Murks dazu, der Captain lief nebenher. Corina erwartete sie auf der Mauer zur Gesindesiedlung und gemeinsam zogen sie los.

Sie waren bald bekannt in der Stadt. »Da kommen die Hexenkinder mit ihren Tieren«, tuschelten die Leute, doch die meisten waren nett, winkten und lachten ihnen zu, und von den Marktleuten bekamen sie oft kleine Geschenke. Vor allem Bumbum wurde verwöhnt. Es war lustig auf dem Markt, meistens jedenfalls. Viele Leute kamen zum Stand, um einen Blick auf die Kinder der berühmten Palasthexe

Graviata zu werfen, und viele kauften dann auch eine Kleinigkeit.

Nanette jubelte, wenn es in der Kasse klingelte. »Damianito, deine kleinen Schwestern sind bezaubernd«, zwitscherte sie und kicherte über ihr Wortspiel von wegen bezaubernd und zaubern und Hexenkinder. Tja, Nanette, sie war wirklich liebenswert, das mussten Lulu und Rafaela eingestehen. So hübsch, so lebensfroh, ihr Lachen war das ansteckendste, das Lulu je gehört hatte. Man konnte ihr einfach nicht böse sein. Wenn sie lachte, musste man mit ihr lachen. Außerdem war sie großzügig, sie schenkte den Mädchen Silberschmuck und Bumbum ein kleines Kochgeschirr, in dem er Mahlzeiten für seine Ente zubereiten konnte. Und erst ihr Haar! Lulu war hin und weg von dieser honigfarbenen, schweren Pracht. Sie hätte ihre Seele verkauft für solche Haare. Hin und wieder, wenn nicht viel zu tun war, durfte Lulu sie bürsten. Lulu liebte das, und Nanette liebte es, bewundert zu werden. Sie bekam reichlich Bewunderung, von Lulu, von Bumbum, etwas widerwillige von Rafaela und grenzenlose von Damiano. Doch manchmal, und da lag das Problem, manchmal genügte Nanette das nicht. Dann holte sie sich noch mehr Bewunderung bei anderen Leuten, und wie Rafaela bissig bemerkte, ausschließlich bei reichen Männern.

Das waren dann die weniger lustigen Nachmittage. Damiano versank in hilflos wütendem Brüten, fluchte mit zusammengebissenen Zähnen, dass er es eines Tages diesen reichen Idioten heimzahlen würde, und versetzte seine

Schwestern mit dieser Drohung in Angst und Schrecken. Doch dann kam Nanette zurück, lachend, fröhlich, als sei nichts gewesen, setzte sich auf seinen Schoß, küsste ihn, versicherte ihm, dass sie ihn liebe, nur ihn, ihren Damianito, und warf eine Goldmünze in die Kasse.

»Für unser Winterquartier«, rief sie und zwinkerte den Mädchen verschwörerisch zu. Sie hatte ihnen erzählt, dass sie für ein Häuschen spare, in dem sie und Damiano und jetzt auch Ralf den Winter verbringen würden. Eine neue Bleibe war wirklich nötig. Lulu und Rafaela hatten die Hütte besucht, in der die drei hausten, ein windschiefer, baufälliger Schuppen am Stadtrand, in einer Siedlung von lauter ähnlich windschiefen, baufälligen Schuppen, die alle beim ersten Schneefall zusammenbrechen und ihre Bewohner unter sich begraben würden.

»Ich kann nicht verstehen«, sagte Lulu einmal zu Rafaela, »dass Mano sich so aufregt. Es ist doch in Ordnung, wenn Nanette von den reichen Idioten Geld geschenkt bekommt. Sie teilt es mit ihm. Soll er sich doch freuen darüber.«

Rafaela blieb stehen und sah sie kopfschüttelnd an. »Und ich kann nicht verstehen«, sagte sie, »dass jemand, der so viel weiß wie du, manchmal so blöd sein kann.«

Graviata sahen sie in dieser Zeit fast gar nicht, eigentlich nur morgens beim Frühstück, und manchmal war sie sogar dann schon im Palast. Lulu lag oft nachts wach und hörte sie unten im Labor rumoren. Einmal allerdings hörte sie Geräusche aus dem Labor, obwohl Graviata gar nicht da war. Sie kam erst morgens völlig übernächtigt aus dem Palast herübergehetzt. Lulu dachte, sie müsse doch eingeschlafen sein und die Geräusche geträumt haben.

Natürlich machten die Mädchen sich Sorgen um ihre Mutter, aber sie sprachen sie nicht darauf an, es wäre zwecklos gewesen. Sie versuchten auch nie wieder, durch die Dachfenster zu spionieren. Das eine Mal, wo sie es getan hatten, war ihnen immer noch in schrecklicher Erinnerung und sie hatten keine Lust auf eine Wiederholung. Stattdessen befreundeten sie sich näher mit Wanda, Else und Manfredo und hofften, durch sie an Informationen aus dem Palast zu kommen. Dienstboten klatschten gern und viel, Else jedoch war eine Enttäuschung. Sie kochte gut, aber sie erzählte wenig. Manfredo und Wanda hingegen nahmen kein Blatt vor den Mund. Sie liebten es, abends vor dem Herdfeuer zu sitzen, den Helferlein bei der Arbeit zuzusehen und vor Lulu und Rafaela mit ihren intimen Kenntnissen des Palastlebens anzugeben.

Die Mädchen erfuhren, dass die Auserwählte des Prinzen die Hochzeit verschoben hatte, angeblich, weil Prinz Dorvid ihr nicht schön genug sei. Kein Wunder, dass Graviata kaum noch aus dem Palast herauskam. Dann hieß es, die Königin sei krank, aus diesem Grund sei auch die Audienz der Kinder bei ihr verschoben worden. Die waren keineswegs traurig darüber, obwohl die Kleider längst fertig waren und in den Schränken hingen. Wenn es nach den Kindern gegangen wäre, hätten sie dort ewig hängen können.

Dann wurde die Audienz zum zweiten Mal verschoben,

weil sich die Königin, laut Wanda, furchtbar aufgeregt hatte, so sehr, dass sie das Bett hüten musste. Der Grund dafür lag wieder bei der Verlobten des Prinzen. Sie war mit ihrem gesamten Clan in die Stadt gekommen, hatte sich dann aber geweigert, im Palast zu wohnen, und stattdessen ein kleines, abgelegenes Waldschlösschen bezogen. Das war eine ungeheure Brüskierung des Königshauses! Fast hätte man die Eheschließung abgesagt. Ganz sicher hätte man das getan, wenn man sie im ganzen Land nicht schon so groß angekündigt hätte und diese junge Frau nicht die Tochter der reichsten Familie im Land gewesen wäre. Könige brauchen immer Geld, Kronprinzen auch.

Die Dienstboten munkelten, die Königin habe sich sogar höchstpersönlich und tiefverschleiert aufgemacht, um ihre zukünftige Schwiegertochter zur Räson zu bringen. Auch der Prinz, so erzählte man sich, sei gesichtet worden, als er wie ein verliebter Kater um das Schlösschen herumstrich und um Einlass maunzte. Angeblich sei er erhört worden, ein Stallknecht hatte ihn morgens herauskommen sehen. Ungefähr um diese Zeit begann Else, versalzene Suppen, zerkochtes Gemüse und angebranntes Fleisch zu servieren.

Das Unglück schlug zu am Tag der Audienz. Es schlug zu mit Macht und an allen Fronten gleichzeitig.

Am Abend vorher war Graviata ausnahmsweise einmal zum Abendessen da gewesen. Man hatte geplant, gemeinsam noch einmal die Prozedur der Audienz durchzuspielen, um sicher zu sein, dass am nächsten Morgen nichts schiefging. Doch Graviata war zu müde gewesen. Noch nie hatten die Mädchen ihre Mutter so müde gesehen. Sie hatte kleine Fältchen um die Augen, und Lulu glaubte, im Licht der Lampen Silberfäden in ihrem schwarzen Haar aufblitzen zu sehen. Sie waren früh zu Bett gegangen und hatten wenig geschlafen.

Am Morgen kam Meister Voss, um, wie er sagte, den Kindern noch ein wenig letzten Schliff zu geben, dann wuselte Mamsell Irene herbei, um beim Ankleiden zu helfen. Mit ihrer Hilfe verwandelten sich Lulu und Rafaela in zwei aufgeblasene, schweinchenrosafarbene Ballons und Bumbum in einen himmelblauen Zwerg mit dem Kuhfladen statt einer Zipfelmütze auf dem Kopf.

»Süß!«, rief Mamsell Irene und quetschte sich zwei Tränchen aus den Augen. Auf Meister Voss' Geheiß zwangen sich die Kinder ein Lächeln in die grimmigen Gesichter und zogen mit Graviata zusammen los. Ihre Mutter trug ein fliederfarbenes Kleid, da die Königin kein Rot vertragen konnte. Die Farbe war ihr zu aggressiv. Sie mochte nur Pastelltöne.

»Hoffentlich sieht uns niemand«, stieß Rafaela zwischen zusammengebissenen Zähnen hervor. Doch dieser Wunsch konnte natürlich nicht in Erfüllung gehen.

Es war zwar noch ziemlich früh, aber in den Palastgärten waren schon sämtliche Gärtner und ihre Gehilfen bei der Arbeit, und Lulu glaubte förmlich zu spüren, wie sie hinter ihnen hergrinsten. Rafaela ging es nicht besser, sie war puterrot im Gesicht und das falsche Lächeln gerann ihr zur Grimasse.

Sie waren zur Morgenaudienz bei der Königin geladen, was eine besondere Ehre sein sollte, jedoch nur bedeutete, dass sie mit noch ungefähr fünfzig anderen Frauen der Königin zusahen, wie diese aus dem Bett aufstand, ihren Morgenmantel anzog und, während sie frisiert und geschminkt wurde, ihren Kaffee trank und an besonders glückliche Anwesende das königliche Wort richtete. Zum Schluss sollten sie noch Zeugen sein, wie der König und der Kronprinz den Raum betraten, um der Gemahlin, beziehungsweise der Mutter, einen guten Morgen zu wünschen.

Als Lulu zum ersten Mal von diesem Spektakel gehört hatte, hatte sie nicht glauben wollen, dass es das wirklich gab. Die Königin ließ sich bei so etwas Intimem wie dem Aufwachen zusehen? Sie ließ fünfzig Frauen, darunter auch völlig fremde, ihr verwuscheltes Haar sehen, ihre verklebten Augen, ließ sie ihren morgendlichen Mundgeruch riechen und an der Tatsache teilhaben, dass sie ganz dringend auf die Toilette musste? Unfassbar! Doch Wanda hatte sie beruhigt. Die Morgenaudienz war eine Fälschung, inszeniert für das Publikum. Die Königin stand eigentlich schon viel früher auf und erledigte das, was jeder am Morgen erledigen muss, um sich einigermaßen präsentabel herzurichten. Dann schlüpfte in ein besonders prachtvolles Nachtgewand, legte sich wieder ins Bett und wartete auf die fünfzig Frauen. Auf ein Zeichen traten die dann alle ein und taten so, als sei Ihre Majestät, schön wie ein Engel, gerade erst erwacht.

Lulu dachte eigentlich, dass dies eine ziemlich dumme Schau sein müsste, aber wie sie jetzt so durch den Park ging und dem Palast immer näher kam, merkte sie doch, dass sie ganz gegen ihren Willen immer aufgeregter wurde und sich eigentlich auch ein bisschen auf das Schauspiel freute.

Sie betraten den Palast über eine große, geschwungene Treppe, wo sie von einem Diener mit weiß gepuderter Perücke und weißgoldener Livree empfangen wurden. Der verbeugte sich vor ihnen, nicht zu tief, sonst hätte er seine Perücke verloren, dann schritt er würdevoll voraus durch eine gläserne Tür in einen lang gestreckten Saal, ganz und gar in Weiß und Gold gehalten, durch eine weitere Tür in eine Halle, wo er sie vor einer breiten Treppe einem anderen Livrierten übergab. »Madame Graviata mit ihren Kindern zur Morgenaudienz der Königin«, sagte er. Der Neue verbeugte sich, wiederholte die Worte seines Kollegen haargenau und schritt nun seinerseits vor ihnen her, die Treppe hinauf, über eine Galerie, zu einer Flügeltür. Hier wiederholte sich die Prozedur. Diener Nummer drei nahm sie in Empfang, öffnete die Tür und geleitete sie durch ein Zimmer, durch ein weiteres Zimmer und noch eines.

Lulu hatte sich fest vorgenommen, sich alles einzuprägen, um Damiano und später ihren Freunden im Wald genau Bericht erstatten zu können, doch ihr wurde ganz schwindelig von all den goldenen Treppen und Fluren. Überall standen Leute herum, Männer und Frauen, prachtvoll aufgetakelt, Soldaten in Uniform mit goldenen Medaillons auf der Brust und Helmen mit merkwürdigen Federbüscheln, die sie im Arm trugen statt auf dem Kopf. Diener schritten einher oder standen würdevoll in Ecken oder vor Türen und öffneten Letztere mit dem immer gleichen Spruch: »Madame Graviata mit ihren Kindern zur Morgenaudienz der Königin«.

Endlich ging es nicht mehr weiter. Sie gelangten in ein ziemlich kleines Zimmer, das schon reichlich überfüllt war mit lauter Frauen. Eng zusammengepfercht standen sie und warteten, zum Sitzen gab es nichts. Die Luft wurde schlecht. Die Frau neben Lulu, eine ziemlich dicke in einem rosaweiß geblümten Kleid, schnaufte schwer und tupfte sich mit einem Tuch den Schweiß vom Gesicht.

»Letzte Woche ist die kleine Durane ohnmächtig geworden«, raunte sie ihrer Nachbarin zu.

»Ihre Majestät ist sehr großzügig«, flüsterte die andere zurück. »Es dürfen immer mehr Leute aus dem Volk dazukommen. Das verdirbt die Luft.«

Die Dicke nickte und versuchte ihren Fächer zum Einsatz zu bringen, aber sie hatte keinen Platz zum Wedeln. Ihr Gesicht glänzte wie eine Speckschwarte und wurde unter der Schminke immer röter. Sie sieht aus wie ein Schwein, dachte Lulu boshaft.

Aber dann war es endlich so weit. Die Flügeltüren auf der anderen Seite des Raumes öffneten sich, Licht und Luft strömten herein.

»Ihre Majestät, Königin Feline von Nordland, bittet zur Morgenaudienz«, sagte eine Stimme, und eine Frau in Schwarz, aufrecht wie ein Soldat, erschien in der Türöffnung. Sie hatte einen Kneifer auf der Nase und begann, die Namen der Geladenen von einer Liste abzulesen. »Madame Graviata und ihre Kinder« waren so ungefähr die Nummer zehn.

Sie betraten einen sehr großen, hellen Raum in Weiß und Gold. Er war äußerst spärlich möbliert, eigentlich enthielt er nur ein riesiges, goldenes Himmelbett, das dicht mit weißen Vorhängen verhüllt war. Alle Frauen postierten sich im Halbkreis um das Bett. Lulu stellte fest, dass es nicht egal war, unter welcher Nummer man aufgerufen wurde; die Nummer bestimmte den Platz, auf dem man stand, und somit den Blick, den man hatte. Sie hatten einen sehr guten Blick, standen der Breitseite des Bettes direkt gegenüber. Die Schweinefrau und ihre Freundin hatten mit dem Fußende vorliebnehmen müssen. Geschieht ihr recht, dachte Lulu zufrieden.

Das Bett war übrigens doch nicht das einzige Möbelstück. Es war nur so beherrschend, dass man eine Weile brauchte, um den Polstersessel daneben und die Spiegelkonsole zu bemerken, auf der eine Batterie goldener Döschen und Fläschchen glänzte, sowie ein goldenes Kaffeegeschirr. Endlich hatten alle Geladenen ihre Plätze eingenommen. Die Dame in Schwarz zeigte, völlig willkürlich, wie es Lulu schien, nacheinander auf drei Frauen. Diese verließen glückstrahlend den Kreis, zwei packten die Vorhänge und die dritte ein weißes, wolkenähnliches Gewand, das auf dem Sessel bereitlag. Die schwarze Dame nickte und die Frauen zogen die Vorhänge auf.

»Guten Morgen, Eure Majestät«, zwitscherten sie.

Zuerst schien alles ganz normal. Eine Gestalt lag auf dem Rücken im Bett und setzte sich nun mit einer anmutigen Bewegung auf. Die Königin wandte sich lächelnd zu ihren Gästen und blickte in lauter weiße, schreckensstarre Gesichter. Niemand war fähig, einen Ton von sich zu geben, niemand war fähig, auch nur zu atmen: Die Königin war über und über von hässlichen roten Pusteln bedeckt, ihr Gesicht, ihr Hals, ihre Arme, alles, was man von ihr sah, war grässlich entstellt.

»Was …«, stammelte sie, dann sah sie ihre Hände, ihre Arme, schwenkte sie ein paar Augenblicke auf und ab wie gebrochene Flügel, presste die Hand auf den Mund, konnte jedoch nicht verhindern, dass ihr ein zittriger Jammerlaut entfuhr, kam irgendwie auf die Füße und tat einen Schritt auf die Spiegelkonsole zu.

»Nein!«, rief Graviata und wollte sie zurückhalten, doch mit unerwarteter Kraft stieß die Königin sie zur Seite und sah in den Spiegel. Sie schrie nicht, es war schlimmer. Gurgelnde Laute drangen aus ihrem Mund, sie stammelte hilflos Worte, die niemand verstand, sank in den Sessel, starrte weiter in den Spiegel, griff mit beiden Händen in ihr Haar, zog verzweifelt daran, als wolle sie sich mit aller Kraft aus dem Albtraum, in dem sie sich gefangen glaubte, herausziehen. Da geschah etwas fast noch Schlimmeres: Ihr Haar, ihr schönes goldblondes Haar löste sich, büschelweise hielt sie es in den Händen. Und da schrie sie doch, einmal nur, kurz und hoch, dann brach sie ohnmächtig zusammen.

Stumm standen die Frauen da, doch dann schrien auch sie, schrill und schrecklich, rannten aus dem Zimmer, einige fielen in Ohnmacht, andere stolperten über die Ohnmächtigen. Sie heulten und weinten und ein oder zwei mussten sich übergeben. Draußen in den Fluren setzten sich die Schreie fort, vermischten sich mit den harschen Schritten und Stimmen der Palastwache.

Graviata war weiß wie die Wände des Zimmers.

»Geht!«, sagte sie zu den Kindern. »Geht nach Hause, ihr könnt mir hier nicht helfen.« Sie beugte sich über die Königin und strich ihr sanft übers Haar. Tausende von goldblonden Haaren klebten danach an ihren Händen. Die Kinder standen wie festgewachsen.

»Geht endlich!«, rief Graviata, »macht, dass ihr heimkommt!« Entsetzt sah Lulu, dass ihre Mama Tränen in den Augen hatte.

»Kommt«, sagte Rafaela. Sie nahm Bumbum hoch und wandte sich zur Tür, Lulu folgte. Sie mussten über einige ohnmächtige Frauen steigen, die Schweinefrau kauerte an der Wand und weinte hemmungslos. »Meine Königin«, schluchzte sie, »oh, meine Königin!«

An der Tür drehten sich die Kinder noch einmal um. Graviata hatte die Königin auf ihr Bett gelegt und sah zu ihnen hinüber. Sie machte eine Geste zum Hals, und die Kinder wussten, dass ihre Mutter sie an die Amulette erinnern wollte. Sie nickten. Es sollte für eine ziemlich lange Zeit das letzte Mal sein, dass sie ihre Mutter sahen. Doch das wussten sie noch nicht.

Sie hasteten durch all die Zimmer zurück, durch die sie eben gekommen waren. Ein fürchterliches Durcheinander herrschte überall. Die Palastwache stürzte vorbei, Mengen von Leuten rannten panisch herum. Niemand beachtete die drei Kinder. Sie wollten nur noch raus, rannten über die Galerie, die Treppe hinunter, durch die Halle, durch den Saal, fanden die Tür nicht schnell genug, stiegen durch ein Fenster auf die Veranda, rannten nach Hause.

Ihre drei Dienstboten standen vor der Tür und hielten nach ihnen Ausschau. Rafaela wollte erzählen, was geschehen war, doch die Dienstboten wussten es schon. Sie wussten sogar noch mehr. Angeblich sah auch der Kronprinz wie ein Monster aus. Als er seine Gemächer verlassen hatte, um seiner Mutter einen guten Morgen zu wünschen, seien alle Diener und Dienerinnen bei seinem Anblick schreiend davongestürzt. Er sei über und über mit Geschwüren bedeckt und aufgeschwollen wie ein Ballon. Nur der König war bis jetzt von der rätselhaften Krankheit verschont geblieben. Die war übrigens ganz plötzlich ausgebrochen. Am frühen Morgen waren Königin und Kronprinz noch munter und fidel gewesen. Und dann, innerhalb weniger Augenblicke, paff!, hatten sie sich in Monster verwandelt.

»Das geht nicht mit rechten Dingen zu«, sagte Wanda, »da ist Zauberei im Spiel. Hoffentlich hängt man das eurer Mama nicht an.«

»Das können sie nicht«, sagte Lulu schwach. »Warum sollte Mama die Königsfamilie verhexen? Sie sind ihre besten Kunden.«

»So ’n König fragt nicht nach Warum«, unkte Wanda düster. »Der will bloß ’nen Schuldigen.«

Manfredo nickte bedächtig. Else sank auf einen Stuhl und vergrub das Gesicht in den Händen.

»Unsinn!«, rief Rafaela. »Mama kriegt das wieder hin. Sie hat den Kronprinzen schon einmal …« Hastig hielt sie sich den Mund zu. Doch die Gesichter der Dienstboten blieben gleichmütig. Wanda nickte nur. Offensichtlich hatte die Kunde von Prinz Dorvids erster Erkrankung schon vor Wochen die Runde gemacht. Es schien unmöglich, vor den Dienern und Dienerinnen des Palastes irgendetwas geheim zu halten.

»Gehen wir uns umziehen«, seufzte Rafaela.

Als Lulu ihr hässliches rosa Prachtkleid auf dem Boden liegen sah, bekam sie eine Art Nervenzusammenbruch. Sie griff sich eine Schere, stach auf das Kleid ein und schnitt und riss und biss und zerrte und trampelte darauf herum, bis sie völlig erschöpft war und das Kleid nur noch ein Haufen Fetzen. Bumbum und Rafaela standen in der Tür und sahen ihr dabei zu.

»Fertig?«, fragte Rafaela, als Lulu auf ihr Bett sank. »Wenn nicht, kannst du dir meins vornehmen und danach Bumbums Anzug.«

»Später«, meinte Lulu matt.

8. Kapitel

Sie gingen nach unten und warteten auf Graviata. Es wurde Mittag. Else servierte faserige Hühnchenbrust an verkohlten Kartoffeln. Die Kinder stocherten darin herum und zwangen ein paar Bissen hinunter, um Else nicht zu kränken. Die Mittagsstunde verging, sie warteten. Endlich hörten sie draußen jemanden rennen, die Haustür wurde aufgerissen, doch es war nicht Graviata. Damiano stürzte herein, völlig mit den Nerven fertig, völlig aufgelöst.

»Wo ist Mama?«, rief er. »Sie muss mir helfen!« Gehetzt sah er sich um und ließ sich in einen Sessel fallen. »Habt ihr was zu essen?«

Lulu rannte in die Küche und holte ihm die Reste des Mittagessens. »Mama ist noch im Palast. Dort ist der Teufel los«, sagte Rafaela gerade, als sie zurück in den Salon kam. Lulu reichte ihrem Bruder einen Teller mit lauwarmem Essen, das er in sich hineinzustopfen begann, als ob es Götterspeise wäre.

»Was willst du von Mama? Wie bist du überhaupt hergekommen? Durch das Haupttor?«

Damiano schüttelte den Kopf und fuchtelte mit seiner

Gabel. »Pforte«, mampfte er mit vollem Mund. Lulu wunderte sich, dass Graviata den Bann auf die Pforte so gelegt hatte, dass auch Damiano hindurchgehen konnte. Sie hatte also heimlich immer gehofft, dass er eines Tages zurückkommen würde.

»Haupttor zu gefährlich. Gut, dass ihr von Pforte erzählt habt«, keuchte Damiano etwas zusammenhanglos zwischen mehreren Bissen.

»Gefährlich? Mano, was ist los?«, rief Rafaela alarmiert.

Damiano kaute hektisch. Plötzlich ließ er die Gabel fallen und schlug die Hände vors Gesicht. »Ich hab ihn niedergestochen!«, rief er dumpf.

»Du hast ihn erstochen? Wen?«

»Nicht erstochen. Vielleicht nicht. Er lebt noch, glaub ich.«

Es war schwierig, ihn dazu zu bringen, in zusammenhängenden Sätzen zu reden. Er schien unter Schock zu stehen. Was sich aber nach und nach herausstellte, war Folgendes: Nanette war die ganze Nacht nicht nach Hause gekommen. Am Morgen hatte sich Damiano auf die Suche nach ihr gemacht und sie schließlich in einem Gasthof gefunden.

»Irgendwie hab ich mir gedacht, dass sie dort ist«, sagte er traurig. »Trotzdem hab ich da zuletzt nachgeschaut. Als ob ich's nicht wahrhaben wollte.«

Es war ein vornehmer, teurer Gasthof und Nanette war nicht alleine dort gewesen. Sie war mit einem Mann zusammen, und die beiden hatten immer noch im Bett gelegen, obwohl es schon fast Mittag war. Als Damiano ins Zimmer stürmte, hatte Nanette gelacht, so wie sie es immer tat, aber der Mann war furchtbar gemein geworden. Er hatte Damiano angeschrien, was er sich dabei denke, einfach so hereinzuplatzen, schließlich habe er doch immer Geld bekommen. Aber er sei wohl wie alle … hier hatte er ein Wort benutzt, das Damiano sich weigerte zu wiederholen … und kriege den Hals nicht voll. Dann hatte er seinen Beutel vom Nachttisch genommen, eine Goldmünze herausgewühlt und sie Damiano vor die Füße geschmissen. »Und jetzt verzieh dich, du mieser kleiner … !«, hatte er geschrien. Da war Damiano ausgerastet. Er hatte sich auf ihn gestürzt und sie hatten gekämpft. Nanette hatte aufgehört zu lachen und plötzlich war da dieser Dolch. Der andere hatte ihn gezogen, aber dann hatte der Dolch in den Rippen des anderen gesteckt, und alles war voller Blut, und Nanette hatte gerufen, Damiano habe gerade den Grafen Vaserin erstochen. »Ist das der Dank für alles, was ich für dich getan habe?«, hatte sie gebrüllt. »Verschwinde! Hau bloß ab!«

Damiano war wie vom Donner gerührt, aber sie hatte nur gebrüllt, er solle augenblicklich verschwinden und sich nie mehr blicken lassen.

Der andere, der Graf, war ganz weiß im Gesicht und hatte geröchelt, dafür werde Damiano hängen. Und Nanette war zum Fenster gegangen und hatte gesagt, dass sie nach der Wache rufen werde, da war Damiano endlich abgehauen, durch die Hintertür, denn zum Haupteingang kamen schon die Männer der Stadtwache hereingestürmt. Der Wirt hatte sie gerufen.

Das war Damianos Geschichte. Sie brauchten einen Moment, um sie zu verdauen.

»Wo ist dein Amulett?«, fragte Lulu, als sie sich wieder einigermaßen gefasst hatte. »Das Amulett, das Mama für dich gemacht hat, wo ist es? Mann, Damiano, merkst du denn nicht, dass jetzt genau die Zeit gekommen ist, wo du es brauchst?«

Damiano kramte in seinen Taschen, Hosentaschen, Jackentaschen, er zog das Futter heraus und stülpte es um. Das Amulett war nicht da.

»O Mist!«, schrie er und schlug sich mit der Hand vor die Stirn. »Ich hänge es abends immer an einen Nagel über dem Bett. Und heute Morgen war ich so mit den Nerven fertig, dass ich es vergessen habe.«

»Du musst es holen. Jetzt gleich!«

»Das geht nicht. Da wartet bestimmt die Wache auf mich!«

»Dann holen wir es«, bestimmte Rafaela. »Wir gehen sofort los. Du bleibst hier, bis Mama kommt.«

»Er sollte nicht hierbleiben«, sagte Else. Alle drei Dienstboten waren während Damianos Erzählung in den Salon getreten, die Kinder hatten nicht auf sie geachtet.

»Die Wachleute werden herkommen, um Euch zu verhaften, junger Herr«, wandte Else sich an Damiano. »Versteckt Euch in der Gesindesiedlung. Wanda zeigt Euch, wo. Dort seid Ihr für die nächsten Stunden sicher.«

Wanda nickte.

»Warum sollten die Wachleute vermuten, dass ich mich

hier aufhalte? Sie wissen nicht, dass ich Graviatas Sohn bin«, wandte Damiano ein.

»Eure Freundin, diese Nanette«, fragte Wanda, »wird sie dichthalten, wenn sie von der Wache verhört und nach Eurer Herkunft gefragt wird?«

»Äh …«

»Wanda zeigt Euch den Weg«, entschied Else.

Doch es war zu spät. Wieder hörten sie Schritte auf der Veranda, viele Schritte diesmal, die Tür wurde aufgerissen. Damiano sprang hoch und sah sich um wie ein gehetztes Wild, als sie auch schon in den Salon stürmten, Wachleute aus der Stadt und Soldaten der Palastwache, viel zu viele, um an Flucht zu denken und an Gegenwehr schon gar nicht.

»Wer von euch ist Damiano, Sohn der Palasthexe Graviata?«, rief der Hauptmann drohend in die Runde.

»Ich«, antwortete Damiano resigniert.

Der Hauptmann nickte zweien seiner Männer zu und sie legten ihm Handschellen an.

»Du bist verhaftet wegen Mordversuchs an Graf Vaserin!«

»Es war Notwehr!«, rief Rafaela.

»Er ist unschuldig!«, rief Lulu.

»Wir verhaften immer nur Unschuldige«, entgegnete der Hauptmann ungerührt, gab seinen Leuten ein Zeichen, worauf sie hinausmarschierten, Damiano in ihrer Mitte. Die Kinder liefen hinter ihnen her, Bumbum weinte herzzerbrechend.

»Wo bringt ihr ihn hin?«, fragte Lulu.

»In den Felsenkerker. Zu den anderen Mördern.«

Lulu schnürte es fast die Kehle zu vor Angst. Sie hatte vom Felsenkerker gehört, wie jeder im Land. Es war ein schreckliches Gefängnis, draußen vor der Stadt, wo die Berge anfingen.

»Können wir ihn besuchen?«, gelang es ihr zu fragen.

»Kein Besuch!«, schnarrte der Hauptmann.

»Hext euch doch Flügel an!«, rief einer der Soldaten. »Dann könnt ihr durch sein Fenster fliegen!« Er wieherte vor Freude über seinen gelungenen Scherz.

»Maul halten!«, befahl der Hauptmann.

Die Soldaten verließen das Haus und zerrten Damiano zu einem Wagen mit vergitterten Fenstern, der weiter unten wartete.

»Kümmert euch um Ralf!«, rief er noch, bevor er von den Wachen hineingestoßen wurde. Der Wagen rumpelte davon, Soldaten und Wachleute marschierten hinterher. Die Kinder konnten nichts tun, als ihnen fassungslos nachzuschauen.

»Wir sollten zu Mama gehen«, schluchzte Lulu.

»Glaubst du wirklich, dass das eine gute Idee wäre?«, fragte Rafaela.

Lulu zog die Schultern hoch und schniefte. »Nein«, meinte sie dann. »Sie hat Sorgen genug. Aber wir müssen das Amulett suchen und es Damiano bringen.«

»Und wie sollen wir das anstellen?«

Manfredo mischte sich ein: »Der Felsenkerker ist ein furchtbarer Ort. Es ist wirklich ein Felsen, ein ausgehöhlter, felsiger Berg. In der Mitte hängen die Käfige für Magier und Hexen, die sind von der Hexenpolizei mit einem Bann gesichert. Außen am Berg liegen die Kerkerzellen für die gewöhnlichen Verbrecher. Die sind zwar nicht durch einen Bann gesperrt, aber es kommt trotzdem keiner hinein und erst recht niemand wieder hinaus. Doch manche Wärter sind bestechlich, das heißt, sie nehmen Geld und versprechen Vergünstigungen, wie zum Beispiel einem Gefangenen etwas zu bringen. Habt ihr Geld?«

Lulu und Rafaela nickten.

»Dann würde ich es an eurer Stelle so versuchen. Bietet den Wärtern Geld an.«

»Tun die Wärter dann auch, was sie versprochen haben?«, fragte Lulu.

Manfredo zog ein Gesicht. »Es kommt drauf an. Manche Wärter halten ihr Versprechen, andere nicht. Aber wie soll euer Bruder sonst an das Amulett kommen? Die Fenster könnt ihr vergessen. Sie sind klein und liegen sehr weit oben. Der Wind braust durch, sonst nichts, höchstens vielleicht die Krähen, die immer um den Berg rumflattern und den Gefangenen ihr bisschen Essen wegpicken oder noch Schlimmeres.«

»Ach!«, sagte Lulu und tauschte einen Blick mit Rafaela. Ein Plan entstand in ihren Köpfen oder, besser gesagt, die Ahnung eines Plans.

»Sag mal, Manfredo, woher weißt du eigentlich so viel über den Felsenkerker?«, fragte Wanda.

Manfredo druckste herum, die Mädchen warteten seine

Antwort nicht ab. Sie liefen hinauf in Graviatas Schlafzimmer, öffneten die kleine Schatztruhe ihrer Mutter und stopften sich die Taschen mit Goldmünzen voll. Das konnte nicht schaden, fanden sie. Falls ihr Plan versagte, könnten sie es immer noch mit Gold versuchen. Dann hielten sie Kriegsrat, ob sie Bumbum mitnehmen oder ihn in der Obhut von Else, Wanda und Manfredo lassen sollten. Sie betrachteten ihre Dienstboten mittlerweile eher als Freunde denn als Diener, und sie zweifelten keinen Augenblick, dass Bumbum bei ihnen gut aufgehoben wäre. Andererseits war es ein komisches Gefühl, den Kleinen zurückzulassen. Aber sie hatten auch ein komisches Gefühl bei der Vorstellung, ihn an so einen gruseligen Ort wie den Felsenkerker mitzunehmen. Und sie mussten schnell sein. Es war schon mitten am Nachmittag, es war Herbst, die Tage wurden kürzer. Corina war auf Tageslicht angewiesen, sie konnte in der Dunkelheit nicht fliegen. Bumbum würde sie aufhalten, selbst wenn sie ihn in seinen Wagen setzen und hinter sich herziehen würden. Also küssten sie ihn zum Abschied, versprachen, dass sie bald zurück sein würden, und ließen sich von Manfredo den Weg zum Felsenkerker beschreiben. Er schien nicht allzu weit von der Hüttensiedlung zu liegen, in der Damiano mit Nanette gehaust hatte. Das zumindest war von Vorteil.

Draußen auf der Gesindemauer erwartete sie Corina. Lulu atmete auf. Nicht auszudenken, wenn ihre Freundin ausgerechnet heute nicht da gewesen wäre. Doch auf Corina war Verlass. Ungeduldig flatterte sie vor den Mädchen her, als wüsste sie genau, wie sehr die Zeit drängte. Es war ein weiter Weg bis zu der Hüttensiedlung, ganz und gar quer durch die Stadt bis zum anderen Rand.

Als sie endlich angekommen waren, fanden sie die Tür der Hütte weit offen. Keine Spur von Nanette, auch von ihren Sachen, ihren Kleidern und persönlichen Dingen war nichts zu sehen. Es war fast gar nichts mehr da, keine Lebensmittel, keine Wolldecken, kein Kochgeschirr, kein Handkarren mit Waren. Kein Ralf, bloß ein umgestoßener Bottich in einer Wasserpfütze und ein paar Büschel Haare. Entweder Nanette oder die lieben Nachbarn hatten alles aus der Hütte entfernt, was ihnen wertvoll erschienen war, und die Mädchen konnten nur hoffen, dass Nanette selbst ihr Haus ausgeräumt hatte. Sie hatte sich Damiano gegenüber furchtbar benommen, aber sie war kein Unmensch. Sie würde für Ralf sorgen, ihn zumindest nicht am Spieß braten und sein schönes Fell in der Gerbergasse verkaufen.

Das Amulett hing noch dort, wo Damiano es gelassen hatte – an einem Nagel über der leer geräumten Bettstatt. Niemand hatte das unansehnliche Teil haben wollen. Sie steckten es ein und rannten los, einen Hügel hinunter, über eine kleine Brücke, über ein schmutziges Flüsschen und dann querfeldein über ödes, verkommenes Land, immer auf die Berge zu. Eigentlich sahen die ganz nah aus, doch es dauerte lange, bis sie die ersten Ausläufer erreichten. Der Felsenkerker war einer dieser Ausläufer, ein hässlicher Kegel, der sich drohend aus der grauen Ebene erhob. Kalter Wind fegte über das Ödland, Regen kündigte sich an und bald würde es dunkel sein. Ein paar kleine Feuer brannten um den Berg herum, Zelte waren aufgebaut, Wind zerrte an der Leinwand, Menschen standen fröstelnd an den Feuern, starrten in die Flammen und hielten ihre kalten Hände darüber. Trostlos. Lulu wurde das Herz schwer.

»Was sind das für Leute?«, fragte Rafaela leise, als sie zwischen den Feuern hindurchgingen. »Warum campieren sie hier?«

»Sie haben Angehörige dort oben«, antwortete Lulu.

Sie schauten am Berg empor. Er war so grausam hoch, mit lauter kleinen Löchern wie blinde Augen, unzählige blinde Augen. Das waren die Fenster zu den Zellen, und irgendwo in einer Zelle, hinter so einem Auge, lag Damiano. Aber hinter welchem? Wie sollte Corina ihn finden? Es war viel zu spät, um alle Fenster zu erforschen!

Sie liefen am Fuß des Felsens entlang und riefen Damianos Namen. Aber sie wussten, dass es zwecklos war, absolut sinnlos. Der Wind brauste, der Berg war zu hoch und ihre Stimmen waren viel zu dünn. Überdies kurvten Scharen von krakeelenden Krähen um die Felswände. Damiano würde seine Schwestern niemals hören.

»Hört auf zu brüllen, niemand hört euch da oben«, sagte eine brüchige Stimme hinter ihnen.

Sie fuhren herum. Eine alte Frau funkelte sie aus kleinen Augen an. »Die meisten sind angekettet. Euer Damiano könnte sich nicht am Fenster zeigen, selbst wenn er euch hören würde.«

»Angekettet?«

»Ja, Kindchen, angekettet. Füße in Ketten an der Wand. Da bleibt nicht viel Bewegungsfreiheit. Ein, zwei Schritte höchstens. Manchmal stellen die Wärter das Essen gerade so weit weg, dass die Gefangenen nicht drankommen. Dann müssen sie zusehen, wie die Krähen es fressen und immer fetter werden, während sie selbst verhungern.«

»Warum tun die Wärter das?«, fragte Lulu entsetzt.

Die Alte spuckte aus. »Hab ein Vermögen bezahlt, dass sie meinen Sohn losketten. Sie behaupten, sie hätten es getan. Aber«, sie trat so nahe an Lulu heran, dass die jedes Härchen, jede Falte und jedes Schmutzkorn im Gesicht der Alten erkennen konnte, deutlicher, als ihr lieb war. »Sie lügen! Denkt daran, wenn ihr mit ihnen verhandelt!« Die Alte zeigte auf einen Felsvorsprung. »Dahinter ist die Straße und das Haupttor und das Wärterhaus!« Sie spuckte noch einmal aus, drehte sich um und humpelte zu ihrem Platz am Feuer zurück.

Rafaela und Lulu eilten um den Felsvorsprung herum und stießen auf die Straße, die im weiten Bogen von der Stadt herführte und vor einem riesigen, zweiflügeligen Tor endete, dem Tor, durch das Damiano vor gar nicht langer Zeit im Inneren des Kerkers verschwunden war. Seitlich daneben duckte sich ein graues, kleines Haus in den Fels. Männerstimmen, Lachen, Grölen drangen aus der geöffneten Tür. Die Mädchen fassten sich an den Händen, um sich Mut zu machen, Corina ließ sich auf Lulus Schulter nieder und krakste leise. Sie hatte auf gut Glück ein paar Fenster abgeflogen und in die Zellen geschaut, doch Damiano nicht gefunden. Der Wind blies Wolken vor sich her, die an den Bergen hängen blieben. Es wurde zusehends dunkler.

»Also los«, sagte Lulu.

Beide Mädchen holten tief Luft und betraten das Haus. Ungefähr ein halbes Dutzend Männer saß im Halbdunkel um einen Tisch herum, redeten, lachten, rauchten und waren schlagartig still, als sie die Mädchen bemerkten. Ihre Blicke waren Lulu unheimlich, ihr wurde kalt, doch sie riss sich zusammen.

»Bitte sagt uns, welches Fenster zur Zelle unseres Bruders gehört, Damiano, Sohn von Graviata, der Palasthexe!« Ihre Stimme zitterte ein wenig und sie ärgerte sich darüber. Die Wärter starrten sie an, als wäre sie ein Mondkalb. Das ärgerte Lulu noch mehr. Sie nahm einen neuen Anlauf: »Wir möchten ihm winken und ihm Mut zurufen.« Ihre Stimme klang immer noch piepsig.

Wie auf Kommando brachen die Wärter in Gelächter aus, konnten sich gar nicht mehr einkriegen vor Heiterkeit.

»Wir möchten ihm winken«, äfften sie Lulus Stimmchen nach. »Wir möchten ihm Mut zurufen!«

Wütend stampfte Lulu mit dem Fuß. »Wir können bezahlen!«, rief sie. »Ein Goldstück, nur damit wir wissen, wo sein Fenster ist!«

Die Männer verstummten.

»Zeig uns das Goldstück!«, forderte einer. Er schien der Anführer der Gruppe zu sein, denn die anderen waren still, als er sprach.

Rafaela wühlte vorsichtig in ihrer Tasche, sodass kein verräterisches Klimpern zu hören war. Besser, diese Wärter erfuhren nicht, wie viel Gold sie besaßen. Schließlich zog sie eine Münze hervor und reichte sie dem Mann. Der prüfte sie und steckte sie ein. »Hast du noch mehr?«, fragte er. Rafaela schüttelte den Kopf.

Der Mann sah sie lauernd an. »Ich sag dir, welches das Fenster von deinem Bruder ist. Für ein Goldstück und einen Kuss. Das Goldstück hab ich, fehlt noch der Kuss!«

O je! Lulu sah, wie ihrer Schwester der Ekel ins Gesicht stieg, ihr Mund verzog sich und sie wurde fast grün! Zugegeben, der Mann war furchtbar hässlich, alt, mit grauen Bartstoppeln und Haaren in der Nase. Und mit fast keinen Zähnen, bloß ein paar schwarze Stummeln. Und er stank wie fauler Käse. Aber du liebe Güte, Rafaela konnte sich wirklich anstellen! Er wollte einen Kuss, also sollte er einen haben und dann wäre die Sache ausgestanden. Die Zeit lief ihnen davon.

»Ich gebe dir einen Kuss!«, rief Lulu.

Da brach ein Gegröle los, dass die Bude wackelte.

»Das Rabenmädchen will dir einen Kuss geben«, schrien die Wärter. »Mensch, Hanno, was hast du für ein Glück! Versuch's mal! Vielleicht verwandelt sie sich in die Kellnerin vom Brunnenwirt!«

Hanno selbst lachte am lautesten. »Nee, lass mal«, gluckste er, als er wieder zu Atem gekommen war. »Lass mal, Rabenmädchen. Ich will einen Kuss von der Hübschen mit dem Lockenkopf! Na, was ist, Lockenköpfchen? Ohne Kuss keine Information!«

Lulu war tödlich beleidigt. Für wen hielt sich dieser Mistkerl eigentlich? Und Rafaela führte sich auf wie Jungfer Rühr-mich-nicht-an, wich immer weiter zurück mit Panik in den Augen. Himmel noch mal, ein Kuss war doch nur ein Kuss!

Lulu stupste sie. »Mach schon, Lockenköpfchen«, raunte sie, »gib ihm seinen Kuss. Tu's für Mano!«

Da straffte Rafaela die Schultern, ging einen Schritt vor, hielt die Luft an, kniff die Augen zu, spitzte den Mund und hielt ihn dem Wärter entgegen. Der packte sie, drückte sie an sich, so fest, dass sie nach Luft schnappte und erschrocken Augen und Mund aufriss. Dann presste er seinen Mund auf ihren, ganz fest, ganz lange. Rafaela wand sich und versuchte freizukommen, aber er hielt sie immer weiter und ließ seinen Mund auf ihrem, als wollte er sie fressen oder aussaugen. So hatte sich Lulu das nicht vorgestellt. Sie holte aus, um dem Kerl in den Hintern zu treten, da ließ er Rafaela frei. Würgend rannte sie hinaus und man hörte sie draußen heftig spucken. Hanno wischte sich den Mund, stand breitbeinig da und grinste. Seine Freunde johlten.

»Das Fenster!«, rief Lulu.

Sie grölten weiter, ohne sie zu beachten.

»Das Fenster!«, schrie Lulu und stampfte mit dem Fuß auf. Sie war schrecklich wütend. Wenn es irgendeinen Weg gegeben hätte, sie allesamt umzubringen, sie hätte es getan, ohne mit der Wimper zu zucken.

Endlich nahm Hanno Notiz von ihr. »Dritte Reihe, Nummer einundzwanzig«, sagte er, ohne nachzudenken.

»Stimmt das auch?«, fragte Lulu.

»Ehrenwort, Rabenmädchen«, sagte Hanno, rollte die Augen zum Himmel und legte eine Hand auf sein Herz. Die anderen lachten wieder.

Draußen übergab Rafaela sich immer noch. »Komm schon!«, rief sie zwischen zwei Anfällen.

Lulu ging zur Tür, überlegte es sich aber anders. »Ich bin kein Rabenmädchen«, sagte sie zu Hanno. »Aber du warst nah dran, ich bin ein Krähenmädchen. Weißt du auch, warum?

»Weil du wie eine Krähe aussiehst?«, gluckste Hanno.

»Weil die Krähen meine Freunde sind!«, belehrte ihn Lulu. »Mindestens eine von ihnen begleitet mich immer. Und sie tun, was ich ihnen sage. Immer. Wenn du gelogen hast und uns das falsche Fenster genannt hast, werde ich ihnen befehlen, dir ein Auge auszuhacken. Sie werden es tun. Sie lieben es, Augen auszuhacken. Ehrlich gesagt gibt es nichts, was sie lieber tun. Ein paar von ihnen kannst du vielleicht abschießen, fünf oder zehn. Aber niemals alle. Und du kannst dich auch nicht vor ihnen verstecken. Sie sind überall und sie werden dich kriegen. Sie werden dir ein Auge aushacken. Nur eins. Ein Auge für eine Lüge. Das ist nicht so schlimm. Du hast ja dann immer noch das andere, falls sie rechtzeitig aufhören. Sie kommen manchmal in so eine Art Rausch. Einen Augenrausch! Da kann man nichts machen.«

»Krah!«, schrie Corina markerschütternd.

Hanno erschrak furchtbar, seine Kollegen genauso. Während Lulus Rede war es mucksmäuschenstill gewesen. Sie hatten gelauscht, wie kleine Buben, denen man Gruselmärchen erzählt. Und sie machten auch genau solche Gesichter.

Hanno schluckte schwer. »Einen Augenblick«, sagte er rau. »Ich seh zur Sicherheit noch mal nach.«

Er ging zum Tisch, zündete eine Kerze an und studierte mit seinen Genossen eine Art Plan auf einer Tafel, die über dem Tisch an der Wand hing.

»Damiano«, murmelte er, »Sohn der Palasthexe Gravatana.«

»Graviata«, verbesserte Lulu.

Er suchte und murmelte und überlegte. Seine Kumpane halfen ihm, sie zählten Reihen ab.

»Ich habe nicht ewig Zeit«, sagte Lulu.

»Es ist nicht gerade leicht, was du von uns verlangst«, maulte Hanno.

Aber endlich waren sie zu einem Ergebnis gekommen. »Reihe vier von unten, das vierzehnte Fenster vom Korridorfenster über dem Tor, gezählt nach links«, verkündete Hanno und wischte sich den Schweiß von der Stirn.

»Vierte Reihe, vierzehntes Fenster, links. Danke!«

Lulu stürmte aus dem Haus. Sie packte Rafaela an der Hand und zog sie auf die Straße. Genau gegenüber vom Tor stellte sie sich auf und begann zu zählen. Es wurde höchste Zeit. Mittlerweile war es so dunkel, dass ihr die Augen vor Anstrengung tränten.

Vier große Fenster über dem Tor und vierzehn kleine nach links. Sie zählte nicht mehr nach, es war zu dunkel. Sie fixierte den winzigen schwarzen Punkt im Dunkelgrau des Felsens, während Corina das Amulett aus Rafaelas Hand pickte und aufflog. Mit dem allerletzten Dämmerlicht erreichte sie das Fenster und schlüpfte durch die Gitter. Wenig später saß sie wieder auf Lulus Schulter.

»Und?«, fragte Rafaela gespannt.

Lulu nickte. »Es war das richtige Fenster. Mano hat das Amulett um den Hals gelegt.«

»Na, herzlichen Dank auch«, sagte Rafaela etwas zusammenhanglos und spuckte aus.

9. Kapitel

Corina verabschiedete sich. Die Mädchen sahen ihr nach, wie sie pfeilschnell knapp unter den Wolken zur Stadt zurück zu ihren Genossen düste. Auch sie machten sich auf den Heimweg. Der Wind zurrte an ihren Haaren und Kleidern, Regen peitschte ihnen entgegen. Sie verschränkten die Arme vor der Brust, zogen die Köpfe ein und die Schultern hoch.

Lulu träumte von einem köstlichen heißen Abendessen. Wer weiß, vielleicht hatte Else ja zu ihrer früheren Hochform zurückgefunden. Vielleicht gab es Pfannkuchen oder Waffeln mit Zucker und Zimt oder sahnigen Grießbrei oder …

»Ich schmecke es immer noch«, sagte Rafaela.

»Was?«, fragte Lulu verwirrt.

»Das mit dem Kuss. Den Geschmack von dem widerlichen Kerl!«

Rafaelas Mundwinkel waren vor Ekel verzogen, und ihre Lippen zitterten, als wolle sie gleich zu weinen anfangen.

»Du hättest ihn beißen sollen!«, rief Lulu.

Doch Rafaela schüttelte sich. »Unmöglich! Noch ekelhafter.« Hektisch versuchte sie auszuspucken, aber es klappte nicht mehr, alle Spucke war verbraucht.

»Bei der ersten Schenke in der Stadt machen wir halt und kaufen dir sechs Gläser Limonade«, bestimmte Lulu. »Fünf zum Gurgeln und eins zum Trinken. Und wenn wir daheim sind, erzählen wir alles Mama. Sie wird ihn in ein Schwein verwandeln. In ein Warzenschwein.«

Rafaela nickte schwach. Lulu hakte sich bei ihrer Schwester unter und gemeinsam stapften sie weiter gegen Wind und Regen. Sie hatte ein schlechtes Gewissen. Immerhin hatte sie Rafaela dazu getrieben, sich von dem Widerling küssen zu lassen. Aber andererseits, was hatten sie denn für eine Wahl gehabt? Sie schauderte und war dankbar, dass der widerliche Mensch ihr Angebot, ihn zu küssen, so verächtlich abgelehnt hatte. Jetzt konnte man nur noch hoffen, dass Rafaelas Opfer nicht umsonst gewesen war, dass Damianos Amulett seine Wirkung entfaltete und zwar schnell. Er musste aus dem Kerker raus. Er würde da drin zugrunde gehen.

Sie erreichten die Hüttensiedlung. Kein Mensch war zu sehen, alle Bewohner hatten sich gegen den Wind in ihren Behausungen verschanzt. Nanette war immer noch nicht aufgetaucht, und ihre Hütte war die einzige, deren Tür weit offen stand. Trostlos quietschte sie in den Angeln. Die Mädchen beeilten sich, von dort wegzukommen.

Bei der ersten Schenke auf dem Weg zur Stadtmitte machten sie Rast. Rafaela kauerte sich auf die Treppe, während Lulu hineinspähte. Erleichtert sah sie, dass eine Frau den Ausschank bediente und die Gäste friedlich an ihren Tischen saßen und ihr Abendbrot verzehrten. Alles sprach dafür, dass sie hier ihre Limonade bekommen würden, ohne jemanden küssen zu müssen. Doch Rafaela wollte trotzdem draußen warten. Sie sagte, sie habe genug von verräucherten Stuben und Männergegröle.

Also ging Lulu allein hinein. Die Wirtin war freundlich und schenkte Lulu bereitwillig sechs Gläser Limonade aus, sie lieh ihr sogar ein Tablett, damit sie alle heil nach draußen bringen konnte, wo ihre Freunde warteten, wie Lulu erklärt hatte. Es gab allerdings einige verwirrende Momente, als Lulu ihr Goldstück auf den Tresen legte und die Wirtin erst nicht glauben wollte, dass es echt war. Sie rief ihren Mann und ihre Schwiegermutter herbei und alle drei untersuchten die goldene Münze eingehend. Während Lulu wartete, hörte sie mit halbem Ohr auf die Gespräche um sie herum. Jemand hatte ein unglaubliches Verbrechen begangen, eine Freveltat, und war verhaftet worden. Aber vielleicht war alles auch gar nicht wahr, die da oben sagten den kleinen Leuten ja nie die Wahrheit.

Die Wirtin erklärte Lulus Gold endlich für echt und gab ihr einen Riesenhaufen Wechselgeld. Nur mit Mühe konnte Lulu alles in ihre Taschen stopfen. Draußen setzte sie sich auf die Treppe und sah zu, wie Rafaela sich den ekligen Geschmack des Mistkerls weggurgelte. Sie benutzte tatsächlich vier volle Gläser Limonade dazu, die restlichen teilten sie untereinander auf.

Erfrischt und gestärkt von dem kühlen, zuckrigen Getränk nahmen sie erneut ihren Weg durch die Stadt auf. Es war dunkel, die Laternen brannten. Wegen des heftigen Windes waren nur noch wenige Leute unterwegs. Irgendwo in einer Parallelstraße stapfte eine Abteilung der Stadtwache, sie hörten ihre Schritte und die harschen Befehle des Chefs. Endlich erreichten die Mädchen den verlassenen Marktplatz und hielten auf die Gerbergasse zu, als sich vom Dunkel einer Hauswand eine Gestalt löste und lautlos wie eine Katze auf sie zusprang.

»Endlich«, raunte sie, »ich wollte gerade aufgeben. Dachte, ihr hättet es nicht geschafft.« Es war Wanda.

»He, du hat uns erschr…«, rief Lulu, doch Wanda hielt ihr den Mund zu.

»Still!«, flüsterte sie und zog die beiden in den Schatten der Hauswand, aus dem sie gerade getreten war. »Still«, beschwor sie die Mädchen noch einmal.

Die Wachsoldaten, deren Schritte sie eben gehört hatten, befanden sich am gegenüberliegenden Ende des Platzes. Mit Fackeln leuchteten sie in alle Ecken und Hauseingänge. Lulu klopfte das Herz bis zum Hals. Sie presste sich an den kalten Stein der Mauer, als hoffte sie, mit ihm verschmelzen zu können.

Sie hatten Glück. In einer der Seitengassen schrie jemand schrill auf und eilige Schritte klopften über das Pflaster. Jemand rannte weg, die Wachen stürmten hinterher.

»Jetzt!«, befahl Wanda, packte die Mädchen bei der Hand, hastete mit ihnen ein Stück am Rand des Platzes entlang und zog sie dann in einen stockdunklen Hauseingang. Sie fummelte an etwas herum, zündete eine kleine Laterne an und beleuchtete wenige Schritte eines langen, schmuddeligen Korridors. Sein Ende verlor sich im Dunkel.

»Weiter!«, kommandierte Wanda atemlos.

»Sag uns erst, was los ist!«, keuchte Rafaela.

Wanda schnaufte ungeduldig. »Die Wache ist hinter euch her. Und hinter mir.« Sie lauschte nach draußen. Die herrischen Schritte schienen sich zu nähern. »Sie kommen! Nichts wie weg!«

Wanda rannte los, rannte, ohne sich umzusehen, und Lulu und Rafaela hetzten hinter ihr her, hinter dem schwankenden, schummrigen Laternenlicht durch den Flur, über einen Hinterhof. Sie stolperten in ein anderes Haus hinein, rannten durch einen weiteren Flur, über einen anderen Hof, kletterten über einen Zaun, fielen über Balken, Bretter und Mülltonnen, rissen sich Haken in die Kleider und Risse in die Haut, stießen einen Hühnerkäfig um und das Gegacker folgte ihnen über drei weitere Höfe. Weder Lulu noch Rafaela hatten eine Ahnung, in welche Richtung sie liefen und warum sie überhaupt liefen, aber sie hofften, dass Wanda es wusste.

Sie erreichten eine Treppe, stürmten hinunter in einen Schacht oder Keller, wo Wanda einen Eisenring im Boden packte und ihn dreimal hintereinander klirrend fallen ließ. Dann trat sie zurück.

Erst geschah gar nichts, doch dann wackelte ein Stück Boden, schmatzend hob sich ein Metalldeckel, in dessen Mitte der Eisenring saß, und der Deckel wurde ein wenig zur Seite geschoben. Warme Dämpfe und üble Gerüche stiegen herauf, dann ein Gesicht, eine Hand, die eine Laterne schwenkte und einem Zwerg zu gehören schien. Der Zwerg winkte kurz und verschwand wieder im stinkigen Dunkel.

»Los!«, kommandierte Wanda.

»Da hinunter?«, fragte Rafaela ungläubig.

Wanda nickte und trat vor Ungeduld von einem Fuß auf den anderen. »Nun macht schon. Es ist nicht gefährlich, bloß ein bisschen eklig.«

Ohne noch weiter auf das Zögern der Schwestern einzugehen, drückte sie Rafaela die Laterne in die Hand und machte sich an den Abstieg.

Lulu und Rafaela standen ratlos da. Sie wollten nicht in das stinkige Loch steigen, doch drüben, jenseits einiger Hofbegrenzungen, gackerten immer noch die Hühner. Ein paar Fenster waren aufgegangen, aufgeregte Worte hallten von Haus zu Haus und endlich – erst zaghaft, dann immer lauter – der Ruf nach der Wache. Sie hatten keine Wahl, hangelten sich an schmierigen Sprossen hinunter in die Tiefe. Dunkel war es, feucht und glitschig. Irgendwo rauschte Wasser und es stank zum Umfallen.

»Willkommen in den Abwasserkanälen. Das ist Dven. Er wird uns führen«, sagte Wanda.

Dven war kein Zwerg, wie Lulu zuerst geglaubt hatte, er war ein Junge, ungefähr so alt wie sie selbst, doch mit dem Gesicht eines Greises. Flink krabbelte er die Leiter wieder hoch, zog einen Metallstab aus der Tasche, passte ihn irgendwie in den Deckel ein und zog ihn mit Schwung zu. Es sah ganz leicht aus.

»Jet kriegen die und nit mehr«, stammelte Dven und grinste zufrieden. Sein altes Gesicht war so bleich und so schmutzig wie der Schnee vom letzten Jahr.

Schwachsinnig, dachte Lulu. Wanda hat sich mit einem Schwachsinnigen eingelassen.

Dicht neben ihnen rauschte eine Art Bach. Rafaela beleuchtete ihn mit der Laterne, aber nur sehr kurz. Schnell zog sie die Laterne zurück und ließ den Bach im Dunkel weiterrauschen. Es schwammen zu viele Sachen in dieser Brühe, von denen man nicht wissen wollte, was sie waren. Kein Zweifel mehr, wo der Gestank herrührte. Lulu wurde es schlecht, sie torkelte, entsetzt merkte sie, dass der stinkende Bach ihrem Gesicht immer näher kam. Oder war es umgekehrt? Jemand packte sie unter den Schultern und hielt sie fest. Einen Lidschlag später hätte sie mit dem Gesicht voran in der Brühe gelegen.

»Reiß dich zusammen!«, befahl Wanda.

»Werd bloß nicht ohnmächtig«, flehte Rafaela. Sie und Wanda nahmen Lulu in die Mitte und gemeinsam folgten sie dem kleinen Dven und seiner Laterne.

»Warum tun wir das eigentlich?«, fragte Rafaela.

»Es ist viel geschehen«, sagte Wanda. »Aber lasst uns erst mal aus dem Gestank herauskommen. Dann reden wir über alles.«

Rafaela widersprach nicht, Lulu auch nicht. Sie hätte sowieso nichts bereden können, ihr war zu übel. Doch wenigstens hatten sie erfahren, dass sie wieder aus diesem Gestank herauskommen würden. Sie würden sich nicht bis an ihr Lebensende in den Abwasserkanälen verstecken müssen.

Wanda sah auch ziemlich grün aus, nur der kleine Dven schien keine Probleme zu haben. Er sauste vor ihnen her, wechselte an den vielen Kreuzungen zielsicher die Richtung und überlegte nicht einen Augenblick, welchen Gang er wählen musste. Als ob er sein ganzes Leben hier unten verbracht hätte, dachte Lulu.

Eine halbe Ewigkeit schien ihre Wanderung durch das stinkende Labyrinth zu dauern. Manchmal waren die Gänge so breit, dass ein Fuhrwerk darin Platz gefunden hätte, dann wieder wurden sie niedrig und schmal und die Kinder kamen nur im Gänsemarsch voran. Rafaela und Wanda mussten die Köpfe einziehen. Oft genug rutschten sie auf dem glitschigen Boden aus und gerieten mit den Füßen in die eklige Brühe – zum Glück nur mit den Füßen. Fette Ratten und allerhand vielbeiniges Krabbelgetier flohen vor dem Laternenlicht. Lulu glaubte, etwas davonflitzen zu sehen, was ein Tausendfüßler, länger als ihr Unterarm, gewesen sein könnte.

»Wir durchqueren fast die ganze Stadt«, erläuterte Wanda. »Oder sagt man unterqueren?«

»Wir dind da«, verkündete Dven.

Endlich! Allerdings endete der Gang bloß vor einem Haufen Steine und Geröll. Dven kletterte hinauf, vorsichtig folgten ihm die Mädchen. Erst beim Klettern merkten sie, dass die Steine nicht lose herumlagen, sondern kunstvoll und stabil vermörtelt worden waren. Oben, über der Spitze des Steinhaufens, gab es wieder einen Deckel, den Dven mit seinem Metallstab schwungvoll und geschickt öffnete. Licht und Luft flossen ihnen entgegen – wundervoll! Die Mädchen stemmten sich nach oben wie Schiffbrüchige ins rettende Boot und sanken neben dem Loch erschöpft zu Boden. Hinter ihnen schloss sich dumpf die Luke.

Dven war nicht mit ihnen gekommen, aber das merkten sie erst später. Vorerst hatten sie genug damit zu tun, sich umzuschauen. Sie befanden sich in einem eigenartigen, runden Raum mit einem spitz zulaufenden, zeltartigen Dach und hohen Spitzbogenfenstern. In ihren nachtdunklen Scheiben spiegelte sich das Feuer der Fackeln, die in Halterungen an der Wand brannten und Licht und Wärme spendeten. Ein Geländer aus geschnitzten Pferdefiguren grenzte einen breiten, rundlaufenden Rang von der Hauptfläche ab. Feuchtes Stroh lag auf dem Boden und das ganze Gebäude roch durchdringend nach Pferd.

»Is 'n Hippodrom«, sagte Wanda, als sei damit alles erklärt.

»Ein Hippo was?«, fragte Rafaela.

Wanda seufzte. »So 'n Pferdedings. Hinter dem Vorhang dort« – sie zeigte auf einen schweren roten Vorhang mit goldenen Troddeln, der einerseits sehr kostbar aussah, andererseits aber halb aus seiner Schiene gerissen war und traurig schief herunterhing – »da geht's zu den Ställen und zu den Garderoben und zu so einer Art Büro.«

»Ist ein Pferdedings ein Zirkus?«, fragte Lulu. Sie war

schon einmal in einem Zirkus gewesen und er hatte ein wenig ausgesehen wie dieser Raum. Zumindest war er rund gewesen und einen roten Vorhang hatte er auch gehabt.

Wanda nickte. »Ein Zirkus für Pferde und Reiter. Sie zeigen Kunststücke. Und an manchen Tagen dürfen die Zuschauer auch auf den Pferden reiten, gegen Bezahlung natürlich.«

»Aha.« Lulu und Rafaela nickten. Sie hätten sich gern weiter über Pferde unterhalten, über Reitkunststücke und über das Hippodingsbums, denn solange sie über so etwas sprachen, mussten sie nicht über das Schreckliche reden, das offensichtlich geschehen war. Am Morgen noch hatte Lulu gedacht, das Übelste, das ihr heute bevorstünde, sei ein hässliches rosa Rüschenkleid. Dann war ganz furchtbar viel passiert, und sie hatte gedacht, schlimmer könne es nicht kommen, aber es war schlimmer gekommen, da war sie sich leider ziemlich sicher. Rafaela auch, sie unterhielt sich weiter mit Wanda über Pferde, aber sie hatten beide nicht viel Ahnung von Pferden und so stockte das Gespräch sehr bald. Einer musste den Anfang machen.

»Warum sind wir hier, Wanda?«, fragte Lulu. »Was ist geschehen?«

»Habt ihr Hunger?«, wich Wanda aus. »Durst?«

Rafaela und Lulu schüttelten den Kopf.

»Erzähl einfach«, sagte Rafaela.

»Also gut«, gab Wanda nach und setzte sich zurecht. »Aber ihr müsst bedenken, dass ich bei den meisten Sachen, die passiert sind, nicht dabei war. Es ist also fast alles Klatsch aus dem Palast. Bloß bin ich leider ziemlich sicher, dass er stimmt.

Ihr wisst ja, was der Königin passiert ist, wie sie aussah, meine ich, und was für ein Durcheinander dann losgebrochen ist. Kurz nachdem ihr das Zimmer mit dem großen Himmelbett verlassen habt, kam die Palastwache und scheuchte alle Frauen hinaus. Alle, außer Graviata. Die Wache berichtete, dass der Kronprinz von der gleichen Krankheit befallen sei wie seine Mutter, und Graviata rief, dass eine andere Hexe im Palast sein müsse, denn so ein böser Zauber wirke nur durch direkten Kontakt. Sie sollten sofort das gesamte Schloss durchsuchen. Aber die Wache weigerte sich. Es sei keine Hexe im Schloss außer Graviata selbst.

Da ließ eure Mutter den Prinzen und die Königin in ihr persönliches Arbeitszimmer im Palast bringen und schloss sich dort mit ihnen ein. Aber die halbe Dienerschaft lauschte natürlich an der Tür. Graviata hantierte mit ihren Sachen, man hörte es klirren und scheppern, und es roch nach verbranntem Zeug, nach Kräutern und all so was. Immer wieder fragte sie die Kranken, ob sie auch wirklich nie ihre Fläschchen mit dem Schutzpulver aus der Hand gegeben hätten, bestimmt hundert Mal fragte sie das, und immer wieder schrien und heulten die beiden bloß oder weinten ganz herzzerreißend. Es war, sagte meine Kusine, die draußen an der Tür stand, als ob der Prinz und die Königin das Sprechen verlernt hätten, als ob sie bloß noch wie kleine Kinder brabbeln und heulen konnten. Vielleicht, meinte meine Kusine, sind die Geschwüre schon ins Gehirn gewandert und zersetzen es nun.«

»Nein«, hauchte Lulu.

Wanda nickte gewichtig. »Und zur gleichen Zeit«, fuhr sie fort, »tobte der König durch die Gänge und schrie: ›Wenn ein solch böser Hexenzauber nur wirken kann, wenn eine Hexe persönlichen Kontakt mit ihren Opfern hat, und Graviata die einzige Hexe ist, die Kontakt mit meiner Frau und meinem Sohn hatte, dann ist Graviata auch die Einzige, die als Schuldige infrage kommt.‹«

»Nein!«, rief Rafaela entsetzt. »Das kann er nicht gesagt haben. Er kennt Mama seit vielen Jahren und verdankt ihr unendlich viel!«

Wanda zog die Schultern hoch. »Er ist ein König. Er will einen Schuldigen und er will ihn gleich.«

Lulu entgegnete nichts. Sie wusste, wie die Geschichte ausgehen würde. Sie erinnerte sich an die Gespräche, die sie aufgeschnappt hatte, als sie in der Kneipe war und Limonade kaufte.

»Das muss ungefähr zu der Zeit passiert sein, als ihr durch die Stadt gelaufen seid, um das Amulett für euren Bruder zu holen«, nahm Wanda ihren Bericht wieder auf. »Meine Kusine schickte eine Küchenmagd zu unserem Haus, die uns alles brühwarm erzählte. Manfredo rannte zum Palast, um selbst rauszukriegen, was da vor sich ging. Else und ich blieben allein mit Bumbum. Else heulte die ganze Zeit wie ein Schlosshund und rief immer wieder, dass sie das alles nicht gewollt habe.«

»Was hat sie nicht gewollt?«, fragten Lulu und Rafaela wie aus einem Mund.

»Keine Ahnung, was sie will oder nicht will, diese blöde Kuh«, blaffte Wanda. »Auf jeden Fall saßen wir also im Haus und warteten auf irgendwas, und Else heulte. Von Manfredo weiß ich, dass eure Mutter versucht hat, den Palast zu verlassen und nach Hause zu ihrem Labor zu gehen. Aber der König hatte mittlerweile Wachen vor der Tür postiert und die ließen Graviata nicht mehr raus. Ehrlich gesagt, ich kann nicht verstehen, warum sie die Wachen nicht einfach, äh, ausgeschaltet hat und abgehauen ist. Noch wäre Zeit dazu gewesen. Ein paar Wachen können doch für eine Hexe wie eure Mutter kein Problem sein!«

»Sie wollte den Prinzen und die Königin nicht im Stich lassen. Die beiden waren ihre Patienten und es ging ihnen schlecht«, erklärte Lulu leise.

»Tja«, meinte Wanda. »Dumm gelaufen. Helfen konnte sie ihnen nämlich auch nicht. Es ging ihnen immer mieser. Von einem, der einen Blick durch den Türspalt werfen konnte, wissen wir, dass ihre Gesichter so dick wie Wassermelonen waren und dass sie röchelten wie Sterbende. Eure Mutter hat noch versucht, jemanden zum Haus, zu ihrem Labor, zu schicken, aber bei uns ist niemand angekommen.

Die Verlobte des Prinzen war mittlerweile auch im Schloss und machte dem König eine Szene, schrie, ob er wohl seine Frau und seinen Sohn dem Tod überlassen wolle oder warum er sie mit dieser Verbrecherin allein lasse. Da rastete er aus. Er rief die Hexenpolizei, und die schickte sofort eine Abordnung, drei Gestalten, ganz in schwarzen Gewändern und tiefverschleiert. Man konnte nicht sehen, ob es Männer oder Frauen oder überhaupt Menschen waren, sagte meine Kusine. Und dass sie schauerlich aussahen, riesengroß und irgendwie schrecklich. Alle im Schloss hatten Angst vor ihnen, sogar der König. Man konnte hören, wie seine Stimme zitterte, als er mit ihnen sprach. Die Braut des Prinzen, die vorher noch so wild rumgepöbelt hatte, rannte panisch davon und verkroch sich im hintersten Winkel. Die drei sprachen den Bann, oder wie auch immer man so was nennt, über eure Mutter. Sie hat nun keine Hexenkräfte mehr. Man erzählt sich, dass sie verhört wurde, aber in einer Sprache, die keiner im Schloss versteht, und dann wurde sie fortgebracht. Das muss ungefähr passiert sein, als ihr draußen am Felsenkerker gewesen seid. Übrigens, wart ihr erfolgreich mit eurer Amulettgeschichte?«

Lulu und Rafaela nickten mit totenbleichen Gesichtern, unfähig, auch nur eine Silbe hervorzubringen.

»Ihr könnt von Glück sagen, dass die Wärter dort noch nichts wussten. Die hätten euch sonst gleich dabehalten. Vielleicht sind die hässlichen Amulette, um die ihr so viel Wind macht, ja wirklich zu was nutze. Jedenfalls, als Graviata fort war, tobte der König weiter. Die gesamte Hexenmischpoke, schrie er – keine Ahnung, wo er das Wort herhat, er meinte damit ihre Familie –, die gesamte Mischpoke sollte ebenfalls verhaftet werden, ihr Besitz sollte verbrannt und das Haus gründlich gereinigt werden. Da rannte Manfredo los, ihr kennt ja unseren Manfredo. Er ist nicht mehr der

Jüngste, und dünn ist er auch nicht gerade, aber ich sage euch, er rannte schneller als der Blitz. Er kam an und stammelte nur, wir müssten weg, sofort, die Wache sei schon unterwegs. Er stürmte hinauf und holte das Kistchen mit dem Gold, und wir sahen die Wachen bereits anrücken, da schnappte ich Bumbum, und Bumbum schnappte seine Ente, und Else schnappte den Käfig mit den Helferlein, und wir beide schnappten noch einen Korb mit irgendwas, und nun ja«, sie schnalzte bedauernd mit der Zunge, »zu mehr hat es nicht gereicht. Eure Kleider, eure Sachen, deine schöne Glasperlensammlung, Lulu, die Sprechenden Bücher, Graviatas Hexensachen, alles futsch. Wir konnten gerade noch über die Höfe rennen und durch die Pforte entwischen.

Als die hinter uns zuschlug, hörten wir die Wachsoldaten schon von innen dagegendonnern. Zum Glück waren sie einigermaßen blöd und brauchten ziemlich lange, bis sie begriffen hatten, dass sich die Pforte auf keinen Fall für sie öffnen würde und sie zum Haupttor rennen mussten. Das gab uns einen kleinen Vorsprung.

Wir versteckten uns in meiner Siedlung, aber dort waren wir natürlich nicht sicher, dort würden sie zuerst suchen. Da hatte Manfredo die Idee mit den Abwasserkanälen. Manfredo war nämlich als junger Kerl mal Mitglied in einer Räuberbande und die hat damals schon die Kanäle als Fluchtwege genutzt. Aber Manfredo wurde trotzdem geschnappt und kam in den Felsenkerker. Daher weiß er so gut, wie es da drinnen aussieht. Er blieb aber nicht lange drin, der König und die Königin heirateten, und es gab als Geschenk an das Volk eine Amme… , es gab eine Amne… , also so ein Dings, wo alle Gefangenen freikamen. Manfredo war darüber so dankbar, dass er schwor, ein anständiger Mensch zu werden, und er hat diesen Schwur gehalten. Bis heute. Heute aber hat er sich an seine alten Freunde gewandt. Einer von ihnen ist der Besitzer von dem Hippodrom hier. Er lässt uns bleiben, aber ihr müsst bezahlen. Er ist ein Halsabschneider. Gebt ihm bloß nicht mehr als ein Goldstück pro Tag. Morgen früh könnt ihr mit ihm verhandeln, im Augenblick ist er nicht da. Ihr seht übrigens mehr tot als lebendig aus. Ich zeig euch jetzt, wo ihr schlafen könnt, sonst fallt ihr mir hier noch um.«

»Heißt das, wir sind die ganze Zeit gesucht worden? Seit heute Nachmittag?«, fragte Rafaela mit zittriger Stimme.

Wanda nickte. »Von der Stadtwache und den Palastsoldaten.«

»Und wir haben nichts gewusst! Wir sind einfach so durch die Stadt gelaufen. Wir waren sogar noch in einer Schenke!«

»Wo ich herkomme, nennt man so was Dusel.«

»Was hätten sie mit uns gemacht, wenn sie uns gekriegt hätten?«

Wieder zog Wanda die Schultern hoch. »Irgendwo eingesperrt, vielleicht sogar im Felsenkerker, und dann hätten sie euch vermutlich als Mägde verkauft. Weit weg von hier und weit weg von eurem Wald. Und getrennt natürlich. Aber es ist ja nicht passiert«, fügte sie hinzu, als sie sah, wie die

Schwestern noch tiefer in sich zusammensanken. »Kommt schlafen. Es ist spät.« Sie gähnte.

Rafaela zog sich mühsam wie eine alte Frau am Pferdegeländer hoch, doch Lulu blieb sitzen. Ihr war aufgefallen, dass Wanda sich am Ende ihres Berichtes sehr beeilt hatte, sie war geradezu hindurchgehetzt, dem Schluss entgegen. Da fehlte doch ein Stück.

»Was ist mit unseren Tieren?«, fragte sie.

»Ach«, sagte Wanda.

Rafaela plumpste zurück auf ihren Platz. »Was ist mit ihnen?«

»Weiß nicht«, sagte Wanda.

»Natürlich weißt du es«, sagte Lulu. »Du weißt alles, was im Palast geschieht. Sag schon. Haben die Soldaten sie umgebracht?«

Wanda stützte die Ellenbogen auf die Knie und barg das Gesicht in den Händen. »Es tut mir so leid«, schluchzte sie. »Wir konnten sie wirklich nicht mehr mitnehmen, die Zeit war zu kurz.«

»Sie sind also tot«, stellte Lulu fest.

Wanda schüttelte den Kopf. Sie wischte sich die Augen und putzte sich die Nase in ihren Unterrock. »Am Anfang dachten wir das, dass sie tot sind, meine ich. Wir hörten nämlich, wie sie auf Captain Sabber schossen. Er hätte sie in Stücke gerissen, so wütend hörten wir ihn bellen. Aber dann kam der Schuss und er winselte nur noch. Wir dachten, er wäre tot und die anderen auch.«

»Aber? Nun rede doch!«

Wanda hatte einen Weinkrampf. Lulu und Rafaela hätten sie am liebsten geschüttelt.

»Manfredo hat rausgekriegt, dass Sabber bloß verwundet ist«, berichtete sie endlich dumpf und schniefend. »Die anderen Tiere, den Murks und den bunten Vogel, der mich nicht leiden konnte …«

»Nicht doch«, wehrte Rafaela ab.

»Er hat immer ›Komische Leute!‹ gerufen, wenn er mich gesehen hat«, beharrte Wanda. Ihre Mundwinkel zogen sich gefährlich nach unten.

»Weiter«, drängten die Mädchen hastig, ehe sie wieder in Tränen ausbrechen würde.

»Den Murks und den komischen Vogel und den Sabber, alle zusammen haben sie in die alten Zwinger ganz hinten im Park gesperrt, wo früher der Vater vom alten König seine Löwen hielt. Erst wollten sie alle töten, aber dann hat der König befohlen, noch damit zu warten. Vielleicht bringt es Unglück, Hexentiere zu töten, meinte er. Vielleicht kommen dann Hexentierdämonen und quälen die Menschen nachts mit Albträumen oder Schlimmerem.«

»Und ob die dann kommen«, knurrte Lulu grimmig.

Wanda weinte wieder. Lulu und Rafaela tauschten einen Blick und rückten ganz nahe an sie heran. Lulu streichelte ihre Haare, Rafaela legte den Arm um sie.

»Mach dir doch nicht solche Vorwürfe«, sagte sie. »Sie leben ja noch alle. Sabbers Verletzung wird heilen. Es ist nicht deine Schuld, dass sie eingesperrt wurden. Also hör auf zu weinen. Du hast heute unendlich viel für uns getan.«

Aber Wanda weinte immer heftiger. »Das Schlimmste«, schluchzte sie, »das Schlimmste wisst ihr ja noch gar nicht.«

Wieder tauschten die Schwestern einen Blick. Durch ihrer beider Köpfe tobten schreckliche Bilder, Feuerbrände, Folterszenen, aber nie hätten sie mit dem gerechnet, was Wanda jetzt gestand.

»Wir haben Bumbum verloren«, stammelte sie.

»Was?« Die Schwestern saßen da wie versteinert.

Wanda drückte sich die Fäuste in die Augen. »Eigentlich war es Else, die ihn verloren hat. Ich hab ihr noch zugerufen, sie soll ihn festhalten.«

»Willst du damit sagen«, fragte Rafaela ganz langsam, wobei sie jedes Wort betonte, »dass Bumbum nicht hier irgendwo nebenan sanft und friedlich schläft?«

Wanda schüttelte hilflos den Kopf.

»Aber ihr habt ihn doch mitgenommen!«, rief Lulu. »Du hast doch selbst erzählt, dass du ihn dir geschnappt hast und dass er sich seine Ente geschnappt hat, und dann seid ihr zusammen getürmt!«

»Es ist später passiert.«

Lulu konnte nicht mehr sitzen. Sie sprang auf und reckte die Arme zum Himmel hinauf oder vielmehr zu der zeltartigen Decke, als könne von dort Antwort kommen. »Wie verliert man ein Kind?«, schrie sie. »Wie zum Henker geht das?«

Ganz und gar eingeschüchtert, verkroch sich Wanda in sich selbst. »Es war doch Else«, flüsterte sie. »Else hat ihn verloren.«

»Erzähl es uns!«, befahl Rafaela müde. Auch sie war aufgestanden, lehnte am Geländer und schaute auf Wanda hinab. Im Licht der Fackeln wirkte sie gute zehn Jahre älter. Mit ihrem wilden lockigen Haar sah sie fast aus wie Graviata. Noch nie war Lulu die Ähnlichkeit zwischen den beiden so sehr aufgefallen.

Wanda holte tief Luft. »Wir waren schon in den Abwasserkanälen«, begann sie. »Manfredo hatte uns allein gelassen, weil er mit seinem alten Freund und Räuberkollegen verhandeln wollte, ob wir alle für eine Weile bei ihm unterkriechen dürften. Wir warteten, aber es dauerte schrecklich lang. Bumbum wurde es schlecht, er weinte und musste sich übergeben. Gleich neben uns war so ein Aufstieg, so eine Leiter, da bin ich raufgeklettert und habe den Deckel nach draußen aufgemacht. Es ging sehr schwer, aber ich habe es geschafft. Zum Glück öffnete sich der Deckel in eine ganz kleine Sackgasse. Niemand war dort, nur am Ende der Gasse, dort, wo sie auf eine helle Straße traf, spielten ein paar Kinder. Sie waren sehr beschäftigt und sahen nicht zu uns her. Ich trug Bumbum die Leiter hinauf und setzte ihn oben auf den Rand, damit er sich in der frischen Luft erholen konnte. Und ich hielt ihn die ganze Zeit fest. Da rief Else, dass sie auch ein bisschen Luft schnappen wolle, ihr sei ganz übel von dem Gestank. Sie war auch wirklich grün im Gesicht. Also kletterte ich runter und ließ Else hinauf. Kaum war ich unten, hörte ich Manfredo rufen. Er war ausgerutscht und hatte sein Licht in den Kanal fallen lassen. Da machte ich mich mit unserer Laterne auf die Suche nach ihm. Er lotste mich mit Rufen zu sich, aber bevor ich losging, schärfte ich Else ein, Bumbum ganz sicher festzuhalten. Ja, und als wir dann wieder zurückkamen, Manfredo und ich, hockte Else unten an der Leiter und heulte, dass Bumbum nicht mehr da wäre. Sie hätte ihn nur einen ganz kurzen Augenblick losgelassen, sagte sie. Die frische Luft war ihr nicht bekommen, im Gegenteil, sie hatte ihre Übelkeit noch verschlimmert. Und weil sie nicht auf die Straße kotzen wollte, ist sie die Leiter wieder runter und hat es unten in den Kanal getan.

Als sie wieder hochkam, war Bumbum weg, einfach weg. Spurlos verschwunden. Sie hat ihn gesucht, wir haben ihn gesucht, er war weg. Niemand war in der Gasse. Auch die Kinder, die vorher dort gespielt hatten, waren weg. Und das Verrückte ist, es ist ganz hier in der Nähe passiert, wir waren ganz nah am Hippodrom. Else und ich sind dann durch die Straßen gelaufen und haben überall nach Bumbum gesucht, aber irgendwann mussten wir aufgeben, es war zu gefährlich, denn die Wachen sind auch hinter uns her. Außerdem wurde es dunkel und wir mussten ja noch an euch beide denken.

Ich ließ mich von Dven, den ihr eben kennengelernt habt, zur Gerbergasse führen und wartete dort auf euch. Schließlich musste ich unbedingt verhindern, dass ihr völlig ahnungslos zu euerm Haus im Palastgarten gingt. Manfredo und der Mann, dem das Hippodrom gehört, und ein paar andere Männer haben einen Suchtrupp gebildet. Else hat sich ihnen angeschlossen. Sie will euch ohne Bumbum nicht mehr unter die Augen treten, hat sie gesagt. Manfredo hat eine Belohnung ausgesetzt. Wer Bumbum findet, bekommt fünf Goldstücke. Eigentlich ist es ja euer Geld, aber er meinte, ihr wärt bestimmt damit einverstanden.«

»Er hätte fünfzig aussetzen sollen«, rief Lulu.

»Uff«, ein erleichterter Seufzer entfuhr Wanda. Nicht nur wegen der Belohnung, sondern weil sie sich endlich die ganze schlimme Geschichte von der Seele geredet hatte.

»Und du bist ganz sicher, dass dieser Suchtrupp nicht schon erfolgreich war und Bumbum irgendwo in diesem Gebäude abgeladen hat?«

Wanda schüttelte betrübt den Kopf. »Wenn sie ihn gefunden hätten, würden sie jetzt alle hier drin ein Fest feiern und Else würde auf dem Geländer Rad schlagen.«

Das leuchtete ein.

»Wie konntest du nur glauben, dass du uns Bumbums Verschwinden verheimlichen könntest?«, rief Rafaela.

»Ich hab so gehofft, ich könnte euch irgendwie zum Einschlafen bringen und morgen früh wäre vielleicht alles wieder gut.«

»Morgen früh«, sagte Rafaela in einem Ton, als wären es hundert Jahre bis dahin.

»Was haben die Kinder gespielt?«, fragte Lulu. »Jetzt überleg doch mal«, beharrte sie, als Wanda nur verständnislos schaute. »Die Kinder in der Gasse, die du gesehen hast. Du hast doch eine Weile mit Bumbum am Rand der Luke gesessen. Da habt ihr doch bestimmt zu den Kindern hingeschaut.«

»Ach, die Kinder! Die spielten mit Kugeln. Kleinen gläsernen Kugeln. Manche davon sind sehr bunt und schön. Ich hatte als Kind auch mal ein paar. Eine besonders schöne ist der König. Man kullert die Kugeln gegen eine Hauswand. Wenn man die Kugel eines Mitspielers trifft, darf man die einstecken, und wenn man den König trifft, darf man alle einstecken.«

»Na also!«, rief Lulu. »Bumbum liebt diese Glaskugeln. Vermutlich war Else länger unten, als sie zugeben will. Bumbum ist zu den Kindern gelaufen und die haben ihn mitgenommen. Wir müssen die Kinder finden, dann haben wir auch Bumbum.«

Sie ging zur Luke, packte den Eisenring und zog wie eine Verrückte. Der Deckel bewegte sich kaum. Rafaela half ihr, gemeinsam schafften sie es.

»Was habt ihr vor?«, rief Wanda alarmiert. »Bleibt hier, sonst verlieren wir euch auch noch!«

»Wir suchen Bumbum. Zeig uns die Gasse, wo ihr ihn verloren habt!«

»Da haben wir doch schon alles abgesucht! Jetzt ist es Nacht. Was ihr vorhabt, ist sinnlos!«

Aber Lulu und Rafaela waren nicht aufzuhalten. Sie hasteten die Leiter hinunter.

»Ihr habt ja nicht einmal ein Licht!«, rief Wanda, nahm eine Fackel aus der Wandhalterung, überlegte es sich anders und klaubte die kleine Laterne auf, die sie bei ihrer Ankunft im Hippodrom achtlos zu Boden hatten fallen lassen. »Eine Fackel bringt die Gase da unten vermutlich zum Explodieren«, brummte sie ärgerlich, zündete das kleine Ding an und hastete den Mädchen hinterher.

Unten war es immer noch so dunkel und glitschig und stinkend wie vorher. Die Schwestern verharrten ratlos, doch Wanda pfiff schrill auf zwei Fingern und leichte Schritte näherten sich. Eine Laterne wackelte um die Ecke, dann ihr Träger. Es war der kleine, bleiche Dven. Anscheinend hatte er die ganze Zeit hier unten gewartet.

Wanda erklärte ihm, wo sie hinwollten, und er huschte widerspruchslos vor ihnen her.

»Geht er denn nie heim?«, erkundigte sich Lulu.

»Er ist daheim«, erklärte Wanda. »Er ist ein Rattenkind. So nennt man sie. Manfredo hat's mir erklärt. Früher war er auch eins. Es sind Kinder ohne Eltern und ohne Geld. Sie werden von der Bruderschaft der Räuber und Diebe aufgezogen. Wenn sie alt genug sind, müssen sie für ihren Unterhalt arbeiten, das heißt, sie leben im Kanalsystem und führen jeden durch, der das Losungswort weiß oder ihnen persönlich bekannt ist. Niemand kennt die Kanäle und die Tunnels so gut wie sie, höchstens die Ratten vielleicht. Wenn sie ihre Arbeit eine Weile lang gut gemacht haben, dürfen sie hinauf und selbst Diebe oder Räuber werden.«

»Das ist ja schrecklich«, rief Lulu, »immer in diesem Gestank leben zu müssen.«

»Sie sind dran gewöhnt«, meinte Wanda. »Aber Manfredo hat gesagt, dass manche von den Kindern blöd im Kopf werden. Wegen der Dämpfe. Ich fürchte, bei Dven ist es bald so weit. Hast du bemerkt, wie seltsam er spricht?«

Lulu hatte großes Mitleid mit Dven. Unter anderen Umständen hätte sie sofort einen Plan entwickelt, um den Rattenkindern zu helfen, und vermutlich hätte dieser Plan so ausgesehen, dass sie ihre Mutter gedrängelt und genervt hätte, bis diese sich etwas zur Rettung der Kinder hätte einfallen lassen. Lulu kämpfte gegen ihre Tränen an. Vermutlich waren sie und Rafaela in einer schlimmeren Lage als die Rattenkinder. Die wussten wenigstens, wo sie hingehörten, und sie hatten so etwas wie eine Zukunft. Lulu und Rafaela hatten bloß eine Vergangenheit und jede Menge Sorgen.

Tapfer sein, dachte Lulu, Bumbum finden, immer einen Schritt nach dem anderen. Nicht daran denken, dass Mama und Damiano im Kerker sitzen und die Tiere auch und dass Bumbum in diesem Augenblick vielleicht durch die Nacht stolpert, ganz allein, mit niemandem, der ihn versteht, mit niemandem, der auf ihn aufpasst, bloß mit einer gelben Stoffente. Nein, nicht daran denken. Er wird da sein. Er wird genau dort sein, wo sie ihn verloren haben, und darauf vertrauen, dass wir ihn abholen.

Je näher sie der Stelle kamen, desto sicherer war sie, dass es genau so sein würde. Aber dann, als sie den Ausstieg erreicht hatten und hinaufgekrabbelt waren, empfing sie nichts als Kälte und Regen und tiefschwarze Nacht. Kein Mensch, kein Tier, kein Bumbum. Es war so finster, dass sie die Hand kaum vor Augen sehen konnten. Trotzdem lief Lulu noch zum Ende der Gasse, wo ein etwas hellerer Schein von einer breiten Straße kündete. Ein Gaslicht brannte in einiger Entfernung und beleuchtete ein paar Schritte Einsamkeit.

Kein Mensch war zu sehen. Alle Türen und Fenster geschlossen. Die Expedition war so sinnlos gewesen wie ein Flüstern im Schneesturm.

Niedergeschlagen und schrecklich müde stolperten sie zurück zu ihrem Nachtquartier. In ihrer aller Köpfe glimmte schwach noch ein Fünkchen Hoffnung, dass alles gut sein würde, wenn sie ankämen, dass Bumbum gefunden und heil und gesund zurückgebracht worden wäre. Doch niemand sprach diese Hoffnung aus, und das war auch besser so, denn als sie ankamen, lag das Hippodrom genauso verlassen da wie vorher.

Lulu und Rafaela nahmen kaum noch wahr, wie Wanda sie durch einen zugigen, gepflasterten Korridor zu einer Kammer führte, die bis zur Decke mit Kram vollgestopft war. Auf einer zerschlissenen, staubigen Couch rollten sie sich ein und irgendein freundlicher Schicksalsgott ließ sie fast sofort einschlafen. Sie bekamen nicht mehr mit, wie Wanda sie beide mit einer alten Pferdecke zudeckte, das Gerümpel ein wenig beiseiteräumte und sich dann auf dem Boden selbst ein Lager bereitete.

10. Kapitel

Wenn Lulu später an die Zeit im Hippodrom zurückdachte, lagen diese Tage wie unter einem dichten Nebel. Sie erinnerte sich nur an wenig. Sie wusste zum Beispiel nicht mehr, ob sie sich überhaupt je gewaschen hatten. Und doch mussten sie es getan haben, denn rückblickend sah sie sich selbst mit nassen Haaren und einem geliehenen Glitzertrikot im Hinterhof sitzen und auf Corina warten, während ihre Kleider auf der Wäscheleine schaukelten.

Nicht alle ihre Tiere waren eingesperrt. Corina hatte sich gleich am nächsten Morgen mit ihrer Bande eingefunden und ein Quartier in einer nahen Ruine bezogen. Es gab einige Ruinen in der Nähe des Hippodroms, viele davon waren noch bewohnt, die Gegend war nicht eben vornehm, niemand regte sich über einen Krähenschwarm mehr oder weniger auf. Natürlich hatten Corina und ihre Genossen sich gleich auf die Suche nach Bumbum gemacht, sie flogen die Stadt ab, spähten in jede Gasse und in jeden Hinterhof, in die vornehmen Parks der Adeligen und in die staubigen Gärtchen der Armen, doch Bumbum fanden sie nicht. Und Lulu saß da, sah in den Himmel und wartete. Wenn die

Krähen zurückkamen, konnte sie schon an der Art, wie sie die Flügel hielten, erkennen, dass ihre Suche erfolglos verlaufen war. Die Flügel zeigten immer traurig nach unten.

Nur einmal nicht. Das lag aber nicht daran, dass die Krähen Bumbum gefunden hätten, sondern dass sie sich ganz furchtbar über einen anderen Vogel ärgerten, einen Falken, der hoch über dem Hippodrom schwebte und neugierig herunterspähte. Sie schrien und kreischten und lärmten und versuchten, zu ihm aufzusteigen und ihn wegzupicken. Es gelang ihnen tatsächlich, ihn zu vertreiben, entnervt flog er davon. Sie wollten ihm folgen, ihm eine ordentliche Lektion erteilen, doch mit den Flugkünsten eines Falken können selbst die kühnsten Krähen nicht mithalten.

Später kam der Falke zurück, am nächsten Tag vermutlich, Lulu hätte es nicht beschwören können, ihr Zeitgefühl war durcheinandergeraten. Wieder gelang es den Krähen, ihn zu verscheuchen. Lulu fand das schade, sie dachte, es wäre besser gewesen, den Falken als Verbündeten zu werben, denn Falkenaugen sind scharf. Doch das schien ganz unmöglich. Als Corina sich auf ihrer Schulter niederließ, fühlte Lulu erstaunt, wie sehr ihre Krähe diesen fremden Vogel hasste.

Andere Leute suchten auch nach Bumbum. Es waren ein paar abgerissen wirkende Gestalten, Männer, angestachelt von der Aussicht auf die Belohnung und angeführt vom Besitzer des Hippodroms. Der wurde »Fuchs« genannt, vermutlich weil er wie einer aussah oder auch weil er so schlau war, wie man es diesen Tieren nachsagt. Rafaela verhandelte mit ihm und war ihm nicht gewachsen. Fuchs verlangte insgesamt sechs Goldstücke pro Tag für Unterkunft und Verpflegung, Warnung vor der Stadtwache und die Suche nach Bumbum. Als Rafaela zu protestieren versuchte, schnitt er ihr das Wort ab mit der Bemerkung, so seien nun mal seine Preise, und wer sie nicht bezahlen wolle oder könne, solle gefälligst verschwinden. Also bezahlte Rafaela.

Von all dem bekam Lulu nichts mit. Sie erfuhr erst viel später davon, als Rafaela es ihr erzählte, und sie war wütend auf sich selbst, weil sie nicht aufmerksamer gewesen war, weil sie vor Sorge um Bumbum und Graviata und Damiano diese ganze Zeit wie gelähmt unter einer Glasglocke verbracht hatte. »Ein Käse hätte mehr mitgekriegt als ich«, brummelte Lulu später verärgert.

Ein paar Sachen aber wusste sie doch noch. Zum Beispiel, dass Else sich niemals blicken ließ, nicht ein einziges Mal, und dass der dicke Manfredo sie traurig angeschaut und ihr seufzend über den Kopf gestreichelt hatte, als sie ihn fragte, ob er glaube, dass alles wieder so sein werde wie früher. Und dass sie mehrmals in die Unterwelt der Kanäle fliehen mussten, weil die Wache in der Nähe gesichtet wurde. Der kleine Dven erwartete sie jedes Mal, bereit, sie zu einem anderen Versteck zu führen, falls dies nötig sein sollte, aber dazu kam es zum Glück nie. Sie saßen bloß unten auf dem Steinhaufen herum und warteten, bis von oben Entwarnung kam. Bei einer dieser Gelegenheiten erzählte Manfredo, dass es der Königin und dem Prinzen immer noch nicht besser gehe, dass ihr Zustand sich aber auch nicht weiter verschlechtert habe.

Und dann sagte er: »Wie es scheint, sind zwei Leute aus dem Felsenkerker abgehauen. Seit hundert Jahren ist das zum ersten Mal wieder jemandem gelungen. Die Wachsoldaten schäumen vor Wut, weil sie die beiden noch immer nicht wieder einfangen konnten.«

Aber Lulu und Rafaela waren wie taub und blind, so tief in ihren Sorgen und in ihrer Trauer versunken, dass sie nicht mitbekamen, was um sie herum gesprochen wurde.

»Dad hab id don gewud«, nickte Dven. »Einer hat 'nen Kleinen und 'ne riedige Ratte mit did. Die hat dwarde Augen mit Weid, die Ratte, mein id, und 'nen gedreiften Dwand.«

»Hm«, sagte Manfredo, und es war offensichtlich, dass er kein Wort verstanden hatte. Kaum jemand hörte auf das, was Dven so von sich gab. Aber später in der Nacht fuhr Lulu aus dem Schlaf hoch. Nach dem Essen hatten sich die drei Mädchen in diese schreckliche Abstellkammer zurückgezogen, die Fuchs hochtrabend als Requisitenkammer bezeichnete, was immer das heißen sollte. Und die ganze Zeit über hatte Lulu so ein Gefühl, so ein komisches Gefühl gehabt, als ob sie etwas entscheidend Wichtiges überhört hätte. Grübelnd schlief sie ein und schreckte kurz danach wieder auf, nicht aus einem Traum, einfach nur so. Hellwach war sie und schrecklich aufgeregt, denn plötzlich war ihr klar, was sie überhört hatte, und sie hätte sich prügeln können. Sie weckte Wanda und Rafaela und erklärte ihnen alles und hätte am liebsten geheult, weil die beiden so schlaftrunken und so begriffsstutzig waren.

Es war doch sonnenklar. Zwei Gefangene waren aus dem Felsenkerker entkommen, waren noch nicht gefasst worden, und wenn man bedachte, dass Dven keine Zischlaute aussprechen konnte und es schon »gewud«, also gewusst, hatte und er die Kanäle nie verließ, dann bedeutete das doch wohl, dass diese Flüchtlinge sich im Kanalsystem versteckt hielten. Und weiter hatte Dven gestammelt, dass einer eine »riedige Ratte mit dwarden Augen und gedreiftem Dwand« bei sich gehabt hatte, eine riesige Ratte mit schwarzen Augen und gestreiftem Schwanz …

»Ralf!«, schrie Rafaela und sprang auf. Endlich!

Sie wollten sofort losstürzen, aber das ging nicht, der Einstieg in die Kanäle lag in der Arena und dort war noch die Spätvorstellung im Gang. Sie mussten furchtbar lange warten, bis die letzte Zugabe gegeben war und das Publikum sich verlaufen hatte, die Pferde in ihre Ställe gebracht wurden und die Akrobaten endlich aufhörten, miteinander zu tuscheln und zu kichern und über Fuchs zu fluchen, der so knauserig mit der Gage war. Doch irgendwann gingen sie heim, und Ruhe war im Hippodrom, nur hin und wieder schnaubte ein Pferd oder wieherte leise im Traum.

Die drei Mädchen hasteten in die Arena und wuchteten gemeinsam den schweren Deckel hoch. Unten pfiff Wanda schrill auf den Fingern. Es dauerte diesmal etwas, bis die kleine Laterne um die Ecke schwankte. Dven gähnte und rieb sich die Augen, offensichtlich schlief sogar er manchmal. Normalerweise hätte Lulu Mitleid gehabt und sich vielmals entschuldigt, weil sie den Rattenjungen so brutal aus dem Schlaf gepfiffen hatten, aber diesmal war es ihr egal. Sofort überschüttete sie Dven mit Fragen nach dem Mann mit der riesigen Ratte, doch Dven war müde. Selbst ausgeruht war er nicht gerade einer der Hellsten, jetzt aber verstand er so gut wie überhaupt nicht, was man von ihm wollte. Lulu ging in ihrer Verzweiflung dazu über, ebenfalls alle Zischlaute wegzulassen, und vielleicht war es das, was schließlich half. Auf jeden Fall huschte über Dvens altes Gesichtchen so etwas wie Erkenntnis. Doch zum Entsetzen der Mädchen schüttelte er den Kopf.

»Kann eud nid hinbringen«, sagte er und setzte sich auf den Boden. »Hätt nie darüber reden dürfen. War ein groder Fehler.«

»Du kannst uns nicht hinbringen? Warum denn nicht?«, rief Rafaela empört. »Du bringst doch alle überallhin. Das ist dein Job! Einen großen Fehler machst du, wenn du uns nicht hinbringst!«

Doch Dven schüttelte nur störrisch den Kopf. Sie versuchten ihn zu bestechen, versprachen ihm Gold, feine Sachen zum Essen, Süßigkeiten, boten ihm an, ihn mitzunehmen, wenn sie eines Tages von hier fortgingen, doch Dven blieb stur. Lulu wollte gerade schrecklich wütend werden, am liebsten hätte sie ihn getreten und geschlagen und gezwickt, als sie im Laternenlicht sah, dass der Kleine weinte. Erschrocken über sich selbst kauerte sie sich neben ihn.

»Was ist denn nur mit dir, Dven?«, fragte sie und zu ihrer Verblüffung lehnte der Kleine seinen Kopf an ihre Schulter und weinte bitterlich. Wanda und Rafaela hockten sich zu ihnen, Rafaela gab Dven ihr Taschentuch. Er wusste nicht, was man damit tat, doch er nickte dankbar, steckte es in den Hosenbund und schnäuzte geräuschvoll auf den Boden.

»Id hätt do gern Düdigkeiten gehabt«, schluchzte er sehnsüchtig. Die Mädchen sahen sich an und begannen wie auf Kommando, ihre Taschen durchzuwühlen. Lulu fand nichts, sie futterte alles Süße, das sie bekam, immer gleich weg. Aber Wanda und Rafaela förderten je zwei Bonbons zutage und reichten sie Dven. Er stopfte sie in den Mund, alle vier auf einmal, und grinste selig, während er kaute und ihm die Spucke übers Kinn lief. Diese alten Bonbons schafften, was alle Versprechungen vorher nicht geschafft hatten. Dven erzählte, wenn man sein Gestammel so bezeichnen will, dass die Rattenkinder einem verletzten Mann geholfen hätten, weil er so ein lustiges Tier besaß, das sie alle zum Lachen brachte, eine Ratte mit wunderschönem Pelz und einem langen, flauschigen, gestreiften Schwanz. Die komische Ratte wusch alles, was sie aß, und wenn sie etwas nicht waschen konnte, aß sie es nicht.

»Wir haben den Mann und die Ratte und den Kleinen verdeckt«, berichtete Dven. »In underem Geheimverdeck. Niemand kennt under Geheimverdeck. Die anderen Kinder bringen mid um, wenn id eud hinführe.«

»Wir alle drei schwören dir«, sagte Rafaela feierlich, »dass wir euer Geheimversteck niemals verraten werden, solange wir leben. Wenn du uns hinführst, wird niemand dich umbringen, und du wirst für immer unser Freund und unser Held sein.«

»Ich schwöre!«, wiederholten Lulu und Wanda und legten zur Bekräftigung drei Finger auf ihre Herzen. Da packte Dven seine Laterne und führte sie durch das Labyrinth.

Es war ein langer Weg. Dven mied die breiten Hauptkanäle, fast immer krochen sie durch schmale, niedrige Gänge, einmal mussten sie sogar auf allen vieren kriechen. Das war ekelhaft. Schon nach kurzer Zeit hatten die Mädchen jede Orientierung verloren. Siedend heiß überfiel Lulu ein grauenhafter Verdacht: Was, wenn Dven sich nur zum Schein bereit erklärt hatte, sie zum »Geheimverdeck« zu führen? Wenn er das in Wirklichkeit gar nie vorgehabt hatte, sondern sie stattdessen immer tiefer in das Labyrinth führte und sie dann irgendwo allein ließ? Sie würden nie zurückfinden, ihre Laterne würde irgendwann verlöschen und in Hunderten von Jahren würde jemand zufällig über die sauber abgenagten Knochen von drei jungen Mädchen stolpern! Doch gleich kämpfte sie ihre Panik nieder. Ganz sicher verfügte Dven nicht über genügend Grips, um sich so einen abgefeimten Plan auszudenken. Rafaela griff nach ihrer Hand.

»Wir haben die Amulette«, flüsterte sie. »Mama hat gesagt, dass sie uns beschützen.« Lulu nickte und wusste, dass Rafaela die gleichen Befürchtungen hatte wie sie selbst. Und die gleichen Hoffnungen. »Und sie hat auch gesagt, die Amulette würden uns beschützen, wenn sie es nicht mehr kann, und dass wir uns immer wiederfinden, wenn wir uns mal verlieren.«

Damiano trug sein Amulett jetzt ebenfalls. War er der verletzte Mann, den die Rattenkinder versteckten? Und dann hatte Dven noch einen Kleinen erwähnt. Wen hatte er damit gemeint? Keines der Mädchen traute sich nachzufragen, sie wollten ihre Hoffnung noch ein Weilchen behalten.

»Wir dind gleid da«, sagte Dven. Das hatte er bereits mindestens fünfmal gesagt, doch diesmal fügte er hinzu: »Vordid! Ed geht deil bergab!« Und schon machten alle einen Schritt ins Leere, stolperten, verloren das Gleichgewicht und kugelten einen glitschigen, steinigen Abhang hinunter. Lulu glaubte entsetzt, dass sich ihr schrecklicher Verdacht gegen Dven nun doch noch bewahrheitete, und krallte sich fallend in ihm fest. So stürzte er mit ihnen und konnte sich nicht ohne sie davonmachen. Sie landeten in einer ekligen Pfütze. Zischend verlöschten ihre Laternen.

»O Mist, so ein Dreckmist!«, fluchte Wanda.

»Deide«, sagte Dven.

Lulu und Rafaela hatten auch ein paar ordentliche Flüche auf Lager. Sie spuckten und husteten und schüttelten sich und stellten erleichtert fest, dass keine von ihnen verletzt war.

»O Dven, du Missgeburt!«, schimpfte Wanda. »Hättest du uns nicht früher warnen können? Was sollen wir jetzt tun, pitschenass, ohne Laternen im Stockdunklen?«

Doch es war gar nicht so stockdunkel. Vor ihnen öffneten sich die Wände zu einem großen Raum, einer Art Höhle, wo ein Feuer brannte, das zu ihnen herausleuchtete. Sogar frische Luft kam von irgendwoher. Und Stimmen, viele Kinderstimmen. Einige sangen Gassenhauer, Hintertreppenlieder, die zurzeit gerade in Mode waren.

»Geheimverdeck«, sagte Dven stolz.

Die Mädchen fassten sich bei den Händen und traten durch die Öffnung, Rafaela zuerst, dann Lulu, dann Wanda. Der Gesang verstummte.

Es war eine große Höhle. In der Mitte brannte ein Feuer, und es musste auch eine Art Kamin geben, denn der Rauch zog ab, vernebelte nicht alles. Es roch nach altem Schmutz und Ruß, gebratenem Fleisch und ungewaschenen Kindern. Fast alle hockten ums Feuer herum und hielten Stöcke oder Spieße darüber, an denen irgendwelches scharf riechendes Fleisch hing, Ratte vermutlich. Die Mädchen unterbrachen mit ihrem Auftritt die Nachtmahlvorbereitungen. Die Rattenkinder starrten mit offenen Mündern auf die vier Gestalten, die so plötzlich in ihrem Geheimversteck aufgetaucht waren, doch dann sprangen die Mutigsten auf und schwenkten drohend ihre Bratspieße.

»Wir müssen furchtbar aussehen«, dachte Lulu, »ganz schwarz, von oben bis unten voll ekligem Schlamm aus der Pfütze. Wahrscheinlich halten sie uns für Dämonen.«

Jetzt bloß nichts Falsches sagen, dachte Lulu. Am besten gar nichts. Wenn sie unsere Stimmen hören, ist es aus, dann wissen sie, dass wir nur Mädchen sind. Aber warum zum Henker sagt Dven nichts? Doch mit ihm war nicht zu rechnen. Feige duckte er sich hinter sie.

Da trat noch jemand in die Reihe der Bratspießschwinger. Er war größer als die anderen und sein Schritt war schwer und mühsam. Auch schwenkte er seinen Spieß nicht, sondern stützte sich auf ihn. Seine Beine wirkten völlig unförmig, etwas hing daran: Zwei kleine Gestalten umklammerten die Beine des Mannes, die eine Gestalt war pelzig und die andere war ein kleines Kind.

»Bumbum?«, fragte das Kind unsicher.

»Bumbum!«, schrien Lulu und Rafaela und rannten auf den Kleinen zu. Der ließ das Bein des Mannes los und stolperte ihnen entgegen. Sie breiteten die Arme aus und drückten ihn und küssten ihn und lachten und weinten und rollten mit ihm über den Boden. Der Mann ließ seinen Spieß fallen und hüpfte hinkend mit ihnen durch die Höhle. Der Mann war Damiano und der Pelzige war Ralf.

Sie tobten noch eine Weile herum und ließen sich dann inmitten der erstaunten Rattenkinder am Feuer nieder.

»Wir sind wieder zusammen«, sagte Rafaela, als sie zu Atem gekommen waren. »Graviatas Kinder sind wieder zusammen.« Sie berührten ihre Amulette.

»Mama ist eingesperrt«, sagte Lulu mit dünner Stimme. »Im Felsenkerker.«

»Ich weiß«, antwortete Damiano düster. »Ich hab sie gesehen, als ich ging.«

»Wieso bist du frei?«, fragte Wanda. »Und wie bist du an Bumbum und dieses Vieh geraten?«

Das Vieh lag auf dem Rücken, alle viere von sich gestreckt, und ließ sich von Lulu den Bauch kraulen. Dabei gab es kleine grunzende Laute des Wohlbehagens von sich und wedelte hin und wieder mit einer Pfote, um zu zeigen, wo es besonders guttat. Die Rattenkinder kicherten entzückt.

»Das ist Wanda, unsere Freundin«, erläuterte Rafaela auf Damianos fragenden Blick hin.

»Wir haben uns schon mal gesehen«, sagte Wanda. »In eurem Haus im Palastgarten, als du verhaftet wurdest.«

»Oh, da war ich etwas, äh, nervös. Ich fürchte, ich erinnere mich nicht mehr an dich, Wanda!«

»Liegt bestimmt daran, dass ich damals nur das Dienstmädchen war«, erwiderte Wanda schnippisch.

»Oder daran, dass du heute ein Pfund Schlamm im Gesicht trägst«, gab Damiano zurück.

Wütend rieb Wanda an ihrem Gesicht herum, aber es half nichts. Der Schlamm war getrocknet, er saß fest.

»Über die beiden bin ich gestolpert«, sagte Damiano und zeigte auf Bumbum und den glücklichen Ralf. »Und dann haben wir uns gegenseitig gerettet.«

»Wie gestolpert? Wie gerettet?«

»Erzählen, von Anfang an!«, rief ein Rattenkind und alle rückten erwartungsvoll näher. Damiano grinste.

»Seit ich hier bin«, sagte er, »habe ich meine Geschichte schon mindestens zehnmal erzählt. Sie können gar nicht genug davon kriegen.«

Die Rattenkinder ließen eine Flasche kreisen. Lulu nahm einen Schluck und musste furchtbar husten. Es war Schnaps in der Flasche. Die geröstete Ratte, die ihr freundlich angeboten wurde, lehnte sie dankend ab, Rafaela desgleichen. Bumbum aber nagte zufrieden an einem Keulchen, auch Wanda war nicht zimperlich und langte zu.

Damiano erzählte. »Die Soldaten stießen mich in den Gefängniswagen und wir rumpelten davon. Ich wusste, dass ich tief in der Patsche saß. Man warf mir vor, einen Grafen niedergestochen zu haben. Das stimmte ja auch, aber ich hatte es nicht gewollt. Das versuchte ich meinen Bewachern klarzumachen, versicherte immer wieder, dass es Notwehr gewesen war, dass der Graf den Dolch gezogen hatte und damit auf mich losgegangen war. Aber sie hörten mir nicht zu, sahen mich nicht einmal an. Sie schauten bloß gelangweilt vor sich hin, als hätten sie keine Ohren. Ich hatte schreckliche Angst, dass man mich zum Felsenkerker bringen würde, dass ich den Rest meines Lebens in einer elenden Zelle verfaulen müsste. Lieber wäre ich auf der Stelle gestorben. Natürlich dachte ich an einen Fluchtversuch, nicht weil ich glaubte, er könnte mir gelingen, sondern weil sie mich dann gleich erschossen hätten. Besser tot als lebendig begraben.«

»Besser tot als lebendig begraben!«, wiederholten die Rattenkinder im Chor. Damiano lächelte. Er hatte rechtzeitig eine Pause eingelegt, damit der Chor seinen Einsatz haben konnte. Lulu merkte, dass hier mehr ablief als das Erzählen einer Geschichte am Lagerfeuer. Die Kinder hingen an Damianos Lippen, als wäre er ihr Heilsbringer.

Er fuhr fort: »Aber ich unternahm keinen Fluchtversuch. Halb war ich zu feige, halb hoffte ich, dass meine Befürchtungen falsch wären. Doch sie waren es nicht. Als der Wagen hielt und die Soldaten mich hinauszerrten, erhob sich vor mir der Felsenkerker, riesig und schwarz und kalt. Ihr kennt ihn ja. Ich war vor Entsetzen fast ohnmächtig, die Soldaten mussten mich mitschleifen, weil ich keine Kraft mehr in den Beinen hatte.

Dann erinnere ich mich nur noch an die Halle unten, an das Halbdunkel, das hereinbricht, wenn die großen Türen sich schließen und das Tageslicht ausgesperrt ist. Und der Gestank! In dem Berg stinkt es nach Angst, nach tausend Jahren Angst. Dagegen ist es hier wie in einem Parfümladen. Und an die Schreie erinnere ich mich. Schrille Schreie wie von Tieren beim Schlachter, bloß dass es keine Tiere waren, es waren Menschen. Ich dachte, dass ich vielleicht eines Tages auch so schreien würde, und nahm mir vor, es niemals zu tun, was auch immer geschehen würde.

Dann sah ich die Käfige. Rundherum laufen Treppen endlos in die Höhe und in der Mitte über dem Abgrund hängen Käfige mit Menschen. Manche von ihnen schreien, sie hocken da wie gefangene Vögel und kreischen. Das Baumeln im Käfig hat sie wahnsinnig gemacht. Ich fürchte, da habe ich auch geschrien. Sie steckten mich aber nicht in einen Käfig, sie schleiften mich ein paar Treppen hoch und warfen mich in eine Zelle, ein zugiges, kaltes Verlies. Die Menschen in den Käfigen sehen, was um sie herum geschieht, in den Zellen aber sieht man bloß felsige Wände und felsigen Boden und ein winziges vergittertes Loch an der Außenwand, durch das der Wind hereinpfeift. Und seine

Mitgefangenen sieht man, falls man welche hat. Ich hatte einen an der Wand mir gegenüber, angekettet wie ich selbst. Unsere Knöchel steckten in Eisenringen, die mit Ketten an der Wand befestigt waren. Die Ketten waren kurz, wie kurz, das merkte ich, als ich, ohne nachzudenken, hinter den Wärtern her zur Zellentür laufen wollte und der Länge nach auf den Boden knallte. Hab mir ziemlich bös das Gelenk verzerrt, aber die Wärter lachten bloß. Und mein Mitgefangener lachte noch lauter als sie. ›Dummsack!‹, schrie er immer wieder und kicherte, als hätte ich ihm die lustigste Vorstellung seit Jahren geliefert. Was übrigens stimmte, wie ich später erfuhr. Er war seit über zwei Jahren allein in dieser Zelle.

Die Tür schlug dumpf zu und von außen wurde der Schlüssel herumgedreht. Das waren so ziemlich die schlimmsten Geräusche in meinem ganzen Leben. Ich kroch zurück, kauerte mich an meinen Platz an der Wand und dachte, dass ich für immer verloren wäre.«

»Für immer verloren«, echoten die Rattenkinder ehrfürchtig.

»Mein Leidensgenosse hörte irgendwann auf zu kichern und begann, mir sein Leben zu erzählen. Er hieß Pinter und behauptete, im Kerker zu sein, weil er die Bewohner seines Dorfes samt und sonders umgebracht habe. Aber ich glaubte ihm kein Wort. Vermutlich hatte er bloß was geklaut und die lange Zeit in der Zelle hatte ihn verrückt gemacht. Ich ließ ihn reden, sah durch das winzige Fenster den Himmel immer blasser werden und dachte, dass ich gerne sterben würde. Und dann, als es fast schon dunkel war, kam deine Krähe, Lulu, und brachte mir das Amulett.«

Er zog das Amulett über den Kopf, hielt es an der Kette und zeigte es im Kreis.

»Die Krähe brachte das Amulett«, raunte der Chor.

»Pinter blieb das Wort im Hals stecken. Mir war das recht so, sein verrücktes Gebrabbel hatte an meinen Nerven gezerrt. Corina blieb, bis ich das Amulett angelegt hatte. Sie wollte wohl sichergehen, dass ich es nicht wieder achtlos rumliegen ließ. Ich habe ihr einen Gruß für dich mitgegeben, Lulu, und ich fühlte mich gleich besser, weil ich wusste, dass ihr an mich dachtet.

Aber dann brach die Nacht herein, draußen heulte der Wind um den Berg und in der Zelle wurde es kalt, schweinekalt. Wir hatten nichts, um uns gegen die Kälte zu schützen, keinen Mantel, keine Decke, nicht mal ein Häufchen Stroh. An Schlaf war nicht zu denken. Natürlich habe ich es mit Zaubersprüchen versucht. Ich habe versucht, die Ketten zu lösen oder es uns wenigstens ein bisschen wärmer zu machen. Aber ihr kennt mich ja, ich bin ein lausiger Magier, das war ich schon immer. Doch zum ersten Mal in meinem Leben hab ich mich selbst verflucht, dass ich nicht besser aufgepasst hatte in Jovindas Unterricht. Und über die höheren Sprüche mit ihren absurden Gedankenverknüpfungen hab ich mich nur lustig gemacht. Ja, und jetzt war es zu spät.

Doch dann geschah etwas, draußen auf den Korridoren, da war eine gewisse Unruhe, eine Aufregung, die bis zu uns hereindrang. Plötzlich drehte sich der Schlüssel und unsere Tür wurde aufgestoßen, zwei Wachmänner polterten herein. Einer, ein ziemlich Großer, versuchte sich vor mir aufzubauen. Dabei schwankte er, als stünde er an Deck eines Bootes.

›He du‹, schrie er, ›du bist der Sohn von der Hexe Gravatana!‹ Sein Atem war der pure Schnapsdunst.

›Nich so laut!‹, rief sein Kumpel ängstlich, ein kleiner Dicker, und schloss hastig die Tür. ›Wenner Boss uns hört, gib's Ärger. Sollten schon längs oben sein, beim …‹

›Hal's Maul!‹, lallte der Große. Er war besoffen …«

»… wie zehn Kanalarbeiter am Zahltag!«, grölten die Rattenkinder.

»›Deine Mutter hat ausgehext!‹, brüllte der Große mich an. ›Sie is hier. Hier bei mir. Im Knast. Hasse das gewusst?‹

›Quatsch!‹, sagte ich nur. Nichts auf der Welt wäre mir in dem Augenblick lächerlicher vorgekommen.

›Kein Quatsch!‹, schrie er. ›Soll ich dir's zeigen?‹

›Nich so laut!‹, beschwor ihn der Dicke wieder.

›Reg dich ab, Fettsack! Ich zeig dem Scheißer jetz seine vornehme Mutter! Jetz sofort!‹ Ungeschickt nestelte er am Gürtel, um seinen Schlüsselbund freizukriegen.

›Mensch, Hanno, mach kein Scheiß!‹, wimmerte Fettsack und versuchte, ihn am Ärmel zu grabschen. Aber der andere schüttelte ihn wütend ab. Endlich schaffte er es, die Schlüssel abzuhaken, und fuchtelte mit dem schweren Bund in der Luft herum.

›Was is so schlimm an mir‹, schrie er mich an, ›dass so

’n arra… arragantes, ich mein, so ’n aufgeblasenes Gör kotzen muss, wenn ich ihr ’n Kuss geb, he?‹«

Rafaela sog scharf die Luft ein.

»Ich hätte ihm schon sagen können, warum ein Mädchen sich übergeben muss, wenn es von ihm geküsst wird, aber er trampelte mit seinem schweren Stiefel auf meinem verletzten Fußgelenk herum, dass ich nur noch stöhnen konnte.

›Wenn ich sie hab, die Mis… Mistgöre, werd ich ihr beibringen, was Dankbarkeit heiß, und die andere, das Rabenmädchen, das werd ich …‹

Etwas Unsägliches kündigte er an, das ich auf keinen Fall wiederholen werde, aber er hatte Rabenmädchen gesagt. Natürlich wusste ich da, von wem er sprach, und ich konnte mir so ungefähr zusammenreimen, was geschehen war.

›Jetz bring ich dich zu ihr, zu deiner Mutterschlampe, und dann werd ich sie …‹

Er kam nicht mehr dazu, mir zu verraten, was er tun wollte. Plötzlich durchschoss mich eine solch furchtbare Wut, dass ich nicht mehr wusste, was ich tat, und ich hieb ihm mit aller Kraft unters Kinn.

Es krachte, als sein Kopf zurückflog, und es rumste noch mal, als er hinterrücks auf den Steinboden knallte.

Fettsack winselte erschreckt und wollte zu ihm eilen, aber Pinter an der Wand gegenüber machte sich lang. Der Dicke stolperte, ruderte ein paarmal nutzlos mit den Armen, dann platschte er zu Boden, die Lampe in seiner Hand zerbarst und es war dunkel. Ganz kurz noch ein Scharren und ein merkwürdiges Röcheln, dann wurde es still.«

In der Höhle aber brach ein Lärm ohnegleichen los. Die Rattenkinder sprangen auf, fuchtelten mit den Armen, mit den Bratspießen, boxten in die Luft, prügelten auf unsichtbare Gegner ein, würgten sie, traten sie und riefen: »Nimm dies, Mistbock! Steck's ein, Fettsack!« Sogar Bumbum hieb ein paarmal mit seinen kleinen Fäusten in die Luft. Damiano grinste und sah mit einem Schulterzucken zu den Mädchen hin.

Schließlich beruhigte sich der Zirkus und die Kinder nahmen wieder ihre Plätze ein.

Damiano fuhr fort: »Es war nicht lange still. Pinter fing an zu kichern und klatschte in die Hände wie ein Kind. Ich aber tastete nach dem Schlüsselbund auf dem Boden herum und betete sämtliche Zaubersprüche her, die ich kenne, dass er nicht außerhalb meiner Reichweite lag. Pinter begriff endlich, was ich tat, und begann auf seiner Seite ebenfalls den Boden abzusuchen. Plötzlich quiekte er erschrocken, er habe sich an einer Scherbe geschnitten, an einer Lampenscherbe, die im Hals von Fettsack steckte.

›Glaubst du, ich habe ihn umgebracht?‹, fragte er furchtsam.

›Wenn schon‹, gab ich entnervt zurück. ›Du hast ein ganzes Dorf umgebracht, da kommt's auf einen mehr oder weniger auch nicht an!‹

Plötzlich kam mir, wo der Schlüssel liegen musste. Ich hatte ihn aufschlagen hören, bevor der Große zu Boden gegangen war. Unendlich vorsichtig wälzte ich ihn auf den Bauch. Er war nicht tot, sein Schnapsatem verpestete nach wie vor die Luft, aber er war sehr, sehr weit weggetreten. Und unter ihm lag der Schlüsselbund, wie ich's mir gedacht hatte. Ich suchte den Schlüssel für Pinters und meine Fußschellen und dann waren wir die Ketten los. Wir legten sie dem Großen an. So konnte er, wenn er aufwachte, nicht zur Tür rennen und Alarm schlagen. Er würde warten müssen, bis jemand käme.

›Und jetzt?‹, rief Pinter. ›Was machen wir jetzt?‹

›Jetzt verschwinden wir von hier. Oder möchtest du lieber noch ein wenig bleiben?‹

Da fing er wieder an zu kichern wie ein verrücktes Huhn und beruhigte sich erst, als ich drohte, ihn zurückzulassen, wenn er sich nicht zusammenreißen könne. Wir zogen die Gürtel der Wärter und ihre Umhänge an, Pinter auch die Stiefel des Großen, hakten die Schlüsselbunde ein und gingen zur Tür hinaus, einfach so. Fettsack ließen wir ohne Fußketten liegen. Er brauchte keine mehr.

Ich hatte mir ziemliche Sorgen gemacht, ob Pinter es fertigbrächte, sich wie ein Wärter zu benehmen, ob er nicht ständig kichern, brabbeln und uns verraten würde. Tatsächlich hatte ich sogar mit dem Gedanken gespielt, ihn zurückzulassen. Schließlich schuldete ich ihm nichts, kannte ihn nicht einmal. Zum Glück hab ich's nicht getan, denn er war fantastisch. Kaum hatte er den Umhang eines Wärters umgelegt und die Kapuze tief ins Gesicht gezogen, war er ein Wärter. Alles stimmte, der schwere Gang, das wichtigtuerische Geklirre mit den Schlüsseln, er schwankte sogar ein wenig, als hätte er zu tief ins Glas geschaut, wie die beiden

Idioten, die uns gerade besucht hatten. Er hatte die Wärter tausendmal beobachtet, während der letzten beiden Jahre hatte er nichts anderes getan. Fürsorglich legte er mir den Arm um die Schulter und bedeutete mir, es ihm gleichzutun. Auf diese Art stützten wir uns gegenseitig, das war unbedingt notwendig, ich hatte einen verletzten Knöchel und er hatte zwei Jahre lang Fußketten getragen.

Es war einiges los im Berg. Unten in der Halle schien eine Versammlung stattzufinden, und mehrere Wärter standen auf den Fluren und Treppen herum, lehnten über die Brüstung und spähten in den Schacht. Mir wurde übel vor Angst. Jeden Augenblick rechnete ich damit, dass sich uns einer in den Weg stellen und drohend fragen würde, wer wir waren und was wir mit Hanno und Fettsack gemacht hätten. Doch niemand fragte. Die Wärter sahen in uns zwei ihrer Kollegen, die ein wenig angetrunken die Treppen hinunterstaksten. Wäre ich allein gewesen, ich hätte vorsichtig und heimlich wie eine Maus versucht, nach draußen zu huschen, und es wohl nicht mal bis zum Tor geschafft.

Jetzt erkannten wir auch den Grund für die Unruhe, die bis in unsere Zelle gedrungen war. Sie kam aus dem Schacht, in dem die Käfige hingen. Irgendwo oben im Berg muss ein Räderwerk existieren, mit dem man die Position der Käfige verändern kann. Man kann die unteren nach oben ziehen und die oberen absenken, und genau dies geschah gerade. Schnarrend und schwankend fuhren die Käfige an uns vorüber. Die meisten der Gefangenen ließen die Prozedur teilnahmslos über sich ergehen, einige aber kreischten ganz entsetzlich. Einer hüpfte in seinem Käfig hin und her und versetzte ihn in so wilde Schaukelbewegungen, dass er um ein Haar mit einem anderen zusammengestoßen wäre, der gerade nach oben fuhr. Ein Pfiff gellte, der Käfig des Schauklers stürzte ungebremst in den Abgrund. Der Mann schrie in Todesangst, da hielt der Käfig eine Handbreit über dem Steinboden hart an. Er ruckte noch einmal und pendelte aus. Der Schaukler weinte wie ein Kind und die Wärter brachen in grölendes Gelächter aus.

Pinter und ich hatten uns wie alle anderen über das Geländer gebeugt und verfolgt, was geschah. Pinter grölte mit den Wärtern um die Wette und stieß mich mit dem Ellenbogen in die Seite, damit ich es auch tun sollte. Also versuchte ich ebenfalls zu grölen, aber es wollte mir nicht recht gelingen, denn plötzlich fühlte ich ganz deutlich, dass mich jemand beobachtete. Vorsichtig schielte ich unter meiner Kapuze hervor – und da sah ich sie. Das falsche Lachen blieb mir im Hals stecken. Sie saß in dem Käfig, der nach oben fuhr, den der Schaukler eben fast gerammt hätte, und sie schaute mich an. Ich wollte … ach ich weiß nicht, was ich wollte … auf den Käfig springen, sie retten, sie befreien, mich mit ihr in den Tod stürzen, alles, alles wollte ich tun – und ich tat nichts, ich stand nur da und glotzte wie versteinert.

Sie aber lachte. ›He Wärter!‹, rief sie, ›zieh deine Kapuze über die Ohren, sonst sieht man ja noch, wie grün du dahinter bist! Mach, dass du heimkommst, zu deiner Familie, die warten sicher schon sehnsüchtig auf dich! Erzähl ihnen

Schauergeschichten von der bösen Hexe Graviata! Los, kleiner Wärter, du hast doch jetzt frei! Lauf, sonst hex ich dir einen Schweinsrüssel und Ziegenfüße an!‹

Die Wärter, die ihre Rede mit angehört hatten, grölten noch lauter als zuvor. ›Schweinsrüssel, Ziegenfüße!‹, schrie einer. ›Warum nicht gleich Ringelschwänzchen und Spitzöhrchen!‹ Sie lachten und machten anzügliche Gesten, und doch wichen sie alle ein paar Schritte zurück, wenn ihr Käfig an ihnen vorüber nach oben schwebte. Mama aber schaute noch einmal zu mir und deutete fast unmerklich mit dem Kopf zum großen Tor hinunter, das langsam aufschwang, während sie in ihrem Käfig in den Höhen des Berges verschwand.«

Die Rattenkinder waren sehr still.

»Das hast du noch nie erzählt«, sagte endlich eines mit einem leisen Vorwurf in der Stimme.

Damiano schüttelte den Kopf. »Den Teil hab ich immer ausgelassen. Ich mochte nicht darüber reden. Aber meine Schwestern haben ein Recht auf die ganze Geschichte.«

Lulu und Rafaela schwiegen.

»Wir müssen sie da rausholen«, sagte Wanda.

Damiano trank einen großen Schluck aus der Flasche. Und gleich noch einen hinterher.

»Du konntest nichts tun«, sagte Wanda. »Sie wollte, dass du gehst, und das war das einzig Vernünftige. Du konntest gar nichts anderes tun.«

»Weiß ich doch!«, brauste Damiano auf. »Aber ich fühl mich trotzdem wie ein Schuft!«

Lulu weinte, wischte sich die Tränen ab und hatte nun weiße Streifen in ihrer Maske aus Schlamm. »Gut, dass du da bist«, sagte sie leise. »Gut, dass du dich nicht mit Mama in den Tod gestürzt hast. Jetzt sind wir zusammen. Das hat Mama so gewollt. Deshalb hat sie die Amulette gemacht.«

»Ich muss immer an die Schreie denken«, murmelte Damiano. »Die in den Käfigen haben gekreischt wie verrückte Vögel.«

»Mama ist stark, die wird nicht so schnell verrückt«, sagte Rafaela. »Lasst uns einen Pakt schließen: Wir holen sie da raus. Wir schaffen das! Hand drauf!«

Sie streckte ihre Hand aus. Lulu schlug sofort ein, Damiano danach, dann Bumbum. Alle vier Hexenkinder schauten auf Wanda. Die lächelte ein wenig geschmeichelt und schlug ebenfalls ein. Bumbum zog unter dem Brett, auf dem er saß, eine verdreckte, ehemals gelbe Stoffente hervor und hieb mit dem Schnabel zur Bekräftigung des Paktes auf ihrer aller Hände. Die Rattenkinder johlten Beifall.

»Weiter! Erzähl weiter!«, riefen sie.

Damiano fuhr fort: »Eine neue Gruppe Wärter betrat die Halle und mit ihnen wehten Sturm und Regenschwaden durch das offene Tor. Die Männer zogen ihre Kapuzen hoch und hielten sie fest, selbst der Hauptmann, ein Koloss mit goldenen Tressen, umklammerte krampfhaft Mantel und Kapuze.

›Die Hochverräterin Graviata ist nun in unserem Gewahr, Exzellenzen!‹, rief er. ›Erlaubt, dass ich meinen Männern von der Tagesschicht jetzt freigebe.‹

Aus dem Schatten neben dem Tor lösten sich drei Gestalten. Sie traten ins Licht, wie lebendig gewordene Dunkelheit. Bedrohlich und riesengroß wirkten sie. Ich schielte unter meinem Kapuzenrand hervor, traute mich aber nicht, den Kopf zu heben. Selbst der Hauptmann schrumpfte neben ihnen zu einem Männchen zusammen. Kaltes Grauen ging von diesen Wesen aus. Alle fühlten es. Jeder in ihrer Nähe wich unwillkürlich einen Schritt zurück. Allein der Hauptmann wollte sich keine Blöße geben und blieb stehen, doch bog er sich nach hinten, soweit dies, ohne umzufallen, möglich war.

›Deine Männer können gehen‹, antworteten drei Stimmen in einer Art hohlem Singsang, ›doch du, Hauptmann, haftest uns mit deinem Leben, dass die Hexe bleibt, wo sie jetzt ist. Vergiss nicht, sie ist des Hochverrats schuldig!‹

Der Hauptmann schwankte und musste nun doch ein paar Schritte rückwärts tun, sonst wäre er umgekippt.

›Gewiss, Exzellenzen‹, rief er gepresst und räusperte sich, um sich seine Angst nicht anmerken zu lassen. ›Alles, wie Ihr befehlt! Doch, verzeiht, ich bin nur ein gewöhnlicher Hauptmann. Ich muss sicher sein, dass die Verräterin über keinerlei Hexenkräfte verfügt! Man sagt, sie sei ungewöhnlich stark.‹

›Das haben wir nun wirklich oft genug erklärt‹, sangen die Stimmen ärgerlich. ›Es ist bei ihr genauso wie bei den anderen. Die Stäbe des Käfigs bannen Hexenkräfte. Auch die von Graviata. Noch Fragen?‹

Vielleicht hätte der Hauptmann gerne noch etwas gefragt, aber er traute sich nicht mehr, schüttelte demütig den Kopf und winkte seinen Leuten. Eine Gruppe von Wärtern marschierte zum Tor und wir, Pinter und ich, mit ihnen. Dort gab es eine kleine Verzögerung, als jeder seinen Schlüsselbund abhakte und ihn dem Hauptmann aushändigte, der ihn dann an einen Wärter der Nachtschicht weitergab. Alle waren nervös, niemand wollte den drei unheimlichen Gestalten, die bewegungslos hinter dem Hauptmann aufragten, zu nahe kommen. Alle wollten nur noch raus. Der Hauptmann selbst war so sehr mit den Nerven fertig, dass er zweimal die Schlüssel fallen ließ, bevor er sie weitergeben konnte, und die drei Dunklen schnaubten verächtlich. Das hörte sich an, als verdopple der Sturmwind seine Kraft, und alle wurden noch nervöser. Auf uns achtete niemand. Wir gaben unsere Schlüssel ab und drängten mit den anderen hinaus. Hinter uns schlug das Tor zu.«

»Kawumm!«, schrien die Rattenkinder.

»Draußen herrschte ein gemeines Hundswetter, Regen, Sturm und Kälte. Die Männer krümmten sich gegen den Wind und hasteten auf ihr Wärterhaus zu, Pinter und ich blieben zurück. Nur einer drehte sich nach uns um, und wir bedeuteten ihm, dass wir dringend mal müssten. Da machte er, dass er mit den anderen ins Warme kam, und wir rannten in die Nacht hinein. Doch bereits nach wenigen hundert Schritten blieb Pinter stehen.

›Ich geh in mein Dorf zurück‹, keuchte er und schwenkte seinen Arm wild vor mir her in eine Richtung, weit weg von der Stadt. ›Wenn du schlau bist, kommst du mit.‹

Aber ich schüttelte den Kopf. ›Da suchen sie doch zuerst, Pinter. Außerdem lebt niemand mehr in deinem Dorf. Du hast doch alle umgebracht!‹

Da fing er wieder an, in die Hände zu klatschen und zu kichern. ›Mein Dorf!‹, rief er. ›Komm mit in mein Dorf!‹

Es war zwecklos. Er war wieder so verrückt wie vor unserer Flucht. Also brach ich mir an einem krüppeligen Baum einen Ast ab, den ich als Krückstock benutzen konnte, und hinkte alleine weiter in Richtung Stadt.

Unsere Hütte war leer geräumt, keine Spur von Nanette, keine Spur von Ralf. Ich hatte das natürlich befürchtet, aber irgendwie hatte ich doch gehofft … Na ja, egal. Ich war viel zu erschöpft, um verzweifelt zu sein, und hinkte einfach weiter. ›Geh zu deiner Familie‹, hatte Mama gesagt. Gut und schön, doch wo war meine Familie? Sollte ich zum Haus im Palastgarten gehen? Aber mir war klar, dass ihr dort nicht mehr sein würdet. Soweit ich es mitbekommen hatte, wurde Mama des Hochverrats beschuldigt, und in diesem Land lässt man Kinder von Hochverrätern nicht in einer Villa im Palastgarten wohnen. Wo also nach euch suchen?

In der Nähe des Hauptmarktes gibt es eine alte, baufällige Markthalle, in der die Bettler und Landstreicher schlafen. Dort wollte ich mit der Suche beginnen und machte mich auf den Weg. Aber ich kam nicht weit. Ganz in meiner Nähe suchte eine Abteilung der Wache die Straßen ab und eine zweite hörte ich etwas weiter entfernt. Zum Glück machen sie immer einen solchen Lärm, dass man sie lange hört, bevor man sie sieht. Keine Ahnung, warum sie das tun.«

»Weil sie dumm sind wie Brote!«, schrien die Rattenkinder, gerade als Lulu sagen wollte, dass die Wachsoldaten mit ihrem Lärm wohl etwas Ähnliches bezweckten wie die Treiber bei der Jagd: das Wild aus seinem Versteck zu scheuchen und es an einen Platz zu treiben, wo man es leicht erlegen kann.

Damiano fuhr fort: »Ich wusste nicht, dass sie euch jagten. Ich glaubte, unsere Flucht aus dem Felsenkerker wäre viel früher bemerkt worden, als ich gehofft hatte. Ich änderte meine Richtung, bog in eine Gasse, die mich von den Stimmen der Wache fortbrachte. Doch nicht lange, da hörte ich sie wieder und wieder und wieder. Ich änderte so oft die Richtung, dass ich völlig die Orientierung verlor. Immer wenn ich glaubte, sie endlich abgeschüttelt zu haben, waren sie schon wieder ganz in meiner Nähe. Und dann geschah das, was ich die ganze Zeit befürchtet hatte. Ich hastete durch eine sehr schmale, dunkle Gasse, eine Verbindung zwischen zwei Hauptstraßen, und hörte, wie sich die Wache auf beiden Straßen näherte. Mein Gässchen bot keinerlei Versteck, da waren nur kahle Hauswände, keine Türen, keine Winkel, keine Kelleraufgänge, nichts. Ich steckte in der Falle! Der kalte Schweiß brach mir aus bei der Vorstellung, dass sie mich fassen und zum Kerker zurückbringen würden. In meiner Verzweiflung beschloss ich, einfach loszurennen, als von unten etwas in die Gasse gerannt kam, etwas Kleines in toller Panik. Ich konnte nicht mehr bremsen, wir rasten ineinander, etwas Pelziges sprang mich an und etwas anderes sagte …«

»Bumbum!«, schrien die Rattenkinder im Chor. Bumbum schrie mit ihnen und sein Gesicht strahlte wie ein Kronleuchter.

»Ja, so haben wir uns gefunden. Es war stockdunkel, aber natürlich brauchte ich kein Licht, um meinen kleinen Bruder zu erkennen, und Ralf erkennt mich immer und überall. Es war keine Zeit, sich zu wundern, keine Zeit, sich zu freuen. Die Wache kam immer näher. Ich wollte die beiden verscheuchen, um sie vor den Soldaten zu schützen, aber Ralf und Bumbum hörten nicht auf mich, sie kratzten und tasteten auf dem Boden herum und zogen an etwas, also tastete ich ebenfalls und fand – ja, ihr wisst schon, was ich fand – die Luke, die in die Abwasserkanäle führt. Rettung im letzten Augenblick! Ich wuchtete den schweren Deckel hoch, wir zwängten uns durch das Loch, klammerten uns an die Leiter, und ich schob den Deckel von unten wieder zu. Da hingen wir dann in der stinkenden Finsternis.

Eigentlich wollte ich mich nur kurz verstecken, nur gerade so lange, wie die Soldaten in der Nähe waren, aber Ralf sprang ganz hinunter und schaute mit seinen Nachtaugen zu uns auf. Sie leuchteten wie zwei kleine Laternen. Das war tröstlich. Ich dachte, ein Weilchen da unten zu sitzen und auszuruhen wäre vielleicht ganz vernünftig. Schließlich hatten wir mit Ralf jemanden, der im Dunkeln sehen konnte, er würde uns vor Gefahren warnen. Also klemmte ich mir Bumbum unter den Arm und machte mich an den Abstieg. Doch ich hatte meinem verletzten Knöchel zu viel zugemutet. Als ich mein Gewicht ganz auf ihn verlagerte, gab mein

Bein einfach nach und wir stürzten. Zum Glück war es nicht tief, und zum Glück landete Bumbum weich auf mir drauf, aber ich verlor das Bewusstsein, nicht plötzlich, eher so nach und nach. Ich hatte noch Zeit, Bumbums Hosenträger um meinen Gürtel zu schlingen.

Als ich wieder zu mir kam, blinzelte ich in Laternenlicht und ein paar von denen da standen um mich rum.« Er zeigte in die Runde der Rattenkinder. Die johlten und grölten und reckten die Fäuste zur Siegerpose in die Höhe. Damiano lehnte sich bequem zurück an die Höhlenwand und verschränkte die Arme hinter dem Kopf. Sein Teil der Erzählung war offensichtlich abgeschlossen.

Einer der Jungen stieg auf eine Kiste. »Wir haben die drei gefunden!«, rief er und fuchtelte mit den Armen wie der Dirigent einer Zirkuskapelle. »Den Mann, den Kleinen und die komische Ratte!«

»Den Mann, den Kleinen und die komische Ratte!«, johlte der Chor.

»Der Mann hat geschlafen. Der Kleine hat ›Bumbum‹ gesagt. Er hat uns Karamellbonbons gegeben. Wir haben ihm Wasser und Brot gegeben, das hat er mit der Ratte geteilt. Doch die wollte erst fressen, als er ihr Wasser zum Waschen gegeben hat. Der Kanal war ihr zu dreckig.«

»Der Kanal war ihr zu dreckig!«, schrien die Kinder und wollten sich ausschütten vor Lachen.

»Der Mann ist aufgewacht und hat gesagt, dass er aus dem Felsenkerker abgehauen ist. Da haben wir ihm geholfen. Wir haben die drei in unser Versteck gebracht. Alle suchen die drei. Die Soldaten und die anderen. Aber bei uns sind sie in Sicherheit. Der Mann, der Kleine und die komische Ratte!«

»Der Mann, der Kleine und die komische Ratte!«, schrie der Chor. Aus dem Refrain wurde ein Gesang und aus dem Gesang ein wilder Tanz.

Die Mädchen sahen dem Treiben eine Weile geduldig zu und warteten auf die Fortsetzung oder wenigstens auf ein paar Erläuterungen, doch für die Rattenkinder schien alles gesagt. Sie tanzten durch die Höhle, ließen ihre Flasche kreisen und immer öfter scherte eines aus dem wilden Kreis aus und rollte sich irgendwo zum Schlafen ein.

»Und dann?«, fragte Wanda wütend. »Wie ist es weitergegangen? Warum hast du dich nicht gemeldet, als du gemerkt hast, dass Bumbum so verzweifelt gesucht wird? Du musst das doch mitgekriegt haben! Und wo sind Bumbum und der komische Ralf plötzlich hergekommen? Du wirst dich doch jetzt nicht schlafen legen und uns mit unseren Fragen hier sitzen lassen.«

Damiano gähnte. Wanda schwang drohend ein abgenagtes Rattenbein. »Jetzt hab ich aber Angst«, sagte Damiano, doch er setzte sich wieder auf und fuhr fort: »Als ich die Kinder überzeugt hatte, dass ich trotz des Umhangs, den ich trug, kein Gefängniswärter war, sondern ihn lediglich zur Flucht benutzt hatte, waren sie bereit, uns zu helfen, und schafften uns hierher. Nicht aus Herzensgüte übrigens, sondern weil Ralf sie zum Lachen bringt. Sie haben nicht viel zu lachen. Sie haben überhaupt nicht viel. Ich glaube, sie wissen nicht einmal, dass es außer Ratten noch andere Tiere gibt. Für sie ist alles, was Pelz trägt, Ratte. Irgendjemand, ich habe noch nicht herausgefunden, wer, stellt ihnen jeden Tag einen Korb mit Trinkwasser und Essen an einen verabredeten Platz. Es ist nicht gerade üppig, aber ausreichend. Sie ergänzen ihre Nahrung mit Rattenfleisch und haben alles immer brüderlich mit uns geteilt. Wir revanchieren uns für ihre Gastfreundschaft mit Unterhaltung. Ralf und Bumbum sind, wie sie sind, und ich erzähle meine Geschichte. Sie lieben diese Geschichte und werden nie müde, sie anzuhören, immer und immer wieder. Mir wird es, ehrlich gesagt, manchmal ein bisschen viel. Ich muss immer dieselben Worte und Redewendungen benutzen, sonst verpassen sie die Einsätze für ihren Chor. Aber«, er gähnte wieder, »es war keine schlechte Zeit hier. Meinem Fuß geht es besser, ich krieg ihn schon wieder in den Stiefel rein. Fast jedenfalls.«

Zum Beweis reckte er ein Bein in die Höhe. Der Stiefel war seitlich aufgeschlitzt und über dem Knöchel hatte sich eine Geschwulst gebildet. »Was wollten gnädige Frau sonst noch wissen? Ach ja, warum ich Bumbum nicht freudestrahlend ausgeliefert habe, als die Kinder mir erzählten, dass jemand eine größere Summe für seine Ergreifung ausgesetzt hat. Also du kannst Fragen stellen!« Kopfschüttelnd sah er zu Wanda und tippte sich an die Stirn.

»Es hätte uns jedenfalls einen Haufen Sorgen erspart«, fauchte die zurück.

»Hättet ihr mal besser auf ihn aufgepasst, hättet ihr euch keine Sorgen zu machen brauchen.«

»Aber was war denn nun mit Bumbum?«, rief Lulu schnell, bevor Wanda das Rattenbein doch noch warf.

Damiano wollte antworten, aber diesmal war Bumbum schneller. Er krabbelte auf Lulus Schoß und patschte ihr im Gesicht herum, bis er sicher war, dass er ihre ganze Aufmerksamkeit hatte. Dann erzählte er. Er sprach lange und aufgeregt, gestikulierte mit seinen Händchen ganz dicht vor ihren Augen. Sie musste sie zusammenkneifen, um überhaupt etwas mitzukriegen. Als er fertig war, steckte er den Daumen in den Mund und sah erwartungsvoll zu Lulu auf. Die dachte noch ein wenig nach.

»Ich glaub, ich hab's«, nickte sie dann. »Bumbum saß allein am Rand der Luke und sah den Kindern mit den Glaskugeln zu. Er hätte gerne mitgespielt, doch er wusste, dass er das nicht durfte. Aber dann kam ein seltsames Tier angelaufen und die Kinder wollten es fangen. Das Tier fauchte und kratzte und entkam ihnen, aber Bumbum hatte es erkannt, es war Ralf. Er rief nach unten zu Else, dass Ralf bei den fremden Kindern sei, aber Else hörte ihn nicht oder verstand ihn nicht, da rannte Bumbum los. Er wollte nicht ungehorsam sein, aber er machte sich Sorgen um Ralf und dachte, er könnte ihn einfangen und mit nach unten nehmen. Das Blöde war nur, dass Ralf völlig durchgedreht war vor Schreck und Verlassenheit und eine ganze Weile weiterrannte, bis er es endlich zuließ, dass Bumbum ihn einholte. Und dann fand Bumbum den Weg nicht mehr zurück.

Die beiden liefen bis zum Abend durch die Stadt und versuchten, die Einstiege zu den Abwasserkanälen zu öffnen, aber sie schafften es nicht, die Deckel sind einfach zu schwer. Es half ihnen auch niemand. Die meisten Erwachsenen drohten bloß mit dem Finger und sagten, dass man an diesen Löchern nicht herumspielen dürfe, aber viele waren auch nett, schenkten ihnen Süßigkeiten. Als es zu regnen begann, leerten sich die Straßen, und Bumbum und Ralf irrten alleine weiter, immer von Luke zu Luke. Ralf konnte sie riechen, aber er konnte sie nicht öffnen. Manchmal machten die beiden eine Pause in einem Hauseingang und bei einer dieser Pausen schlief Bumbum ein. Er erwachte, weil Ralf in Panik quiekte. Die Soldaten waren ganz in der Nähe. Sie rannten, so schnell sie konnten, in die nächste Gasse, wo Ralf eine Luke erschnüffelt hatte, und hofften, dass sie diese endlich aufbekämen. Und das klappte ja dann auch. Ach Bumbum«, rief Lulu, »du warst so tapfer! Wenn du wüsstest, was für Sorgen wir uns um dich gemacht haben!«

»Und eigentlich ganz umsonst«, fiel Rafaela ein. »Wir sind fast gestorben vor Kummer und dieser kleine Strolch saß die ganze Zeit sicher und warm mit Damiano im Nest der Rattenkinder!«

»Man könnte fast glauben, du bedauerst das«, brummte Damiano.

»Quatsch!« Rafaela knuffte ihren Bruder in die Seite. »Das Einzige, was ich bedaure, ist, dass ich nicht mehr Vertrauen in Mamas Amulette hatte. Und dass Ralf uns nicht seine Geschichte erzählen kann. Wir werden nie erfahren, wie er da hineinpasst.«

»Das wissen wir doch längst«, schnaubte Wanda. »Diese

sogenannte Freundin von eurem Bruder, wie hieß sie noch gleich, diese Nanette, hat ihn davongejagt. Weil es ihr zu viel war, für ihn zu sorgen. Weil ihre vornehmen Kumpane keine vulgären Tiere mögen. Man kennt das ja.«

»Nichts als Vermutungen«, widersprach Damiano heftig. »Es kann alles Mögliche passiert sein. Nanette war … ach, ich weiß auch nicht.« Er presste die Lippen zusammen und schwieg.

»Gib mir deinen Fuß«, sagte Rafaela versöhnlich. »Ich kenne einen Spruch gegen verrenkte und verstauchte Glieder.«

Damiano blies unwillig die Backen auf, legte ihr aber folgsam seinen Fuß auf den Schoß. Rafaela massierte sanft den geschwollenen Knöchel und sprach leise die Worte. Damiano entspannte sich. »Tut gut«, murmelte er.

Lulu war sehr müde. Der angetrocknete Schlamm im Gesicht juckte fürchterlich. Bumbum zeigte ihr einen Bottich mit frischem Wasser. Etwas weiter, in einem toten Tunnel, gab es eine Latrine. Es stank übel dort, aber das machte Lulu mittlerweile gar nichts mehr. Sie erledigte, was sie zu erledigen hatte, und rollte sich mit Bumbum in einem Winkel zum Schlafen ein. Einer der Rattenjungen brachte eine Wolldecke und deckte sie zu. Rafaela, Damiano und Wanda blieben noch beim Feuer sitzen und unterhielten sich. Manchmal drangen Fetzen ihres Gesprächs zu Lulu herüber. »Ganz und gar mit Geschwüren bedeckt«, verstand sie. »Aufgeschwollen wie eine Wassermelone«, »Hexenpolizei!«, »Hochverrat!«

Sie wollte davon nichts mehr hören und kroch tief unter ihre Decke. Da wimmelte es zwar von Flöhen, aber die waren wenigstens still. Sie dachte an ihre Mama und schickte ihr in Gedanken einen Kuss. Vielleicht spürte Graviata ihn ja und fühlte sich nicht mehr ganz so verloren. Es war eine Sache, einen Pakt zu ihrer Befreiung zu schließen, doch es war eine andere, ihn zu erfüllen. Was konnten sie nur tun?

Der Prinz, dachte Lulu plötzlich. Ich muss mit Prinz Dorvid sprechen. Sie sah ihn wieder in Graviatas Labor stehen, so bloß, so verletzlich. Sie sah, wie dankbar er Graviata gewesen war, wie glücklich, dass sie ihm hatte helfen können. Er kann nicht wirklich glauben, dass Mama ihn verhext hat, dachte Lulu. Ich muss mit ihm reden. Wenn es sein muss, werde ich mich ihm zu Füßen werfen. Manfredo und Wanda kannten sich im Palast aus, überlegte sie weiter. Sie würden ihr helfen, zum Prinzen zu gelangen. Diese Abwasserkanäle führten überallhin, warum nicht zum Palast? Auch in einem Königspalast gab es Abwasser. Gleich morgen machen wir einen Plan, dachte sie und schlief ein.

Sie träumte, dass sie durch einen Kanal kroch, einen niedrigen, schmutzigen, ewig langen Kanal. Endlich öffnete sich eine enge Luke, goldenes Licht schien herein. Lulu wand sich hinaus und war in einem riesigen Saal, ganz in Weiß und Gold. Das einzige Möbelstück darin war ein goldener Thron. Prinz Dorvid saß darauf und lächelte huldvoll. Lulu war über und über mit Schlamm bedeckt und warf sich mit ausgebreiteten Armen auf den Boden, vor den Thron. Dabei gab es ein schmatzendes Geräusch.

Auweia!, dachte sie im Traum.

Prinz Dorvid aber erhob sich, trat zu ihr hin und überreichte ihr ein Schriftstück, auf dem geschrieben stand, dass die Hexe Graviata sofort freizulassen sei. Lulu wusste das, obwohl sie nicht lesen konnte, und sie war sehr froh.

So ging Lulus Traum. Aber in der Wirklichkeit kam alles ganz anders.

11. Kapitel

Sie erwachte mit Kopfschmerzen und einem Geschmack im Mund, der so ähnlich war, wie die Kanäle rochen. Das lag vermutlich an dem Schlückchen Schnaps, das sie getrunken hatte, und an der Luft, die sie atmete. Und immer noch war sie schrecklich müde, als hätte sie nicht mehr als ein paar Augenblicke geschlafen. Sie war aufgewacht, weil etwas geschehen war.

Schon wieder war etwas Schlimmes geschehen. Lulu wusste es.

Die Rattenkinder waren sehr erregt. Sie standen um die Feuerstelle herum und sprachen aufeinander ein, gedämpft, doch unverkennbar ängstlich. Einer der kleinen Jungen brach in Tränen aus, ein anderer versuchte ihn zu beruhigen. Neben Lulu schälten sich Rafaela und Wanda aus ihren Decken, Bumbum schlief noch, eng an Ralf gekuschelt. Der Waschbär hatte die Augen geöffnet und schaute hinüber zum Feuer. Sein langer, geringelter Schwanz fegte nervös den Boden.

»Was ist denn bloß los?«, gähnte Rafaela.

Damiano, der bei den Rattenkindern gestanden hatte,

kam mit großen Schritten herüber. Er hinkte nicht mehr. »Wir müssen weg«, sagte er, »schnell!«

»Was ist denn?«

»Soldaten«, sagte Damiano. »Sie durchsuchen die Kanäle.«

Er beugte sich zu Bumbum hinunter und hob ihn auf. Der Kleine seufzte verschlafen und rieb sich die Augen.

»Fuchs ist aufgeflogen«, sagte Damiano. »Die Soldaten haben sein Hippodrom gestürmt und jeden kassiert, der noch drin war. Ihr habt unglaubliches Glück gehabt.«

»Woher weißt du das?«

»Von zwei Rattenkindern von einem anderen Clan. Ihr Nest wurde schon ausgehoben. Die beiden konnten fliehen. Sie haben die Soldaten belauscht. Also los, kommt jetzt!«

»Was ist mit Manfredo?«, fragte Wanda.

»Wer ist Manfredo?«, fragte Damiano zurück.

»Er ist unser Freund. Er hat uns geholfen. Ohne ihn hätten wir uns nie so lange verstecken können«, erklärte Lulu. Sie kroch auf dem Boden herum und zog Bumbums Ente unter einer Kiste hervor, mehr Gepäck hatten sie nicht. Das Kistchen mit dem Gold, ihr ganzes Vermögen, hatten sie im Hippodrom zurückgelassen. Sie waren bettelarm, hatten nichts mehr als die verdreckten Sachen, die sie am Leib trugen.

Ihr wurde schwindelig, sie musste sich einen Moment setzen. Rafaela dachte offensichtlich dasselbe. Sie sank neben Lulu auf den Boden und vergrub die Hände in ihren schlammverkrusteten Locken.

»Macht schon!«, drängte Damiano. »Jammern können wir

später. Die Kinder sagen, dass es nicht mehr lange dauern kann, bis die Soldaten hier sind!«

Alle Rattenkinder waren schon zum Aufbruch gerüstet und hatten sich am Eingang der Höhle versammelt. In Windeseile mussten sie ihre paar Habseligkeiten gepackt haben. Lumpenbündel waren an Stöcke gebunden, die Laternen waren angezündet.

»Wohin wollen sie uns führen?«, fragte Lulu.

»Sie führen uns nicht, sie haben mir den Weg erklärt. Es gibt einen Ausgang nach draußen, vor die Stadt, und der ist ganz nah.«

»Sie kommen nicht mit?«

»Sie wollen nicht. Ich hab alles versucht, sie zu überzeugen, aber nichts zu machen. Vielleicht hören sie ja auf euch!«

Der Zug der Rattenkinder setzte sich in Bewegung.

»Halt, wartet!«, rief Lulu. »Lasst uns nicht allein. Ohne euch finden wir den Ausgang nicht!«

Dven trat hervor und kam auf Lulu zu. Sein altes Gesichtchen war ernst und entschlossen. »Wir können nid«, sagte er. »Wir dürfen nid. Dad hat der Fud… der Fukd…« Er brach ab, das Wort Fuchs war zu schwer für ihn.

»Das hat der Fuchs gesagt«, sprang ein anderer für ihn ein. »Wenn der Fuchs verraten wird und Soldaten in die Kanäle kommen, müssen wir die anderen warnen und uns alle am Versammlungsplatz treffen.«

»Welche anderen denn?«, fragte Lulu verblüfft.

»Na, die anderen. Die anderen Kinder und die Freunde vom Fuchs!«

»Aber Fuchs ist verhaftet worden. Er kann euch nichts mehr befehlen.«

Doch der Junge schüttelte den Kopf. »Wir sind auch Freunde vom Fuchs. Wir machen, was er sagt.«

»Wenn ihr mit uns nach draußen kommt«, rief Rafaela lockend, »seht ihr die Sonne. Und ihr könnt immer mit dem lustigen Ralf spielen.«

Ein Seufzen ging durch den Zug der Rattenkinder, doch sie schüttelten die Köpfe, allesamt, wie von unsichtbaren Fäden gezogen. Sie packten ihre Stöcke fester und marschierten los.

»Hinten durd den Dpald und immer nad linkd bid dum Hauptkanal!«, rief Dven.

»Hinten durch den Spalt und immer nach links bis zum Hauptkanal«, übersetzte ein anderes Kind. »Am Ausgang ist ein Gitter, aber es ist alt. Ihr müsst nur feste dran rütteln, dann geht es auf.«

»Id nid dwer!«, beruhigte sie Dven.

»Na hoffentlid«, brummte Wanda. »Wiederdehn!«, rief Dven. »Wiedersehen!«, riefen die Mädchen. »Danke!«, rief Damiano. Bumbum zog bloß ein Schippchen.

Dann waren die Rattenkinder verschwunden. Das Feuer flackerte noch schwach, bald würde es erloschen sein.

»Wir konnten ihnen nicht mal die Belohnung dafür geben, dass sie Bumbum gefunden haben«, sagte Lulu traurig. »Sie hätten sie gut brauchen können, so arm, wie sie sind.«

»Wir sind jetzt selber arm«, sagte Rafaela.

»Ihr denkt immer nur an euer Gold!«, fauchte Wanda. »Manfredo ist geschnappt worden! Er hat euch geholfen. Er war euer Freund. Aber ihr jammert, weil ihr kein Gold mehr habt!«

»Gar nicht wahr!«, rief Lulu empört. »Ich bin sehr traurig wegen Manfredo!«

»Sehr traurig«, höhnte Wanda. »Wie rührend!«

»Könnt ihr vielleicht mal die Klappe halten und mir suchen helfen?«, rief Damiano. »Hier irgendwo sollte der Spalt sein, durch den wir kriechen müssen!«

Sie hatten die Höhle durchquert und standen an der hinteren Wand. Mit ihren Laternen leuchteten sie den Fels ab.

»Die Helferlein haben wir übrigens auch verloren«, bemerkte Rafaela.

»Was?« Wanda stand mit fahlem Gesicht stocksteif da, hielt ihre Laterne am ausgestreckten Arm.

»Na ja, die Helferlein. Wir haben sie im Hippodrom gelassen. Genau wie das Gold. Ist alles futsch!«

»Nein!« Wanda sank auf den Boden und vergrub das Gesicht in den Armen.

»Nicht die Helferlein!«, stöhnte sie. »Sie waren das Beste, was ich je hatte! Ich hab immer so schwer arbeiten müssen. Von morgens bis nachts. Immer. Dann kamt ihr und habt die Helferlein gebracht und da war das Leben so schön!«

»Wir besorgen dir neue Helferlein«, sagte Lulu mitfühlend.

»Von was denn?«, fauchte Wanda. »Schon vergessen, dass ihr kein Gold mehr habt?«

Lulu wollte erwidern, dass Helferlein für Hexen nichts Besonderes waren, dass ihre Freunde im Wald, Larabelle und bestimmt auch Jovinda, ihnen jederzeit gern einen Käfig voll Helferlein zur Verfügung stellen würden. Aber dann fiel ihr ein, dass Larabelle und Jovinda zu ihrem alten Leben gehörten und es sehr fraglich war, ob sie dieses alte Leben je wieder aufnehmen könnten. Also sagte sie nichts.

Endlich fand Damiano die Spalte und sie quetschten sich nacheinander hindurch. Auf der anderen Seite standen sie wieder in einem Gang, der so schmal war, dass sie hintereinandergehen mussten. In seiner Mitte floss ein spärliches Rinnsal.

»Nach links«, kommandierte Damiano. Er bildete mit Bumbum auf dem Arm das Schlusslicht, Lulu ging vorneweg. Sie streckte die linke Hand aus und ließ sie über die Seitenwand gleiten, damit sie im schummrigen Laternenlicht nicht eine Abzweigung verpassten.

Immer nach links, hatten die Rattenkinder gesagt. Sie mussten es wissen.

Nach ein oder zwei Linksabbiegungen wurde der Gang breit, das Rinnsal schwoll zum Bach. Sie blieben stehen und lauschten. Ein Geräusch näherte sich von hinten, ein unheimliches Geräusch wie ein Sirren und Pfeifen, und es kam schrecklich schnell näher, vielstimmig, ohrenzerfetzend. Ralf rollte sich jaulend zum Knäuel. Entsetzt starrten sie zurück in die Dunkelheit, und da kam es auch schon auf sie zugerast wie ein kreischender Schatten, ein Schatten aus Fell, Pfoten, Zähnen. Ratten, Tausende von Ratten in toller Panik rasten durch den Gang, zwischen ihnen hindurch, über sie hinweg. Die Kinder konnten sich nur bäuchlings zu Boden werfen und warten, bis es vorbei war.

Und dann kam der Rauch.

»Rennt!«, schrie Damiano. »Schaut nicht zurück! Rennt!«

Doch Lulu schaute sich um – und erstarrte. Das Wasser brannte! Vor ihnen und dicht bei ihnen war das Wasser noch Wasser, aber von weiter hinten kam es als Feuer herangeflossen, brennendes Wasser. Unheimlich schnell kam es näher. Der Rauch biss in die Augen, in die Lungen, nahm ihnen die Luft! Lulu stand da wie gebannt. Wanda versetzte ihr eine Ohrfeige, da erwachte sie aus ihrer Starre und ließ es zu, dass Wanda und Rafaela sie an den Händen nahmen und mit sich zogen, wieder nach links in einen anderen Gang. Das brennende Wasser schoss geradeaus an ihnen vorbei.

»Hoffentlich ist das eine Abkürzung«, keuchte Damiano. »Dann haben wir eine Chance. Dann sind wir vor dem Feuer im Hauptkanal!«

»Wieso brennt das Wasser?«, schluchzte Lulu.

»Vielleicht Petroleum, vielleicht Hexenkram. Rennt!«

Sie rannten um ihr Leben, trafen auf den Hauptkanal. Er war noch frei, dem Himmel sei's gedankt, aber sicher nicht mehr lange. Es war Lulu, als könne sie den Rauch schon riechen, sie hatte schreckliches Seitenstechen, die Lungen wollten ihr platzen. Da wehte frische Luft heran, vor ihnen erschien ein helles Rund, Tageslicht, das Ende der Kanalwelt! Sie rannten darauf zu. Ein Gittertor – und es war verschlossen. Die dreckige Brühe stürzte durch das Gitter, hinunter in einen Fluss. Dort unten erstreckten sich sandige Ufer mit Gräsern und Sträuchern, aber hinaus konnten sie nicht. Sie rüttelten an dem Gitter, warfen sich mit aller Macht dagegen, doch es gab nicht nach. Damiano versuchte, Bumbum und Ralf zwischen den Stäben hindurchzuschieben, aber das gelang nicht, die Stäbe standen zu dicht. Voller Panik sahen sie zurück. Der schnurgerade Hauptkanal verlor sich im Dunkel und jetzt quoll Rauch heran. Einen Augenblick noch, dann wären die Flammen da.

Und endlich besannen sie sich, dass sie Hexenkinder waren. Rafaela sagte den Spruch gegen verschlossene Türen, nichts bewegte sich. Sie sagten ihn alle zusammen, sogar Bumbum, sie warfen sich gegen die Stäbe, noch einmal mit letzter Kraft – und das Gitter gab nach. Im allerletzten Moment gab es nach. Hexenkinder, Wanda und Ralf ergossen sich mit der Stinkebrühe in den Fluss.

Hoffentlich kann Wanda schwimmen, dachte Lulu, während sie fiel. Aber der Fluss war nicht tief, nur dreckig. Hastig wateten sie an Land, fielen hustend und keuchend völlig erschöpft in den Ufersand. Drüben auf der anderen Seite floss Feuer aus dem Kanal. Das ganze schmutzige Flüsschen brannte, brennend floss es zwischen niedrigen Hügeln hindurch. Weit drüben, jenseits der Hügel, ragten die Türme der Stadt in den grauen Himmel, umtanzt von schwarzen Pünktchen. Krähen!

Corina, komm!, dachte Lulu und schloss die Augen. Schlafen, nur ein bisschen schlafen.

»Macht ihr so was öfter?«, fragte eine Stimme.

Sie fuhren hoch. Ein Mann saß im Schatten der Büsche und rauchte. Er war ihnen nicht aufgefallen, obwohl er eigentlich schwer zu übersehen war. Wie er jetzt aufstand und zu ihnen herankam, wirkte er sehr groß. Er hatte schwarzgraue Haare und einen grauen Bart, eine bunt gestreifte Jacke spannte sich über seinen beachtlichen Bauch, er trug eine schwarze Lederhose und braune, hohe Stulpenstiefel.

»Ich sitz hier, rauch gemütlich mein Pfeifchen und warte auf Genia, da kommt ihr aus dem Abwasserkanal geflutscht. Und nach euch das Feuer. Nicht zu fassen!« Kopfschüttelnd schaute er auf den flammenden Fluss. »So was sieht man nicht alle Tage. Habt ihr das Wasser in Brand gesetzt?«

»Wer ist Genia?«, fragte Lulu.

»Meine Katze. Sie ist mir erst vor ein paar Tagen zugelaufen, aber ich sag euch, sie ist das intelligenteste Tier der Welt. Sie lernt alle Kunststücke und versteht jedes Wort. Deswegen habe ich ihr den Namen gegeben. Genia, versteht ihr? Wie Genie.«

»Wir hatten früher auch viele Tiere«, sagte Lulu. »Jetzt haben wir nur noch Ralf. Und die Krähen.«

»Krähen?«, fragte der Mann.

»Hm«, Lulus Mund zitterte. Sie merkte, dass sie gleich zu heulen anfangen würde. Sie kniff Augen und Mund fest zusammen, das half manchmal.

»Das da oben ist aber keine Krähe«, sagte der Mann. »Das ist ein Falke.«

Lulu öffnete die Augen und schaute in den Himmel

hinauf. Über ihnen kreiste ein Falke und schrie seinen hohen Falkenschrei.

»Wir sollten hier weg«, sagte Lulu unruhig. »Wir sollten verschwinden.«

»Langsam«, sagte Damiano. »Erst überlegen wir, wohin.«

»Ich hab einen Wagen«, sagte der Mann. »Er steht drüben, bei der Straße. Wenn ihr wollt, nehm ich euch ein Stück mit. Mein Name ist übrigens Churro. Das ist natürlich nur ein Spitzname«, setzte er hinzu. »Da wo ich herkomme, ist Churro ein feines Gebäck, in Schmalz gebackene Kringel, mein Lieblingsgebäck.« Er strich sich vielsagend über den Bauch.

»Und wo kommt Ihr her, Churro?«, fragte Rafaela.

»Von überall und nirgends. Ich zieh durchs Land und bleibe, wo es mir gefällt.«

»Ihr seid ein Landstreicher!«

»Aber nein, wo denkst du hin! Ich bin Künstler! Porträtmaler. Mein Atelier ist überall, manchmal auch auf Jahrmärkten.«

»Ihr zieht über die Jahrmärkte und verkauft Eure Bilder? Ist das ein gutes Geschäft?« Jetzt war Damianos Interesse geweckt.

»Ich kann nicht klagen.«

»Gaukler«, sagte Rafaela verächtlich. »Künstler. Hungerleider.«

»Also«, sagte Wanda, »auf Jahrmärkten verdient man nicht schlecht. Manche Leute sollten von ihrem hohen Ross runtersteigen, vor allem, wenn sie selbst pleite sind!«

Rafaela erwiderte nichts, zuckte nur mit den Achseln und klapperte mit den Zähnen. Es wurde kalt.

»Wart Ihr schon mal hier in der Stadt auf dem Hauptmarkt?«, fragte Lulu.

»Früher, vor vielen Jahren. Warum fragst du?«

»Nur so«, antwortete sie ausweichend. Sie wusste selbst nicht genau, warum sie das gefragt hatte. Aber irgendetwas an diesem Churro kam ihr bekannt vor. Als hätte sie ihn schon einmal gesehen. Und doch war sie sicher, dass sie sich gerade zum ersten Mal begegnet waren.

»Ich mach euch einen Vorschlag«, sagte Churro jetzt. »Ich warte hier auf Genia. Sie muss gleich kommen. Sie ist mir einfach davongehüpft, wollte sich wahrscheinlich ein wenig die Beine vertreten. Ihr geht jetzt zu meinem Wagen und macht es euch da drin gemütlich. Wenn Genia kommt, sehen wir weiter.«

Die Kinder schauten sich unschlüssig an. Sie wussten nicht, ob sie dem fremden Mann vertrauen konnten.

»Ich werde euch nicht fragen, warum ihr in den Abwasserkanälen herumgekrochen seid. Auch nicht, warum sie brennen. Nicht mal, wie ihr heißt. Das geht mich nichts an. In meinem Wagen gibt's was zu essen und zu trinken und jede Menge warme Decken. Ihr habt alle ganz blau gefrorene Lippen. Wollt ihr, dass der Kleine sich den Tod holt in seinen nassen Sachen?«

Das waren gute Argumente, ausgezeichnete sogar. Und ehrlich gesagt, was hatten sie schon für eine Wahl? Doch bevor sie sich zu Churros Wagen aufmachten, schauten sie noch einmal zum Kanal hinüber. Noch immer fiel Feuer heraus. Was war aus den Rattenkindern geworden? Sie kannten die Kanäle so gut wie sonst niemand, bestimmt war es ihnen gelungen, rechtzeitig einen Ausstieg zu finden. Lulu hoffte es inständig. Sie wollte überhaupt nicht daran denken, was wäre, wenn …

»Feuer in die Abwasserkanäle!«, rief Rafaela wütend. »Das ist grausam! Wie konnten sie so etwas nur tun?«

»Mit Petroleum und etwas Hilfe von königstreuen Magiern. War nicht weiter schwer!« Eine neue Stimme, kalt und höhnisch. Wieder fuhren sie herum. Das dichte Ufergebüsch teilte sich, und Soldaten brachen daraus hervor, viele Soldaten, zwei Abteilungen, vielleicht sogar drei.

Aus, dachte Lulu. Ende und vorbei.

Die Soldaten gingen in Stellung, umzingelten die Kinder und ihren neuen Freund Churro, die Gewehre im Anschlag. Der Hauptmann lächelte selbstgefällig. »Das Feuer war meine Idee. Merkte bald, dass es sinnlos wäre, die Kanäle länger zu durchsuchen, zu zeitraubend, zu stinkig. Viel besser, euch auszuräuchern. Das macht man doch so mit Ungeziefer, oder?« Er sah sich um, als erwarte er Applaus. Seine Leute taten ihm den Gefallen und grinsten beifällig. »Hab mir gedacht, dass ihr hier rauskommt. Weit vor der Stadt. Außerdem hatten wir Hilfe von oben.« Er zeigte in den Himmel, wo der Falke kreiste und triumphierend schrie. »Er hat euch auch in diesem Hippodrom aufgespürt. Scharfe Augen, braver Kerl.«

Mistvieh, dachte Lulu.

Im Gesträuch knackte und krachte es erneut. Else stolperte hervor, Else, die Köchin! Fassungslos starten die Mädchen sie an. Else weinte.

»Ich hab das alles nicht gewollt!«, schluchzte sie. »Ich wollte sogar mit euch fliehen. Aber sie haben mich gefangen, als ich durch die Straßen lief und Bumbum suchte. Sie haben mich zurückgeschickt zu …«

»Schnauze!«, schrie der Hauptmann. »Geh zu deiner Herrin und melde ihr, dass wir die Hexenbrut gefasst haben!«

»Es tut mir so leid.« Else rang flehend die Hände und schaute mit nassen Augen zu den Mädchen.

»Verräterin!«, fauchte Wanda wütend. »Wo sie uns doch die Helferlein gegeben haben. Du hast selbst gesagt, dass du noch nie so einen schönen Dienst hattest. Hast den ganzen Tag im Hof gesessen und Zigarren geraucht!«

Lulu und Rafaela sagten nichts. Else schluchzte noch einmal laut auf und senkte den Blick. Als Lulu und Rafaela weiter schwiegen, schlug sie sich weinend die Hände vors Gesicht und stolperte davon. Hinter ihr schlossen sich die Büsche.

Der Hauptmann baute sich vor Churro auf. »Und wen haben wir da?«, fragte er.

Lulu hätte erwartet, dass Churro in Beteuerungen ausbrechen würde, er habe die Hexenkinder gerade erst getroffen, er sei ganz unschuldig, ein braver, aufrechter Bürger, all so was eben. Aber Churro sagte gar nichts. Stand ruhig da und erwiderte den Blick des Hauptmanns.

»Ab in den Felsenkerker!«, brüllte der Hauptmann. »Die ganze Bande ab in den Felsenkerker!«

»Nein!«, schrie Damiano und machte einen Satz auf den brennenden Fluss zu. Ein Soldat rammte ihm seinen Gewehrkolben in den Leib und Damiano brach zusammen. Lulu hob einen Stein auf und warf ihn dem Soldaten an den Kopf. Leider knallte der Stein völlig wirkungslos an den Helm, aber der Hauptmann versetzte Lulu eine solche Ohrfeige, dass ihr der Kopf nach hinten flog und sie der Länge nach hart auf dem Boden aufschlug. Der Schmerz war schlimm. Er tobte in ihrem Schädel und fraß ihre Gedanken. Sie konnte kaum noch denken … und nicht mehr richtig hören, es war so still.

Aber dann hörte sie die Krähen. Nein, Corina, versuchte Lulu zu denken, kommt nicht! Die Soldaten werden auf euch schießen! Aber Corina war schon da, saß neben ihr ganz dicht an ihrem armen Kopf und gab kleine besorgte Laute von sich. Die konnte Lulu hören, sonst nichts. Die Soldaten schossen nicht und schimpften nicht, der Wind säuselte nicht, das brennende Flüsschen rauschte nicht. Über ihr am Himmel hing der Falke. Er bewegte sich nicht und er schrie nicht. Lulu schloss verzweifelt die Augen. Ihr Kopf war kaputt. Der Hauptmann hatte ihn kaputt geschlagen.

Jemand beugte sich über sie. »Lulu«, wisperte Rafaela mit sehr kleiner Stimme. »Geht's dir gut?« Sie legte den Arm um ihre Schwester und zog sie an sich. »Mach die Augen auf! Schau dir das an!«

»Nein«, flüsterte Lulu zurück und presste die Augen noch

fester zu. »Mein Gehirn läuft aus. Ich seh Sachen, die es gar nicht gibt. Ich will das nicht!«

»Es ist nicht dein Gehirn«, wisperte Rafaela. »Wir sehen es alle. Es ist wirklich.«

Da öffnete Lulu die Augen, schloss sie gleich wieder, nur um sie erneut aufzureißen. Die Soldaten waren alle noch da, aber irgendwie eingefroren. Sie hatten gerade angefangen, ihre Gefangenen zusammenzutreiben, da war etwas mit ihnen geschehen. Eine Art Bann hatte sie getroffen und sie mitten in ihrer Bewegung erstarren lassen. Sie standen in unmöglichen Positionen, so wie man eigentlich gar nicht stehen kann – mitten im Gehen, einen Fuß erhoben, die Gewehre schwingend, die Gesichter verzogen, weil sie gerade fluchen oder ausspucken oder durch Blinzeln eine Fliege verscheuchen wollten. Einer blies sich die Haare aus den Augen, ein anderer hatte einen Satz machen wollen, er schwebte fast ganz in der Luft, nur noch die Spitze seines Stiefels berührte den Boden. Den Hauptmann hatte es erwischt, als er einen Befehl brüllte, er hatte den Mund weit aufgerissen, mit den Armen gefuchtelt und auf den Zehen gewippt, und genau so stand er jetzt da, stocksteif und stumm. Man hätte lachen können, wenn es nicht so unheimlich gewesen wäre.

Und nicht nur die Soldaten hatte es getroffen. Büsche und Bäume krümmten sich bewegungslos in einem Wind, der nicht wehte, Vögel hingen in der Luft, das feurige Wasser, die Rauchwolken standen still, sogar Krabbeltiere und Insekten steckten fest. Eine Fliege hing einfach in der

Luft, Ameisen, Käfer, Grillen, alle mitten in ihrem Tun erstarrt. Nur die Kinder nicht und Churro, ihr neuer Freund. Auch nicht die Krähen und Ralf. Sie alle konnten sich ganz normal bewegen oder fast alle. Lulu fürchtete, ihr Kopf könnte abfallen, sie staunte lieber im Sitzen.

Die anderen fassten sich ein Herz und wanderten zwischen den Soldaten herum. Wanda und Rafaela stupsten einen mit dem Zeigefinger an, nichts geschah. Die Krähen kreischten triumphierend und ließen sich auf den Köpfen der Soldaten nieder. Einige schielten begehrlich nach ihren Augen, aber sie beherrschten sich. Vermutlich hielt Corina sie im Zaum.

»Was zum Teufel …« Churro ließ sich schwer auf seinen Hintern plumpsen. »Was zum Teufel ist hier los?« Fassungslos schaute er sich um.

Da fühlte Lulu etwas Weiches hinter sich vorbeistreichen, es rieb sich an ihr und schnurrte. Eine Katze, eine kleine, fette, schwarz-weiße Katze.

»Evchen?«, fragte Lulu verwundert.

Die Katze nahm graziös Platz, Vorderbeine zusammen, Schwanz sorgfältig um den Körper gelegt, sodass die Spitze genau zwischen den zierlichen Pfötchen zu liegen kam. Aus hellen, grünen Augen starrte sie Lulu an. Kein Zweifel, es war Evchen.

»Hast du das gemacht?«, fragte Lulu.

Evchen leckte sich ihr Brustfell.

»Das ist Genia!«, rief Churro. »Meine Genia. Sie ist klug, aber sie ist keine Zauberin!«

»Ihr Name ist Evchen«, sagte Lulu. »Und sie ist vielleicht die mächtigste Zauberin der Welt. Außer Mama natürlich.«

»Also das glaube ich einfach nicht«, stöhnte Churro. Doch er robbte heran und streichelte Evchen zart den Rücken.

Sie ließ es eine Weile gnädig zu, dann fauchte sie kurz und unmissverständlich. Churro zog seine Hand zurück. Evchen sah zu Lulu, die verstand.

»Sie hat die Zeit angehalten«, erklärte sie. »Hier am Fluss und ein Stück über die Landstraße hat sie für alle die Zeit angehalten, außer für uns.«

»Wie macht sie das nur?«, rief Churro.

»Hexenkram«, brummte Damiano. »Sie ist eine Hexe.«

Evchen schaute Lulu unverwandt an.

»Ich glaube«, sagte Lulu, »wir sollen zu einem Haus gehen. Es liegt in einem Garten mit Gitterzaun und Gittertor. Das Tor hängt schief in den Angeln. Es ist rostig und der Zaun auch. Der Garten ist verwildert, ein Plattenweg führt zum Haus. Es ist groß und dunkel. Viele Fenster, vorn eine Fahnenstange, aber es hängt keine Fahne dran. Die Tür ist an der Seite, sie hat einen Klopfer, der wie ein Herz aussieht. Und da ist so eine Art Turm, irgendwo dahinter.«

»Ich kenne das Haus!«, rief Wanda aufgeregt. »Ich war schon einmal da. Es gehört einem Gelehrten. Ich hab dort eine Bestellung abgeben müssen für die Palastwerkstätten. Es ist ganz nah. Und von der Wiese hinter dem Haus kann man den Rösner Turm sehen.«

»Ja, dann sollten wir uns wohl auf den Weg machen«,

meinte Damiano. »Was ist mit dir?«, wandte er sich an Churro. »Kommst du mit?«

»Klar komm ich mit. Ich hab keine Lust, mich von denen in den Kerker bringen zu lassen, wenn sie wieder aufwachen. Wie lange sie wohl noch so rumstehen?«

Lulu sah zu Evchen. »Ein bis zwei Schläfchen lang«, sagte sie.

Niemand wusste, wie lange so ein Katzenschläfchen dauerte, also machten sie sich auf. Evchen blieb sitzen.

»Sie geht später«, erklärte Lulu, »wenn sie die Zeit wieder freigibt. Dann werden die Soldaten aufwachen und von gar nichts wissen. Für sie ist nur ein halber Wimpernschlag vergangen. Aber sie werden sich wundern, wohin wir verschwunden sind.«

»Und Genia, äh, Evchen?«, fragte Churro besorgt.

»Sie wird ihrer Wege ziehen. Wer verdächtigt schon eine Katze?«

»Sie ist genial«, sagte Churro stolz.

12. Kapitel

Eines Tages war Evchen einfach da gewesen, erzählte Churro, und er hatte sich über ihre Gesellschaft gefreut. Er war auf einer Reise in die Stadt, wollte dort jemanden treffen. Er machte ein verlegenes Gesicht, als er das sagte. Evchen hatte ihn ein paar Tage lang begleitet und war dann an dieser Stelle hier aus dem Wagen gesprungen und im Gebüsch verschwunden. Churro hatte sich gemütlich ein Pfeifchen angezündet und sich ins Gras gesetzt, um auf sie zu warten.

»Vielleicht sagt sie dir, woher sie so plötzlich gekommen ist«, wandte er sich an Lulu. »Du kannst dich ja ganz gut mit ihr unterhalten, wie es scheint, auch wenn ich überhaupt nicht verstehe, wie das geht.«

»Es ist nicht wie Sprechen«, erklärte Lulu. »Da sind keine Worte. Es ist eher …«, sie überlegte, »… wie Bilder. Manchmal weiß ich es auch einfach, da brauch ich keine Bilder. Bei Corina, zum Beispiel. Und bei Bumbum.«

»Lulu weiß viel«, sagte Rafaela.

»Bumbum«, sagte Bumbum. Er klapperte mit den Zähnen, seine Händchen waren kalt wie Eis. Es wurde höchste

Zeit, diesen Planwagen zu erreichen, damit wenigstens Bumbum aus seinen nassen Sachen herauskäme.

Man würde schon irgendetwas für ihn finden, versicherte Churro, er sei bestens ausgestattet. Seine beiden Pferde schnaubten erfreut, als sie ihren Herrn herankommen sahen. Evchens Zeitfrost hatte sie nicht getroffen.

»Genial«, murmelte Churro wieder und kramte einen Kleidersack und ein paar Wolldecken aus den Tiefen des Wagens, bevor er sich zu Damiano auf den Kutschbock schwang.

Alles andere Leben auf der Straße war in der Zeit gefroren, Fußgänger, Fuhrwerke, Menschen und Tiere, alles still und starr. Es war sehr unheimlich. Aber dann lenkte Churro den Wagen um eine Biegung und da war wieder Leben. Wind, Bäume, Vögel, alles in Bewegung, wie immer und trotzdem verrückt. Dieses Fuhrwerk, zum Beispiel, das ihnen entgegenkam, würde um die Biegung fahren und sofort mitten in seiner Bewegung erstarren. Es würde still und steif verharren müssen, bis eine fette Katze beschloss, dass es nun genug wäre. Bis dahin würden vielleicht Stunden vergehen und niemand würde etwas merken. Vielleicht würde der Kutscher sich wundern, dass die Dunkelheit heute schneller hereinbrach als sonst, aber mehr auch nicht.

Wenige Pferdelängen hinter der Biegung erschien zu ihrer Rechten ein rostiger Gitterzaun, der ein Stück Wildnis umgab. Und da war das Tor, wie Lulu vohergesagt hatte, ein zweiflügeliges, schiefes, rostiges Eisentor. Es kreischte unangenehm, als sie es öffneten und hinter sich wieder schlossen. Ein verwahrloster, von Gras und Schlingpflanzen halb überwucherter Plattenweg führte durch die Wildnis. Schon lange hatte hier niemand mehr die Büsche beschnitten, sie mussten vor den Pferden hergehen und die Äste zurückbiegen, damit der Wagen passieren konnte. Churro fluchte, weil sich immer wieder Dornenranken in der Plane verfingen und sie zu zerreißen drohten.

Der Weg endete vor einem Haus. Hier hatte es sicher einmal einen Vorplatz gegeben, der allerdings längst von Gras, Nesseln, Goldruten und anderem Unkraut überwuchert war. Auch das Haus hatte schon bessere Tage gesehen, doch es war immer noch imposant, drei Stockwerke hoch, aus dunklem Stein erbaut. Im ersten Stock ragte eine Fahnenstange ohne Fahne schräg in den Himmel. Seitlich, an der Giebelwand, war die Haustür mit einem herzförmigen Klopfer aus Messing, dem eine Politur nicht geschadet hätte.

»Sind wir hier richtig?«, fragte Damiano.

Lulu nickte. Sie ließ den Klopfer gegen das Holz der Tür donnern. Das machte einen Höllenlärm, doch niemand öffnete. Sie versuchten es mehrmals, ohne Erfolg.

»Es gibt eine Hintertür«, raunte Wanda.

Also ließen sie den Wagen stehen und gingen ums Haus. Hinten erweiterte sich der verwilderte Garten zu einer Wiese mit ein paar alten Obstbäumen. Es gab einen Ziehbrunnen und etwas weiter ein paar baufällige Nebengebäude, die vielleicht früher einmal als Ställe und Scheune gedient hatten. Wanda packte Lulu am Arm und zeigte nach Westen, von wo die Sonne ein paar letzte abendliche

Strahlen durch ein Wolkenloch schickte. Jenseits des Zaunes, ein gutes Stück entfernt, war eine Ruine zu sehen, eine Art Turm. Wie ein bröseliger schwarzer Finger ragte er ins Gegenlicht der untergehenden Sonne.

»Das ist der Rösner Turm«, erklärte Wanda. »War früher mal ein Schloss oder so. Ist aber zusammengestürzt.«

Lulu mochte den Turm nicht, die Krähen genauso wenig. Sie krakeelten furchtbar und schmähten ihn von Weitem, Haus und Garten aber wurden von ihnen gebilligt. Sie segelten über das Gelände und ließen sich zufrieden auf dem Dach der baufälligen Scheune nieder.

»Da könnte ich den Wagen und die Pferde unterstellen«, überlegte Churro.

»Vielleicht sollten wir erst mal fragen«, meinte Rafaela. Sie zeigte auf eine Tür an der Hinterfront, die ein wenig offen stand. Noch immer antwortete niemand auf ihr Klopfen, so gingen sie einfach hinein und fanden sich in einer kühlen, düsteren Küche wieder. Es roch nach kaltem Rauch und Kohlsuppe und nach etwas anderem, das schwer zu definieren war, nach feuchtem Keller vielleicht, irgendwie modrig. Lulu knurrte der Magen, obwohl sie Kohlsuppe hasste. Sie konnte sich nicht erinnern, wann sie zuletzt etwas gegessen hatte.

Neugierig und ein bisschen ängstlich schauten sie sich um. Das Feuer im Kamin war erloschen, im Spülstein wie auf dem Tisch stapelten sich gebrauchte Teller, Näpfe und Töpfe. Der Fußboden war schmierig, ihre Schuhsohlen machten bei jedem Schritt ein schmatzendes Geräusch.

Wer auch immer hier wohnte, hielt nicht viel vom Saubermachen. Und er war nicht zu Hause. Oder doch? Ein leises Geräusch kam aus der Ecke der Ofenbank, irgendetwas zwischen Schlürfen, Brabbeln und Schmatzen.

»Isch gut«, nuschelte eine Stimme, brüchig wie gebackener Sand. In der dunkelsten Ecke, auf einem Bänkchen hinter dem Kamin, kauerte eine Gestalt. Es war eine Frau, eine uralte Frau, so alt wie das Haus, eher noch älter. Alles an ihr war grau, sie verschmolz fast mit dem grauen Stein der Wand und dem Ruß des Kamins, fast hätte man glauben können, das Haus spräche selbst. In ihren zittternden, verkrümmten Händen hielt sie eine Suppenschale. Kohlsuppe schien darin zu sein, denn Rinnsale davon liefen ihr übers Kinn, vermischten sich mit Spuckefäden, Fetzchen von zerkochten Kohlblättern klebten in den tiefen Falten um ihren Mund. Kein schöner Anblick. Lulu mochte gar nicht hinschauen und ihr Hunger war blitzartig vergangen.

Doch Churro blieb höflich. »Guten Abend, Mütterchen«, grüßte er. »Könnte ich wohl meine Pferde und den Wagen draußen in der alten Scheune unterstellen, während wir auf den Hausherrn warten?«

»Isch gut«, brabbelte die Alte mit ihrer Sandstimme. »Willschu auch?« Sie schien ihm die Schale reichen zu wollen, doch weil ihre Hände so zitterten, schwappte ein Teil des Inhalts über den Rand und sammelte sich in wässrig grünen Pfützen auf dem Stoff ihres Kleides.

»Scho ein Mischt!«, jammerte sie.

»Braucht Ihr Hilfe, Mütterchen?«, fragte Churro.

Lulu überlegte, wie diese Hilfe wohl aussehen sollte. Dachte Churro, dass sie die Alte füttern sollten? Also sie würde das ganz bestimmt nicht tun. Angestrengt blinzelte sie am Gesicht der Frau vorbei, um die Spuckefäden nicht länger sehen zu müssen.

»Hm«, sagte die Greisin und ihr Kopf sank nach vorne, reglos saß sie da. Einen schrecklichen Augenblick lang dachte Lulu, die Alte wäre gestorben, und fühlte sich schlecht, weil sie sich nicht hatte überwinden können, nett zu ihr zu sein, aber dann begannen sich die Schultern der Greisin zu heben, und ein zittriger Schnarcher zeigte an, dass sie bloß eingeschlafen war. Churro trat zu ihr hin, löste sanft die Schale aus ihren Händen und stellte sie auf die Ofenbank.

Leise verließen sie die Küche und machten sich auf die Suche nach dem Hausherrn. Er war nicht da. Allzu enttäuscht darüber waren sie nicht, im Gegenteil, eigentlich waren sie erleichtert, dass sie noch eine kleine Frist hatten, bis sie einem fremden Gelehrten erklären mussten, warum sie in sein Haus eingedrungen waren und warum er sie bei sich aufnehmen und vor den Wachsoldaten verstecken sollte. Schließlich ließen sie sich im großen Vorderzimmer nieder, irgendwo mussten sie ja bleiben, während sie warteten. Durch die Fenster konnten sie den Wagen und die Pferde sehen, eins der Pferde äpfelte gerade auf den Plattenweg.

Das Zimmer war ein Studierzimmer, es entsprach allem, was Lulu je über Studierzimmer gehört hatte. Überall lagen Bücher, auf dem Boden, auf den Sesseln, auf dem Sofa, neben dem Sofa, auf dem riesigen Schreibtisch vor dem

Fenster zusammen mit Tintenfässern, Federhaltern, Notizzetteln, Kladden, Glasphiolen, Kerzen, Flaschen mit Pülverchen und bunten Flüssigkeiten, bauchigen Metallgefäßen, einem Gerät, das wie ein Petroleumbrenner aussah. Graviata hatte auch solche Sachen in ihrem Labor gehabt. Aber natürlich kein Schreibzeug. Hexen schrieben nicht. Und Bücher hatten sie auch nicht. Doch hier standen vom Fußboden bis zu der hohen Decke Regale, die sich unter ihrer Last bogen. Lulu staunte, dass ein einziger Mensch so viele Bücher besitzen konnte. Sie hatte nicht gewusst, dass es überhaupt so viele Bücher gab.

Damiano murrte: »Hier riecht's wie in der verdammten Akademie.« Auch Churro rümpfte die Nase. »Federfuchser!«, schimpfte er.

Die beiden gingen gleich wieder hinaus. Sie wollten die Pferde versorgen, den Wagen unterstellen und, so gut es ging, die Spuren beseitigen. Es musste ja nicht gleich jeder sehen, dass vor kurzer Zeit ein Wagen hier durchgefahren war.

Rafaela zog die schweren Vorhänge zu und zündete eine Lampe an, Wanda machte Feuer im Kamin, eine wunderbare Idee. Sie hockten sich davor, wärmten sich und ließen die Nässe aus ihren Kleidern dampfen. Damiano und Churro kamen zurück. Sie hatten Pferde und Wagen in den alten Ställen und der Scheune unterbringen können. Corina und ihre Bande hatten sich ebenfalls dort einquartiert. Jetzt konnten sie alle nur noch warten.

Inzwischen war es dunkel geworden, doch durch die

schweren Vorhänge drang kein Lichtstrahl nach draußen, davon hatten sie sich überzeugt. Es war ganz still im Haus. Um ein Haar wären sie allesamt eingeschlafen, doch dann riss sie das Kreischen des Gartentors aus ihrem Dösen. Eilige Schritte klackten über den Plattenweg. Dann kreischte das Gartentor wieder. Mehr Schritte näherten sich, herrische, forsche Schritte. Sie kannten diese Art Schritte, sie kannten sie viel zu gut!

»Meister Ellwin!«, rief jemand. »Meister Ellwin, wartet!« Die Schritte dröhnten heran.

»Hauptmann, was kann ich für Euch tun?«

Hauptmann! Soldaten standen vor dem Haus, direkt vor dem Fenster!

»Wir suchen ein paar Kinder, Meister Ellwin. Habt Ihr sie gesehen?«

Lulu hielt die Luft an. »Wimmel sie ab!«, dachte sie mit höchster Konzentration. »Wimmel sie ab!«

»Kinder?« Eine zerstreute Stimme. »Nein, hier sind keine Kinder. Und ich kann jetzt auch nicht nach ihnen suchen, ich habe zu tun. Kennt Ihr Euch mit Zeitraffung aus, Hauptmann? Nein? Ich auch nicht. Aber ich bin heute gegen Mittag aus der Stadt aufgebrochen und jetzt ist es dunkel. Könnt Ihr mir das erklären?«

»Sonnenfinsternis?«

»Äh, interessante Theorie. Wenn Ihr mich entschuldigt? Ich muss das herausfinden.«

Gut gemacht, Meister Ellwin. Weiter so, wimmel sie ab!

»Und ich muss die Kinder suchen, Meister Ellwin.«

»Nun, wenn Ihr das müsst, dann tut es. Kommt herein und sucht sie!«

O dieser Trottel, dieser Obertrottel!

»Durchsucht in Ruhe das ganze Haus!« Er setzte doch tatsächlich noch eins drauf. Dieser Idiot! Lulu kannte Meister Ellwin nicht, aber sie hasste ihn aus tiefster Seele.

Stiefeltritte dröhnten ums Haus, die Hintertür wurde geöffnet, Schritte im Korridor. Damiano packte das Schüreisen, Wanda die schwere Kohlenzange, Rafaela schnappte sich ein Holzscheit, Lulu tat dasselbe, Bumbum drückte seine Ente an sich, Churro griff in einen Stiefel und zog eine kleine Pistole heraus. Kampfbereit standen sie alle da, starrten zur Tür. Diesmal würden sie kämpfen! Sie würden verlieren, aber sie würden kämpfen.

Der Hauptmann bellte seine Befehle, die Soldaten schienen sich aufzuteilen, einige stürmten die Treppe hinauf in die oberen Stockwerke, andere polterten in den Keller, wieder andere schienen draußen zu suchen. Natürlich blieben auch welche im Erdgeschoss und suchten da. Türen schlugen auf und wieder zu, Stimmen näherten sich, verhielten vor ihrer Tür.

»Sucht Ihr Eure Ausreißer«, sagte Obertrottel Ellwin. »Mich müsst Ihr entschuldigen, ich habe zu tun.«

Die Klinke wurde heruntergedrückt, die Tür geöffnet. Ein schmaler Mann in schwarzer Gelehrtenkleidung stand da und schaute herein. Ganz kurz überlegte Lulu, was er sehen musste: einen dicken Fremden und ein paar verdreckte Kinder, weiß vor Anspannung, die Augen weit aufgerissen, improvisierte Waffen in den Händen, sprungbereit. Er tat einen Schritt rückwärts und schlug die Tür wieder zu. Dann öffnete er sie erneut, nur einen Spaltbreit, streckte eine Hand hindurch und winkte in die Ecke zwischen Tür und Wand.

Sie verstanden sofort und schlichen hinter die Tür, zwängten sich in die Ecke, standen mit angehaltenem Atem, Bumbum auf Rafaelas Armen, Ralf auf Damianos. Churro passte nicht mehr dazu, so kroch er hinter ein Sofa und drapierte eine Decke und ein paar Kleidungsstücke über sich. Im Halbdunkel des Zimmers wirkte er wie ein großer Haufen Kleider. Genau hinschauen durfte man allerdings nicht. Draußen ging das Poltern und Türenschlagen weiter, vom Dachboden bis in den Keller und wieder zurück zur Halle.

»Keine flüchtigen Kinder, Herr Hauptmann!«, meldete ein Soldat.

»Hier sind keine Kinder, Hauptmann. Wie ich es Euch gesagt habe.« Ellwin stand immer noch vor ihrer Tür und bewachte sie.

»Nun ja, Meister Ellwin«, hörten sie den Hauptmann sagen, »das habe ich auch nicht erwartet, aber ich muss meine Arbeit tun. Was ist in diesem Zimmer?«

»Das ist mein Studierzimmer. Da sind auch keine Kinder. Da habe ich schon nachgesehen.«

»Wenn Ihr mich bitte einen Blick hineinwerfen lassen wollt?«

»Ich, äh, arbeite da drin und ich bin sehr, äh, eigen mit

meiner Arbeit.« Ellwins Stimme klang quäkend, als säße ihm ein dicker Frosch im Hals.

»Nur einen Blick, Meister Ellwin. Der wird Eurer Arbeit nicht schaden.«

»Wenn Ihr«, er räusperte sich, »darauf besteht.« Und er öffnete die Tür. Das Türblatt schwang auf und verdeckte die dahintergedrängten Kinder. Der Hauptmann betrat die Schwelle. Sie konnten ihn nicht sehen, aber sie spürten ihn, als habe er schon die Hand nach ihnen ausgestreckt. Sie versuchten, nicht zu atmen und ihren Herzschlag unhörbar zu machen. Ein oder zwei Lidschläge vergingen.

»Alles klar, Meister Ellwin«, hörten sie den Hauptmann brummen. Er trat einen Schritt zurück. »Was habt Ihr nur für einen Geruch da drinnen, lieber Meister? Damit könnt Ihr ja Katzen vergiften.«

»Experimente, Hauptmann, Schwefelwasserstoff. Höchst sensibel, Ihr versteht.« Die Tür wurde geschlossen.

Lulu wollte gerade aufatmen, da hörte sie den Hauptmann fragen: »Wem gehören die Pferde und der Planwagen draußen in der Remise?«

»Pferde? Planwagen? Ach so, ja, die, also, die gehören mir. Ja, mir.« Sie konnten fast sehen, wie Ellwin der Schweiß tropfte. »Ich habe sie günstig erwerben können von einem Zigeuner. Ja, von einem Zigeuner. Er kam hier vorbei und verkaufte sie mir. Ja.«

»Selten, dass sich Zigeuner von ihren Pferden und Wagen trennen.«

»Ja, sehr selten, in der Tat. Er sagte, er brauche dringend

Geld, um für seine Katzen, äh, Kinder, ich meine, um für seine Kinder Medizin zu erwerben.«

Himmel hilf, was für eine Geschichte! Da hätte Bumbum eine bessere zustande gebracht!

»Was habt Ihr bezahlt, wenn ich fragen darf?«

»Ihr dürft, Hauptmann, Ihr dürft. Soll ich Euch hinausbegleiten? Fünfzehn, äh, ich meine, vier.«

»Vier Goldstücke? Respekt, Meister Ellwin, da habt Ihr ein wirklich gutes Geschäft gemacht.«

Nicht zu fassen, der Hauptmann schluckte die Geschichte. Die Stimmen entfernten sich, die polternden Schritte auch.

»Entschuldigt die Störung, lieber Meister«, rief der Hauptmann von irgendwo in der Nähe des Gartentors. »Die Ausreißer sind bestimmt längst über alle Berge. Sie werden doch nicht so dumm sein und sich so nah bei der Stadt verkriechen. Aber Ihr wisst ja, Pflicht ist Pflicht und Dienst ist ...«

»Auf Wiedersehen, Hauptmann!«, rief Ellwin.

Das Gartentor quietschte, dann war alles still. Endlich wagten sie aufzuatmen. Nacheinander knickten bei ihnen allen die Knie ein, sie ließen sich auf den Boden sinken. Lulu fragte sich, wie viel Aufregung ein Mensch an einem einzigen Tag verkraften konnte. Ihr reichte es. Kein noch so winziges Krümelchen Aufregung würde sie heute zusätzlich wegstecken können. Jemand rannte ums Haus, durch die Halle, die Tür wurde aufgerissen und Meister Ellwin war zurück. Wie er so dastand, weiß vor Anspannung, in seinen schwarzen Kleidern und mit seinen abstehenden schwarzen Haaren, wirkte er wie ein verängstigtes Gespenst. Er ließ sich in einen Sessel fallen und vergrub das Gesicht in den Händen.

»Graviatas Kinder!«, stöhnte er dumpf.

»Das war knapp«, sagte Damiano.

Ellwin nickte stumm und wedelte mit einer Hand in eine bestimmte Richtung, wo vor den Büchern auf dem Bord eine bauchige Flasche stand. Rafaela brachte sie ihm. Er zog den Stöpsel heraus und nahm einen tiefen Schluck, atmete durch und nahm noch einen. Dann hielt er die Flasche auffordernd in die Runde. Churro nahm sie ihm ab und bediente sich.

»Das ist gute Medizin«, seufzte er zwischen zwei Schlucken.

Ellwin sah ihm beim Trinken zu. »Hast du sie hergeführt?«, fragte er.

Churro schüttelte den Kopf. »Wusste nicht mal, dass dies dein Haus ist. Du warst doch im Ausland. Seit wann bist du wieder hier?«

»Das geht dich nichts an«, beschied ihn Ellwin schroff.

Churro zuckte die Achseln und setzte die Flasche noch mal an.

»Ihr kennt euch?«, fragte Damiano.

»Flüchtig«, sagten beide Männer wie aus einem Mund. Es klang nicht, als seien sie erfreut über diese Bekanntschaft.

Ellwin ließ den Blick über seine Besucher wandern. »Hat Graviata fünf Kinder?«

»Ich bin die Magd«, erklärte Wanda schnell.

»Wanda ist unsere Freundin«, verbesserte Lulu.

»So, so, Wanda. Und wie heißt ihr?«

Sie stellten sich ihm nacheinander vor. Als Bumbum seinen Namen sagte, verzog Ellwin schmerzlich das Gesicht. »Kann er nicht anständig reden? In seinem Alter?«

Er sagte das, als wäre Bumbum fünfunddreißig.

»Bumbum ist sehr klug«, rief Lulu empört. »Ich verstehe ihn immer.«

»Man darf Kinder nicht so verzärteln«, erklärte Ellwin. »Man muss ihnen zeigen, dass man etwas von ihnen erwartet. Sag Ellwin, Kleiner. ELL-WIN!«

»Bumbum«, sagte Bumbum. Churro grinste.

»Und was ist das da?«, fragte Ellwin seufzend.

Das da war Ralf.

»Hoffentlich ist er stubenrein«, sagte Ellwin.

Ralf drehte ihm beleidigt die Kehrseite zu und schmiegte sich eng an Damiano, brummelte ein bisschen und schloss die Augen. Lulu hätte auch gerne geschlafen, sie war schrecklich müde, aber auch schrecklich neugierig. Bevor sie die Augen schloss, wollte sie noch wissen, wer diese beiden Männer waren, die sie noch nie gesehen hatte und die ihr doch bekannt vorkamen.

»Ihr kennt unsere Mutter?«, fragte Rafaela.

»Hm, ja«, sagte Ellwin.

»Von früher«, sagte Churro. Sie wechselten einen Blick.

»Wissen sie wirklich nichts?«, fragte Ellwin.

»Vermutlich nicht«, murmelte Churro und sah irgendwie unbehaglich aus.

Und ganz plötzlich wusste Lulu, wer diese beiden Männer waren, und es war zu viel für sie. Das genau war das Krümelchen Aufregung, das sie nicht mehr verkraften konnte. Sie kippte um, wurde einfach ohnmächtig.

Als sie wieder zu sich kam, lag sie auf dem Sofa. Alle standen um sie herum und machten besorgte Gesichter.

»Geht's wieder?«, fragte Damiano.

Lulu war sich da nicht so sicher, aber sie nickte erst mal.

Ellwin beugte sich über sie, er hatte einen dampfenden Becher in der Hand. »Heißer Tee mit Honig«, sagte er. »Gut für die Nerven.« Er hielt Lulu den Becher an die Lippen, aber im Liegen konnte sie nicht trinken.

»Äh«, sagte Ellwin und wollte ihr aufhelfen, hatte aber den Becher noch in der Hand. Also stellte er ihn auf den Boden und stieß ihn sogleich mit dem Fuß um. »So was Dummes«, murmelte er, hob den Becher auf und stellte ihn auf ein Tischchen, beugte sich über Lulu, half ihr hoch und stopfte ihr ein Kissen hinter den Rücken. Dann setzte er sich aufatmend auf einen Stuhl und strich sich über die Haare.

»Ihr habt noch nicht oft Kranke gepflegt, Meister Ellwin?«, sagte Wanda lächelnd.

»Wie bitte? Ach so, der Tee.«

Wanda goss Tee aus einer Kanne nach und Ellwin ging damit zu Lulu. Seine Hände zitterten, er tat Lulu leid. Das alles war auch für ihn nicht leicht.

»Wie soll ich dich nennen?«, fragte sie.

Fast hätte Ellwin den Tee fallen gelassen. Er schaffte es gerade noch, wieder auf seinen Stuhl zu plumpsen, ohne allzu viel aus dem Becher zu verschütten.

»Wie wäre es«, begann er und räusperte sich, »wie wäre es, wenn wir es erst einmal bei Ellwin belassen?«

Lulu nickte. Ihr war das recht.

»Die beiden sind unsere Väter«, erklärte sie ihren Geschwistern. »Aber das wisst ihr sicher schon längst.«

Stille antwortete ihr.

»Au weia«, sagte Wanda.

Churro hielt es nicht mehr aus. »Also, ich …«, begann er und brach hilflos ab, als Damiano ihm einen Blick zuwarf, der eine Sirene zum Verstummen gebracht hätte.

»Welcher ist welcher?«, fragte er Lulu.

»Ellwin ist meiner und Bumbums, Churro ist deiner und Rafaelas«, antwortete sie.

»Hab ich mir gedacht!«, zischte er und stürmte aus dem Zimmer. Ein paar Bücher fielen aus den Regalen, als er die Tür zuschlug. Bumbum, die Ente fest an sich gepresst, mühte sich zu Lulu auf die Couch.

»Aber ich wollte es euch doch sagen!«, rief Churro.

»Wann? In zwanzig Jahren?«, fauchte Rafaela und rannte ihrem Bruder hinterher.

Churro stand mit hängenden Armen da und schaute zu Boden. »Graviata wollte nicht, dass ich mich um sie kümmere«, murmelte er. »Ein Maler, der seine Bilder auf Märkten anbietet, war ihr nicht gut genug. Sie hat mich weggeschickt, als Rafaela noch nicht geboren und Damiano noch ganz klein war. Weil ich nichts aus mir machen wollte, wie sie sagte. Weil ich dumm war, wie sie sagte. Ich bin gegangen. Gegen sie kommt man schwer an. Aber als ich hörte, was ihr passiert ist, hab ich mich sofort auf den Weg gemacht, um euch zu finden. Dachte, ihr könntet Hilfe brauchen.«

»Erzähl das den beiden dort draußen, nicht uns«, sagte Ellwin.

»Die wollen doch nichts von mir wissen. Rafaela hält mich für einen Hungerleider, das hat sie selbst gesagt.« Traurig schaute er Lulu an.

»Rafaela ist manchmal schwierig«, erklärte sie. »Aber sie meint es nicht so. Sie ist ein bisschen eingebildet, liebt schöne Kleider und kostbare Sachen, und sie mag es, wenn man ihr sagt, dass sie hübsch ist. Später will sie eine Hexe werden und mindestens so berühmt wie Mama. Schon jetzt weiß sie viele Sprüche und bei ihr wirken sie fast immer. Damiano wird schnell wütend, vor allem, wenn er glaubt, dass man ihn nicht achtet, oder wenn man schlecht über jemanden spricht, den er liebt. Dann kann er ausrasten. Aber er ist sehr mutig. Was er mal machen will, weiß ich nicht. Ich glaube, er weiß es selbst nicht. Aber auf keinen Fall was mit Hexerei und nichts mit Studieren. Kann ich meinen Tee haben, bitte?«

Lulus Mund war trocken und in ihrem Kopf bohrte ein schriller Schmerz. Ellwin reichte ihr den Becher. Sie nahm ein paar Schlucke.

»Danke für die Tipps«, sagte Churro und trottete geistesabwesend aus dem Zimmer. Vermutlich entwarf er eine

Strategie, wie er mit Lulus Informationen seine beiden wütenden Sprösslinge besänftigen konnte.

Wanda räusperte sich und stand auf. »Ich geh dann mal und schaue, ob ich in der Küche was zu essen finde.«

»War es bei dir auch so, dass Mama dich weggeschickt hat, weil du ihr nicht gut genug warst?«, fragte Lulu, als Wanda gegangen war.

»Nicht ganz, fürchte ich«, gestand Ellwin. »Es war eher umgekehrt. Wir haben uns gestritten, weil ich wollte, dass sie die Hexerei aufgibt.«

»Mama?«, fragte Lulu ungläubig.

»Ach«, sagte Ellwin verlegen, »sie war so klug. Sie hätte meine Schülerin werden können, später meine Assistentin. Zusammen hätten wir die Welt verändert.«

»Deine Schülerin!« Wenn es Lulu nicht so schlecht gewesen wäre, hätte sie den Kopf geschüttelt und sich an die Stirn getippt. Wie konnte Ellwin nur glauben, dass Graviata ihre Hexerei aufgeben würde, um seine Schülerin zu werden! Manchmal konnte man fast glauben, dass Erwachsenwerden das Gleiche bedeutete wie Blödewerden.

»Es war wohl nicht besonders schlau von mir, ihr mit solchen Vorschlägen zu kommen«, fuhr Ellwin immer noch verlegen fort. »Sie reagierte sehr ungehalten. Ich nehme an, du weißt, wie sie ist, wenn sie ungehalten ist.«

Lulu nickte.

»Du warst damals noch sehr klein und ich durfte dich nicht mehr sehen. Wie unser Freund Churro bemerkte, man kommt schwer gegen sie an. Ich ging ins Ausland, wollte sie vergessen, für immer fortbleiben. Doch wie es manchmal so kommt, ich konnte sie nicht vergessen, kehrte zurück und wir versuchten es wieder miteinander.«

»Aber es hat nicht geklappt.«

»Nicht wirklich, nein.«

»Und Bumbum?«

»Na ja«, er druckste ein bisschen herum. »Wir haben uns getroffen, Graviata und ich. Nicht hier, dieses Haus hatte ich damals noch nicht, ich lebte in einem Gasthof. Und dabei ist dann Bumbum, äh, ich meine, du weißt doch Bescheid über die Sache, oder?«

»Welche Sache?«

»Die Sache mit den Männern und den Frauen und den, äh, Kindern?«

»Ach, die Sache! Klar. Da weiß ich alles drüber«, sagte Lulu entschieden.

»Dann ist's ja gut«, sagte Ellwin erleichtert. »Wo war ich stehen geblieben? Ach ja. Seit Graviata mit euch in die Stadt gekommen ist, hatte ich gehofft, wir könnten uns einmal treffen, ich meine, als Familie. Ich hatte ja jetzt das Haus. Ich war sogar einmal bei ihr im Palast, um euch einzuladen.«

»Du warst im Palast? Hat Else dich gesehen, unsere Köchin?«

»Eure Köchin?«, wiederholte Ellwin verständnislos.

»Ja, unsere Köchin. Sie heißt Else und sie ist eine Spionin. Hat sie dich gesehen?«

»Nein, ich glaube nicht. Da war keine Köchin, nur andere Dienstboten. Sie führten mich zu Graviata in ihr Arbeitszimmer, aber eure Mutter hatte an diesem Tag keine Zeit für mich. Sie vertröstete mich auf später. Doch es ist nie zu einem Treffen gekommen. Sie wurde verhaftet, und seit ein paar Tagen laufe ich ununterbrochen durch die Stadt in der Hoffnung, euch zu finden.«

»Das hast du jetzt«, sagte Lulu.

»Ja, das hab ich jetzt. Aber wenn ich bedenke, wie knapp es war, bricht mir immer noch der Schweiß aus.«

»Denk nicht mehr dran.«

Ellwin lächelte und tätschelte ihr ungeschickt den Kopf.

Wanda klopfte an der Tür. »Abendessen!«, rief sie. Ellwin öffnete ihr. Sie trug schwer an einem Tablett mit Geschirr und Sachen zum Essen. »Die anderen kommen auch gleich«, verkündete sie. »Ich glaube, sie haben sich irgendwie zusammengerauft. Zumindest reden sie ununterbrochen. Übrigens, Meister Ellwin, Eure Küche ist nicht gerade reich bestückt. Bloß altbackenes Brot, ein bisschen Käse und diese Dauerwurst. Ich wollte Eure alte Dienerin fragen, wo die Vorräte lagern, aber sie ist nirgends zu finden.«

»Welche Dienerin?«, fragte Ellwin.

»Die alte Frau in der Küche. Ist sie nicht Eure Dienerin?«

»Hier ist keine alte Dienerin. Und hier war auch nie eine. Ich lebe allein.«

Zu diesem Zeitpunkt begann sich das Zimmer um Lulu zu drehen, es drehte sich immer schneller und zum zweiten Mal innerhalb kurzer Zeit wurde sie ohnmächtig.

13. Kapitel

Sie blieb zwei volle Tage lang ohnmächtig, oder besser gesagt, sie schlief zwei Tage lang einen tiefen, ohnmachtähnlichen Schlaf. Selbst wenn sie zwischendurch wach war, schien sie zu schlafen. Ellwin erklärte ihr später, dass so etwas in Zeiten großer Anspannung und Erschöpfung vorkommen könne. Körper und Geist klinken sich aus, um sich die Ruhe zu verschaffen, die sie brauchen.

Besonders ruhig ging es in Lulus Krankenzimmer allerdings nicht zu. Ständig waren Leute da, massenhaft Leute. Von einigen wusste Lulu, dass sie sie träumte, bei anderen war sie sich nicht sicher. Manche waren schwarz angezogen und fummelten an ihr herum. Einer war ein Zwerg und patschte ihr ins Gesicht. Einmal stand Lulus Kopf in Flammen, und die Schwarzen taten so, als wäre das völlig normal. Sie flößten ihr Suppe ein, die Lulu nicht wollte, weil die schreckliche Alte hineingesabbert hatte. Die war übrigens auch da, die Alte. Sie kroch durchs Zimmer, wenn die Schwarzen hinausgegangen waren. Ständig brabbelte sie und mümmelte vor sich hin, aber manchmal sang sie ein Lied mit einer Stimme wie ein Mädchen und einmal schlug sie sogar ein Springseil und hüpfte recht anmutig dazu. Da wusste Lulu, dass sie träumte.

Jovinda und Evchen waren ebenfalls da. Und auch bei denen war Lulu sicher, dass sie träumte, weil Jovinda oben auf dem Kleiderschrank hockte, mit den Beinen baumelte, während Evchen auf einem Stuhl neben dem Bett saß und mit Lulu sprach.

»Ich kann nicht bleiben«, sagte Evchen. »Sie will fort. Hat zu viel Angst.« Dabei zeigte sie mit einer Pfote zu Jovinda hinauf. »Ich muss mit ihr gehen. Sie braucht mich.«

Lulu nickte. »Schon gut«, sagte sie. »Und danke.«

»Gern geschehen«, sagte Evchen höflich. »Grüß den Dicken von mir, den ihr Churro nennt, vielleicht besuch ich ihn mal, wenn alles vorbei ist.«

»Wann ist denn alles vorbei?«, fragte Lulu.

Evchen zog die Schultern hoch, was überaus seltsam wirkt bei einer Katze. »Keine Ahnung«, murmelte sie wenig ermutigend. »Du hast übrigens seltsame Träume, findest du nicht?«

»Weiß nicht«, sagte Lulu. Vielleicht waren sprechende Katzen und Springseil springende Greisinnen seltsam, aber um ehrlich zu sein, sie hatte in der Realität schon Merkwürdigeres erlebt.

»Ich meine doch nicht mich.« Evchen schüttelte indigniert den Kopf. »Ich bin kein Traum.«

Jovinda blickte finster vom Schrank herunter. »Vergiss deinen Text nicht!«, schien der Blick zu sagen. Dann verblassten die beiden, bis nichts mehr von ihnen zu sehen war, was vermutlich als Beweis genügte, dass sie bloß geträumt waren.

Als Lulu am Morgen erwachte, fühlte sie sich fit und alles um sie herum erschien wieder einigermaßen vernünftig. Die »Schwarzen« entpuppten sich als ihre Geschwister und Wanda, die von Ellwin in schwarze Schüleruniformen gesteckt worden waren, um unbequemen Fragen vorzubeugen, falls jemand Fremdes das Haus betrat. Die uralte Greisin, die sie in der Küche gesehen hatten und die danach in Lulus Träumen gespukt hatte, war, wie Rafaela erzählte, eine arme, geistig verwirrte Person ohne Freunde, ohne Familie und ohne Vermögen. Sie lebte seit einiger Zeit hier in der Gegend, niemand wusste, woher sie gekommen war oder wohin sie gehörte, und sie schaffte es zu überleben, weil mitleidige Leute ihr zu essen gaben und ihr hin und wieder einen Schlafplatz anboten.

»Sie hat dich erschreckt«, sagte Rafaela, »weil du mit den Nerven völlig fertig warst. Sie ist wunderlich und ein bisschen eklig, aber harmlos und ganz bestimmt keine Hexe.«

Rafaela sah selbst ein bisschen wunderlich aus in der schwarzen Schüleruniform, vor allem mit dem unpassend langen Lockenhaar. »Wenn ich rausgehe oder wenn jemand kommt, verstecke ich sie unter der Mütze«, erklärte sie und packte ihr Haar unter eine schwarze Ballonmütze. »Oh, meine Haare sind eine Katastrophe«, stöhnte sie. »Störrisch wie Stroh. Das kommt von dem Läusemittel. Wir haben uns alle Läuse geholt bei den Rattenkindern und mussten uns die Köpfe mit so einem brennenden, stinkenden Zeugs waschen. Deinen auch, obwohl du krank warst und eine Wunde am Kopf hast. Ellwin hat darauf bestanden. Er sagt, Läuse übertragen Krankheiten, und wenn man schon krank ist, machen sie alles noch schlimmer.«

»Ach so«, sagte Lulu. Damit war auch die Sache mit dem brennenden Kopf erklärt. Doch sie war Ellwin dankbar, dass er auf der Läusevernichtung bestanden hatte. Läuse waren ekelhaft.

Nach dem Frühstück musste Lulu auch eine Schüleruniform anziehen und war nach dem Urteil aller die Einzige, der sie wirklich stand.

»Das ist meine Tochter!«, rief Ellwin stolz. »Du wirst mal eine Gelehrte, das sieht man sofort!«

Lulu war ganz verlegen.

»Und was ist sonst noch so passiert, während ich geschlafen habe?«, fragte sie, um abzulenken. Jetzt waren die anderen verlegen, schauten sich an, drucksten herum.

»Churro hat mich gemalt!«, rief Rafaela endlich. »Warte, ich zeig's dir!« Sie rannte aus der Küche und kam gleich mit ein paar zusammengerollten Papieren zurück. Sie entrollte das oberste und hielt es Lulu vor die Nase.

»Gut, was?«, fragte sie aufgeregt. Das Bild zeigte Rafaela in ihrer schwarzen Uniform mit wildem Lockenhaar, wie sie vor dem Kamin des Studierzimmers stand und auf ihre typische Rafaela-Art, halb hochmütig, halb verträumt aus dem Bild herausschaute. Es war gut, sehr gut sogar. Lulu war sprachlos.

»Hast wohl gedacht, ich wär bloß ein dicker, alter Angeber, der nichts Richtiges zustande bringt«, grinste Churro gutmütig.

Lulu schlug ertappt die Augen nieder. Etwas in dieser Art hatte sie wirklich gedacht. Rafaela zeigte ihr auch noch die anderen Bilder, ein Porträt von Damiano, das noch nicht fertig war, und eins von Evchen.

»Damit ich sie nicht vergesse«, sagte Churro traurig. »Ich glaube nicht, dass sie zu mir zurückkommt, oder doch?«, fragte er hoffnungsvoll.

»Nicht so bald«, sagte Lulu bedauernd.

Ellwin räusperte sich. »Wir, äh, wir müssen dir noch was sagen«, begann er. »Etwas, äh, Unangenehmes.« Er sah bedrückt aus, alle sahen bedrückt aus. Lulu wurde ganz heiß, am liebsten wäre sie weggelaufen, sie wollte nichts Unangenehmes hören.

»Deine Krähe«, sagte Ellwin.

»Corina«, fiel Rafaela ein.

»Sie sind weg«, sagte Damiano. »Alle Krähen sind weg. Spurlos verschwunden.«

»Ach, das meint ihr!« Lulu war grenzenlos erleichtert. »Sie sind nicht weg, nicht richtig jedenfalls. Sie haben bloß den Falken fortgelockt, damit er die Soldaten nicht zu uns führen kann. Zurzeit«, sie schloss kurz die Augen, »fliegen sie gerade über ein waldiges Gebiet mit Bergen und Höhlen drin. Sie veranstalten einen Riesenlärm in der Luft. Der Falke beobachtet sie, und ich glaube, die Soldaten untersuchen gerade die Höhlen. Es sind viele Höhlen«, setzte sie befriedigt hinzu.

»Na so was!« Ellwin war verblüfft. »So ein raffiniertes Vogelvolk!«

»Wenn die Soldaten uns nicht finden, erschießen sie vielleicht aus lauter Wut den Falken«, äußerte Wanda hoffnungsvoll.

Später am Vormittag brachen die beiden Männer in Churros Wagen zur Stadt auf. Sie wollten Lebensmittel einkaufen und sich nach Neuigkeiten umhören. Die Kinder verbrachten den Tag mit Nichtstun. Lulu spielte mit Bumbum Häuschenbauen und langweilte sich, aber eigentlich fand sie ein wenig Langeweile nach all der Aufregung ganz in Ordnung. Rafaela maulte, weil es in Ellwins Haus zwar Trilliarden von Büchern gab, aber kein einziges, mit dem sie etwas anfangen konnte, kein einziges Sprechendes. Damiano erbarmte sich und las seinen Geschwistern und Wanda eine Geschichte vor. Sie war ziemlich spannend. Mutige Krieger kamen darin vor und ein tapferer Anführer, der von seiner treulosen Geliebten verraten wurde.

»Fast wie im richtigen Leben«, sagte Wanda, worauf Damiano das Buch zuklappte und nach ihr warf. Sie rief irgendetwas Albernes wie: »Nicht getroffen, Schnaps gesoffen!«, und rannte aus dem Zimmer. Damiano rannte hinterher und eine Weile hörte man sie oben herumtoben. Dann war alles still. Die beiden blieben ziemlich lange verschwunden, und als sie wieder auftauchten, hatten sie glühende Gesichter und sahen irgendwie zerzaust aus. Rafaela rollte mit den Augen.

Gegen Abend kam die verrückte Alte vorbei, und Rafaela

gab ihr das letzte Stück Brot, das im Haus war. Die Alte bedankte sich mit einem Knicks und brabbelte wortreich. Rafaela glaubte verstanden zu haben, dass sie alle zum Tee einlud.

Die Männer kehrten zurück, als es schon dunkel war. Sie hatten nach Männerart eingekauft, das heißt nur fertige Sachen, solche, die nicht gekocht werden mussten, Pasteten, Braten, Konserven, Kuchen, Brot, Süßigkeiten und von allem sehr viel. Es wurde ein Festmahl. Beim Essen erzählten sie, was sie in der Stadt Neues erfahren hatten.

Man munkelte, dass die Königin und der Kronprinz immer noch verunstaltet seien, kein Gegenzauber habe bis jetzt so richtig gewirkt. Und noch was: Rattenkinder und ähnliches Gelichter waren aus den Kanälen gekrochen und verhaftet worden.

Churro war durch die Kneipen gezogen und hatte dort mit den einfachen Leuten gesprochen. Die meisten, erzählte er, fanden es ganz in Ordnung, dass die Kanäle ausgeräuchert worden waren. Nach Meinung der braven Bürger hatte sich schon viel zu lange allerlei lichtscheues Gesindel darin herumgetrieben.

Und apropos Gesindel, der Graf Vaserin, der von Damiano angeblich ermordet worden war, fuhr wieder recht lebendig in seiner vornehmen Kutsche herum. Churro hatte ihn selbst gesehen. Er hatte vor der Kneipe, in der Churro gerade ein paar Schnäpse kippte, anhalten lassen und verlangt, dass man ihm und seiner jungen, etwas grell gekleideten Begleiterin Speisen und Getränke nach draußen brachte. Er war nicht sehr beliebt, der Herr Graf. Hinter vorgehaltener Hand sagte man, es sei abzusehen gewesen, dass ihn mal einer abstechen würde. Schade sei nur, dass es ihn nicht schlimmer erwischt habe.

»Weißt du, wer die junge Frau war?«, fragte Damiano.

Churro verneinte.

»Warum willst du das wissen?«, fragte Wanda spitz.

»Nur so«, sagte Damiano.

Ellwin, der von volkstümlichen Kneipen nicht viel hielt, hatte einen alten Freund, einen Magier, besucht. Von ihm hatte er gehört, dass alle Hexen und Magier der Stadt und Umgebung zum Verhör bei der Hexenpolizei hatten antreten müssen. Was dabei herausgekommen war, wusste niemand, doch man ging davon aus, dass spätestens in ein paar Wochen Graviata der Prozess gemacht würde. Die Meinung über Graviatas Schuld oder Unschuld bei ihren Hexen- und Magierkollegen war geteilt. Mindestens die Hälfte hielt sie für schuldig, Ellwins Freund gehörte dazu. Auf Ellwins Frage, wie er zu dieser Meinung komme, hatte er geantwortet, Graviata sei ein wildes Weib, ihr sei im Prinzip alles zuzutrauen.

»So ein Hund!«, rief Rafaela empört. »Wie kannst du nur mit so jemandem befreundet sein!«

»Ihr müsst akzeptieren«, entgegnete Ellwin achselzuckend, »dass eure Mutter sich im Lauf ihrer Karriere nicht nur Freunde gemacht hat.«

Über Graviata selbst hatte er leider nicht viel erfahren. Nur dass sie noch lebte, so viel war sicher.

»Und unsere Tiere?«, fragte Lulu.

Churro zwinkerte Lulu zu. »Ich war in der Siedlung, wo die Palastdiener wohnen«, erzählte er. »Hab mich dort umgehört. Hab auch was erfahren. Ich hoffe nur, dass es gute Neuigkeiten sind. Kennt ihr eine Hexe namens Karamell oder so ähnlich?«

»Meinst du vielleicht Larabelle?«, fragte Rafaela.

»Genau!«, rief Churro. »Das war der Name. Sie kam in die Stadt und hat eine Audienz beim König erwirkt. Und irgendwie hat sie es geschafft, dass sie die Tiere mitnehmen durfte. Ich vermute mal, seine Majestät war reichlich froh, sie auf diese Art loszuwerden. Ist das eine gute Neuigkeit?«

»Eine wunderbare!«, rief Rafaela. »Tante Belle ist Mamas beste Freundin. Sie wird gut für unsere Tiere sorgen. Was sagst du dazu, Lulu? Ist das nicht wundervoll?«

Lulu nickte nur. Sie konnte nicht antworten, da sie gerade genüsslich in ein Cremetörtchen biss. »Wenn doch nur Evchen noch da wäre«, sagte sie mit vollem Mund. »Evchen könnte für uns die Zeit anhalten. Wir würden seelenruhig in den blöden Felsenkerker reinspazieren und Mama rausholen.«

»Und dann wärt ihr für den Rest eures Lebens auf der Flucht«, sagte Wanda.

»Besser als im Kerker«, entgegnete Lulu.

»Wir dürfen nicht unsere Zeit vertun mit Was-wäre-wenn-Träumereien«, mahnte Ellwin. »Wir brauchen einen Plan.« Er hatte sich bereits Papier und Schreibzeug zurechtgelegt. »Der erste Schritt zu einem Plan ist Klarheit. Ich möchte euch jetzt bitten, mir die ganze Geschichte von Anfang an zu erzählen. Schön der Reihe nach. Und lasst nichts aus!«

Sie seufzten ergeben und erzählten, Ellwin schrieb eifrig mit.

»Also gut«, sagte er endlich, »ich fasse zusammen: Eine Hexe namens Jovinda erteilt Lulu den Auftrag, eurer Mutter eine Botschaft in der geheimen Hexensprache zu überbringen. Graviata hört die Botschaft scheinbar unbekümmert, jedoch besteht der Verdacht, dass sie ihre Unbekümmertheit nur spielt, um euch nicht zu ängstigen. Sie stellt Amulette her. Ihr bezieht ein Haus im Palastgarten. Der Kronprinz erkrankt schwer und wird von Graviata gerettet. Sie gibt ihm und seinen Eltern einen Schutzzauber. Merkt euch diesen Punkt!« Ellwin sah ernst in die Runde.

»Eure gesamte Zeit im Palastgarten«, fuhr er fort, »ist geprägt von bösen Ahnungen. Lulu hat einen unbestimmten Verdacht gegen Else, die Köchin. Sie hört Geräusche aus Graviatas Labor, auch wenn diese gar nicht da ist. Elses Kochkünste gehen verloren. Merkt euch das und überlegt, wann es geschah.

Dann die Katastrophe – die Königin und der Prinz erkranken. Die Ursache der Krankheit liegt nach allgemeinem Urteil in einem Zauber. Wenn Graviata, wovon wir alle hier ausgehen, diesen Zauber nicht verursacht hat, wer dann? Warum? Um ihr zu schaden? Warum erkranken nur die Königin und der Kronprinz? Warum nicht auch der König? Wirkte sein Schutzzauber noch? Wenn ja, wer entfernte den

Schutzzauber des Prinzen und den der Königin? Wer kam nah genug an sie heran? Merkt euch diese Fragen!

Graviata wird verhaftet. Nach Aussagen der Bediensteten haben alle Anwesenden furchtbare Angst vor der Hexenpolizei, die Braut des Prinzen flieht sogar ins hinterste Zimmer, obwohl die Hexenpolizei erst auf ihr Drängen hinzugezogen wurde.

Euch Kindern gelingt die Flucht. Der Verdacht gegen Else bestätigt sich. Sie ist eine Spionin. Ein weiterer Spion ist der Falke, der zurzeit, dank der Schläue von Lulus Krähen, kaltgestellt ist. Übrigens: Dressierte Falken sind sehr oft das Spielzeug reicher Leute.

So, und jetzt bitte ich euch, noch mal alles genau zu überdenken und die einzelnen Punkte miteinander in Beziehung zu setzen. Erstens: Wann begann die Köchin Else, euch missratene Mahlzeiten vorzusetzen?«

»Das fing an …«, überlegte Rafaela laut.

»… als die Braut des Prinzen in die Stadt kam«, fiel Wanda ein. »Ich weiß es noch wie heute. Wir sprachen in der Küche darüber und da ist ihr die Sauce geronnen und nachher der Braten verkohlt. Sie hat geheult!«

»Aha!«, sagte Ellwin und schaute bedeutungsvoll in die Runde. »Warum misslingt einer Köchin das Essen? Steht sie unter Druck? Hat sie Angst? Ein schlechtes Gewissen?«

»Punkt zwei«, fuhr er fort, bevor jemand antworten konnte. »Die Braut des Prinzen zieht zwar in die Stadt, jedoch nicht in den Palast, obwohl sie damit ihre künftige Familie kränkt. Sie zieht in ein Jagdschloss in der Nähe. Weder ihr

Kinder noch Graviata bekommen die junge Frau je zu Gesicht. Warum nicht? Fürchtet sie, dass ihr etwas in ihr sehen könntet, das nicht gesehen werden soll?

Drittens: Sowohl der Prinz als auch die Königin haben die junge Frau besucht. Der Prinz war ihr körperlich sicher sehr nah, die Königin wahrscheinlich auch. Ich denke da an eine Umarmung zwischen zukünftiger Schwiegertochter und Schwiegermutter, nachdem sie sich ausgesprochen und versöhnt haben.

Viertens: Nach Zeugenberichten hat sich die Braut – wie ist übrigens ihr Name, weiß den jemand?«

»Anassia Bolin«, riefen alle Kinder im Chor.

»Also, nach Zeugenberichten ist die Braut des Prinzen in Panik vor der ankommenden Hexenpolizei geflohen und hat sich irgendwo versteckt. Warum wollte sie auch von denen nicht gesehen werden? Was würden Hexen, Hexenkinder und Hexenpolizisten an ihr entdecken, das anderen Leuten verborgen bleibt? Und letztlich …«, er hob die Hände, um noch einen Augenblick um Geduld zu bitten. Alle am Tisch hingen an seinen Lippen, Rafaela war kurz davor zu platzen. »Letztlich der spionierende Falke. Falken sind Reiche-Leute-Tiere. Nun, was denkt ihr?«

»Dieses Miststück!«, platzte Rafaela endlich los. »Dieses unglaublich gemeine Miststück. Sie war es. Es passt alles. Wieso sind wir nicht schon längst darauf gekommen? Sie wollte natürlich nicht im Palast wohnen, weil sie dort vielleicht Mama begegnet wäre. Eine Hexe erkennt eine andere immer.«

»Sie hat dem Prinzen und der Königin die Schutzzauber geklaut und durch ihren eigenen Fluchzauber ersetzt.«

»Sie hat darauf bestanden, die Hexenpolizei zu rufen. Aber als sie kam, musste sie sich verstecken. Die Hexenpolizisten hätten sie durchschaut!«

»Else hat die ganze Zeit für sie spioniert. Sie war nachts in Mamas Labor. Lulu hat sie gehört!«

Sie riefen wild durcheinander, wie Schuppen fiel es ihnen von den Augen. Wieso nur hatten sie nicht schon viel früher entdeckt, dass die Braut des Prinzen hinter allem stecken musste? Alles passte, alles war logisch. Endlich hatten sie den Feind demaskiert. Zwar wussten sie noch nicht, was Anassia Bolin mit dieser verbrecherischen Intrige bezweckte, doch es war ihnen ein Riesenschritt in die richtige Richtung geglückt.

Damiano, Rafaela und Wanda klatschten einander in die Hände, nur Churro wiegte bedenklich den Kopf und auch Lulu war still. Etwas stimmte nicht an Ellwins Beweisführung, und dann wusste sie plötzlich, was.

»Sie hat sie gekannt«, piepste sie unglücklich. »Mama hat die Braut des Prinzen gekannt. Erinnert ihr euch nicht? An dem Tag, als wir ankamen, hat Mama mit Else gesprochen und erwähnt, dass sie Anassia Bolin kannte. Ziemlich gut sogar, glaube ich.«

Rafaelas Gesicht verdüsterte sich. »Verflixt! Lulu hat recht. Mama kannte die Braut des Prinzen. Sie kann keine Hexe sein.«

»Vielleicht hat die junge Frau ihr Hexentum gut verbergen können«, wandte Ellwin ein, der sich so schnell nicht geschlagen geben wollte.

»Unmöglich«, sagte Rafaela bedrückt. »Niemand hätte Mama so täuschen können.«

»Und auch nicht das Volk«, mischte Churro sich ein. »Das ganze Land kennt diese junge Frau. Nimm's mir nicht übel, Ellwin, aber du verbringst dein Leben mit Büchern und Gelehrtenfreunden in Gelehrtenstuben. Ich ziehe über die Märkte, ich kenne die Leute. Und ich weiß, dass arme Leute schrecklich gern Sachen aus dem Leben von reichen Leuten erfahren. Diese junge Frau ist schön und sehr reich. Sprechende Bücher über ihr Leben sind auf jedem Jahrmarkt ein Verkaufsschlager.«

»Stimmt«, bestätigte Damiano niedergeschlagen.

»Sprechende Bücher!«, meinte Ellwin wegwerfend.

»Du hältst sie für Schund. Vielleicht sind sie das ja auch. Der Punkt aber ist, das Leben dieser jungen Frau liegt offen da für jedermann. Anassia Bolin ist fast so bekannt wie die Königin. Und sie ist gerade mal siebzehn Jahre alt, viel zu jung für eine Hexe, erst recht für so eine schlaue, intrigante, böse Hexe.«

»Aber es passt doch alles«, protestierte Ellwin.

»Sie ist reich und verwöhnt und wahrscheinlich nicht besonders klug. Sonst nichts! Sie wollte nicht im Palast wohnen, weil es ihr dort zu streng zugeht. Sie beschuldigte Graviata? Das halbe Land tut das. Sie hatte Angst vor der Hexenpolizei? Ich möchte sehen, wohin du dich verkriechen würdest, wenn die plötzlich hier zur Tür reinkämen.

Sie besitzt vielleicht einen Jagdfalken? Na und? Wie du selbst gesagt hast, diese Vögel sind ein beliebtes Spielzeug der Reichen. Nein, vergiss es, die können wir streichen.«

Ellwin verzog schmerzlich das Gesicht, widersprach aber nicht mehr. Er blätterte seine Papiere durch. »Wie ist es dann mit dieser, äh, Jovinda?«, fragte er.

Lulu schüttelte den Kopf. »Jovinda hat uns gewarnt. Von ihr kam die geheime Botschaft, die …«

»Die du Graviata aufsagen solltest, ich weiß, ich weiß. Was aber, wenn das gar keine Botschaft war, sondern, sagen wir, eine Kriegserklärung?«

»Das kann nicht sein.« Lulu schüttelte energisch den Kopf. »Jovinda ist nicht besonders nett, aber sie ist nicht böse. Außerdem hat Evchen uns gerettet.«

»Evchen ist nicht Jovinda«, wandte Damiano ein. »Ich konnte die alte Jovinda nie leiden. Ihr Unterricht war zum Sterben langweilig und sie hat uns in die Ohren gezwickt. Ich traue ihr alles zu.«

»Du spinnst«, sagte Lulu und tippte sich an die Stirn.

»So kommen wir nicht weiter«, seufzte Ellwin. »Lulu, mein, äh, Schatz.« Immer noch hatte er Mühe mit Kosewörten, die wollten ihm nur zögerlich über die Lippen kommen. »Es ist wohl an der Zeit, dass du uns die geheimnisvolle Botschaft einmal hören lässt.«

Lulu erschrak. »Jetzt?«

»Nun ja, warum nicht jetzt. Hast du sie etwa vergessen?«

Sie schüttelte den Kopf. Vergessen hatte sie die Botschaft nicht, aber sagen wollte sie sie auch nicht.

»Ach, ich weiß!«, rief Rafaela. »Sie glaubt, dass sie die Worte nur Familienmitgliedern sagen darf!«

»Na und?«, fragte Ellwin. »Wir sind eure Väter. Mehr Familie geht kaum.«

»Schon klar, ich verstehe«, brummte Wanda und wollte aufstehen, doch Lulu hielt sie zurück. »Es ist nicht wegen dir, Wanda. Ich glaube, ich sollte sie auch denen, ich meine, unseren Vätern, nicht sagen.«

»Wie bitte?« Empörte Einigkeit herrschte zwischen Ellwin und Churro. Lulu ließ unglücklich den Kopf hängen. Sie mochte die beiden nicht verärgern. Ellwin setzte sich neben sie und nahm ihre Hand.

»Luluschatz«, sagte er schmeichelnd, »ich weiß ja, dass du dir Sorgen machst. Aber siehst du denn nicht, wie wichtig es ist, dass wir verstehen, was diese Worte bedeuten?« Und dazu, sprach er weiter, müssten sie die Worte nun mal kennen. Er habe ein Buch, ein berühmtes Nachschlagewerk. Darin seien sehr viele Wendungen der geheimen Hexensprache aufgezeichnet. Der Verfasser habe sie teilweise unter Lebensgefahr gesammelt und übersetzt. In diesem Buch könnten sie nachschlagen. Was war es denn genau, das Jovinda von Lulu verlangt hatte?

»Dass ich Mama den Text aufsage, hat sie verlangt«, berichtete Lulu dumpf. »Dass ich ihn niemandem außerhalb unserer Familie sage, hat sie damit gemeint.«

»Und mit außerhalb eurer Familie meinte sie auch die Väter?«

»Hm. Ich glaub schon.«

Und Tavinia gebar Loren. Und Loren gebar Wieken und Salen und Tavinia-Nina. Und Tavinia-Nina gebar Einar, Wineta und Nassia … Seit vielen Monaten hatte Lulu nicht mehr an die blöden Hexenannalen gedacht, jetzt waren sie plötzlich wieder in ihrem Kopf. Immer nur Mütter, die Kinder gebären. Mütter und Kinder, das waren Familien für Hexen. Kein Wort über Väter. Sie kniff die Lippen ganz fest zusammen.

»Du glaubst, dass du uns die Botschaft nicht sagen darfst«, raunte Ellwin und betonte das Wort »sagen«. Ein schelmischen Leuchten huschte in seine Augen. »Doch du darfst sie schreiben.«

»Kann nicht schreiben«, presste Lulu heraus.

»Aber dein Bruder kann es.« Fragend schaute er zu Damiano, der nickte stumm. »Dann ist es doch ganz einfach«, fuhr Ellwin lächelnd fort. »Damiano darf die Worte hören, er gehört zur Familie, auch nach deinen strengen Kategorien. Du sagst sie ihm, er schreibt sie auf und ich lese sie. Und Churro auch«, fügte er schnell hinzu, bevor der einwerfen konnte, dass auch er des Lesens kundig sei. »Auf diese Art und Weise verstößt du nicht gegen Jovindas Gebot, aber wir kennen die Worte und können ihre Bedeutung nachschlagen.«

Lulu schwirrte der Kopf. Ellwins Argumentation war spitzfindig, das war ihr klar, sie war ja nicht blöd. Ellwin wollte diese Worte unbedingt kennen. Er glaubte sich berechtigt, sie zu kennen, und er war ein ganz klein wenig gekränkt, weil Lulu sich weigerte. Lulu mochte nicht, dass er gekränkt war. Und auch alle anderen erwarteten von ihr, dass sie endlich mit dem Text rüberkam. Sie schaute zu Damiano, er nickte. Da gab Lulu nach.

Ellwin ging nach nebenan ins Studierzimmer, um das Buch über die Hexensprache zu suchen. Churro und Wanda räumten den Tisch ab. Rafaela trug Bumbum in sein Bett, der Kleine war auf ihrem Schoß eingeschlafen. Lulu zog sich mit Damiano in eine Ecke zurück und raunte ihm die Worte ins Ohr. Er hörte ihr konzentriert zu, tauchte die Feder ein und begann zu schreiben. Fasziniert sah Lulu, wie sich das weiße Papier mit schwarzen Zeichen füllte.

»Alles, was ich dir gesagt habe, steht jetzt da?«, fragte sie.

»Ich will's doch hoffen«, antwortete er. Er kannte die Hexensprache zwar nicht, doch hatte er die seltsamen Laute seit seiner frühen Kindheit immer wieder gehört. Leise las er vor. Lulu war zufrieden und fasziniert zugleich, fasziniert von der Tatsache, dass gesprochene Wörter als Schrift auf einem Papier erscheinen, dass eine andere Person sie verstehen kann, ohne sie je gehört zu haben, und sie wieder in gesprochene Worte zurückverwandeln kann. Eigentlich kam ihr das auch wie Zauberei vor.

Alle hatten ihre Plätze wieder eingenommen. Vor Ellwin lag ein dickes, in schwarzes Leder gebundenes Buch mit roten Schriftzeichen. Na dann, dachte Lulu und reichte ihm den Zettel. Gespannt sahen sie alle, wie er ihn entfaltete und mit gerunzelter Stirn studierte.

»Hm«, sagte er, »*häuscher*, das klingt doch sehr nach Haus.«

Er schlug sein Buch auf, um das Wort nachzuschlagen. »*Häuscher*«, murmelte er. »*Ha…, häu…, häuscher*. Na also, da haben wir es ja schon.«

Lulu wurde unruhig. Er sollte das nicht tun. Er sollte lesen, nicht sprechen.

Rafaela wollte das Verfahren abkürzen. »Ich weiß, was *häuscher* bedeutet«, sagte sie ungeduldig. »Fast alle anderen Wörter verstehe ich ebenfalls. Das Problem ist nur, dass sie zusammengenommen keinen Sinn ergeben.«

»Ach so ist das«, nickte Ellwin, »die Botschaft in der Botschaft. Dann wollen wir doch mal versuchen, sie zu knacken.«

Erneut kniff er die Augen zusammen und begann die Worte halblaut vorzulesen. Im Gegensatz zu den Hexenkindern hatte er überhaupt keine Erfahrung mit dieser Sprache. Was er las, klang schrecklich daneben, falsch betont, falsch ausgesprochen und doch … Lulu wurde es heiß vor schrecklicher Ahnung, und plötzlich, wie schon so oft, wusste sie, warum.

»Nein!«, schrie sie, langte über den Tisch und riss ihrem Vater den Zettel aus der Hand, schleuderte ihn von sich wie ein giftiges Insekt.

Aber es war zu spät, Ellwin hatte den Text schon fast bis zur Hälfte vorgelesen. Etwas Schreckliches geschah mit ihm, seine Haut schrumpelte, vertrocknete wie die einer Dörrpflaume, seine Haare verschwanden, seine Zähne, seine Knochen krachten und krümmten sich, seine Hände verformten sich zu Klauen! Entsetzt blickte er sich um, wollte etwas sagen, um Hilfe rufen vielleicht, doch kaum ein Wimmern war zu hören. Alles an ihm verformte sich, auch seine Kehle, sein Hals, sein Mund. Und mit ihm verformte sich sein Haus, es ächzte in den Mauern, die Wände verzogen sich, Putz fiel in großen Stücken von der Decke.

Churro und Damiano saßen starr vor Entsetzen, Wanda schlug die Hände vor die Augen, Lulu sprang mit einem Satz auf den Tisch. »*Vagate!*«, schrie sie. »*Selem de vagate!*« Sie tanzte, sie wütete, sie heulte. Rafaela sprang zu ihr hinauf, fiel ein in den schrecklichen Gesang. »*Vagate! Selem de Vagate! Verrochen de Vagate!*« Immer wieder die gleichen Worte, die gleichen Sprünge, der gleiche Tanz, hinauf und hinunter, um Ellwin herum und zurück. Die hohen Sätze machen ihnen nichts. Sie wurden nicht müde, nicht heiser. »*Verrochen!*« schrien sie. »*Vagate! Selem de vagate!*« Sie sprangen in den Kamin, mitten hinein ins Feuer, Asche flog auf, wirbelte durch den Raum, Rafaela fauchte, glitt über den Boden, sprang in weiten Sätzen durch den Raum. Die Lichter verloschen, Lulu breitete die Arme aus, und es war, als ob ein Vogel mit riesigen Schwingen rauschend hereinsegelte. Über den Boden huschte geschmeidig der Schatten einer großen Katze. »*Verrochen!*«, schrien sie und ihre Stimmen glichen in nichts mehr denen von Mädchen. »*Ah, verrochen de vagate! Selem de vagate!*«

Die Flügel verschwanden, der Schatten des Raubtieres auch. Die Mauern beruhigten sich, das Haus stürzte nicht zusammen, Lichter flackerten auf, Stille kehrte zurück. Nur im Obergeschoss wimmerte ein dünnes Stimmchen.

Langsam, sehr langsam lösten sich die Menschen aus der Starre ihres Entsetzens. Alles war voller Asche und Mörtelstaub. Eine Lampe und ein paar Stühle waren umgestürzt. Damiano erhob sich schwer wie ein alter Mann und schleppte sich aus dem Zimmer, um nach Bumbum zu sehen. Rafaela und Lulu lagen auf dem Boden, völlig erschöpft, zwischen ihnen Ellwin. Irgendwann musste er mitsamt seinem Stuhl umgekippt sein. Lulu kroch zu ihm hin, Rafaela half ihr, ihn halbwegs aufzurichten. Kraftlos ließ er es geschehen. Lulu streichelte sein Gesicht, seine Haare. Sie waren wieder da, die kurzen, schwarzen Haare, die so abstanden wie ihre. Seine Haut war glatt, seine Zähne schimmerten. Zum ersten Mal fiel Lulu auf, dass ihr Vater ein schöner Mann war.

»Es ist ein Fluch«, schluchzte sie und schmiegte ihr Gesicht in seine Hände. »Der Spruch ist ein Fluch!«

Seine Hände! Die linke Hand war gut, aber die rechte war eine Klaue, verdorrt, verkrüppelt, eine nutzlose Klaue. Wie sollte er damit je wieder schreiben? Er war doch ein Gelehrter!

Ellwin hielt sich die verdorrte Hand vor die Augen, versuchte vergeblich, sie zu bewegen. Er zog den Ärmel seiner Jacke darüber. In seinen Augen stand Ratlosigkeit.

»Tut mir leid«, schluchzte Lulu und barg ihr Gesicht an Ellwins Brust. »Besser haben wir es nicht hingekriegt. Wir können das eigentlich gar nicht.« Er streichelte sie mit seiner gesunden Hand. Seine Augen suchten die Rafaelas, baten stumm um eine Erklärung.

»Der Text«, begann sie stockend, »ist ein Fluch. Bei uns wirkt er nicht, weil wir Graviatas Kinder sind. Stimmt das, Lulu?« Die nickte, ohne aufzuschauen. »Wir sind Graviatas Kinder«, fuhr Rafaela fort. »Wir haben ihr Blut. Wir sind geschützt. Ihr seid es nicht.« Sie sah zu Churro und Wanda, die immer noch in stummem Entsetzen dasaßen, unfähig sich zu rühren.

»Deine Idee mit dem Schreiben war, glaube ich, gar nicht so verkehrt«, wandte sich Rafaela an Ellwin. »Aber du hättest die Worte nicht sagen dürfen. Dadurch haben sie Kraft bekommen.«

Lulu nickte. Immer noch weinte sie und wollte ihr Gesicht nicht zeigen. »Es tut mir so leid«, wimmerte sie. »Ich hab doch gewusst, dass es falsch war, ich hab es gewusst!«

Ellwin tätschelte sie. »Nicht deine Schuld, Schatz.« Es war ihm gelungen, seine Stimme wiederzufinden. Sie klang wacklig und flach, doch es war eindeutig seine Stimme, nicht die eines Monsters oder eines tausendjährigen Greises. »Es war meine Schuld, ganz allein meine. Nie wieder werde ich dein Wissen unterschätzen und nie wieder die furchtbare Macht von Hexensprüchen.«

»Danke«, fügte er nach einer kleinen Pause hinzu und drückte Lulu an sich. »Danke«, wiederholte er an Rafaela gewandt.

»Deine Hand«, jammerte Lulu. Sie schob den Ärmel von der schwarz verkohlten Klaue, die einmal Ellwins Hand gewesen war.

»Wenn man bedenkt, was ursprünglich geschehen sollte,

bin ich noch gut weggekommen«, sagte er und schob schnell wieder den Ärmel über das grausige Ding.

Wanda öffnete endlich den Mund. »Das war …«, sagte sie und brach ab.

»… Hexerei«, vervollständigte Churro ihren Satz. »Ihr beide seid Hexen.«

»Sind wir nicht«, widersprach Rafaela. »Wir haben nur zufällig mal diese Worte aufgeschnappt.«

»Ihr habt Mama belauscht«, stellte Damiano klar.

Seine Schwestern nickten.

»Wahnsinn«, hauchte Wanda ehrfürchtig. »Es war richtige Hexerei. Da war etwas im Zimmer, etwas Großes, Tiere vielleicht. Und ihr wart gar nicht mehr ihr. Wie ihr herumgesprungen seid! Und eure Stimmen!« Sie schauderte, als ob ihr kalt wäre, und verschränkte die Arme vor der Brust.

Auch Lulu war kalt. Etwas Großes war im Zimmer gewesen, da hatte Wanda recht, aber nicht nur im Zimmer, es war auch in ihr gewesen, ganz tief in ihr drin. Für ein paar Augenblicke war etwas anderes gekommen und hatte von ihr Besitz ergriffen. Als es geschah, hatte sie keine Angst gehabt, die kam erst jetzt. Sie drängte noch näher an Ellwin heran, kroch fast auf seinen Schoß. Bloß nicht mehr dran denken, nahm sie sich vor. Und eigentlich wollte sie so etwas auch nie mehr erleben.

»Das war noch nicht mal die Hälfte von dem Zauber«, sagte Rafaela. »Aber alles, was wir noch davon wussten. Gut, dass Ellwin nur einen Teil der Worte vorgelesen hat. Und den auch noch ziemlich leise und mit falscher Betonung.«

Aus Ellwins Jackenärmel schauten die Spitzen seiner schwarz verdorrten Finger hervor.

»Tut es weh?«, fragte Churro.

Ellwin schüttelte den Kopf. »Ich spüre gar nichts. Als ob die Hand abgestorben wäre.«

»Sieht auch so aus«, meinte Churro freundlich.

»Sieht ekelhaft aus!« Damiano verzog angewidert das Gesicht.

»Ich gehe zu meinem Freund, dem Magier. Bestimmt kann er das in Ordnung bringen«, meinte Ellwin zuversichtlich.

»Ich glaube, das ist eine Nummer zu groß für einen Magier. Da muss eine Hexe ran, und zwar eine gute«, sagte Damiano.

»Was wäre geschehen, wenn Ellwin den Text ganz gelesen hätte und wenn Lulu und Rafaela keinen Gegenzauber gewusst hätten?«, fragte Wanda.

»Er wäre verschrumpelt und gestorben. Und das Haus wäre über uns allen zusammengestürzt«, sagte Damiano. »Viel hat nicht mehr gefehlt.«

»Bumbum!«, rief Bumbum, was ein ziemlich passender Kommentar war.

»Glaubt ihr, dass Mama diesen Fluch erfunden hat?«, fragte Rafaela.

»Vielleicht«, sagte Lulu mit kleiner Stimme. »Vielleicht hat Mama mal jemanden damit verflucht. Und der hat sich jetzt gerächt.«

Niemand wollte eingestehen, dass diese Erklärung etwas

für sich hatte. Das durfte nicht sein. Der Fluch war zu furchtbar. Graviata tat so etwas nicht.

Sie saßen noch lange zusammen in dieser Nacht. Es gab so viele Fragen. Warum zum Beispiel konnte Jovinda die Worte hersagen, ohne die Folgen des Fluchs zu spüren? Darauf gab es eigentlich nur eine Antwort: Sie war mit ihnen verwandt. Doch keines von Graviatas Kindern wollte diese Möglichkeit ernsthaft in Betracht ziehen. Die alte Jovinda war ihnen nicht sympathisch genug, um sie in ihre Familie aufzunehmen. Und als was denn bitte schön? Großmutter? Urgroßmutter? Tante?

»Lächerlich!«, sagte Rafaela schnippisch.

Eine andere, viel wichtigere Frage war, wie es weitergehen sollte. Zwar wussten sie jetzt, dass Lulus geheime Botschaft ein Fluch war, aber sie wussten nicht, wer ihn geschaffen hatte und warum. Und was Graviatas und ihrer aller Unglück damit zu tun hatte. Ellwin bestand nach wie vor darauf, dass es wichtig und nützlich sei, Bücher zu durchforschen. Es gebe noch einige andere Sammlungen von Hexensprüchen, erzählte er, und in den nächsten Tagen wolle er sie in der Magier-Bibliothek ausleihen. Es würde ihn doch sehr wundern, meinte er, wenn sie darin nicht einen Hinweis auf den Fluch finden könnten.

Die anderen teilten Ellwins unerschütterlichen Glauben an die Macht der Bücher nicht unbedingt. Es kam ihnen eher so vor, als solle auf gut Glück in einem brackigen Teich gefischt werden, in dem es vielleicht gar keine Fische gab. Doch niemand hatte eine bessere Idee. Das Problem aber war, dass nur jemand in den Büchern nach dem Fluch suchen durfte, der erstens lesen konnte und dem zweitens der Fluch nichts anhaben würde. Da blieb nur Damiano. Für die anderen, Ellwin, Churro oder Wanda, wäre es viel zu gefährlich. Nicht auszudenken, wenn sie im Eifer des Lesens die Worte vor sich hin murmeln würden. Also musste Damiano diese Arbeit übernehmen, ausgerechnet er, der das Studieren und Bücherwälzen so sehr hasste. Er machte denn auch ein ziemlich unglückliches Gesicht.

»Ihr beide könntet eurem Bruder helfen«, wandte sich Ellwin an Lulu und Rafaela.

»Wie denn, bitte schön? Wir können nicht lesen«, gab Rafaela zurück.

»Das würdet ihr schnell lernen«, sagte Ellwin. »Es ist nicht schwer und ihr seid klug.«

»Niemals!«, rief Rafaela heftig. »Ich will eine Hexe werden. Wir lesen nicht! Lesen macht bequem, das Gehirn wird nicht mehr trainiert, die Konzentration lässt nach und die Sprüche verlieren ihre Kraft. Das genau ist der Grund, warum kein Magier jemals so gut sein kann wie eine Hexe!«

»Ich will lesen lernen«, sagte Lulu völlig unerwartet. Das Herz schlug ihr bis zum Hals ob ihrer Kühnheit und bei dem Gedanken, was ihre Mama wohl dazu sagen würde, wenn sie hier wäre. Aber ihre Mama war nicht hier. Und Lulu wollte lesen lernen. Fast kam es ihr so vor, als hätte sie noch nie im Leben etwas so sehr gewollt.

Rafaela verschlug es vor Schreck die Sprache.

»Wunderbar«, sagte Ellwin stolz. »Ich habe irgendwo eine

Fibel herumliegen. Morgen früh gebe ich dir deine erste Stunde, morgen Abend kannst du die Fibel lesen und übermorgen kannst du deinem Bruder helfen!«

Rafaela fand ihre Sprache wieder. Sie tippte sich an die Stirn. »Du spinnst, Lulu. Du bist komplett durchgeknallt! Du versaust dir deine ganze Zukunft!«

»Was weißt du denn schon!«, gab Lulu patzig zurück. Vielleicht versaute sie sich ja die Zukunft, vielleicht aber stieß sie auch die Tür zu einer anderen Welt auf.

Ganz so schnell, wie Ellwin es vorhergesagt hatte, ging es mit Lulus Lesekünsten nun doch nicht voran. Erst am Abend des zweiten Tages konnte sie die Fibel lesen. Zwei Tage lang hatte sie geübt, bis ihr der Kopf rauchte, auf Buchstaben und bunte Bildchen geschaut. Und nichts ergab einen Sinn. Die Texte unter den Bildchen erschlossen sich ihr nicht. Es war zum Davonlaufen. Und genau das tat sie dann auch. Sie rannte hinaus in den Garten, wütend auf Ellwin, wütend auf sich selbst, wütend auf die ganze Welt. Sie brach sich eine Weidengerte und peitschte auf Goldruten und Brennnesseln ein, die ja nun wirklich nichts dafür konnten. Vermutlich hätte sie aufgegeben, wenn sie nicht genau gewusst hätte, was Rafaela für ein hämisches Gesicht aufgesetzt hätte und wie enttäuscht Ellwin von ihr gewesen wäre. Also gab sie nicht auf, kehrte, als sie sich ausgetobt hatte, zurück in die Küche.

Seufzend schlug sie die Fibel auf, und da war es ganz plötzlich, als ob sich in ihrem Kopf etwas zurechtgerückt hätte. Sie schaute auf die Buchstaben und diese verbanden sich zu einem Wort, einfach so. »Lola« stand da. »Lola kauft Käse«, und dass das wirklich dastand, merkte sie an dem Bild, auf dem man ein Mädchen sah, das an einem Marktstand Käse kaufte.

Sicherheitshalber probierte sie gleich den nächsten Satz. »Benno malt ein Bild.« Das war's. Sie hatte es kapiert. Sie hatte das System kapiert und konnte gar nicht verstehen, warum sie so lange dazu gebraucht hatte. Es war doch ganz simpel! Man musste die Buchstaben nur zusammenziehen, dann hatte man ein Wort. Sie konnte lesen!

Die Stunden bis zum Abendessen vergingen für Lulu wie im Rausch. Sie las ohne Unterbrechung. Nur hin und wieder, wenn ihr ein Wort gar zu schwer war, flitzte sie in den Schuppen, wo Churro mit einem Schal als Atemmaske vor der Nase seine Farben mischte. Er war aus dem Haus verbannt worden, weil das Zeug, mit dem er die Farbe verdünnte, so schrecklich stank und jedem die Sinne vernebelte, der es in hoher Konzentration einatmete.

Beim Abendessen dann hatte Lulu ihren großen Auftritt, als sie die gesamte Fibel Seite für Seite vorlesen konnte. Rafaela war sprachlos, Ellwin platzte fast vor Stolz.

Er hatte den Tag in der Stadt in der Bibliothek verbracht, und er hatte seinen Magierfreund besucht, in der Hoffnung, dass dieser ihm die schreckliche Klaue wieder in eine gesunde Hand zurückverwandeln könnte. Er hatte ihm eine Geschichte erzählt von einem alten Dokument, das er ausgegraben habe und das ihm, als er es entziffern wollte, diese

Verletzung beigebracht habe. Der Magier geriet ganz aus dem Häuschen, er wollte dieses machtvolle Dokument unbedingt studieren und war zutiefst enttäuscht, als Ellwin zerknirscht eingestand, dass es ihm leider aus Versehen in eine Kerzenflamme geraten sei. Die Verkrüppelung von Ellwins Hand hatte der Magier nicht beheben können, obwohl er sich alle Mühe gegeben hatte. Ellwin trug die Klaue jetzt unter einem Verband versteckt. Falls er sehr unter dieser hässlichen Missbildung litt, ließ er es sich nicht anmerken.

Fünf dicke Wälzer packte er vor Damiano hin. »Alles gute, seriöse Literatur über Hexensprache und Hexenbräuche«, verkündete er. »Darin wirst du sicher etwas über den Fluch finden.«

Nun war es an Damiano, sich nichts anmerken zu lassen. Doch Lulu sah, wie er bleich wurde und fast zusammensank unter der Verantwortung, die ihm da aufgebürdet wurde. »Bald kann ich dir helfen«, sagte sie tröstend. Und ihr Bruder war nett genug, sie nicht darauf hinzuweisen, dass da wohl ein Unterschied bestand zwischen einer Fibel und hoch komplizierter, wissenschaftlicher Literatur.

Während der folgenden Tage war die Stimmung gedrückt in Ellwins Haus. Alle litten darunter, dass sie nicht wirklich etwas tun konnten, dass die ganze Arbeit allein auf Damiano lastete. Der hatte sich in Ellwins Studierstube zurückgezogen und arbeitete die Bücher durch. Doch den Fluch fand er nicht. Nicht den allerkleinsten Hinweis darauf. Die Zeit verging, und Graviata hockte immer noch im Felsenkerker in ihrem erbärmlichen Käfig, ohne Trost, ohne Hilfe, ohne Aussicht darauf, je ihre Unschuld beweisen zu können. Sie wagten kaum daran zu denken, was geschehen würde, wenn es ihnen nicht gelänge, Licht in das Geheimnis zu bringen, wenn es ihnen nicht gelänge, den wahren Schuldigen zu entlarven.

Würde Graviata dann für immer wie ein gefangener Vogel in diesem Käfig hocken, der von der Spitze des Felsenkerkers herunterbaumelte, auf Gedeih und Verderb den kaltherzigen Wärtern ausgeliefert, so lange, bis sie verrückt wurde oder starb? Würde sie am Ende gar wegen Hochverrats zum Tode verurteilt und hingerichtet werden?

Sie hätten Ellwin fragen können, der hätte vermutlich sämtliche Gesetzbücher gewälzt, um Antworten zu finden, doch so genau wollten sie es lieber nicht wissen.

Damiano verzweifelte fast an der Aufgabe, die ihm gestellt worden war. Er wurde bleich und mager und seine Augen entzündeten sich. Bis lange nach Mitternacht brütete er über seinen Wälzern, und immer wartete Wanda auf ihn, kochte ihm in der Küche einen Kakao und versuchte ihn aufzuheitern.

Auch Lulu las bis spät in die Nacht und hörte sie miteinander tuscheln. Ellwin hatte ihr ein Buch mit Sagen aus alter Zeit gegeben. Die waren viel schwieriger zu lesen als die Fibel, aber auch viel spannender. Manchmal las sie darin, bis der Morgen graute. Als sie es ganz und gar durchgelesen hatte, klappte sie es zu und ging zu Damiano in die Studierstube. Jetzt fühlte sie sich stark genug, ihm bei seinen Studien zu helfen. Sie traf ihn in denkbar schlechter Stimmung.

»Sinnlos!«, schrie er sie an, als sie hereinkam. »Was ich hier tue, ist komplett sinnlos!« Sein schwarzes Haar hing ihm strähnig ins Gesicht, er roch nach Schweiß und Enttäuschung und Tabakrauch.

»In diesen Büchern«, schimpfte er, »stehen wahllos irgendwelche Redewendungen, die irgendwelche sogenannte Gelehrte und Magier von abtrünnigen Hexen aufgeschnappt und übersetzt haben. Es ist idiotisch zu glauben, wir könnten da drin einen Fluch finden, den Mama oder eine alte Verwandte von Mama vor vielen Jahren zusammengebastelt hat. Idiotisch ist das. Idiotisch!«

»Aber was sollen wir denn sonst tun?«, fragte Lulu unglücklich.

»Wir sollten andere Hexen fragen.«

»Ach Mano, du weißt doch, dass wir das nicht können. Wir wissen nicht, wem wir trauen können. Sie würden uns vielleicht verraten.«

»Larabelle würde uns nicht verraten«, beharrte Damiano trotzig.

Nein, das würde sie nicht. Trotzdem war da keine Möglichkeit und Damiano wusste das.

»Wir würden sie in viel zu große Gefahr bringen, schon klar«, brummte er. Angewidert schaute er auf den Bücherstapel vor sich und griff nach seinem Tabak, um sich eine Zigarette zu rollen. Aber er war zu fahrig, das Ding zerbröselte. Er wollte es noch einmal versuchen, da war kein Tabak mehr da.

»So ein Mist!«, brüllte er außer sich vor Wut und wischte mit einer Armbewegung den gesamten Bücherstapel vom Schreibtisch. Einem weiteren Stapel, der auf dem Boden aufgebaut war, versetzte er einen Fußtritt, dass die Bücher durch den halben Raum flatterten. »Mist! Mist! Mist«, brüllte er.

Lulu ließ ihn toben. Solange er die Bücher nicht zerriss oder ins Kaminfeuer pfefferte, war das in Ordnung. Er würde sich schon wieder beruhigen.

Sie hockte sich auf den Boden und blätterte wahllos in den Büchern herum. Ein Buch gefiel ihr auf Anhieb, es war das einzige mit Bildern, schönen, bunten Bildern fast auf jeder zweiten Seite. Einige davon kamen Lulu sehr bekannt vor.

»Was ist das für ein Buch?«, fragte sie.

»Ein Führer!«, herrschte Damiano sie an. »Da steht drin«, fügte er genervt hinzu, als er Lulus verständnisloses Gesicht sah, »was es hier in der Stadt und der Umgebung für Sehenswürdigkeiten gibt. Ein verdammter Reiseführer eben. Ich hab ihn bloß hingelegt, um drin zu blättern, wenn ich mal Zeit habe. Aber ich habe ja keine verdammte Zeit!«

Neugierig blätterte Lulu das Buch durch. Der Text interessierte sie weniger, aber die Bilder waren schön. Der Hauptmarkt war abgebildet und natürlich der Palast, einige Straßenzüge, die Lulu wiedererkannte, und dann …

»Da ist ja der Turm!«, rief sie. »Der Turm, den man von der

Wiese hinter dem Haus aus sieht. Corina mochte ihn nicht und ich mag ihn auch nicht. Er ist hässlich und irgendwie gruselig.«

»Der Rosen – turm«, entzifferte sie mühsam und stockend die kleine Schrift, »auch Rösner – turm genannt, gehörte zum be – rühmten Rosenhaus. Auf sieben Fel – dern züch…«

»Was liest du da?«, fragte Damiano verblüfft. Er riss ihr das Buch aus der Hand und las selbst: »Der Rosenturm, auch Rösnerturm genannt, gehörte zum berühmten Rosenhaus. Auf sieben Feldern züchtete die Besitzerin, eine Hexe mit Namen Clarisse, sieben verschiedene Rosensorten, wenn man der Überlieferung glauben darf, eine schöner und leuchtender als die andere, doch alle von der gleichen Farbe: Rot, die Farbe des Blutes. Sieben Rosenbüsche umrankten das Haus und kündeten dem Reisenden mit ihrer Leuchtkraft von Ruhm und Können seiner Besitzerin. Sieben Fenster mit rotem Glas zierten die Front des Hauses, sieben Kamine aus roten Ziegeln krönten sein Dach. Clarisse wurde reich und berühmt durch ihre Rosen, die jedem Käufer zu Jugend und Schönheit verhalfen. Doch all ihr Wissen konnte nicht verhindern, dass ihre Rosen von einer Krankheit befallen wurden und welkten. Clarisses Ruhm und Reichtum schwanden. Ihr Schicksal konnte nie ganz geklärt werden, wahrscheinlich kam sie bei einem Unfall ums Leben, als der vermutlich baufällige Turm einstürzte. Das Haus verfiel, die Rosenfelder verwilderten. Einzig ein Rest des alten Turms ragt auch heute noch wie ein mahnender Finger in den Himmel hinauf und erinnert uns daran, dass nichts auf dieser Welt von Dauer ist.«

Damiano hatte geendet und starrte Lulu an, Lulu starrte ihn an. Sie brauchten eine kleine Weile, um die betulichen Worte des Reiseführers in sich einsickern zu lassen. Und dann schossen sie hoch, als hätte ein Skorpion sie gestochen, stolperten fast übereinander und stürzten zur Tür. »Rafaela!«, schrien sie.

Die kam von oben heruntergepoltert. »Habt ihr was?«, fragte sie aufgeregt.

Die beiden zogen sie ins Zimmer und schlossen die Tür. Damiano las den Text aus dem Reiseführer, Lulu sagte die Worte des Fluchs. Sie wiederholten alles noch einmal und schauten sich an.

»Das ist es«, sagte Rafaela. »*Häuscher af busch, häuscher af rossen*. Das Rosenhaus. *Seven af seven af seven, ville de seven.* Sieben Rosenfelder, sieben Büsche, sieben Fenster, sieben Kamine. Blutrote Rosen. Kranke Rosen. *Gran vun sude, san vun blot*. Das kann doch kein Zufall sein, oder? Auch wenn wir noch nicht alles verstehen, das kann doch kein Zufall sein?« Ihre Frage klang wie eine Beschwörung.

»Nein«, Damiano schüttelte den Kopf, »kein Zufall. Wir haben endlich eine Spur.«

»Endlich«, seufzten Lulu und Rafaela im Chor.

Damiano wühlte hektisch in Papieren herum, zog ein Blatt aus einem Stapel, überflog es. »Das ist eine Übersetzung, die ich geschrieben habe. Ich bin mir nicht sicher, ob sie stimmt. Vor allem die kleinen Wörter, *af, de, vun*, die habe ich nicht gefunden und einfach übersetzt, wie ich gedacht habe, dass es einen Sinn ergibt. Und mit dem letzten Satz komme ich nicht klar. Vielleicht kriegen wir ja zusammen raus, was er bedeutet. Also«, er räusperte sich, »Haus mit Busch, Haus mit Rosen, sieben und sieben und sieben, es gibt vieles von sieben. Krank von *sude*, das Wort habe ich ebenfalls nicht gefunden.«

»Salz«, sagte Rafaela.

»Ach«, sagte Damiano und fuhr fort. »Krank von Salz, gesund von Blut, die Saat der Rosen. Fein das Rot, fein das Blut. *But de seik af de farten vil se kamen.* Jetzt wird's schwierig. *Seik* habe ich nicht gefunden, aber *sihk* und *sehok.*«

»Klingt fast gleich. Was heißt es?«

»Beides steht für die Zeit oder ein ...«

»Ein Ungeheuer«, rief Lulu aufgeregt. »Ich habe in dem Buch mit den alten Sagen davon gelesen. Der Sehok ist ein Ungeheuer, das alles frisst, Menschen, Häuser, die Welt, einfach alles.« Sie schwieg betroffen. »Und was heißt *farten*?«, fragte sie dann.

»*Farten* heißt entweder ganz einfach fahren, oder es bedeutet, dass etwas sehr schnell geschieht. Die Zeit, die sehr schnell abläuft. Erinnert uns das nicht an etwas?«

Und ob sie das an etwas erinnerte! Sie sahen wieder Ellwin vor sich, wie er vor ihren Augen zerfiel, fast zur Mumie wurde, und sie hörten das Stöhnen des Hauses, das sich aufzulösen begann.

»Mamas Worte haben den Fluch gestoppt«, sagte Rafaela bedrückt.

»Jovinda braucht den Fluch nicht zu fürchten und Evchen kann sehr gut mit der Zeit umgehen«, sagte Lulu ebenso bedrückt. »Wo führt uns das alles nur hin?«

»Vorerst nur zum Rosenhaus«, beruhigte Damiano seine Schwestern, »zu einer verschollenen Hexe namens Clarisse und einem eingestürzten Turm, der, wie es hier so schön heißt, uns daran erinnert, dass nichts auf dieser Welt von Dauer ist. Also, falls wir mit unserer Übersetzung nicht völlig danebenliegen, lauten die Worte so: ›Haus mit Busch, Haus mit Rosen. Sieben und sieben und sieben. Es gibt vieles von sieben. Krank von Salz, gesund von Blut, die Saat der Rosen. Fein das Rot, fein das Blut. Doch die Zeit (das schreckliche Ungeheuer, das alles frisst) wird sehr schnell kommen. Für immer.‹ Trommeln wir den Kriegsrat zusammen!«

Der Kriegsrat traf vollzählig im Esszimmer zusammen. Damiano las den übersetzten Fluch vor, dann den Abschnitt über das Rosenhaus aus dem Reiseführer.

»Wir glauben, dass wir endlich eine Spur gefunden haben«, schloss er.

»Und ob das eine Spur ist!«, rief Churro anerkennend. »Ihr seid genial, ihr zwei!«

»Es war nur ein verrückter Zufall«, wehrte Lulu ab.

»Fast alle großen Entdeckungen gehen auf verrückte Zufälle zurück«, sagte Ellwin.

»Rosenhaus«, überlegte er weiter. »Das ist hier, ganz in der Nähe, ein kurzer Spaziergang nur. Ich bin selbst schon ein paarmal dort gewesen.« Nachdenklich griff er nach dem

Papier mit der Übersetzung. »Kann ich das jetzt gefahrlos lesen?«, fragte er Lulu.

Sie nickte. Sie spürte überhaupt keine Angst, nicht wie beim letzten Mal, als Ellwin den Fluch in den Händen gehalten hatte.

»Soll ich nicht lieber?«, fragte Churro höflich. Doch Ellwin schüttelte den Kopf. Falls Lulu sich irrte, meinte er, wäre es besser, der Fluch träfe jemanden, der schon Erfahrung im Verfluchtwerden habe. Stockend, nach jedem Wort anhaltend und in sich hineinlauschend, las er die Worte. Nichts geschah. Sie atmeten auf. Zwar glaubten sie Lulu und ihrem geheimnisvollen Wissen, aber jeder konnte sich mal irren, auch Lulu. Doch ihr Gefühl hatte sie nicht betrogen, mit der Übersetzung war die Macht des Fluches gebrochen.

»Glaubt ihr, dass eure Mutter diese andere Hexe, diese Clarisse, verflucht hat, sodass sie verschrumpelt ist wie Ellwin neulich und der Turm über ihr zusammenkrachte?«, fragte Wanda. »Aber das kann nicht sein«, widersprach sie sich selbst. »Ellwin wäre gestorben. Wir alle wären tot, wenn das Haus über uns eingestürzt wäre. Diese Clarisse müsste also auch längst tot sein.«

»Nicht unbedingt«, wandte Damiano ein. »Hexen sterben nicht so leicht. Vielleicht konnte sie im letzten Augenblick noch etwas sagen, das den Fluch gestoppt hat. Man kann ihn stoppen. Das haben wir alle erlebt.«

»Oder«, überlegte Rafaela, »Clarisse hat das letzte Wort nicht mehr gesagt. *Borl…* äh, für immer. Und so ist sie eben irgendwann wieder aufgewacht.«

»Warum gerade jetzt?«

Rafaela zuckte mit den Schultern. »Warum nicht gerade jetzt?«

»Aber warum sollte Mama so etwas Gemeines tun?«, wandte Lulu ein.

»Weil sie die Rosen haben wollte«, erwiderte Wanda prompt. »Die Rosen, die Jugend und Schönheit bewirken konnten.«

»Unsinn«, widersprach Churro, »die Rosen sind verwelkt, das steht sogar in diesem komischen kleinen Reiseführer. Niemand ist gekommen und hat das Geschäft weitergeführt. Außerdem ist das doch alles schon vor sehr langer Zeit geschehen. Vor, äh, wie lange ist das her, Ellwin?«

»Lange. Ich weiß nicht genau, aber um die hundert Jahre herum könnten es schon sein.«

»Na also«, sagte Churro.

Hundert Jahre, eine unvorstellbar lange Zeit! Aber die Hexenkinder waren durch dieses Argument nicht überzeugt. Graviata hatte nie jemandem gesagt, wie alt sie wirklich war. Vermutlich wusste sie es selbst nicht mehr. Hexen zählten die Jahre nicht. Sie brauchten es nicht, die Zeit floss für sie anders. Normalerweise alterten sie nur, wenn sie es wollten.

»Wir dürfen jetzt nicht den Fehler machen, Erklärungen zu erfinden und uns in ihnen festzubeißen. Das kann uns ganz schnell in die falsche Richtung treiben«, warnte Ellwin. »Alles, was wir vielleicht haben, ist eine Spur, die zum Rosenhaus führt. Ich schlage Folgendes vor: Erstens, das

Studium von Geschichtsbüchern. Diesen Teil übernehme ich«, fügte er schnell hinzu, als Damiano verzweifelt aufseufzte. »Zweitens, ein Ausflug zum Rosenhaus. An dem können alle teilnehmen, vorausgesetzt Lulus Krähen beschäftigen immer noch diesen spionierenden Falken. Drittens, ein Besuch bei einem meiner Nachbarn. Er ist ein alter Lehrer und weiß alles über unsere Gegend hier, was es zu wissen gibt. Auch daran können sich alle beteiligen, falls«, er schaute streng in die Runde, »ihr euch wenigstens für ein oder zwei Stunden wie wohlerzogene Gelehrtenschüler benehmen könnt. Wir wollen keinen Verdacht erregen und den netten, alten Mann auch nicht in Gefahr bringen.«

15. Kapitel

Ellwin blieb fast die ganze Nacht in der Studierstube. Erst gegen Morgen hörte Lulu, wie er in sein Zimmer ging. Trotzdem wirkte er beim Frühstück munter wie immer. Alle Kinder hatten sich besondere Mühe mit ihrer Kleidung gegeben, Wanda und Rafaela trugen wieder die Ballonmützen, um ihre langen Haare zu verstecken. Sie wollten ja einen Ausflug unternehmen, erst zum Rosenhaus, dann zu Ellwins Nachbarn, dem alten Lehrer. Außerdem war heute der Tag, an dem die Putzfrau erwartet wurde.

Als die kam, schickte Ellwin sie gleich mit einer Botschaft zu seinem Nachbarn. Er würde sich freuen, hieß es darin, wenn er heute im Lauf des Tages mit einer Gruppe von Schülern vorbeikommen dürfte, junge Leute, die äußerst interessiert an der Geschichte des Rosenhauses seien. Das Antwortschreiben klang hocherfreut. Sie sollten nur kommen, schrieb der alte Herr. Am späten Nachmittag wäre es ihm angenehm, außerdem würde seine Frau sich freuen, Meister Ellwin und seine Schüler zum Abendessen einzuladen.

Es blieb ihnen also noch ziemlich viel Zeit, und so versammelte der Hausherr seine »Schüler« im Studierzimmer, um sie über seine Studien der vergangenen Nacht zu unterrichten.

Niemand wusste genau, wann die Hexe Clarisse in diese Gegend gekommen war und das Haus erworben hatte, das später unter dem Namen »Rosenhaus« berühmt wurde. Sie war wohl das, was man einen Menschen mit grünem Daumen nennt, vor allem ihre Rosen waren bald bis in die entferntesten Winkel des Landes bekannt. Richtig berühmt aber wurde Clarisse erst, als sie ihre Züchtungen auf eine bestimmte Farbe beschränkte – Rot.

Sie ließ alles andere sein, züchtete nur noch rote Rosen, auf allen sieben Feldern, die zum Anwesen gehörten, nichts als rote Rosen. Viele der Chronisten verstiegen sich auf die verrücktesten Vergleiche, um diese Farbe zu schildern. Von »Lebensglut« war die Rede, von »Herzensfeuer«, einer sprach gar vom »Feuer der Venus, herabgeholt auf unsere graue Erde«.

Doch die Blumen hatten noch weitere wunderbare Eigenschaften: Sie blühten immer, das ganze Jahr hindurch, sogar bei Eis und Schnee. Und – das weitaus Wunderbarste – sie brachten jedem, der sie bei Clarisse für viel Geld erwarb, Schönheit und lang andauernde Jugend. Kein Wunder also, dass Clarisse bald zu den berühmtesten und reichsten Frauen des Landes gehörte. Dann aber geschah etwas Furchtbares – eine Krankheit erfasste die Rosen, sie welkten, sie faulten, sie stanken wie die Pest, und wenn einer sich dennoch nicht abhalten ließ, welche zu kaufen, erlitt er bald dasselbe Schicksal. Clarisse kämpfte verzweifelt um die Rettung ihrer Rosen und ihres Rufes, ihr Vermögen schmolz dahin, und gerade als sich erste winzige Erfolge zeigten, geschah das rätselhafte Unglück: Der alte Aussichtsturm, der auf einem Hügel am Rand ihrer Besitzung stand, brach zusammen, und aller Wahrscheinlichkeit nach begrub er Clarisse unter sich. Nie wurde eine Spur von ihr gefunden, Erben meldeten sich nicht, das Haus verfiel. Alle Versuche, aus den Samen die berühmten Rosen nachzuzüchten, schlugen fehl.

So weit Ellwins Studien. Sie hatten ihnen nicht viel mehr Informationen gebracht als der kleine Abschnitt im Reiseführer, das jedoch mit wesentlich mehr Worten. Nichts über einen Fluch, nichts über Graviata.

»Es ist immer noch möglich, dass alle Zusammenhänge, die wir sehen möchten, gar nicht existieren«, meinte Ellwin, »dass alle Ähnlichkeit zwischen dem Fluch und der Geschichte des Rosenhauses nur Zufälle sind und dass Graviata nichts damit zu tun hatte. Vielleicht klärt sich alles ganz anders auf.«

Schwer zu glauben, dachte Lulu. So viele Zufälle konnte es eigentlich nicht geben. Aber der Gedanke, ihre Mama habe ein Verbrechen begangen, gefiel ihr überhaupt nicht.

»Wie lange ist es her, dass der Turm einstürzte?«, fragte sie.

»Neunundneunzig Jahre«, antwortete Ellwin prompt.

»Du lieber Himmel«, brummte Churro. »Da fragt man sich doch, wie diese Clarisse heute aussieht, wenn sie noch lebt, oder besser gesagt, wieder lebt.«

»Sie ist eine Hexe«, erwiderte Damiano. »Sie kann aussehen, wie immer sie will.«

Nach dem Mittagessen machten sie sich auf den Weg zum Rosenhaus. Lulu vergewisserte sich, dass ihnen vom Falken keine Gefahr drohte. Er war immer noch weit weg, belauerte die Krähen, die lärmend durch irgendwelche Wälder flogen. Soldaten allerdings konnte Lulu nicht erkennen. Sie schienen die Suche aufgegeben zu haben.

Es war ein unwirtlicher Tag. Dunkle Wolken jagten über den Himmel, ein kalter Wind blies Schwaden von Nieselregen vor sich her. Bei dem Wetter blieb jeder, der irgend konnte, gemütlich zu Hause. Nur ein paar Kühe standen auf den Weiden und glotzten ihnen wiederkäuend nach. Ihnen schien das Wetter nicht allzu viel auszumachen. Lulu umso mehr. In ihren Schuhen hatten sich kleine Seen gebildet und ihre Zehen fühlten sich wie Eisklumpen an.

Endlich standen sie auf einem unübersichtlichen, von Unkraut und Dornenranken überwuchten Gelände. Keine Spur von Rosen, nur nasses, dorniges Gesträuch. Auch die ursprüngliche Anlage der sieben Felder war nicht mehr zu erkennen, und ihr eigentliches Ziel, das Rosenhaus, hätten sie fast übersehen. Es standen nur noch die Grundmauern und die waren schwarz verrußt. Keine Spur von sieben roten Fenstern oder sieben ziegelroten Kaminen, nur Geröll, Abfall und Gestrüpp. Ein trostloser Anblick. In einigem Abstand zum Haus gab es ein paar halb zerfallene Hütten.

»Vermutlich haben Landstreicher und Zigeuner sie errichtet«, erklärte Ellwin. »Die haben früher recht häufig hier campiert. In letzter Zeit allerdings nicht mehr. Warum, weiß ich nicht.«

»Darum«, sagte Rafaela und zeigte auf ein seltsames Gebilde aus Draht, Holzstücken und Federn, das an ein dünnes Baumstämmchen genagelt war. »Das ist ein gängiger Zauber. Er schreckt solche Leute ab.«

»Scheint zu wirken«, brummte Ellwin.

»Nicht ganz«, widersprach Churro und zeigte auf eine Hütte, die etwas abseits von den anderen stand. Sie hatte noch ein Dach, Wände, eine Tür, ein halb zerbrochenes Fenster, aus dem ein Ofenrohr ragte, das spärlich qualmte.

»Na, dann klopfen wir doch einfach mal an«, meinte Ellwin.

Doch wer immer dort lebte, hatte sie gehört. Die Tür öffnete sich, ächzend und schwerfällig schob sich jemand in den Regen hinaus. Es war die schreckliche Alte. Hier hauste sie also. Sie stand da, verwittert wie ein Stapel Totholz, und starrte ihnen entgegen. Dann erkannte sie ihre Besucher und geriet ganz außer sich vor Freude. Sie winkte und lachte ihr zahnloses, sabberndes Lachen, ja sie versuchte sogar ein paar kleine Hopser. Es war ein jammervoller Anblick. Aus dem, was sie brabbelte, glaubten sie »Tee trinken!« herauszuhören. Sie lud sie zum Tee ein!

Unschlüssig schauten sie sich an, aber dann überwog die Neugier, und sie nahmen die Einladung an. Das Innere der Hütte war unbeschreiblich. Wie konnte ein Mensch nur so leben! Dieser Schmutz! Die Hütte hatte keinen Boden, nichts als fest gestampfte Erde, und die war durch die Nässe aufgeweicht. Alles war mit Schlamm beschmiert, die Wände, der wacklige Stuhl, das Lager mit den löchrigen Decken, das bisschen Geschirr. Doch schlimmer als der Dreck war der Gestank. Es roch nach alten, nassen Lumpen und sauren Ausdünstungen, mindestens so schlimm wie in den Abwasserkanälen. Tee würden sie hier keinen trinken.

Unwillig ging Lulu hinaus. Sich mit der Alten zu beschäftigen war Zeitverschwendung. Sie war nicht Clarisse, auch wenn sie hier, auf dem Gelände des Rosenhauses, hauste und es vom Alter her wahrscheinlich sein konnte. Bestimmt war sie weit über hundert. Aber sie war keine Hexe, so viel stand fest. Keine Hexe dieser Welt würde unter dermaßen erbärmlichen Bedingungen leben. Nach und nach traten auch die anderen aus der Hütte heraus und sogen erleichtert die frische Regenluft ein.

»Man sollte sie nicht so leben lassen«, sagte Wanda, als sie den Weg zum Turm einschlugen. »Man sollte sie da herausholen.«

»Wir können nicht alle retten«, sagte Damiano und legte den Arm um sie. »So wie's aussieht, sind wir mit Graviatas Rettung voll ausgelastet.«

»Trotzdem bring ich ihr morgen was zu essen und eine anständige Decke. Habt ihr gesehen, dass sie auf alten Papiersäcken schläft?«

»Kannst meine aus dem Wagen holen«, sagte Churro. »Ich brauche sie nicht.«

Lulu ärgerte sich. Warum, wusste sie selbst nicht. Vielleicht, weil ihr die Alte auf die Nerven ging und sie sich nicht aufraffen konnte, nett zu ihr zu sein, so wie Churro und Wanda. Die beiden waren ja so gutherzig! Wütend stapfte sie allen anderen voran den Hügel hinauf und wäre fast auf den glitschigen Feldsteinen ausgerutscht.

Der Turm, besser gesagt, der Rest des Turms stand auf einer niedrigen Anhöhe. Sicher war es früher herrlich gewesen, von seiner Spitze aus auf die sieben roten Rosenfelder zu schauen bis hinüber zu Clarisses prunkvollem Haus. Nichts davon war geblieben als dieser Rest, der heute, an diesem nieseligen, grauen Tag, mehr denn je einem warnend aufragenden Finger glich. Neben der Ruine häuften sich Steinbrocken und Geröll. Brombeerranken wucherten darüber. Doch an einer Stelle hatte man die Ranken vor offensichtlich nicht sehr langer Zeit zurückgeschnitten. Sie gaben eine Öffnung frei in eine Art Höhle. Lulu trat hinein. Besonders sicher sah die Höhle nicht aus. Sie war recht groß, doch nur ein Teil war begehbar, dort wo der Boden aus festem Felsgestein bestand. Der Rest war bodenlos, einfach nur ein Loch. Das schien tief zu sein. Lulu hätte hinuntergeschaut, wenn Ellwin sie nicht mit dringlicher Stimme zurückgerufen hätte. Lulu gehorchte, sie war ganz froh, dass er sie zurückgepfiffen hatte. Diese Höhle und das Loch darin machten ihr Angst.

»Sehen wir zu, dass wir aus dem Regen herauskommen«, sagte Ellwin. »Es ist zwar noch nicht später Nachmittag, aber der alte Meister Milasius wird uns sicher auch schon früher empfangen.«

Das tat der alte Lehrer tatsächlich. Mit fürsorglicher Höflichkeit bat er sie herein, nahm ihnen die nassen Sachen ab, rückte Stühle und Sessel vor den Kamin, entschuldigte sich, weil er sie kurz allein ließ, und kam gleich darauf zurück mit einem Tablett voll dampfender Kakaotassen und einer Platte mit Zucker bestreuter Schmalzkringel. Lulus schlechte Laune verflüchtigte sich wie die Nässe aus ihrer Kleidung.

»Eure Gruppe ist recht ungewöhnlich zusammengesetzt, lieber Ellwin«, bemerkte Meister Milasius, während er auf dem Sofa Platz nahm und die Platte herumgehen ließ.

»Nun, es handelt sich um eine Gruppe hoch interessierter Hobbyforscher«, erklärte Ellwin. Er stellte sie alle vor, wobei er die Namen der Mädchen so abwandelte, dass sie wie Jungennamen klangen.

»Euer Name ist tatsächlich Churro?«, fragte der alte Herr erstaunt.

»So ist es«, antwortete Churro würdevoll und verschlang gleich zwei Kringel auf einmal.

»Bumbum«, erklärte Bumbum mit vollem Mund. Sein Gesicht war bis zum Haaransatz mit Zucker beschmiert.

»Die Kringel schmecken sehr gut«, übersetzte Lulu.

»Ich werde das Kompliment an meine Frau weitergeben«, sagte Meister Milasius nur leicht irritiert. »Nun, wie ich aus Eurer Nachricht erfahren habe, Meister Ellwin, seid Ihr und Eure, äh, Schüler vorrangig an der Geschichte des Rosenhauses interessiert? Da habt Ihr Euch, wie ich mit aller Bescheidenheit sagen darf, keinen besseren Informanten als mich heraussuchen können. Tatsächlich habe ich selbst mannigfache Studien über dieses Thema angestellt und sogar einmal einen kleinen Beitrag in einem Reiseführer veröffentlicht.«

In diesem Stil ging es weiter. Er erzählte und erzählte, doch etwas wirklich Neues erfuhren sie nicht. Lulu döste vor sich hin und wachte schlagartig auf, als Meister Milasius ein paar Zeichnungen aus einer Mappe zog und diese herumgehen ließ. »Ich habe sie vor vielen Jahren nach Angaben meiner Schwiegermutter angefertigt«, erklärte er. »Clarisse war damals schon lange verschollen, der Turm eingestürzt, die Rosen verwelkt und ein Brand hatte die Reste des Hauses vernichtet. Meine Schwiegermutter war alt und hinfällig, als ich dies zeichnete, doch ihr Verstand war noch klar. Sie bescheinigte mir, dass ich das Haus und den Turm gut getroffen hätte. Nur mit meinem Porträt von Clarisse war sie nicht recht einverstanden, aber sie konnte mir nicht erklären, welchen Fehler ich gemacht hatte.«

Bilder vom Rosenhaus, Bilder von Clarisse, das war nun doch etwas Neues! Meister Milasius hatte Buntstifte benutzt, seine Zeichnungen wirkten ein wenig kindlich, die Perspektive und die Größenverhältnisse stimmten nicht. Lulu hatte genug Zeichnungen von Churro gesehen, um so etwas beurteilen zu können. Doch trotzdem bekamen sie zum ersten Mal einen Eindruck von der Pracht des Anwesens. Da stand das Haus – deutlich waren die sieben roten Fenster und die sieben ebenfalls roten Kamine zu erkennen – inmitten der sieben Felder, die nach außen spitz zuliefen wie die Winkel eines siebenstrahligen Sterns. Zwischen den blutroten Feldern zogen sich Wege dahin, einer davon führte zum Turm. Er war nicht rund, wie Lulu immer geglaubt hatte, sondern kantig. Seine Grundfläche war – wie könnte es anders sein – ein Siebeneck. Ganz oben war eine Aussichtsplattform mit einer Wetterfahne. Eine Rose prangte darauf.

Clarisse sah auf der Zeichnung aus wie eine ganz normale Frau mit braunem Haar, nicht sehr jung, aber auch nicht alt, nicht über die Maßen hübsch, aber auch nicht hässlich. Normal eben.

»Wenn ich nur wüsste, was ich bei dem Porträt falsch gemacht habe«, überlegte der alte Lehrer. »Ich habe es genau nach den Beschreibungen meiner Schwiegermutter angefertigt, tagelang haben wir zusammen daran gearbeitet. Sie sagte auch, dass alles stimmte, Nase, Mund, Augen, aber trotzdem war sie nicht zufrieden.«

»Es war der Ausdruck«, sagte eine Stimme hinter ihnen. Erstaunt drehten sie sich um. Eine kleine, dicke alte Frau stand da und strahlte sie an.

»Meine Frau Mieka«, stellte Meister Milasius sie vor. »Sie wird nächsten Monat achtzig Jahre alt, aber sie kann immer noch schleichen wie ein junges Kätzchen.«

»Man verrät das Alter einer Dame nicht«, tadelte ihn seine Frau zärtlich. »Ich wollte euch nicht stören und war eben leise. Hast du unsere jungen Gäste gut versorgt? Hast du ihnen zu essen und zu trinken angeboten?«

»Bumbum«, erklärte Bumbum.

»Die Schmalzkringel schmeckten sehr gut«, übersetzte Meister Milasius.

»Die sind meine Spezialität«, lächelte Mieka geschmeichelt. Sie nahm Platz neben ihrem Mann, setzte eine Brille auf und besah sich das Porträt von Clarisse.

»Es war der Ausdruck«, wiederholte sie. »Auf diesem Bild wirkt sie so normal, fast unscheinbar. Meine Mutter aber sagte immer, Clarisse sei die stärkste Persönlichkeit gewesen, die ihr je begegnet war. Und das habe man sofort gemerkt, selbst wenn man sie nur ein einziges Mal gesehen habe.«

»Hat Eure Mutter Clarisse denn gut gekannt?«, fragte Ellwin.

»Nun, eben so gut, wie eine Magd ihre Herrin kennt«, antwortete sie. »Meine Mutter hat dort ausgeholfen. Das war viele Jahre vor meiner Geburt, sie war damals noch ein junges Mädchen. Und sie war auch nicht wirklich lange dort in Stellung. Das Unglück beendete ihre Dienstzeit, das Unglück mit dem Turm.« Mieka schwieg. Offensichtlich suchte sie nach den richtigen Worten.

»Obwohl ihre Zeit im Rosenhaus so kurz war«, fuhr sie fort, »hat die Erinnerung daran meine Mutter ihr ganzes Leben lang nicht mehr losgelassen. Sie hat nichts erzählt, aber sie hat viel daran gedacht. Es geschah oft, dass sie mitten in ihrer Arbeit innehielt und gedankenverloren vor sich hin starrte. Manchmal stundenlang. Wir wussten dann alle, dass die Erinnerungen ans Rosenhaus sie eingeholt hatten. Sie seufzte und weinte wohl auch manchmal, doch sie sprach nie darüber. Sie brachte es einfach nicht fertig.«

»Glaubt Ihr, sie weinte um Clarisse?«

»Nein«, antwortete Mieka zu ihrer aller Überraschung sehr entschieden. »Natürlich war sie bekümmert über das Unglück«, beeilte sie sich hinzuzufügen, »aber, versteht Ihr, sie war noch sehr jung, und Clarisse war wohl nicht das, was man eine warmherzige und fürsorgliche Frau nennen könnte. Sie war sehr streng und forderte viel von den Menschen in ihrer Umgebung. Ich glaube, dass meine Mutter Angst vor ihr hatte. Was sie wirklich traurig machte, war das Schicksal der Kinder.«

»Kinder?« Die Verblüffung im Raum war greifbar.

»In keiner Abhandlung über das Rosenhaus habe ich gelesen, dass Clarisse Kinder hatte«, protestierte Ellwin.

»Ich auch nicht«, fiel Meister Milasius ein. »Die Einzige, die über Kinder im Rosenhaus berichtete, war meine Schwiegermutter. Und bei ihr ging es ziemlich durcheinander. Mal waren es zwei Jungen und zwei Mädchen, mal nur ein Junge und zwei Mädchen, und dann wieder sprach sie von nur einem einzigen Kind, einem Mädchen. Ich habe ihr nicht geglaubt.«

»Unsinn«, widersprach Mieka energisch. »Meine Mutter war nicht verrückt. Clarisse hatte Kinder. Mindestens zwei, wahrscheinlich sogar vier. Mir kam es immer so vor, als ob meine Mutter sich Vorwürfe gemacht hätte und deshalb so unbestimmt daherredete. Wer weiß, vielleicht hätte sie am Tag des Unglücks die Kinder beaufsichtigen sollen. ›Die Kinder‹, seufzte sie oft, ›die armen Kinder.‹ Mehr war aus ihr nicht herauszubringen.«

»Glaubt Ihr, die Kinder sind mit Clarisse zusammen unter dem Turm begraben worden?«, fragte Ellwin.

»Was soll man sonst glauben?«, fragte Mieka zurück. »Da war noch etwas«, fuhr sie nach einer Pause fort. »Es ist mir erst neulich wieder eingefallen, wahrscheinlich ist es nur ein merkwürdiger Zufall. Ihr wisst ja, dass Clarisses Rosen welkten und sie alles Mögliche unternahm, um sie wieder zum Blühen zu bringen. Kurz vor dem Unglück mit dem Turm hatte sie Erfolg. Ein paar Rosen erholten sich. Eine davon war ihre schönste, ihr ganzer Stolz. Auch meine Mutter liebte diese Blume. Immer wieder hat sie uns Kindern von ihrer Schönheit und ihrem Duft vorgeschwärmt. Als nach dem Unglück feststand, dass Clarisse nicht mehr zurückkommen würde, ging meine Mutter auf das Feld, um sich von dieser Rose ein paar Samen zu holen, aber jemand war ihr zuvorgekommen. Der Busch war verschwunden. Ausgegraben mit Stumpf und Stiel, mit Wurzel, Blatt und Blüte. Ich hatte diese kleine Geschichte ganz vergessen, bis vor einiger Zeit der Skandal mit der Palasthexe aufgedeckt wurde. Wisst ihr, wie die Rose hieß? Graviata, wie die Hexe. Merkwürdiger Zufall, nicht? Ach du meine Güte, ihr seid ja ganz blass! Wahrscheinlich seid ihr am Verhungern! Da rede ich und rede und vergesse ganz, dass junge Leute was zum Essen brauchen!«

Es war ein Glück, dass Mieka so eine warmherzige, einfache Frau war. Wenn junge Leute schweigsam und blass waren, konnte es ihrer Meinung nach dafür nur einen Grund geben – Hunger. Sie huschte aus dem Zimmer und man hörte sie in der Küche hantieren. Bald darauf zog Bratenduft durchs Haus. Ein weiterer Glücksfall war, dass Meister Milasius so gerne redete. Er sprach und sprach und merkte nicht, dass seine Besucher entweder gar nicht oder nur äußerst einsilbig auf seine Erzählung reagierten.

Weitschweifig berichtete er vom Zerfall des Rosenhauses, wie die Felder immer mehr verwilderten und das Gelände umherziehenden Zigeunern und anderen Vagabunden als Rastplatz diente. Aber auch diese Leute kamen nun nicht mehr. Fast könnte man glauben, ein Fluch liege auf dem Gelände. Er lächelte entschuldigend, um zu zeigen, dass er es nicht ernst meinte. Nur die verwahrloste Greisin harrte noch dort aus, verrückt und starrsinnig, wie sie sei, humpele sie immer wieder in ihre elende Hütte zurück, anstatt öfter von den Schlafplätzen Gebrauch zu machen, die ihr angeboten wurden.

»Den Winter wird sie nicht überleben«, prophezeite er.

»Wo war sie denn letzten Winter?«, fragte Churro.

»Das weiß niemand«, antwortete Meister Milasius.

Mieka rief zum Essen. Sie hatte sich viel Mühe gegeben, und alle langten zu, doch mehr aus dem Wunsch heraus, die Köchin nicht zu kränken, denn aus wirklichem Appetit. Sobald es die Höflichkeit erlaubte, dankten sie ihren Gastgebern und machten sich auf den Heimweg. Sie sprachen nicht viel. Jeder hing seinen Gedanken nach.

Zu Hause erwartete sie eine unliebsame Überraschung. Ralf, der daheim geblieben war, hatte wohl vermutet, er sei endgültig im Stich gelassen worden, und war in verzweifelter Suche nach ihnen durch alle Zimmer getobt. Dabei hatte er Churros Farbtöpfchen umgestoßen, sich in den Pfützen gewälzt und das ganze Haus in ein schreckliches Chaos verwandelt. Damiano tröstete den dummen Ralf und rieb, sehr vorsichtig, um ihn nicht zu vergiften, mit Churros Farbverdünner die schlimmsten Kleckse aus seinem Fell. Ralf jaulte wie ein Hündchen. Die Reinigung des Hauses musste warten, Churros Verdünner war aufgebraucht. Er musste erst in die Stadt fahren und neuen besorgen.

Sie gingen alle früh schlafen, besser gesagt, sie gingen zu Bett. Ob die anderen schliefen, wusste Lulu nicht. Sie selbst konnte es nicht. Um nicht nachdenken zu müssen, las sie bis spät in die Nacht hinein, und als sie ihr Buch ausgelesen hatte, stand sie auf, in der Hoffnung, jemanden zu finden, der ebenfalls noch wach war. Sie wurde nicht enttäuscht, Ellwin saß in der Studierstube und grübelte über irgendwelchen Schriften.

»Kann ich dir helfen?«, fragte sie und schob einen Stuhl neben seinen. Er nickte, zog sie mit der gesunden Hand heran und nahm sie unter seine weite Wolljacke. Er roch gut, nach Tinte und Papier und Rasierseife. Lulu kamen die Tränen. Sie konnte nichts dagegen tun. Die blöden Tränen liefen einfach aus ihr heraus und durchnässten Ellwins Hemd.

»Rede mit mir«, sagte Ellwin sanft.

»Es ist wegen Mama«, schniefte Lulu. »Sie hat die Rose ausgegraben. Sie hat es getan, ganz bestimmt. Vielleicht war sie eins von Clarisses Kindern. Dann hat sie ihre eigene

Mutter verflucht. Das ist doch schrecklich.« Lulu weinte haltlos.

»Aber Schatz«, lächelte Ellwin. »Hast du denn vergessen, dass der Fluch bei Familienmitgliedern nicht wirkt? So kann es nicht gewesen sein.«

»Ach so!« Lulu schluckte und wischte sich die Nase. »Stimmt.« Wie hatte sie das nur vergessen können? Die Tränen versiegten. Doch fast sofort kullerten sie wieder los. »Dann war sie eben eine völlig Fremde«, schluchzte sie. »Sie kam eines Tages vorbei und sah die schönen Rosen und dann hat sie die Rosen vergiftet und Clarisse verflucht. Aus Neid.«

»Jetzt hör mir mal zu!« Ellwins Stimme klang streng. »Sieh mich an! Los, schau mich an!« Er packte Lulu bei den Schultern und schüttelte sie leicht. »Denk an Graviata, an deine Mama. Stell sie dir vor! Wie sie aussieht, wie sie lacht, wie sie mit euch spielt, wie sie Trompete bläst. Hat sie immer noch diese alberne Trompete?«

Lulu nickte und musste ein klein wenig lächeln.

»Na also!«, sagte Ellwin befriedigt. »Denk immer so an sie, wie du sie in Erinnerung hast. Sie verlässt sich auf dich, auf uns. Du, ihr alle dürft jetzt nicht an ihr zweifeln!«

O ja, das stimmte! Lulu versuchte sich zusammenzureißen. Ellwin wartete geduldig, bis Lulu nicht mehr allzu sehr von Schluchzern gebeutelt wurde, und reichte ihr ein Taschentuch. Sie putzte sich die Nase.

»Geht's wieder?«, fragte er.

Sie nickte.

»Nehmen wir mal an«, sagte Ellwin, »dass deine Mama vor vielen Jahren, neunundneunzig, um genau zu sein, tatsächlich diese Clarisse verflucht hat. Aber wenn es so war, dann hatte sie einen verdammt guten Grund dazu. Da bin ich mir sicher und du solltest es auch sein. Die Böse in diesem Spiel heißt Clarisse, nicht Graviata. Clarisse ist damals nicht gestorben, leider, möchte man sagen. Sie lag fast hundert Jahre lang unter den Trümmern des Turms und ist zurückgekommen, um ihren Rachefeldzug zu starten. Sie hat die Königin und den Prinzen verhext, um die Schuld Graviata in die Schuhe schieben zu können, und ich will verdammt sein, wenn ich nicht herauskriege, wo sie steckt!« Er hieb doch tatsächlich mit der Faust auf den Tisch. Lulu fuhr vor Schreck zusammen. »Entschuldige«, sagte Ellwin verlegen, »ich wollte dich nicht erschrecken. Komm, gib deinem alten Vater einen Gutenachtkuss und dann ab ins Bett!«

Lulu ging es wieder besser. Er hatte es geschafft, ihre Welt ein bisschen gerader zu rücken. Natürlich war Clarisse die Böse, nicht ihre Mama, es musste einfach so sein. Sie küsste ihn auf die Wange, da fiel ihr Blick auf die Papiere auf dem Tisch. Es waren seine Notizen über Anassia Bolin, die Braut des Prinzen. Er hatte ihren Namen immer wieder auf einen Zettel geschrieben, als wolle er ihn sich für den Rest seines Lebens einprägen.

»Sie ist es nicht«, sagte Lulu.

»Ich weiß, ich weiß«, erwiderte er. »Ich wollte mir bloß alles noch mal durchlesen. Das Problem ist, wenn wir zum

König gehen oder zur Hexenpolizei, um Graviata zu entlasten, dann müssen wir eine andere Schuldige präsentieren. Wir brauchen Clarisse!«

»Sie kann überall sein«, sagte Lulu. »Und sie kann ganz normal aussehen, so normal wie du und ich. Und sie muss auch nicht so aussehen wie auf dem Bild von Meister Milasius. Hexen können sich verändern.«

Ellwin saß kerzengerade da und starrte an ihr vorbei, er war ganz weit weg.

»Was ist, hast du einen Geist gesehen? Was ist los? Sag schon, hast du eine Idee?«

Er schüttelte den Kopf, nicht so sehr, um zu verneinen, eher um sich selbst aus seinen Gedanken zu schütteln.

»Sag schon«, drängte Lulu. »Du hast eine Idee. Dir ist eingefallen, wo Clarisse ist. Sag schon! Sag es!«

Er schüttelte wieder den Kopf und fuhr durch sein widerspenstiges Haar. »Nicht jetzt!« In seinen Augen lag immer noch dieser leicht abwesende Blick. »Vielleicht habe ich eine Idee, aber vielleicht ist sie nichts wert. Bevor ich darüber spreche, muss ich noch ein paar Nachforschungen anstellen. Es ist …«, er brach ab.

Lulu bettelte und drängelte, aber es war kein weiteres Wort aus ihm herauszubringen. Also ging sie ins Bett. Sie war ein bisschen verärgert. Schließlich war sie diejenige, die Sachen wusste, die andere nicht wussten, nicht Ellwin.

Am nächsten Morgen fuhren Ellwin und Churro schon in aller Frühe in die Stadt. Churro, um neue Farben und

Lösungsmittel zu besorgen, Ellwin, um Nachforschungen wegen seiner geheimnisvollen Idee anzustellen. Auf dem Tisch lag ein Zettel, die Kinder sollten nicht auf sie warten, es könne länger dauern.

»Ich möchte wissen, warum alle in diesem Haus immerzu blöde Zettel schreiben«, maulte Rafaela. Jetzt, wo sie und Bumbum die Einzigen waren, die nicht lesen konnten, kam sie sich ausgeschlossen vor.

Lulu erwiderte nichts. Sie war überhaupt sehr schweigsam an diesem Morgen. Es wurmte sie, dass sie nicht wusste, was Ellwin wusste. Sie hatten beieinandergesessen und geredet und überlegt, als ihm etwas eingefallen war und ihr nicht. Das war nicht fair. Aber sosehr sie auch grübelte, sie kam nicht drauf. Die Stunden vergingen, es wurde Mittag. Rafaela sagte, dass Wanda und Damiano nachher zu der schrecklichen Alten gehen wollten, um ihr Essen und eine Decke zu bringen. Rafaela fand, die Alte sehe aus, als ob sie hundert Jahre in einem Dreckloch gelegen hätte. Da wusste Lulu es immer noch nicht.

Sie döste nach dem Mittagessen ein wenig auf ihrem Bett und erst da wusste sie es. Die Erkenntnis kam nicht plötzlich wie sonst, sie reifte langsam wie eine Frucht, eine dicke, giftige Frucht. Und als sie reif war, hielt es Lulu nicht mehr im Bett, sie tigerte durchs Zimmer, durchs Haus, raufte sich die Haare genau wie Ellwin in der Nacht zuvor. Und genau wie er wusste sie, dass sie Nachforschungen anstellen musste, ihre eigenen Nachforschungen. Keinen Augenblick länger konnte sie warten.

Draußen trafen Wanda und Damiano ihre Vorbereitungen für den Besuch bei der Alten. Damiano hatte Ralf angeleint, um ihn mitzunehmen. Der Arme brauchte dringend frische Luft. Sein Fell stank nach Churros Lösungsmittel, er war benommen von den Ausdünstungen, torkelte wie einer, der zu tief ins Glas geschaut hat.

»Wartet, ich komme mit!«, rief Lulu.

»Dann will ich auch mit!«, rief Rafaela.

»Bumbum!«, rief Bumbum. Als ob sie ihn je allein lassen würden.

16. Kapitel

Der Wind hatte sich gelegt, die Sonne schien, und obwohl es schon später Herbst war, hatte die Luft etwas Laues, Blaues, fast wie im Frühling. Wanda und Damiano schäkerten miteinander. Rafaela schnaubte verächtlich und suchte immer wieder Lulus Blick, um mit ihr gemeinsam die Augen rollen zu können, aber die war tief in Gedanken und bekam nichts mit. Gar nichts, auch nicht das ferne Rufen einer Krähe.

Erst am Rosenhaus tauchte sie aus ihren Grübeleien auf und schaute zur Hütte der Alten. Wie gestern bemerkte die Greisin ihr Kommen und öffnete die Tür, und wie gestern geriet sie in Entzücken, als sie ihre Besucher erkannte. Die anderen hatten ihr eigentlich nur die Geschenke in die Hand drücken und sich gleich wieder davonmachen wollen, aber als sie sahen, wie Lulu schnurstracks in die Hütte hineinmarschierte, trotteten sie etwas ratlos hinterher.

»Bleiben schum Tee! O ja, schum Tee!«, brabbelte die Alte aufgeregt und versuchte wieder diese kleinen Hopser, die zu ihr passten wie ein Diamantcollier zu einem Regenwurm.

Sie wühlte in einem Korb voller Lumpen und förderte

ein paar Scherben zutage, versuchte sie mit ihren verkrümmten Händen auf einem umgedrehten Eimer zu arrangieren, aber sie schaffte es nicht, die Scherben fielen in den Dreck. Als sie sich bücken wollte, um sie aufzusammeln, tat sie dies sehr schnell, so wie ein junger Mensch sich bückt. Ihre uralten Knochen krachten, und wenn Damiano und Wanda nicht hinzugesprungen wären und sie an den Armen gepackt hätten, wäre sie übel gestürzt.

»Immer mit der Ruhe, Mütterchen«, sagte Damiano.

»Hihi«, kicherte sie und zog verlegen die Schultern hoch.

»Wir haben Euch eine Decke gebracht, Mütterchen«, sagte Wanda und legte sie der Greisin um die Schultern.

»Oh, schönesch Kleid«, sagte die und versuchte sich zu drehen wie ein junges Mädchen vor dem Spiegel. Es war jammervoll.

»Wie alt seid Ihr, Mütterchen?«, fragte Lulu.

»Schiebschehn.«

»Siebzig?«, wiederholte Wanda. »Sie schwindelt. Ich kenne Leute, die siebzig sind. Die sind alle noch viel, äh, rüstiger.«

»Schiebschehn«, beharrte die Alte eigensinnig.

»Sie meint siebzehn«, sagte Rafaela.

»Verrückt«, stellte Wanda fest.

Lulu schaute der Frau zum ersten Mal richtig ins Gesicht, ohne irgendwie an ihr vorbeizuschielen. Die Augen! Ihre Augen waren klar und strahlend. Wimpern hatte sie keine mehr, und die Lider waren faltig, aber die Augen strahlten in klarem, reinem Braun. Es waren junge Augen, ein wenig ratlos, vielleicht sehr ratlos, aber nicht alt und nicht verrückt.

»Wie heißt Ihr, meine Dame?«, fragte Lulu sanft.

»Naschia Bolin«, antwortete sie.

Lulu atmete scharf ein.

»Anassia Bolin?«, rief Rafaela. »Das kann ja wohl nur ein Scherz sein! Anassia Bolin, so heißt die …« Sie brach ab. »O nein«, sagte sie. »Das ist nicht wahr!«

»Was ist nicht wahr?«, fragte Damiano alarmiert.

»Lulu meint …«

»Die Augen«, sagte Lulu. »Sie hat junge Augen.«

»Junge Augen!«, schnaubte Damiano verächtlich. Aber er stellte sich vor die Alte hin und fixierte sie genau.

Die trat verschämt von einem Fuß auf den anderen. »Isch heirate bald«, nuschelte sie. »Kronprinsch Dorvid. Wir schind verlobt. Du darfsch misch nisch scho anschaun!«

»Entschuldigung.« Damiano wirkte, als würde ihm schlecht, und er sah sich nach einer Sitzgelegenheit um, aber der einzige Stuhl in der Hütte war mit Lumpen beladen, also lehnte er sich an die Wand. »Ich glaube das nicht«, sagte er gepresst.

»Was glaubst du nicht?«, fragte Wanda.

»Ich glaube es«, sagte Lulu leise. »Und Ellwin glaubt es auch. Das war es, was ihm gestern Nacht eingefallen ist.«

»Glaubst du es oder weißt du es?«

»Weiß nicht«, piepste Lulu.

»Entschuldigt bitte, dass ich auch noch da bin«, fauchte Wanda.

»Lulu glaubt«, begann Rafaela, »dass die da«, sie zeigte auf die Greisin, »die andere ist und die andere die da.«

»Ich versteh kein Wort!«

»Es gibt so etwas wie Personentausch«, erklärte Damiano. »Die meisten Hexen können das, aber es ist streng verboten, sehr streng. Es hat sogar schon mal einen Krieg gegeben deswegen.«

»Wie in ›Serafia und der König‹?«, fragte Wanda.

Die Hexenkinder nickten.

»Mannomann«, hauchte Wanda ehrfürchtig. »Dann ist also Clarisse, äh, nein, die Alte da Anassia im Körper von Clarisse, und Clarisse steckt im Körper von Anassia?«

»Das ist es, was Lulu glaubt«, sagte Damiano.

»Ach du Schande! Siebzehn Jahre ist sie alt und sieht so aus!« Fassungslos starrte Wanda auf den plumpen, zerfallenden Körper der Alten. »Was für eine Gemeinheit! Was für eine bodenlose Gemeinheit! Clarisse brauchte sich nicht mal die Mühe zu machen, das Mädchen umzubringen. Sie lässt sie ruhig hier rumkriechen in all ihrem Dreck und Elend, niemand hört auf ihr verrücktes Gebrabbel. Und der Winter hätte ihr den Rest gegeben.«

»Und währenddessen sitzt Clarisse im Palast wie die Made im Speck. Der Kronprinz liebt sie und ist ihr vermutlich unendlich dankbar, dass sie die Verlobung nicht löst, obwohl er so verunstaltet ist. Bald wird er sie heiraten und irgendwann wird dieses böse Biest unsere Königin.«

»Eure Mutter hat die Schuld dafür bekommen und verfault im Felsenkerker. Das nenne ich einen geglückten Rachefeldzug!«

»Nicht ganz«, sagte Lulu. »Wir sind noch da. Wir kennen

jetzt die Wahrheit. Und Ellwin auch.« Ihre Augen funkelten. »Er hatte von Anfang an recht. Alles wies auf die Verlobte des Prinzen hin. Wir waren schon mal ganz nah dran!«

»Seht mal da rüber«, sagte Rafaela.

Die Alte hatte ihren einzigen Stuhl von den Lumpen befreit und sich darauf niedergelassen. Bumbum stand vor ihr, die beiden tranken Tee aus unsichtbaren Tassen und unterhielten sich.

»Isch hab ein Ferd«, brabbelte die Alte. »Esch heischt Schauschewind. Ischt aber gansch lieb. Auch schu kleinen Kindern. Wenn du willsch, kannschu mal drauf reiten.«

Bumbum hörte ihr mit ernstem Gesicht zu und führte hin und wieder die unsichtbare Tasse zum Schnabel seiner Ente.

»Un ein Falken hab isch auch«, fuhr die Alte fort. »Er heischt Bravo. Aber er isch fort. Un Schauschewind auch. Wo isch Bravo? Wo isch Schauschewind?«

»Bumbum«, sagte Bumbum ratlos.

»Das halt ich nicht aus«, sagte Damiano und stapfte aus der Hütte. Die anderen folgten ihm zögernd. Draußen standen sie in der Nachmittagssonne und beratschlagten.

»Es würde gut passen«, überlegte Rafaela.

»Es würde verdammt noch mal verdammt gut passen«, fluchte Damiano.

»Clarisse muss den Tausch im Sommer vorgenommen haben, als wir alle noch im Wald wohnten. Seitdem ist sie Anassia Bolin und kann eine Gemeinheit nach der anderen begehen. Niemand verdächtigt sie. Das Einzige, was sie beachten muss, ist, dass sie nicht mit einer anderen Hexe oder gar mit der Hexenpolizei zusammentrifft.«

»Also müssen wir zur Hexenpolizei gehen und die ganze Geschichte melden. Dann kommt Mama frei.«

Damiano schauderte. »Stell dir das mal bloß nicht so einfach vor. Die von der Hexenpolizei sind grässlich.«

»Was jetzt?«, fragte Wanda.

»Lasst uns noch mal hinauf zum Turm gehen«, schlug Lulu vor. »Ich hatte gestern so ein komisches Gefühl, als ich in der Höhle stand. Wir sollten da noch mal reinschaun.«

Sie marschierten los. Erst als sie schon einige Schritte gegangen waren, merkten sie, dass jemand ungeschickt hinter ihnen herstrebte. Es war die Alte.

»Nehm misch mit«, keuchte sie völlig außer Atem. »Will nisch alleine schein!«

Natürlich nahmen sie sie mit. Sie hatten nicht das Herz, sie zurückzulassen. Aber der Aufstieg mit ihr gestaltete sich schwierig. Der Weg war nicht steil, doch holprig, voller Wasserrinnen, schlüpfriger Steine und Dornenranken. Sie stützten die Greisin, zogen sie, trugen sie sogar ein Stück. Lulu, Bumbum und der eifrige Ralf krabbelten vorneweg und räumten größere Steine und Ranken aus dem Weg. Außerdem konzentrierte sich Lulu mit all ihrer Kraft darauf, dass dem uralten Körper nichts geschah. Sie wusste nicht, ob so was half, Gedankenkonzentration, doch sie wollte unter keinen Umständen etwas unversucht lassen. Es wäre schrecklich, wenn die Alte sterben würde, gerade jetzt, wo sich ein Fünkchen Hoffnung für sie zeigte. Zwar war es

Clarisses Körper, aber wenn er starb, würde Anassias Geist, der in ihm gefangen war, ebenfalls sterben.

Als sie endlich vor dem Turm standen, waren sie erschöpft und ließen sich auf ein paar moosige Steine sinken. Da erst hörte Lulu die Krähen. Sie hörte Corinas Rufen, und gleichzeitig wusste sie, dass sie es schon eine ganze Weile gehört hatte, ohne darauf zu achten. Corinas Ruf klang dringlich, es war eine Warnung! Verstört schaute Lulu auf. Keine Spur von den Krähen, sie waren noch nicht zu sehen, doch über ihnen, hoch oben im klaren Herbsthimmel, schwebte der Falke und schrie seinen triumphierenden Schrei! Er hatte sich nicht länger zum Narren halten lassen, er war zurückgekommen.

»Wir müssen weg!«, schrie Lulu. »Los, da hinein in die Höhle!«

Zum Glück verstanden die anderen schnell und der Höhleneingang war nah. Sie zwängten sich in die Höhle, kauerten auf dem felsigen Boden. Die Alte hatten sie mit sich gezogen, gegen ihren Willen.

»Daschisch Bravo«, jammerte sie. »Mein Falke, mein Bravo! Isch will schu Bravo!« Die Kinder hatten Mühe, sie zu beruhigen. Wie ein trotziges kleines Mädchen versuchte sie immer wieder, sich aus ihrem Griff zu befreien und aus der Höhle zu entwischen.

»Der Falke gehört jetzt Clarisse«, erklärte Lulu. »Er ist nicht mehr dein treuer Bravo. Clarisse hat ihn verhext!«

Vermutlich verstand die Alte kein Wort. Sie war erschöpft, ihr Kopf sank nach vorne und sie schlief ein. Damiano packte sie vorsichtig unter den Achseln und zog sie ein Stück zurück, sodass sie mit dem Rücken an der Steinwand lehnte.

Sie sahen sich in ihrem Versteck um. Die Höhle schien aus einem Rest des Turmkellers zu bestehen, ein Steinbogen war erhalten geblieben und stützte ein Stück rissigen Gewölbes. Wo es endete, bildeten Brombeerranken und überhängendes Erdreich die Höhlendecke. Darunter lauerte das Loch mit seiner Tiefe und seinem modrigen Geruch und mit noch etwas anderem, das nicht in Worte zu fassen war und das dennoch alle fühlten. Die Kinder kauerten sich um ihre alte Schutzbefohlene herum und versuchten, nicht hinüberzuschauen zu dem Loch, auch nicht zu dem losen Erdreich darüber und zu der Gewölbedecke über ihren Köpfen. Die Mauern waren uralt und porös, Salpeter wuchs daran und bei jeder Bewegung rieselte er von oben auf sie herab.

»Die Höhle steht schon lange, sie wird nicht gerade jetzt einstürzen«, beteuerte Damiano voll bemühter Zuversicht.

»Hat er uns gesehen?«, fragte Rafaela mit einer Kopfbewegung nach oben.

Lulu zog ratlos die Schultern hoch. »Ich weiß nicht, wie lange er schon lauert. Corina hat versucht, mich zu warnen, aber ich habe sie nicht gehört. – Ich war zu sehr in Gedanken«, fügte sie unglücklich und schuldbewusst hinzu.

»Mist! Jetzt sitzen wir in der Falle, weil du nicht aufgepasst hast!«, schimpfte Wanda.

»Als ob du noch nie einen Fehler gemacht hättest«, fauchte Rafaela sie an.

»Ich bin ja auch kein allwissendes Hexenkind!«

»Hört auf zu zanken«, sagte Damiano. »Das hilft uns nicht weiter. Außerdem rieselt von da oben mehr Zeug auf uns runter, je lauter wir sprechen!« Die Mädchen verstummten.

»Wo ist Corina jetzt?«, fragte Damiano.

»Nicht weit, glaub ich«, schniefte Lulu. »Sie versteckt sich mit ihrer Bande in einem Wald hier in der Nähe.«

»Sag ihr, sie soll vorsichtig zu Ellwins Haus fliegen. Wenn die Männer heimkommen und die Krähen sehen, werden sie wissen, was geschehen ist.«

Lulu nickte.

»Und was tun wir in der Zwischenzeit?«, fragte Wanda.

»Wir warten«, antwortete Damiano, »und hoffen, dass das Mistvieh uns nicht gesehen hat.«

»Ischt kein Mischtvieh«, nuschelte die Alte, die wieder erwacht war.

»Wenigstens«, meinte Rafaela, »können wir jetzt sicher sein, dass unser Verdacht richtig ist. Sie hat ihren Falken wiedererkannt. Clarisse hat ihr auch den gestohlen.«

»Wenn ich nur wüsste, wie Mama da hineinpasst«, überlegte Lulu. »Und der Fluch. Vielleicht hat das alles gar nichts miteinander zu tun.«

»Träum weiter«, höhnte Wanda.

Lulu antwortete nicht. Sie wälzte sich auf den Bauch und robbte an den Rand des Lochs. Kälte und Feuchtigkeit und Modergestank wehten zu ihr herauf. Damiano näherte sich dem Loch auf dieselbe Weise. Er löste seinen Gürtel, wühlte ein Feuerzeug aus seiner Hosentasche, zündete es an und ließ es am Gürtel in das Loch hinab. Die winzige Flamme beleuchtete ein kleines Stück bodenloser Schwärze. Doch unmittelbar unter ihnen, gar nicht so sehr tief, ragte ein schmaler Felsvorsprung waagerecht in den Abgrund. Zusammengerollte Seile lagen darauf, ein rostiges Rad, eine zerbrochene Stange und etwas, das golden glänzte, vielleicht eine kleine Kiste.

»Merkwürdig«, murmelte Damiano. »Ich glaube fast, wir haben den Platz gefunden, an dem Clarisse all die Jahre gelegen hat, verdeckt von Dreck und Schutt. Dann ist sie aufgewacht, hat den ganzen Schutt in den Abgrund gewälzt und ist heraufgekrochen.«

Wanda und Rafaela robbten ebenfalls heran.

»Beim Hochkriechen hatte sie Hilfe«, sagte Wanda und zeigte auf die Seile und das andere Zeug. »Sieht aus wie ein kaputter Flaschenzug.«

»Das, was da so golden glänzt, ist das ein Kistchen?«, fragte Rafaela.

»Vielleicht ein Schatz«, sagte Wanda.

»Mist, dass die Seile unten liegen«, fluchte Damiano. »Sonst könnte ich mich runterlassen und das Ding holen.«

»Wir haben Gürtel«, sagte Lulu.

»Die reichen nicht«, brummte Damiano nach einem abschätzenden Blick hinunter.

»Und Ralfs Leine.«

»Reicht immer noch nicht.«

»Aber schau, Anassia, äh, die Alte hat einen Strick zweimal um ihren Bauch gewickelt.«

»Hm.«

»Lass es uns versuchen!«

»Könnt ihr mich denn wieder raufziehen?«, fragte Damiano zweifelnd.

»Du musst ziehen«, ordnete Rafaela an. »Eine von uns geht runter!«

»Bumbum!«, rief Bumbum, aber das kam nun wirklich nicht infrage. Zwar war er der Leichteste, aber sie würden vor Angst sterben, wenn sie ihn über dem Abgrund baumeln sähen.

Kurz überlegten sie, ob Ralf ein geeigneter Kandidat wäre. Er war ein geschickter Kletterer, brauchte vermutlich nicht einmal ein Seil, doch er war leider nicht der Klügste. Er könnte das Kistchen in den Abgrund fallen lassen, dann wäre es für immer verloren.

»Ich gehe«, verkündete Lulu.

Damiano machte ein skeptisches Gesicht. Wanda auch.

»Du musst dich nicht verpflichtet fühlen, weil ich vorhin mit dir gemeckert habe«, sagte sie großzügig, »weil du Corina nicht gehört hast und so.«

»Das ist es nicht«, widersprach Lulu, obwohl es das zum Teil natürlich doch war. »Ich wiege nicht viel. Unser zusammengestoppeltes Seil wird bei mir nicht reißen. Und ihr könnt mich leicht wieder raufziehen.«

Niemandem war wohl bei der Vorstellung, Lulu selbst auch nicht. Ganz im Gegenteil, es war ein gruseliger Gedanke, in Clarisses Grab oder was ihr Grab hätte werden sollen, hinabgesenkt zu werden. Andererseits, wenn sie das

Kistchen haben wollten, mussten sie es heraufholen. Und Lulu war wirklich die geeignetste Person für dieses Vorhaben.

Also verhakten sie alle ihre Gürtel, verknoteten sie mit Ralfs Leine und Anassias Strick. Damiano riss und zerrte an dem zusammengeknüpften Seil, um zu prüfen, ob es hielt, dann band er es Lulu um die Brust und ließ sie langsam hinab.

Mit dem Feuerzeug in der Hand sah Lulu den Boden des Vorsprungs immer näher kommen. Ihre Beklemmung wuchs, Atemnot stellte sich ein, und das lag nicht nur an dem Seil, das ihr die Brust umschnürte. Auf diesem Vorsprung war Clarisse begraben gewesen. Neunundneunzig Jahre lang hatte sie dort gelegen. Neunundneunzig Jahre Qual und Hass hinterlassen Spuren, auch auf kalten Felswänden. Lulus Herz schien zerspringen zu wollen, in ihrem Kopf war ein schreckliches Summen, ihr Magen krampfte sich zusammen, Säure stieg ihr in den Mund. Als sie endlich den festen Boden des Vorsprungs unter den Füßen fühlte, ließ sie in der Hast das Feuerzeug fallen, griff blind nach dem goldenen Kistchen und wollte nur noch weg, raus aus dieser schrecklichen Gruft.

»Zieh mich hoch!«, schrie sie panisch.

Damiano reagierte sofort und zog sie hoch. Wanda betete, und Rafaela murmelte Hexensprüche, damit das Seil nicht riss.

Völlig erschöpft lag Lulu auf dem Boden, nass von kaltem Schweiß. Gerade noch schaffte sie es, sich umzudrehen, dann erbrach sie sich in das Loch hinein. Rafaela hielt sie fest. Die anderen tätschelten ihr hilflos den Rücken. Als der Anfall vorbei war, steckte Bumbum ihr liebevoll ein Bonbon in den Mund.

Dann war es so weit, sie sahen sich das goldene Kistchen an – bloß, dass es kein Kistchen war. Es war ein Sprechendes Buch mit einem goldenen Deckel.

»Schön!«, rief die Alte, patschte in die Hände und begann wild zu brabbeln. Das meiste war nicht zu verstehen, doch es schien darum zu gehen, dass sie selbst in vielen Sprechenden Büchern vorkam und dass dieses hier bestimmt auch von ihr handelte.

»Würde mich wundern«, brummte Damiano. Er schob es zu Lulu. »Du hast es geborgen, du schlägst es auf!«

Alle drängten sich dicht um Lulu, sahen gespannt, wie sie ihre Hand auf den Deckel legte und das Buch mit einem Seufzer erwachte. Sie schlug es auf.

Lauer Wind und der Geruch nach Erde entströmten dem Buch. Vogelstimmen. Ein Turm inmitten von Feldern, Felder, so weit das Auge reichte, bepflanzt mit kurzen, sorgsam aufgebundenen Sträuchern. Doch die wirkten krank, grau und vertrocknet. Ein Kind stand auf der Turmplattform, sagte ein paar Worte in der Hexensprache, und rings um den Turm, in den graubraunen Feldern, begannen einzelne rote Blüten zu leuchten, als ob man Laternen angezündet hätte.

Lulu blätterte um, wieder der Turm, wieder ein Kind, ein Junge diesmal, vorher war es ein Mädchen gewesen. Er sprach die Worte und draußen in den Feldern funkelten ein paar Blüten mehr. Nächste Seite, das gleiche Szenario – die Sprüche änderten sich, die Kinder wechselten sich ab, doch es geschah immer das Gleiche – mehr leuchtend rote Blüten in den grauen Feldern um den Turm.

»Das ist doch …«, Lulu fuhr sich ratlos durch die Haare.

»Verboten ist das!«, rief Rafaela empört. »Hexensprüche in ein Sprechendes Buch zu packen, das ist ganz streng verboten. Hexensprüche dürfen nur im Kopf von Hexen sein, sonst nirgends! Da könnten ja …«

»Schon klar«, unterbrach sie Damiano. »Schreckliche Dinge könnten geschehen, wenn Hexensprüche so leicht zu haben wären. Aber das«, er zeigte auf das Buch, das weiter vor sich hin murmelte und mit jeder neuen Seite neu erwachende Rosen zeigte, »das ist doch Kleinkram!«

»Wie bitte?«, fragte Rafaela scharf.

»Versteh mich nicht falsch, Hexensprüche in einem Sprechenden Buch sind sicher ein schlimmer Verstoß gegen die Hexengesetze, aber das hier sind bloß Gärtnersprüche. Wir haben Lulus Leben riskiert für ein paar Gärtnersprüche!«

Nun ja, das war nicht zu leugnen. Allerdings gab es einen Turm in dem Buch. War es dieser Turm, in dessen Ruinen sie jetzt kauerten? Neugierig blätterte Lulu die Seiten um, und plötzlich – plötzlich ertönten die Worte, die sie so gut kannte: *»Häuscher af busch, häuscher af rossen. Vun seven af seven af seven. Sin ville de …«* Lulu knallte das Buch mit einer Wucht zu, als gälte es, tausend Taranteln zu zerquetschen.

»Vergiss es!«, schrie sie Wanda an. »Vergiss sofort jede Silbe!«

Wanda nickte, weiß vor Schreck.

Alle schwiegen. Nur die Alte wimmerte leise, weil das hübsche Spielzeug, das goldene Buch, so plötzlich zum Verstummen gebracht worden war.

»Jetzt wissen wir, wie es passiert ist«, sagte Rafaela nach einer Weile. Ihre Stimme klang belegt, sie räusperte sich. »Jemand hat den Fluch in dieser Sammlung von Segenssprüchen versteckt. Clarisse hat das Buch gefunden und bestimmt ganz begeistert die Sprüche vom Turm aus in ihre Felder gerufen, bis sie zu der Seite mit dem Fluch kam. Und dann …«

»Bumbum!«, rief Bumbum.

»Genau.«

»Ob Mama den Spruch in das Buch gesteckt hat?«, überlegte Lulu.

»Seid mal kurz still!« Damiano lauschte nach draußen. »Hört ihr das auch?«

Da war etwas wie unterdrücktes Kichern. Und während sie erstaunt lauschten, wandelte es sich in ein klingendes, silberhelles Lachen.

Sie sprangen auf, wollten hinaus, doch mitten im Gehen erstarrten sie. Zwei Frauen saßen draußen im Moos. Die eine war ältlich und dick, es war Else, die Köchin. Die andere war jung und schlank und wunderschön. Silberne Spangen glänzten in ihrem Haar, silberne Glöckchen blitzten in den Ohrläppchen, ihr blaues Seidenkleid umfloss sie wie ein Wasserfall, die blauen Augen strahlten. Sie war es, die gelacht hatte. Sie lachte immer noch.

»Fehn af de wonnen«, gluckste sie. In ihrer rechten Hand hielt sie eine Falknerstange, darauf hockte ein Jagdfalke mit einem Häubchen auf dem Kopf. Diamantsplitter zierten es und ein winziger Federbusch. Mit seinem scharfen Krummschnabel wirkte der Vogel wie ein strenggesichtiger, gefiederter General.

Ein Röcheln brodelte aus der Kehle der Greisin, sie schlug sich die Hände vors Gesicht. Lulu wurde es sehr kalt. Es schien, als verwandele sie sich in Eis. An den Füßen fing es an und stieg langsam hoch, bis zur Brust, bis zu ihrem Herzen.

Das schöne Mädchen warf fröhlich den Kopf zurück und schüttelte sein Blondhaar. Mit der Linken strich es zärtlich über das Gefieder des Falken.

»Ruh dich aus, mein Lieber«, sagte es. »Du warst sehr lange unterwegs.«

»Ihr seid Clarisse«, sagte Lulu. Selbst ihre Stimme klang wie Eis.

»So hieß ich früher«, erwiderte die Schöne, »heute bin ich Anassia Bolin. Bald nennt man mich Hoheit und in nicht sehr ferner Zukunft Majestät.«

»Ihr werdet nicht damit durchkommen«, sagte Rafaela. Auch ihre Stimme klang fremd, als müsse sie durch Watte reden. »Ihr könnt Euch nicht immer vor den anderen Hexen verstecken. Früher oder später wird Euch eine begegnen.«

»Das habe ich längst geregelt«, lächelte Clarisse. »Auch

Hexen sind käuflich, weißt du. Ein paar jedenfalls, und ich brauche ja nur ein paar. Sie wollen ein Stück vom Kuchen abhaben und sie werden ein Stück bekommen. Das nennt man Politik, meine arme Kleine.«

»Das nennt man ein Verbrechen«, entgegnete Rafaela.

Clarisse lachte. Sie lachte gern, sie war eine fröhliche Hexe.

Warum sind wir noch hier?, dachte Lulu verzweifelt. Warum rennen wir nicht um unser Leben?

Sie konnte sich nicht bewegen. Sprechen konnte sie, mit den Augen blinzeln, sogar den Hals wenden und die Finger bewegen, aber das war alles. Ihr restlicher Körper war erstarrt. Den anderen ging es genauso, sie merkte es an der Art, wie Rafaela neben ihr keuchte, verzweifelt versuchte, die Füße zu heben. Nur Ralf schien verschont, er kroch zu Damiano und umklammerte Schutz suchend dessen Beine. Doch was konnte Ralf schon tun? Lulu reckte den Hals und versuchte über Clarisses Kopf hinweg auf den Weg zu schauen. Da musste doch jemand kommen, es konnte doch nicht sein, dass niemand zu ihrer Rettung kam.

»Da ist niemand«, sagte Clarisse, die Lulus Blick bemerkte. »Doch selbst wenn jemand käme, könnte er nichts tun. Keine Person kann zu uns durchkommen, mein Bann schützt mich. Wachsoldaten könnten vielleicht schießen, aber du wirst keine sehen, ich habe keine mitgebracht. Wenn man etwas ordentlich erledigt haben will, muss man es selbst tun.« Eine ärgerliche Falte erschien zwischen ihren reizenden Augenbrauen. »Deine hässlichen Krähen haben uns ziemlich lange an der Nase herumgeführt«, sagte sie scharf. »Aber dann wurde mir klar, dass da etwas nicht stimmen konnte. Heute Morgen habe ich meinen guten Bravo zurückgerufen und ihn noch mal über der Stadt suchen lassen. Und siehe da – wo hat er euch gefunden?«

»Bravo, esch isch mein Bravo«, jammerte die Alte.

»Maul halten!«, fauchte Clarisse. Die Alte verstummte.

Clarisse lächelte wieder. »Graviatas Kinder am Ort des Verbrechens ihrer Mutter! Das hat was. Aber sagt mal«, wieder erschien die kleine Falte, »hat Graviata nicht vier Kinder? Ihr seid zu fünft!« Sie musterte ihrer aller Gesichter. »Du da!«, herrschte sie Wanda an. »Wer bist du?«

»Das ist Wanda, die Magd«, erklärte Else mit weinerlicher Stimme. Es war das Erste, was sie sagte. Vorher hatte sie dagesessen wie ein Maulwurfshügel.

»Die Magd!«, rief Clarisse. »Wie das passt!« Sie warf wieder lachend den Kopf zurück und ließ ihr Blondhaar fliegen. »Nun«, sie wurde ernst, »die Sonne geht gleich unter und wir haben einen weiten Weg zurück in den Palast. Bringen wir's zu Ende!«

»Was?«, fragte Lulu zittrig.

»Euer Leben!«, erwiderte Clarisse.

Else schluchzte.

»Ich weiß, mein Liebes«, tröstete Clarisse sie. »Wir haben uns das anders vorgestellt. Wir wollten, dass Graviatas Kinder in den Felsenkerker gebracht und in Käfige gesteckt werden. Wir wollten, dass sie dort verrotten, langsam, eins nach dem anderen, vor den Augen ihrer Mutter. Das geht jetzt nicht mehr, sie wissen zu viel. Ich glaube es zwar nicht, aber vielleicht würde doch jemand hellhörig werden.« Bedauernd schnalzte sie mit der Zunge. »Nicht zu ändern. Doch mir ist ein hübsches Ende für sie eingefallen. Ich werde dafür sorgen, dass Graviata davon erfährt. In allen Einzelheiten. Das wird ihr den Rest geben!«

»Warum?«, fragte Lulu.

»Das fragst du noch?«, schrie Clarisse. Die Anmut ihres Gesichts zerbrach wie eine Porzellanmaske. Uralter Hass loderte hervor. »Sie hat mich beraubt, sie hat mich zerstört! Du kennst doch den Fluch. Ihr habt sogar das Buch gefunden!« *»Verle!«*, befahl sie. Das Buch flog durch die Luft und landete vor Wandas Füßen.

»Sie hatte es gut bei mir, die kleine Mièle«, fuhr sie etwas ruhiger fort. »Ein gutes Leben, ein gutes Auskommen. Aber das genügte ihr nicht. Sie wollte alles. Und sie nahm sich alles, meine Rosen, mein Leben. Sie nannte sich Graviata, nach meiner Rose! Wisst ihr, dass die Essenz dieser Rose bis heute in ihren Schönheitswässerchen steckt? Doch jetzt«, sie atmete auf, »bin ich am Zug. Ihre Kinder, ihre kostbaren Kinder werden sterben, wenn die Reste des Turms über ihnen zusammenstürzen. Mein Grab wird euer Grab sein, *borleif*. Aber das Beste ist: Graviatas eigener Fluch wird den Turm endgültig zum Einsturz bringen und die bedauernswerten Hexenkinder samt ihrer Magd unter sich begraben! *Venderle!*« Das Buch zu Wandas Füßen blätterte murmelnd einige Seiten weiter, verhielt, die Worte des Fluchs ertönten.

»Sprich sie!«, schrie Clarisse. »Sprich die Worte, Magd!«

»Das tue ich nicht!«, sagte Wanda mit fester Stimme.

»Ach nein?« Erneut schrie sie einen Befehl. Wie *»verlanten«* klang es diesmal. Bumbums gelbe Stoffente flutschte aus seinen Armen und flog in Clarisses Schoß. Sie löste eine Nadel aus ihrem Haar, bohrte sie in den Bauch der Ente und im selben Moment begann Bumbum entsetzlich zu schreien. Clarisse bewegte die Nadel hin und her, kein Kind hat je so geschrien. Sie zog die Nadel heraus. Bumbum sackte wimmernd zusammen.

»Nun?«, fragte Clarisse lächelnd. »Noch mal?« Die Nadel näherte sich dem Stoffbauch des Tieres. Lulus Verstand weigerte sich zu begreifen. O sicher, er registrierte, speicherte die Erinnerung. Bis an ihr Lebensende sollte sie sich an Bumbums Schreie erinnern. Doch als es geschah, blendete ihr Verstand sich aus. Die Nadel bohrte sich in die Ente, Bumbum schrie, Wanda schaute um sich wie ein gehetztes Tier, ihr Blick traf den Damianos und wurde ruhig. Ganz leicht schüttelte sie den Kopf. Sie wollte nicht, dass er sie ansah, während sie sprach. Die Hexenkinder würden von den Trümmern des Turms begraben werden, sie aber würde sich vorher noch in eine monströse Mumie verwandeln. Damiano schloss die Augen, Wanda begann zu sprechen.

»Häusch...«, sagte sie, da unterbrach sie ein Knall. Nicht mal ein besonders lauter, er klang eher wie ein Peitschenknall. Clarisse schrie gellend auf und kippte zur Seite, die Nadel fiel ihr aus der Hand, die Falknerstange schepperte zu

Boden, der Falke flatterte umher, blind unter seiner Haube. Zwei Männer keuchten den Weg herauf, ein dicker und ein dünner. Der Dicke hielt eine kleine Pistole in der Hand und ihr Lauf rauchte noch.

»Wir kommen!«, stießen sie hervor. »Wir kommen!« Doch sie konnten nicht heran, der Bann hielt sie auf Distanz, wenige Schritte nur, aber entscheidende Schritte. Und Clarisse war nur leicht am Oberarm getroffen, rappelte sich hoch. Churro hob erneut die Pistole.

»Nein«, schrie Ellwin, »zu gefährlich, wir brauchen sie lebend!«

Clarisse schaute auf, ihr Gesicht war vor Schmerz und Wut verzerrt, doch ein böses Lächeln stieg in ihre Augen, sie öffnete den Mund. Da hatte Ralf seine Sternstunde. Wie eine pelzige Kanonenkugel flog er auf sie drauf, mitten in ihr Gesicht hinein. Er krallte sich in ihr fest, in ihrem Haar, in ihrer Haut, stopfte ihr mit seinem Wuschelfell den Mund, sie konnte den Spruch nicht sagen, sie konnte nur tonlos würgen. Wie ein Aal im Salzfass wand sie sich, versuchte sich zu befreien, doch Waschbärenkrallen sind lang und stark.

Die Kinder sahen sie zappeln und strampeln, hörten sie würgen, ihre Bewegungen wurden fahriger, krampfiger, das Würgen schrecklicher. Ralfs Fell war mit Churros Lösungsmittel getränkt, es machte sie benommen, lähmte ihre Kampfkraft. Doch wie lange würde das gut gehen, man musste eingreifen, doch keins der Kinder konnte sich bewegen! Die Männer konnten sich bewegen, doch nicht bis zu ihnen durchdringen.

Da stellte sich Else auf. *»Versunen de wonnen vun fehn!«*, rief sie trotzig und entschlossen. Nichts geschah. Sie wiederholte den Spruch. Wieder nichts. »Ich kann es nicht! Es ist ein Gedankenspruch. Ich habe die Gedanken vergessen!«, schluchzte sie verzweifelt.

»Denk an Rosen!«, rief Rafaela.

»Zu einfach!«, rief Damiano. »Denk an Wolken!«

»An Wasser!«, schrie Wanda.

Lulus Gedanken überschlugen sich. An was musste man denken, um jemanden loszusprechen? Was entsprach am besten dem Gefühl von plötzlicher Freiheit? In Bruchteilen von Augenblicken zogen Mengen von Bildern durch ihren Kopf, ein Schmetterling, der zum ersten Mal seine Flügel entfaltet, ein Kind, das nach langen Unterrichtsstunden über eine Wiese tobt, Corina, wie sie aus ihrem Käfig flog.

»Spiegeleier«, rief Else und schlug sich mit der Hand vor die Stirn. Sie schloss die Augen in höchster Konzentration. *»Versunen de wonnen vun fehn«*, sprach sie laut und deutlich. Diesmal wirkte es. Der Bann brach zusammen. »Sie hat ihre Sprüche immer mit Gedanken ans Essen kombiniert«, sagte Else. »Sie liebt es zu essen. Hat ja auch fast hundert Jahre lang nichts bekommen.«

Niemand hörte ihr zu. Alle stürzten zu Ralf, der immer noch tapfer kämpfte und dabei jämmerlich jaulte. Die Mädchen umklammerten Clarisses zuckende Glieder, Churro tränkte sein Taschentuch mit einer klaren Flüssigkeit aus einer Flasche, die er aus seiner Jackentasche zog. »Eins, zwei und drei!«, kommandierte er. Bei drei löste Damiano den Waschbär von Clarisses Gesicht und Churro drückte ihr das Tuch auf die Nase. Sie kämpfte nur kurz, dann lag sie still und wehrte sich nicht mehr, als sie mit Gürteln gefesselt und Churros Halstuch geknebelt wurde. Es war vorbei. Die Gefahr war abgewendet, fürs Erste jedenfalls.

Besonders schön sah Clarisse nicht mehr aus, ihre Frisur war zerstört, ihr Gesicht zerkratzt und verschwollen, ihr Kleid zerrissen und mit Moosflecken und etwas Waschbärkot verschmiert. Dem tapferen Ralf war während seines Kampfs ein kleines Malheur passiert.

Churro schwenkte die Flasche mit dem Lösungsmittel für Farben. »Wir sollten sie in regelmäßigen Abständen daran schnuppern lassen«, sagte er. »Zwar haben wir sie geknebelt, aber ich würde mich sicherer fühlen, wenn sie ihre Sprüche nicht mal denken kann.«

»Was für ein Glück, dass du das Zeug dabeihattest«, sagte Wanda.

»Hab's ja gerade erst gekauft.« Die Hexenkinder berührten ihre Amulette.

»Und deine Pistole«, fügte Wanda hinzu.

»Die hab ich immer dabei.«

Churro und Ellwin waren ebenfalls reichlich zerkratzt. Sie waren im Schutz der dornigen Büsche den halben Weg zum Turm heraufgekrochen. Von dort aus hatte Churro geschossen – und getroffen.

»Nicht übel, Dicker«, sagte Ellwin anerkennend.

»Danke, Euer Gelehrsamkeit«, erwiderte Churro.

»Sollten wir die Schusswunde nicht verbinden?«, fragte Wanda.

»Später«, winkte Ellwin ab. Er saß auf dem Boden und streichelte Bumbums Bäuchlein. Der Kleine lag zusammengeringelt auf seinem Schoß, nuckelte am Daumen und schluchzte hin und wieder heftig auf. Seine Ente hatte er Rafaela in die Hand gedrückt und ihr bedeutet, sie solle ihr den Bauch verbinden. Sie hatte es getan und dazu sogar einen Streifen Stoff aus ihrer Bluse gerissen. Ein Krähenschwarm umsegelte kreischend die Turmruine. Corina landete auf Lulus Schulter und schmiegte das Köpfchen in ihre Halsbeuge.

»Die Krähen haben uns hergeführt«, erklärte Ellwin. »Sie saßen im Hof, als wir ankamen, brav und still wie eine Schar schwarzer Hühner. Sie haben uns nicht mal mehr ins Haus gehen lassen, flatterten vor uns her, immer dicht über dem Boden und mucksmäuschenstill. Ich wusste, was das zu bedeuten hatte, und bin fast gestorben vor Angst um euch. Es konnte ja nur heißen, dass der Falke wieder aufgetaucht war und mit ihm vermutlich Clarisse.«

»Erst auf dem Weg hierher hat Ellwin mir von dieser Körpertauschgeschichte erzählt«, fiel Churro ein. »Ich dachte, er spinnt! Ehrlich, Federfuchser«, wandte er sich an Ellwin, »wieso hast du mir nicht früher davon erzählt? Hältst du mich für zu blöd, einfache Zusammenhänge zu begreifen?«

»Ich wollte erst sichergehen«, rechtfertigte sich Ellwin. »Ich habe in Geschichtsbüchern nachlesen wollen, ob ein

Fall von Körpertausch wirklich einmal bezeugt und dokumentiert wurde oder ob es nicht bloß Schund aus den Sprechenden Büchern ist, die ihr alle so liebt.«

»Von wegen liebt«, sagte Wanda schaudernd. »In meinem ganzen Leben werd ich mir keins mehr anschauen. Nie werd ich vergessen, wie wir alle dastanden und ich den Fluch sagen sollte.«

»Niemand von uns wird das je vergessen«, sagte Damiano. Er zog sie an sich und küsste ihr Haar. »Ich bin sehr froh, dass du dich nicht in eine Mumie verwandelt hast und dass ich noch da bin und dich im Arm halten kann.«

»Die Sonne geht unter, meine lieben Freunde und Turteltäubchen«, bemerkte Churro, »wir sollten aufbrechen. Ich würde vorschlagen, wir bringen das da«, er zeigte auf die gebundene Clarisse, »und das alte Mütterchen zur Hexenpolizei. Egal wie unangenehm diese Kerle sind, sie werden uns glauben müssen. Schließlich brauchen sie nur einen Blick auf die beiden zu werfen.«

Da hatte er recht. Nur – die Sache hatte einen Haken. Niemand von ihnen wusste, wo die Hexenpolizei residierte. Nirgendwo in der Stadt oder der Umgebung gab es ein Gebäude mit der Aufschrift »Hexenpolizei« und niemand hatte je von einem solchen Gebäude irgendwo auf der Welt sprechen hören.

»Ich glaube, sie kommen, wenn man sie ruft«, sagte Lulu. Aber wie man sie rief, wusste sie auch nicht, sicher nicht, indem man sich hinstellte und »Hexenpolizei!« brüllte.

»Der König kann sie rufen«, sagte Wanda. »Ich weiß, dass

in seinem Arbeitszimmer im Palast eine Glocke ist. Wenn er die läutet oder es einem der Offiziere befiehlt, kommt die Hexenpolizei.«

»Vergiss es!«, sagte Rafaela. »Wir kommen nicht einmal in die Nähe des Palastes. Wir werden verhaftet, und bevor wir wissen, wie uns geschieht, baumeln wir allesamt in hübschen Käfigen von der Spitze des Felsenkerkers. Nicht nur, dass wir Kinder oder Freunde einer Hochverräterin sind, wir haben auch noch die Braut des Kronprinzen misshandelt.«

»Wenn wir wüssten«, überlegte Lulu, »ob die kleine Pforte in der Mauer immer noch Mamas Bann trägt.«

»Das tut sie«, sagte Else.

Sie hatten sie fast vergessen. Still und stumm hatte Else im Hintergrund gekauert und nur hin und wieder die alte Anassia gestreichelt, die ihrerseits selig den Falken kraulte. Unter seinem Häubchen war er friedlich wie ein neugeschlüpftes Küken.

»Madame?«, fragte Ellwin kühl.

»Der Bann ist noch da«, erklärte Else. »Ich weiß, dass ihr mir misstraut, und ihr habt auch allen Grund dazu, aber ich sage die Wahrheit. Der Bann ist noch da. Ich habe diese Pforte sehr oft für meine …«, sie seufzte, »für Clarisse geöffnet. Eure Mutter hat den Bann ja auch für mich durchlässig gemacht«, fügte sie hinzu und schlug die Augen nieder.

»Hm«, brummte Ellwin, »selbst wenn Ihr die Wahrheit sprecht, was hätten wir davon, wenn wir durch diese Pforte gehen? Wenn ich die Erzählungen der Mädchen richtig verstanden habe, führt sie in die Nähe des Hauses, in dem sie mit ihrer Mutter gelebt haben. Sollen wir uns dort einquartieren und hoffen, dass man uns nicht entdeckt? Das würde nie und nimmer gelingen! Spätestens morgen früh bei Tagesanbruch befänden wir uns in den Händen der Palastwache. Und selbst wenn nicht, was würde es uns nützen? Die Glocke zum Herbeirufen der Hexenpolizei ist im Inneren des Palastes.«

Else hatte demütig gewartet, bis Ellwin ausgeredet hatte. »Es gibt einen geheimen Weg durch den Palastgarten ins Schloss«, erklärte sie dann. »Ich bin ihn oft mit Clarisse gegangen. Sie hat sich mehr als einmal heimlich aus dem Schloss geschlichen und ist genauso heimlich wieder zurückgekehrt. Ich war immer dabei, ich musste ja die Pforte für sie öffnen. Ich kann euch in den Palast führen, bis in die inneren Gemächer.«

Das war nun allerdings ein Angebot, das man in Erwägung ziehen sollte. Aber durften sie ihr trauen? Durften sie sich auf solch einen gefährlichen Plan mit ihr einlassen?

Vermutlich verrieten ihre misstrauischen Gesichter, was sie alle dachten, denn Else brach in Tränen aus. »Ach, ich wollte das nicht!«, weinte sie. »Ich wollte sogar mit euch fliehen, damals an diesem schrecklichen Tag! Aber sie hat mich erwischt, als ich durch die Straßen lief und Bumbum suchte. Ich konnte mich nicht von ihr befreien. Ich war es …«, sie schluchzte und schaute mit Augen voller Tränen zu der Alten. »Ich war es, die Anassia Bolin zu Clarisse gelockt hat.«

Niemand antwortete ihr, niemand wusste etwas zu sagen auf dieses Geständnis hin.

»Ich habe dafür gesorgt, dass der Prinz mich als Köchin mit in die Sommerfrische zu Anassias Elternhaus nahm«, fuhr sie fort. »Eure Mutter hat mich dort gesehen und mich wiedererkannt, als wir uns im Palastgarten trafen. Vielleicht erinnert ihr euch daran.« Natürlich erinnerten sich Lulu und Rafaela daran und auch wie merkwürdig Else reagiert hatte.

»Die kleine Anassia«, fuhr die Köchin fort, »vertraute mir. Sie war …«, Else biss sich auf die Lippen, »sie ist in vielem noch wie ein Kind. Ich habe ihr erzählt, dass ich in der Stadt eine Adresse wüsste, wo sie ein Zaubermittel kaufen könnte, das ihren Prinzen innerhalb von Augenblicken zum schönsten Mann des Landes macht. Einfach so, ohne Graviatas langwierige Kuren. Und sie ist sofort darauf angesprungen. Gar nicht schnell genug konnte es ihr gehen!«

»Und du hast sie hierher zu Clarisse gebracht.«

Else nickte. »Ich bin dann mit Clarisse zurückgefahren. Anassia haben wir in der Hütte gelassen. Niemand hat etwas gemerkt.«

»Warum?«, fragte Lulu. »Warum hast du das getan?«

»Sie hat mich zu sich gelockt«, heulte Else. »Erst nur in meinen Träumen. Aber dann musste ich immerzu an dieses Haus hier denken, an das Rosenhaus, meine ich, morgens, mittags, abends, einfach immer. Eines Tages bin ich hergekommen. Ich musste einfach. Und da war sie. Sie hat gesagt, sie würde mich reich machen. Graviata habe uns unser

Vermögen gestohlen, wir würden uns an ihr rächen und uns unser Vermögen zurückholen.«

»Euer Vermögen?«

Else nickte. »Ich bin mit ihr verwandt«, sagte sie leise. »Mein Großvater war ihr Neffe.«

»Die Kinder!«, rief Lulu »die Kinder, die mit Clarisse hier gelebt haben! Wir haben von ihnen gehört. Sie sind also nicht alle beim Einsturz des Turmes umgekommen!«

Else schüttelte den Kopf. »Nur Clarisse ist verschüttet worden, sonst niemand. Eure Mutter war ein Waisenkind, das Clarisse bei sich aufgenommen hatte und das es ihr übel gedankt hat.«

»Eure Clarisse, Madame Else«, sagte Ellwin mit bebender Stimme, »ist eine Frau, die kleine Kinder foltert und dabei lächelt. Ich frage mich, was ein Waisenkind bei ihr für ein Leben hatte. Vielleicht hat sie damals ganz einfach das falsche Kind gefoltert!«

Else erwiderte nichts darauf.

»Wir sollten gehen«, drängte Churro. »Gleich ist es stockdunkel. Können wir ihr trauen?« Alle blickten auf Lulu. Die schaute Else lange an.

»Ja«, sagte sie schließlich. Else atmete auf.

»Hast du Clarisse aus dem Loch gezogen?«, fragte Wanda noch.

Else schüttelte den Kopf. »Sie lebte in der Hütte, als ich kam. Ich glaube, ein paar Vagabunden, die damals hier hausten, haben sie herausgeholt. Aber ich habe Clarisse nie gefragt, was danach aus ihnen geworden ist.«

Sie packten zusammen, als Ellwins Blick auf das goldene Buch fiel. »Wir können es nicht hier herumliegen lassen«, sagte er. »Was sollen wir damit machen?«

»Das!«, schrie Damiano und versetzte dem Buch einen gewaltigen Fußtritt, das über den Felsboden der Höhle schlitterte und in das Loch fiel. Erst nach einigen Augenblicken hörten sie den Aufschlag.

»Das war unüberlegt«, tadelte Ellwin. »Es ist schon mal aus einem Grab aufgetaucht. Es könnte ihm wieder gelingen!«

»Unsinn!«, nahm Churro seinen Sohn in Schutz. »Du hast selbst gehört, wie tief dieser Abgrund ist. Außerdem können wir ja der Hexenpolizei verraten, wo es liegt. Und jetzt machen wir bitte, dass wir hier wegkommen!«

Corina flatterte zu ihren Krähenkumpanen in die Turmruine. Lulu winkte ihr nach, am Morgen würden sie sich wiedersehen. Wenn alles gut ging. Wenn sie es schafften, heil in den Palast zu kommen und die Hexenpolizei zu rufen.

Bloß nicht dran denken, immer schön einen Schritt nach dem anderen.

Clarisse bekam sicherheitshalber noch einmal eine Dosis Lösungsmittel verpasst, dann lud Ellwin sie sich über die Schulter. Churro und Damiano nahmen die Alte zwischen sich, um sie zu stützen und über schwere Wegstrecken hinwegzuheben, Rafaela trug Bumbum und Lulu den erschöpften Ralf. Er weigerte sich, auch nur noch einen Schritt zu tun, vertrat den Standpunkt, er habe für einen Tag genug geleistet, und das stimmte ja auch. Else musste den

Falken übernehmen, Wanda lief vorneweg und leuchtete ihnen mit Churros Feuerzeug. Es war eine seltsame Kolonne, die sich den Hügel hinunterbewegte und den Weg zu Ellwins Haus einschlug. Gut, dass es dunkel war, bei Tag hätte sie einiges Aufsehen erregt.

Als sie das Haus endlich erreichten, war Lulu ungeheuer dankbar, Ellwin sagen zu hören, dass sie alle ein wenig rasten und sich erfrischen sollten, bevor sie zum nächsten Abenteuer aufbrächen. Else stimmte ihm zu. Je später sie in den Palast eindringen würden, umso geringer wäre die Gefahr, erwischt zu werden.

Sie säuberten sich und machten sich ein wenig zurecht, bevor sie sich zum Essen setzten. Schließlich würden sie bald einen Königspalast betreten, wenn auch auf unübliche Weise, durch einen Geheimgang, den Else ihnen zeigen wollte. Die fuhr in ihrer Beichte fort. Jetzt, da sie einmal angefangen hatte, war sie nicht mehr zu bremsen.

Sie erzählte, wie Clarisse sie gezwungen hatte, sie draußen beim Rosenhaus mit Speisen zu versorgen und ihr alles über das Leben im Palast zu berichten. Sobald Else zum ersten Mal den Namen Graviata erwähnte, hatte Clarisse gewusst, um wen es sich bei dieser berühmten Hexe handelte, und in ihrem Kopf hatte der Plan zur Rache langsam Formen angenommen. Zuerst hatte sie die vage Vorstellung gehabt, den Körper der Königin zu stehlen, aber das hätte wohl selbst ihre Fähigkeiten überfordert.

Dann hörte sie von der geplanten Hochzeit und wandte ihre Aufmerksamkeit Anassia Bolin zu. Sie war ein viel leichteres Opfer, geradezu ideal für ihre Pläne. Clarisse wollte ins Zentrum der Macht, sie wollte sich an Graviata rächen und sie wollte einen neuen Körper. Sie brauchte einen. Ihr eigener war durch den Fluch und den neunundneunzig Jahre langen Todesschlaf so alt geworden, wie er tatsächlich war. Keine ihrer Hexenkünste konnte daran etwas ändern. Als Anassia Bolin war sie jung, schön, unverdächtig und fast grenzenlos mächtig. Und in Else hatte sie eine willfährige Helferin.

Die Köchin erzählte, wie sie sich später auf Clarisses Befehl hin um die Stelle in Graviatas Haushalt bewarb und sie auch bekam. Der Prinz hielt große Stücke auf Graviata, er wollte, dass es ihr in ihrem neuen Heim an nichts fehlte, eine der besten Köchinnen des Palastes war gerade gut genug für sie. Es sei schlimm gewesen, sagte Else, all die Zeit mit ihnen zu verbringen, mit Graviata und den Kindern, sie lieb zu gewinnen und immer zu wissen, dass ein schreckliches Ende auf sie alle wartete. Damals seien ihr zum ersten Mal Zweifel gekommen, ob Graviata wirklich dieser Ausbund an Bösartigkeit war, als den Clarisse sie immer darstellte.

»Aber ich konnte doch nicht weg von Clarisse«, jammerte sie. »Ich war ihre Komplizin, und ich konnte euch nicht warnen, ohne mich selbst zu verraten. Außerdem ist Clarisse meine Verwandte, ich habe sonst niemanden mehr. Meine Eltern sind tot, ich war nie verheiratet und habe keine Kinder.«

»Du Ärmste«, sagte Wanda. »Ich fang gleich an zu heulen.

Hast du jemals daran gedacht, dass Clarisse gelogen hat, dass du vielleicht so wenig mit ihr verwandt bist wie mit Ellwin dort?«

»Halt mich da raus«, sagte Ellwin pikiert. »Zumindest hat Madame Else sich heute entschlossen, die Seiten zu wechseln und uns in höchster Not beizustehen. Dafür sind wir Euch dankbar, Madame Else, und ich bin sicher, dass, wenn alles gut ausgeht, woran ich nicht zweifele, Euer heutiges Verhalten sehr zu Euren Gunsten sprechen wird.«

Ungefähr da schlug Lulus Kopf mit einem Rums auf die Tischplatte, doch davon bekam sie nichts mit, sie war eingeschlafen.

Sie erwachte, als Ellwin ihr einen Becher schwarzes, heißes Zeug unter die Nase hielt. »Kaffee«, sagte er und flößte ihr ein paar Schlucke ein. Lulu schüttelte sich, es schmeckte scheußlich. Aber sie wurde wach.

»Es ist Zeit«, sagte Ellwin. »Churro hat den Wagen vorgefahren. Wir brechen auf.«

17. Kapitel

Eine dünne Mondsichel hing am Himmel und spendete gerade so viel Licht, dass sie sich auf ihrer nächtlichen Fahrt zurechtfanden. Ellwin hatte sich eine Geschichte ausgedacht, die er den Soldaten der Stadtwache hersagen wollte, falls sie angehalten würden, doch sie hatten Glück. Kein einziger Soldat patrouillierte in den verschlungenen Gassen, durch die Else sie führte. Sie brachte sie vor das Haupttor der Dienstbotensiedlung. Natürlich war es so spät in der Nacht längst verschlossen, aber Else hatte einen Schlüssel.

Als sie durch die Siedlung rollten, lugte Wanda durch einen Riss in der Plane. »Dort hab ich gewohnt«, raunte sie und zeigte auf eins der kleinen Häuser, das haargenau so aussah wie alle anderen.

»Noch kannst du weg«, sagte Rafaela. »Du kannst zu deinen Leuten zurück und behaupten, wir hätten dich entführt.«

»Dort sind keine Leute von mir«, sagte Wanda. »Ich hab bei Fremden gewohnt. Ihr seid meine Leute.«

»Oh!« Rafaela schluckte.

»Schon gut«, erwiderte Wanda.

»Tut mir leid«, begann Lulu, »dass wir dich nie nach deinem Leben gefragt haben, wo du herkommst, ob deine Eltern …«

Doch Wanda unterbrach sie. »Schon gut«, wiederholte sie.

»Wandas Eltern sind verarmt«, raunte Damiano seinen Schwestern zu. »Sie konnten ihre Kinder nicht mehr alle ernähren und da haben sie Wanda verkauft. Sie war damals erst …«

»Es ist gut, verdammt noch mal!«, rief Wanda mit erstickter Stimme. Sie brauchten kein Licht, um zu merken, dass ihre Freundin mit den Tränen kämpfte.

Der Wagen passierte ein weiteres Tor und rollte durch die Gasse zwischen den Mauern. Sehr bald schon ertönte Churros verhaltenes »Brrr!«, mit dem er die Pferde zum Stehen brachte. Sie hatten die Pforte erreicht. Im Licht der Wagenlaterne sah sie unverändert aus, genau wie früher, als die Kinder sie ständig auf ihren Wegen benutzt hatten. Doch würde sie sich auch noch öffnen wie früher?

Sie tat es, ganz selbstverständlich, genau wie Else es vorausgesagt hatte. Die Köchin huschte wendig und viel geschickter, als man es ihrem plumpen Körper zugetraut hätte, vor ihnen her, über einen Trampelpfad zwischen Sträuchern und tief hängenden Ästen hindurch. Sie alle mussten sich sehr bemühen, sie nicht aus den Augen zu verlieren und dabei so wenig Geräusch wie möglich zu machen. Es half ihnen kaum, dass sie diesen Teil des Parks von früher kannten, oft hatten sie mit Bumbum und den Tieren hier gespielt. Im spärlichen Mondlicht sah alles anders aus. Lulus

Herz raste, als wollte es ihr jeden Augenblick zum Hals herausspringen.

Die meisten Probleme bereitete ihnen die alte Anassia. Ihr Körper taugte nicht mehr für nächtliche Ausflüge durch Büsche und Sträucher. Die Greisin war erschöpft. Immer wieder hockte sie sich einfach auf die Erde und wollte keinen Schritt mehr tun, einmal schlief sie sogar ein und schnarchte leise. Schließlich löste Churro das Problem, indem er sie sich über die Schulter legte, gerade so wie Ellwin es mit Clarisse getan hatte. Zwar war es würdelos für eine Greisin, so transportiert zu werden wie ein Sack Rüben, aber wenigstens kamen sie voran.

Der Pfad endete vor einem Mäuerchen. Sie stiegen darüber und standen am Rand eines breiten Weges. Selbst in der Dunkelheit der Nacht konnten sie mühelos erkennen, dass sie nun im offiziellen Teil des Parks angelangt waren. Hier gab es kein Dickicht, in dem man sich verstecken konnte, nur weite, offene Flächen, aufgelockert von kleinen Teichen, Rabatten oder uralten Baumriesen, deren Stämme gerade und blattlos wie Säulen in den Nachthimmel ragten.

»Netter Geheimweg«, flüsterte Rafaela verdrossen.

Doch Else bedeutete ihr still zu sein, lauschte kurz in den Park hinein und huschte, nachdem sie nichts vernahm als das leise Säuseln des Windes, über den Weg, wo sie in tiefer Dunkelheit verschwand. Für Verblüffung war keine Zeit, sie huschten hinterher, und das geheimnisvolle Dunkel entpuppte sich als Labyrinth, ein Gartenlabyrinth aus dichten, schwarzen Eibenhecken. Schnell fassten sie sich an den

Händen, bildeten eine Kette, damit niemand verloren gehen konnte. Else und der eifrige Ralf übernahmen die Führung. Winzige, ganz schwach leuchtende Steinchen wiesen ihnen den Weg. Clarisse hatte sie ausgelegt, erklärte Else flüsternd. Tagsüber seien sie von einer fahlbläulichen Farbe, nur schwer von den gewöhnlichen Kieseln zu unterscheiden, aus denen die Pfade des Labyrinths bestanden.

Sie bog ein paar Eibenzweige auseinander und bedeutete ihnen, hindurchzutreten. Da schien ein altes Gemäuer zu sein, gleich hinter der Hecke, sehen konnten sie nichts, das Mondlicht drang nicht in diesen schattigen Winkel, doch es roch nach feuchten, moosigen Mauersteinen und modrigem Mörtel. Das leise Klirren eines Schlüsselbundes erklang aus Elses Richtung und eine weitere Pforte öffnete sich in ein steiles, von trübem Gaslicht schwach erhelltes Treppenhaus.

»Da hinauf«, wies Else sie an und mahnte sie, so leise wie möglich zu sein. Sie gaben sich redlich Mühe, aber es war nicht leicht. Die hölzernen Stufen knarrten, und die beiden Männer keuchten unter ihrer jeweiligen Last, vor allem Churro, denn die Alte war erstaunlich schwer. Die letzten Stufen der Treppe erstürmte er im Laufschritt, doch oben war ihr Weg noch nicht zu Ende. Immer weiter hasteten sie hinter Else her, durch einen schier endlosen Gang mit unzähligen Biegungen bis zu einer unscheinbaren Tür ohne Klinke. Diese war offensichtlich ihr Ziel.

Else flüsterte, dass sie alleine vorgehen müsse, um zu prüfen, ob die Luft rein sei, und fummelte im Seitenritz des Türblatts herum. Es knackte, die Tür öffnete sich und Else verschwand. Niemand sagte etwas, doch alle dachten das Gleiche: Was, wenn sie uns verrät! Was, wenn sie die Palastwache alarmiert! Ein paar überaus unangenehme Augenblicke verstrichen.

Aber die Köchin verriet sie nicht. Sie öffnete die Tür von innen und ein wunderschönes Zimmer lag vor ihnen. Die schweren Vorhänge waren geschlossen, ein paar Lampen brannten. Ihr Schein fiel warm auf Polstermöbel und hübsche kleine Tische, Kommoden, Wandborde voller Kristall und Porzellanfiguren, Gemälde und Teppiche. Ein zarter Duft nach Rosen hing im Raum.

»Das ist Clarisses Wohnzimmer«, sagte Else nicht ohne Stolz.

»So lässt sich's leben«, murmelte Wanda.

Staunend bemerkte Lulu, dass von der Tür, durch die sie gekommen waren, im Zimmer nicht das Geringste zu sehen war. Sie passte sich nahtlos ein in die Holztäfelung der Wand.

Mit zwei tiefen Seufzern ließen die Männer ihre Last auf die Polster sinken. Die greise Anassia schaute sich mit weit aufgerissenen Augen um, bemüht zu begreifen. Manchmal glitt ein Lächeln über ihre Runzeln. Else zündete das vorbereitete Feuer im Kamin an und servierte auf einem Tablett kleine Gläschen mit einer goldenen Flüssigkeit, Likör, wie sie sagte. Er war süß und wärmte den Bauch. Sogar Bumbum durfte ein halbes Fingerhütchen davon nippen. Churro ließ sich in einen Sessel fallen und winkte Else mit seinem Glas, damit sie es nachfülle.

»Mach es dir nur gemütlich, Dicker«, sagte Ellwin. »Schließlich haben wir ja heute nichts mehr zu tun!«

»Schnaps ölt die Gehirnzellen, Federfuchser!«, knurrte Churro, trank dann aber doch nur noch einen winzigen Schluck.

»Und jetzt?«, fragte Wanda. »Wie geht's jetzt weiter?«

»Ganz einfach«, meinte Damiano. »Der Geheimgang, durch den wir gekommen sind, führt doch bestimmt auch zu den Gemächern des Königs. Else bringt uns hin, wir läuten die Glocke und das war's!«

»O nein«, rief Else erschrocken, »das kann ich nicht tun. Ich kenne den Gang nur bis zu diesem Zimmer. Wo die Gemächer des Königs liegen, weiß ich nicht. Außerdem wird die Glocke für die Hexenpolizei Tag und Nacht von der Garde bewacht.«

»Tag und Nacht?«, fragte Ellwin.

»Tag und Nacht«, wiederholte Else.

Ellwin schnalzte ärgerlich mit der Zunge und runzelte die Brauen.

»Wir müssen mit ihm reden«, sagte Lulu. Sie hatte sich das die ganze Zeit schon gedacht, aber sich nicht getraut, es auszusprechen. Doch es führte kein Weg daran vorbei, sie mussten mit ihm reden.

»Mit dem König?«, fragte Wanda ungläubig. »Du spinnst, Lulu. Nicht einen einzigen Lidschlag lang wird er dir zuhören!«

»Mit dem Kronprinzen?«, fragte Lulu.

»Also den Kronprinzen«, sagte Else, »den könnte ich rufen.

Seine Zimmer liegen nicht weit von hier entfernt. Und die Wachen lassen mich bestimmt zu ihm.«

»Wird er denn kommen?«

»O ja, wenn ich sage, dass Clarisse, äh, Anassia, also seine Braut nach ihm verlangt.«

»Wollt Ihr das für uns tun?«, fragte Ellwin.

»Darauf kommt's jetzt auch nicht mehr an«, seufzte Else.

»Tja«, meinte Ellwin zögernd und sah sich in der Runde um. »Sollen wir das wirklich wagen?«

»Was können wir sonst tun?«, fragte Damiano zurück.

Niemand erwiderte etwas.

Else trat vor einen Spiegel, ordnete ihr Haar, holte tief Luft und verließ den Raum.

Sie waren allein, vier Hexenkinder und ihre Truppe im Herzen des Königspalastes, in der Höhle des Löwen. Im Gepäck hatten sie eine schreckliche Alte, eine misshandelte Prinzenbraut und eine haarsträubende Geschichte. Kein vernünftiger Mensch hätte ein ausgelutschtes Bonbon auf sie gewettet. Es war ganz still, die einzigen Geräusche kamen von ihrem Herzklopfen, ihren Atemzügen und einer kleinen Uhr auf dem Kaminsims. Kaum zu fassen, dass es in einem Gebäude, in dem so viele Menschen lebten, so still sein konnte.

Lulu sah eine hübsche Seidendecke auf einem Sessel und faltete sie auseinander, um sie über Clarisse zu breiten. Sie dachte, es wäre besser, wenn der erste Blick des Prinzen nicht auf das zerkratzte Gesicht seiner Angebeteten fiele. Doch sie kam nicht mehr dazu, die Decke ordentlich zurechtzuzupfen. Es war nicht länger still, Schritte näherten sich. Der Prinz konnte es nicht sein, sie näherten sich von der falschen Seite, von jenseits der holzgetäfelten Wand. Wachsoldaten waren es auch nicht, dazu waren die Schritte zu vorsichtig. Und warum auch sollten die Soldaten durch den Geheimgang laufen? Jemand machte sich von außen an der Täfelung zu schaffen.

»Liebling«, säuselte eine Stimme durch die Panele, »Liebling, ich komme, um dich mit Küssen und Blüten zu bedecken!«

Während alle noch fieberhaft versuchten, sich einen Reim darauf zu machen, gab es einen Klick im Mechanismus der Geheimtür, sie schwang auf, ein riesiger, bunter Blumenstrauß erschien, wurde ein paarmal verführerisch auf und ab geschwenkt, und ein Mann trat ein, ein vornehmer Mann, ganz ohne Zweifel. Sein Haar war lang und kunstvoll gelockt, sein Anzug mit Gold bestickt. Ein Lächeln lag auf seinen Lippen, das jedoch sofort erlosch, als er die unerwarteten Besucher entdeckte. Er schaute verdutzt und sie schauten genau so verdutzt zurück. Lulu überlegte, wo sie diesen Mann schon mal gesehen hatte, da fiel der Blick des Mannes auf Clarisse. Die Seidendecke verhüllte sie nur notdürftig, ihre gefesselten Beine waren zu sehen, das wirre Haar, die zerkratzte Stirn.

»Was ...«, stammelte er, blinzelte verstört, versuchte zu begreifen und dann sah er Damiano. »Du!«, stieß er hervor. Die Blumen fielen zu Boden, er öffnete den Mund, und bevor ihn jemand daran hindern konnte, schrie er los.

»Mörder!«, schrie er. »Mordio! Wache! Mordio!« Es war der Graf Vaserin. Vor unendlich langer Zeit, so schien es, hatten Lulu und Rafaela ihn über den Hauptmarkt schlendern sehen mit einer fröhlich hüpfenden Nanette an seinem Arm.

Churro und Ellwin stürzten sich auf ihn, versuchten ihm den Mund zu stopfen, doch es war zu spät. Wenn in einem Königspalast jemand Zeter und Mordio brüllt, dann stürzt die Wache herbei. Soldaten stürmten ins Zimmer, viele Soldaten, Gewehre im Anschlag.

»Verhaften!«, schrie der Graf. »Das da ist ein entsprungener Sträfling. Er ist gefährlich! Er hat schon mal versucht, mich zu ermorden!«

Damiano, weiß vor Schreck, versuchte einen Satz zum Fenster hin, aber die Soldaten fassten ihn. Chaos brach aus, die Kinder schrien, Ralf jaulte, der Graf tobte, der Hauptmann brüllte: »Ruhe!« Und als das nicht half, feuerte er seine Pistole ab.

»Was geht hier vor?«, fragte eine neue Stimme in die Stille hinein, die dem Schuss folgte. Prinz Dorvid hatte das Zimmer betreten, gefolgt von einer händeringenden Else. Sie hatte ihn offensichtlich aus dem Bett geholt, denn er trug einen langen, weiten Morgenmantel, weiße Handschuhe und pelzige Pantoffeln. Sein Gesicht sah nicht allzu scheußlich aus, nur etwas schief, die linke Hälfte war dicker als die rechte, das Auge zugeschwollen, Nase und Mundhälfte unregelmäßig aufgeschwemmt und nach oben verzogen. Und sein schönes, volles Haar war ihm ausgefallen, ein paar wenige Strähnchen umwehten seinen Kopf wie Federchen.

»Eine Verschwörung, Hoheit«, meldete der Hauptmann wichtigtuerisch. »Merkwürdige und äußerst gefährliche Individuen sind in den Palast eingedrungen, zweifellos in mörderischer Absicht!«

»Es sind Kinder dabei!«, stellte der Prinz erstaunt fest. »Und eine Greisin!«

»Mörder im Gemach Eurer Braut, Hoheit!«, rief Graf Vaserin und zog mit großer Geste wie ein Theaterdirektor die Decke von Clarisse. Jetzt erst sah der Prinz die Gestalt auf dem Sofa.

»Nassia!«, rief er außer sich vor Bestürzung. »Mein Liebes, was haben sie dir angetan?« Er lief zu ihr hin, schluchzte fast, als er sich über sie beugte, um ihr den Knebel zu entfernen.

»Nein!«, schrie Lulu. Sie wand sich aus den Händen des Soldaten, der sie festgehalten hatte, stürzte zur Liege und warf sich über Clarisse. »Nein!«, rief sie verzweifelt. »Lasst den Knebel! Ihr würdet alles nur noch schlimmer machen für Euch und Eure Braut und Eure Mutter! Bitte einen Augenblick nur, bitte!«

Der Prinz stutzte tatsächlich einen Moment. »Kenne ich dich?«, fragte er.

»Ich bin Lulu, Ludovica, Graviatas Tochter. Bitte, Prinz, ruft die Hexenpolizei, bitte!«

»Ha!«, schrie Vaserin. »Hexenkinder! Verräterkinder! Mörder!«

»Einen Augenblick nur, Prinz, bitte. Einen ganz kleinen.«

Flehend schaute Lulu den Prinzen an, Tränen stiegen ihr in die Augen, und sie zeigte mit Daumen und Zeigfinger, wie winzig der Augenblick nur sein müsste, den sie von ihm erbat.

»Was tut Ihr eigentlich hier, Graf?«, fragte der Prinz, ohne Lulu aus den Augen zu lassen.

»Ich, äh, ich kam zufällig vorbei, um nach dem Rechten zu sehen«, erwiderte Graf Vaserin, nur ganz leicht aus dem Konzept gebracht.

»Mitten in der Nacht«, sagte Rafaela.

»Durch den Geheimgang«, sagte Wanda.

»Mit einem riesigen Blumenstrauß«, sagte Rafaela.

»Säuselte was von Mit-Blüten-und Küssen-bedecken«, ergänzte Wanda. Wenn die beiden wollten, waren sie ein richtig gutes Team.

»Ich hab ihn schon oft in der Nacht einlassen müssen«, schluchzte Else.

»Dienstbotengeschwätz!«, rief der Graf. »Hoheit werden doch nicht auf Dienstbotenklatsch hören!«

»Ich bin hässlich, Graf«, erwiderte der Prinz kalt. »Aber ich bin nicht dumm.«

»Kennst du die Uhr?«, wandte er sich an Lulu.

Sie nickte ein wenig unsicher. Klar kannte sie Uhren, aber bloß Hexenuhren, die gingen anders.

Der Prinz nahm das goldene Ührchen vom Kaminsims und hielt es Lulu hin. »Wenn der lange Zeiger hier ist«, er zeigte auf die Zwölf, »sind drei Minuten um. So viel hast du, drei Minuten, um mich zu überzeugen, warum ich meine

Braut nicht befreien und euch nicht in den Kerker werfen soll!«

Das sah aus wie eine sehr kurze Zeit. Lulu schluckte und holte tief Luft.

»Diese Frau«, begann sie und zeigte auf Clarisse, »ist nicht Eure Braut. Ihr Name ist Clarisse und sie ist eine sehr starke und sehr böse Hexe. Sie hat«, Lulus Lippen zitterten, »meinen kleinen Bruder gefoltert und der ist erst drei Jahre alt!«

»Bumbum«, zirpte Bumbum.

Der Prinz sagte nichts. Die Uhr rückte vor.

Weiter!, ermahnte sich Lulu. »Clarisse hat den Schutzzauber gestohlen, den Mama für Euch und Eure Mutter, die Königin, gemacht hat. Und sie hat Euch krank gehext. Außerdem hat sie Eurer wirklichen Braut den Körper gestohlen und ihr den hässlichen, alten Körper gegeben, den sie vorher hatte. Eure Braut sitzt dort!«

»Diese abscheuliche Vettel?« Prinz Dorvids Stimme bebte vor Empörung. »Wie kannst du es wagen, mir solch eine Lüge aufzutischen! Schweig!« Er hieb mit der Hand durch die Luft, um ein Haar hätte er Lulu die dritte Ohrfeige ihres Lebens versetzt.

»Bitte, Prinz, meine Zeit ist noch nicht um! Der Zeiger steht noch nicht auf der Zwölf.« Sie wusste selbst nicht, woher sie den Mut nahm, weiterzusprechen. »Schaut ihr in die Augen, Prinz. Schaut der alten Frau in die Augen!«

Der Prinz sah in Lulus Augen. Ziemlich lange, viel zu lange, der Zeiger rückte vor. Schweißtropfen bildeten sich auf der Stirn des Prinzen, es war heiß im Zimmer. Endlich erhob er sich und trat zu der Alten.

»Ich weiß wirklich nicht, warum ich das tue«, brummte er.

Lulu flehte stumm, dass der Prinz in den Augen der Alten das sehen würde, was sie gesehen hatte, dass es nicht wieder etwas war, das nur sie erkannte und das den anderen verborgen blieb.

»Merkwürdig«, murmelte der Prinz, zog sich einen Stuhl heran und musterte die Greisin genauer.

»Dorvid?«, nuschelte die Alte zaghaft. »Bischt du esch?«

Der Prinz blinzelte verwirrt und sah noch einmal hin. »Ihre Augen wirken so jung!«

»Fragt sie etwas, Hoheit«, wagte Ellwin einzuwerfen, »etwas, das nur Eure Braut und Ihr selbst wissen könnt.«

»Also das ist jetzt wirklich zu verrückt.« Der Prinz schüttelte energisch den Kopf. Aber dann begann er doch: »Einmal, in der Sommerfrische, waren Dorvid und seine Nassia ganz allein am Teich, nur die beiden.«

Stille. Lulu flehte wieder zu allen Göttern und Geistern, dass die Alte den Prinzen verstand. Dass sie nicht wieder einen ihrer Ausfälle hatte, dass nicht plötzlich ihr Kopf nach vorne sinken und sie zu schnarchen beginnen würde. Der Zeiger rückte auf die Zwölf. Aus!

Da patschte die Alte in die Hände wie ein Kind. »Wir schind in einem Boot gefahren!«, rief sie. »Und du wollteschcht mir eine Scheerose schenken, aber esch hat nicht geklappt!« Sie sabberte furchtbar. Spuckebläschen trafen das

Gesicht des Prinzen, doch der zuckte mit keiner Wimper. »Die Blume hatte einen gansch langen Schtil und war voller Schlamm. Eine Kröte ischt in unscher Boot gehüpft. Isch habe furschbar geschrien, aber du hasch die Kröte gefangen und insch Wascher geworfen. Da habe isch geschagt, dasch du mein Froschprinsch bischt, und du hascht mir ein Kusch gegeben.« Sie kicherte verlegen. Doch dann wurde ihr runzliges Gesicht ganz furchtbar traurig. »Wasch ischt nur geschehen, Dorvid?«

»Ruft die Hexenpolizei!«, befahl der Kronprinz heiser. Niemand rührte sich. »Habt Ihr nicht gehört, Hauptmann? Begebt Euch ins Arbeitszimmer des Königs und läutet die Glocke! Sofort!«, schrie der Prinz.

»Zu … zu Befehl, Hoheit!«, stotterte der Hauptmann, riss sich zusammen und stürmte aus dem Zimmer.

»Und ihr«, wandte sich Prinz Dorvid an die übrigen Soldaten, »lasst diese Leute los und postiert euch um …«, er suchte nach einem Wort, »… um das da«, sagte er schließlich und wies auf Clarisse.

Er nahm die knotigen Hände der Alten in seine. »Immer wieder habe ich mich gewundert, wie du diese kleine Geschichte vergessen konntest. Sie war uns beiden so wichtig. Doch du hast sie gar nicht vergessen.«

»Nein, Dorvid«, nuschelte die Alte.

Clarisse regte sich. Churro trat zu ihr hinüber und zückte seine Flasche.

»Was tut Ihr da?«, fragte der Prinz.

»Ich will sie betäuben, Hoheit, damit sie uns nicht verhexen kann. Es ist ein Lösungsmittel für Farben. Ich bin Maler«, fügte er würdevoll hinzu.

»Ein Lösungsmittel für Farben? Ihr habt meine … ähm … Braut mit solch hochgiftigem Zeug betäubt?«, rief der Prinz.

»Nun, wir hatten nichts anderes zur Hand, Hoheit«, verteidigte sich Churro. »Eure … ähm … Clarisse war gerade dabei, diese Kinder hier zu ermorden!«

Lulu legte ihre Hand auf Dorvids Arm. »Sie darf nicht wieder zu sich kommen. Wenn es ihr gelingt, ihre Sprüche zu sagen, bevor die Hexenpolizei hier ist, dann bleibt Eure Braut für immer so.« Sie zeigte auf die alte Anassia.

»Ich weiß, Hexenkind. Aber ich möchte nicht, dass meine Anassia, wenn sie ihren Körper zurückbekommt, nur noch ein halbes Gehirn vorfindet. Haltet Euch bereit«, wies er Churro an, »doch handelt erst, wenn es unbedingt sein muss!«

Churro gehorchte.

»Ich hoffe, dieser Obertrottel findet heute noch die Glocke«, murmelte der Prinz. Die Soldaten feixten. Prinz Dorvid durchmaß mit nervösen Schritten den Raum, schließlich blieb er vor Damiano stehen.

»Dann bist du also Graviatas ältester Sohn«, stellte er fest. »Du hast mit einem Dolch ein Loch in unseren guten Vaserin gestochen. Wie ich vermute, hat er deine Liebste verführt. Habe ich recht?«

Damiano nickte. »Aber es war nicht so, wie er es später geschildert hat. Es war sein Dolch. Er ist damit auf mich losgegangen. Ich habe mich gewehrt, wir haben gekämpft und das Messer ist in seinen Rippen gelandet statt in meinen. Was kann ich dafür, dass der Herr Graf so ein ungeschickter Kämpfer ist.«

»Habt Ihr gehört, Graf? Man wirft Euch Ungeschicklichkeit vor. Sollte ich vielleicht besser Unschicklichkeit sagen? Oder beides? Ihr lasst Euch erwischen, wie Ihr mit Blumen und Liebesgesäusel ins Gemach der Frau schleicht, die offiziell als meine Verlobte gilt?«

Der Graf war plötzlich sehr blass. »Hoheit«, stammelte er, »sie ist eine Hexe. Sie hat mich behext.«

»Schon möglich«, nickte der Prinz. »Und wegen dieser Möglichkeit sei Euch erlaubt, Euch auf Eure Güter zurückzuziehen. Die Luft in der Hauptstadt und hier im Palast ist Euch nicht zuträglich. Ihr versteht?«

Der Graf nickte stumm. Er sah aus, als würde er gleich zu weinen beginnen.

»Die Anzeige gegen den jungen Damiano zieht Ihr selbstverständlich zurück«, setzte der Prinz hinzu. »Und nun geht und packt Eure Sachen. Bald schon graut der Morgen, dann wird die Stadt von Eurer Gegenwart befreit sein!«

Wie ein geprügelter Hund schlich der Graf aus dem Zimmer. Fast hätte er einem leidtun können.

Damiano wollte gerade zu einer dankbaren Verbeugung ansetzen, als ein fürchterlicher Lärm losbrach, ein ohrenzermürbendes Läuten, schräg und jaulend. Clarisse wurde wach, bäumte sich in ihren Fesseln und spie in hohem Bogen den Knebel aus. »Haragharaghrr«, gurgelte sie. Und dann waren sie da, drei hohe schwarze Gestalten, sehr groß, sehr düster. Nachtdunkler Nebel umwaberte sie, Kälte umgab sie. Alle wichen zurück, so weit es irgend möglich war. Diese schwarzen Gestalten waren keine Menschen, Lulu erkannte es sofort.

»Wer hat uns gerufen und warum?«, sangen drei unheimliche Stimmen.

»Ich habe Euch rufen lassen, auf Bitten dieser Kinder«, antwortete Prinz Dorvid. »Sagt uns bitte, Exzellenzen, ob diese Frau, die dort gefesselt liegt, eine Hexe ist.«

»Selbstverständlich«, sangen die Stimmen. »Warum habt Ihr sie gebunden?«

»Sie gibt sich als Anassia Bolin, meine Braut, aus. Doch sie hat den Körper meiner Braut gestohlen und Anassias Geist in ihren eigenen alten Körper gesteckt!«

Clarisse begann zu kreischen, eine kaum wahrnehmbare Bewegung der drei Gestalten brachte sie zum Verstummen.

»Körpertausch, Seelenraub ist ein furchtbares Verbrechen«, sangen die Stimmen. »Wir werden prüfen, ob Euer Verdacht zutrifft.«

Sie verlängerten ihre Arme. Der schwarze Nebel, aus dem ihre Gewänder bestanden, wuchs in die Länge, waberte durch den Raum, tastete die Körper der beiden Frauen ab. Die Alte ließ es verwundert geschehen, Clarisse jedoch wand sich furchtbar, wie eine Schlange wälzte sie sich, versuchte den forschenden Armen zu entkommen. Doch all ihre Anstrengung nutzte nichts, der Nebel drang in sie ein. Fast war es, als würden die drei Hexenpolizisten zu einem einzigen Wesen verschmelzen, zu einer Art riesigem Insekt, das mit sechs Beinen erbarmungslos seine Opfer sezierte. Clarisses Kampf mit anzusehen war schlimm. Der Prinz schirmte seine Augen mit den Händen ab. Ellwin nahm Bumbums Kopf unter seine Jacke.

»Schrecklich ist das Verbrechen des Seelenraubs«, sangen die Stimmen. »Schrecklich ist die Strafe, die deiner wartet, Clarisse!«

Da fand Clarisse ihre Stimme wieder. Fetzen der Hexensprache brodelten aus ihrer Kehle, verstümmelte Flüche, abgehackte Verwünschungen, furchtbare Schreie, so gellend, dass die Kristall- und Porzellanfiguren in den Regalen zerplatzten. Clarisse zuckte, als würde sie gefoltert, stöhnte noch einmal und lag still.

Das Zucken und Schreien sprang auf die Alte über, nie hätte man es für möglich gehalten, dass in einem alten Körper so viel Kraft stecken, dass eine uralte Kehle solche Laute hervorstoßen könnte. Und dann war auch das vorbei. Schwer kippte die Alte aus ihrem Sessel und lag bäuchlings auf dem Boden. Ihre Röcke waren hochgerutscht, ihre Beine, ihre ganze Gestalt eigenartig verrenkt. Doch sie war nicht tot. Ihre Schultern hoben und senkten sich, raue Atemgeräusche stiegen aus ihrer zerschundenen Kehle. Die Exzellenzen zogen ihre Arme wieder ein.

»Es ist vollbracht«, sangen sie. »Ihr habt Eure Braut wieder, Prinz Dorvid. Nehmt ihr die Fesseln ab und pflegt sie gut. Sie wird schwach sein, wenn sie erwacht, und bestimmt auch verwirrt.«

Der Prinz kniete am Lager seiner Liebsten, befreite sie von den Fesseln und strich ihr zärtlich über das zerkratzte Gesicht.

»Wird sie wieder ganz so werden wie zuvor?«, fragte er mit Tränen in der Stimme.

»Gebt die Hoffnung niemals auf!«, sangen die Exzellenzen, eine Äußerung, die nicht gerade vielversprechend klang.

»Ihr seid die Kinder der Verräterin Graviata?«, sangen die Stimmen weiter. Die Frage schien an alle Hexenkinder gerichtet zu sein, doch Lulu fühlte die Aufmerksamkeit der dämonischen Polizisten ganz auf sich gerichtet.

»Ja«, sagte sie. »Bloß dass Mama, ich meine Graviata, keine Verräterin ist.«

»Willst du damit sagen«, tönte drohend der Chor, »dass wir einen Fehler gemacht haben?«

»Vielleicht ein Irrtum?«, flüsterte Lulu.

»Sprich, Hexenkind!«

Lulu erzählte die ganze Geschichte, natürlich nur, soweit sie sie kannte, doch das war eine ganze Menge. Die anderen nickten hin und wieder bekräftigend. Der Kronprinz kniete am Bett seiner Braut und streichelte sie zart.

»So muss es gewesen sein!«, rief er dumpf, als Lulu geendet hatte. »Alles passt! Ach Graviata, meine Freundin, was haben wir Euch angetan!«

Die Hexenpolizisten wogten hin und her wie schwarze Schwaden, vielleicht ein Zeichen, dass sie überlegten, hoffte Lulu.

Dann heulte eine hohe, quengelige Stimme: »Ich hab's euch ja gesagt. Schon damals hab ich es gesagt, wir können diese Graviata nicht einfach verhaften, nur weil der König es will. Wir müssen abwarten, hab ich gesagt!«

»Du immer mit deinem Abwarten!«, keifte eine andere Stimme. »Du machst mich krank mit deinem Abwarten!«

»Aber ich hatte recht!«

»Und das werden wir jetzt die nächsten tausend Jahre von dir zu hören bekommen!«

»Ich hatte recht! Ich hatte recht! Ich hatte rehecht!«

»Eintracht im Fühlen, Eintracht im Singen, Eintracht im Urteil!«, sang beschwörend die dritte Stimme.

Trotzige Stille antwortete ihr.

Sie wiederholte ihr Lied noch etwas drängender. Zögernd fielen die beiden anderen ein, doch es dauerte eine Weile, bis sie in ihre einträchtige Stimmlage zurückgefunden hatten.

»Die Hexen Graviata und Clarisse werden von uns verhört werden. Ebenso die Köchin … äh …«

»Else.«

»Ebenso die Köchin Else. Wenn sich eure Angaben bestätigen, wird die Hexe Graviata aus dem Felsenkerker entlassen und wieder in Amt und Würden eingesetzt. Soldaten des Königs, bringt die Köchin und ihre Hexenherrin in den Felsenkerker! Wir werden euch dorthin begleiten! Nun macht schon! Worauf wartet ihr noch!«

Die Soldaten hatten nur ein wenig Zeit gebraucht, um sich von dem Schauspiel, dessen Zeugen sie gewesen waren, zu erholen. Nun packten sie Clarisse an Armen und Beinen, nahmen Else in ihre Mitte und verließen den Raum. Else ging mit gesenktem Kopf, ohne die Kinder noch einmal anzuschauen.

»Exzellenzen!«, rief der Prinz, als der Zug mit den Gefangenen schon fast das Zimmer verlassen hatte.

»Was ist denn jetzt noch?«, sangen die Stimmen entnervt.

»Nur eine kleine Bitte. Seid so gnädig und entlasst Graviata so schnell wie möglich aus ihrer Haft. Die Königin und ich, wir brauchen sie dringend hier. Und meine Nassia auch! Und die Kinder auch«, setzte er hinzu.

Die rauchigen Gestalten der Hexenpolizisten waberten in ihren Kapuzen, was hoffentlich Zustimmung bedeutete. Dann waren sie fort. Es war wieder still. Die kleine Uhr tickte, sie war noch heil, einiges andere war zu Bruch gegangen.

Der Prinz malte mit dem Fuß ein Muster in die Scherben auf dem Teppich. »Wollt ihr euer altes Haus wiederhaben?«, fragte er. »Es ist aufgeräumt worden nach eurem, äh, Auszug. Eure Sachen sind nicht mehr drin, aber sonst ist alles bereit. Was noch fehlt, wird geliefert. Ich lasse euch hinbringen, wenn ihr wollt. Die Speisen werden euch aus der Palastküche geliefert, vorerst habt ihr ja keine Köchin.« Das alles klang eher nach einer Bitte als nach einem Angebot.

Die Hexenkinder berieten sich stumm. Eigentlich fanden sie alle, dass es würdevoller wäre, »nein danke« zu sagen und den Palast zu verlassen. Andererseits könnten sie in dem schönen Haus im Palastgarten Graviata einen prächtigen Empfang bereiten. Um den großen Tisch im Speisezimmer würden sie sitzen und mit einem wundervollen Essen auf sie warten. Und wenn sie dann käme, würden sie »hallo, Mama«, sagen, »gut, dass du kommst, die Kartoffeln werden kalt«. So als ob sie gerade nur zu einem Spaziergang fort gewesen wäre.

Als Lulu das dachte, wurde ihr klar, dass es vorbei war. Es war ganz und gar vorbei. Da stieg eine Freude in ihr auf, die ihr fast das Herz abdrückte und ihr den Atem nahm. Und als der Atem sich endlich seinen Weg bahnte, tat er es mit Schluchzen, mit Lachen und Weinen, und mit einem gewaltigen Freudenhopser sprang sie dem Kronprinzen um den Hals.

»Danke, Hoheit, für das Angebot. Wir nehmen mit Freuden an«, sagte Ellwin und pflückte seine Tochter aus den Armen des verdutzten Prinzen.

Prinz Dorvid brachte sie zur nächsten Wachstube, von wo aus eine Eskorte sie zum Palast hinaus und durch die Gärten geleiten sollte. Auf dem Weg dorthin hatten sie eine merkwürdige Begegnung. Ein weiterer Mann in Morgenmantel und Pelzpantoffeln schlurfte auf sie zu. Er hätte edel aussehen können, wenn er nicht so missmutig dahergeschlichen wäre und nicht sein gesamtes Haar auf bunte Lockenwickel aufgedreht hätte. So wirkte er wie ein miesepetriger Clown.

»Sire«, murmelte der Kronprinz und deutete eine Verbeugung an.

»Der König«, hauchte Wanda. Sie sank in einen tiefen Hofknicks und bedeutete den Mädchen, es ihr gleichzutun. Sie versuchten es, aber die Benimmstunden bei Meister Voss lagen schon lange zurück und seitdem war viel geschehen. Entsprechend fielen ihre Knickse aus.

»Was sind das für Leute, Sohn?«, mäkelte der König. Seine Mundwinkel bogen sich ganz nach unten. »Sehen Wir da etwa ein Pelztier?«

Ralf kugelte sich in Damianos Armen ein und steckte seinen Kopf unter dessen Achselhöhle. Zu seinem Glück war er weder Nerz noch Zobel, nur ein ordinärer Waschbär, und so entwickelte der König kein weiteres Interesse an ihm.

»Wann endet diese fürchterliche Unruhe, die Unseren Schlaf stört?«, näselte er. »Man hat Uns berichtet, die Hexenpolizei sei in den Palast gerufen worden, aber Wir haben sie nicht gerufen und Wir wollen sie auch nicht sehen. Die Gegenwart der Exzellenzen beunruhigt Uns!«

Lulu biss sich auf die Lippen. Ein ganz und gar respektloses Kichern stieg in ihren Hals, sie wusste nicht, wie lange sie es noch unterdrücken konnte.

»Begebt Euch wieder zu Bett, Sire«, sagte der Kronprinz. »Die Exzellenzen haben den Palast bereits verlassen.«

»Das wollen Wir hoffen, Sohn. Wir brauchen Unseren Schlaf. Unsere Nerven sind völlig zerrüttet!«

»Gute Nacht, Sire!«

Ohne den Gruß zu erwidern, schlurfte der König davon. Erst als er nicht mehr zu sehen war, lösten sie sich aus ihren Knicksen und Verbeugungen.

»Was für eine Witzfigur«, raunte Damiano Lulu ins Ohr. »Ein Glück, dass wir nicht versucht haben, mit dem zu reden!«

Lulu explodierte in Kichern. Noch Jahre später konnte Damiano sie zum Lachen bringen, wenn er mit hochmütig verbogenen Mundwinkeln auf etwas zeigte, eine behaarte Spinne zum Beispiel, eine Raupe oder auch auf ein winterlich verhülltes Kind, und mit näselnder Stimme fragte: »Sehen Wir da etwa ein Pelztier?«

Wie der Kronprinz es versprochen hatte, erwartete sie das Haus im Palastgarten mit aller Bequemlichkeit und allem Luxus, den es auch früher schon für sie bereitgehalten hatte. Churro zog in Begleitung der Wachsoldaten noch einmal los, um Wagen und Pferde zu holen, die anderen schlugen schon die Betten auf. Sie freuten sich auf viele Stunden Schlaf ohne drückende Sorgen und schwere Träume. Lulu hätte nicht sagen können, wann sie das zum letzten Mal gehabt hatte. Es gab nur noch eine kleine Verzögerung, als Wanda sich aus dem Haus schleichen wollte.

»Wo willst du hin?«, fragte Damiano.

»Rüber in die Dienstbotensiedlung, wo ich hingehöre«, sagte Wanda.

»Du spinnst wohl!«, sagte Rafaela. »Du gehörst hierher!«

»Aber ich dachte …«

»Nix da. Du hast selbst gesagt, dass wir deine Leute sind. Also gib Ruhe und such dir ein Zimmer aus. Sind ja genug davon da!«

»Und was wird eure Mutter dazu sagen?«

»Sie wird ›danke, liebe Wanda‹ sagen, ›danke, dass du meinen Kindern und mir so eine treue Freundin warst. Mein

Haus ist dein Haus, meine Familie ist die deine, solange du es möchtest‹. Ob es dir gefällt oder nicht, du bist jetzt unsere Schwester.«

»Na ja«, brummte Damiano, »man muss ja nicht gleich übertreiben. Schwester ist vielleicht nicht ganz das, was wir uns vorgestellt haben!«

Wanda grinste.

Sie schliefen lange bis in den folgenden Tag hinein. Gegen Mittag wurde Lulu wach und rannte nach unten, halb darauf gefasst, Graviata in ihrem roten Morgenkleid am Frühstückstisch vorzufinden. Doch sie war noch nicht gekommen. Dienstboten aus dem Palast waren geschickt worden und hatten ihnen Essen und schöne neue Kleider gebracht. Lulu aß etwas und nahm danach ein Bad mit Bumbum, weil sie beide dringend eines nötig hatten und weil Graviata schmutzige Kinder nicht ausstehen konnte. Sie zogen die schönen Kleider an und warteten.

Am Nachmittag lief Lulu kurz nach draußen, um sich in der Gasse zwischen den Mauern mit Corina zu treffen. Die Krähen hatten wieder in den Gemäuern um den Hauptmarkt herum Quartier bezogen. Sie liebten das fette Leben dort, die köstlichen Abfallhaufen nach jedem Markttag. Sie liebten die Kämpfe mit den anderen Krähenbanden. Corinas Gefieder war zerzaust und ihr Blick war wild und stolz.

»Danke, liebste Corina«, sagte Lulu. »Ohne dich und deine Leute hätten wir das alles nicht geschafft.«

»Krah!«, schrie Corina glücklich. Sie umsegelte Lulu,

streifte zärtlich ihr Haar mit einem Flügel und sauste eilig in die Stadt zurück, ihren Krähengeschäften entgegen.

Am Abend warteten Lulu und die anderen noch immer auf Graviata. Aus der Palastküche wurden wundervolle Speisen geliefert, sie aßen ein wenig und stellten das meiste in der Küche warm. Es wurde spät. Churro und Ellwin gingen zu Bett, doch die Kinder wollten nicht schlafen, sie hielten Wache im Salon. Die Stunden vergingen, nach und nach dösten sie ein, im Sessel, auf der Chaiselongue, auf dem Boden.

Dann, mitten in der Nacht, erschallte draußen vor dem Haus eine Trompete.

»Mama!«, schrie Bumbum.

18. Kapitel

Zehn Monate, fast ein Jahr, waren vergangen, seit Graviata aus dem Felsenkerker entlassen worden war. Heute war ihr großes Dankesfest. Sie hatte alle eingeladen, Freunde und Nachbarn und jeden, der ihr und den Kindern während der schweren Zeit beigestanden hatte. Das Mahl war vorüber.

Lulu saß in der alten Eiche und baumelte mit den Beinen. Über ihr in den Zweigen schliefen die Krähen, Kralle hatte sich zu ihnen gesellt. Unter ihr strahlte eine Lichterkette voll bunter Lampions. Darunter saßen die Erwachsenen um den langen Tisch herum, den sie am Morgen aus dem Wintergarten in den Hof getragen hatten. Captain Sabber lag zu Graviatas Füßen und benagte hingebungsvoll einen Knochen. Er knurrte drohend, als Murks an ihm vorüberstrich, doch Murks interessierte sich nicht für den Knochen. Es war die Stunde der Jagd. Er brach auf in den Wald.

Rafaela unterhielt sich mit den Erwachsenen. Sie war jetzt fünfzehn und selbst fast erwachsen. Sogar etwas Wein durfte sie trinken. Ihre Wangen glühten, während sie heftig gestikulierend in ein Gespräch mit Arminio vertieft war, Larabelles ältestem Sohn, den sie nie wieder anzusehen gelobt hatte.

Drüben am Brunnen lagerten die Rattenkinder. Sie hatten sich eine Flasche Wein organisiert, ließen sie kreisen und lachten wild über den reinlichen Ralf, der seinen Anteil vom Festmahl in einem eigens für ihn bereitgestellten Bottich schrubbte.

Lulu sann über die Zeit nach. Zehn Monate waren eine lange Zeit. Dagegen waren die Wochen, die Graviata im Kerker verbracht hatte und in denen ihre Kinder von Gefahr zu Gefahr und von Abenteuer zu Abenteuer gehetzt waren, eigentlich sehr kurz. Merkwürdig war, dass ihr jetzt im Rückblick die Zeit der Abenteuer unendlich lang vorkam, während die ruhige Zeit danach verflogen war wie ein einziger Tag. Dabei war eine Menge geschehen, doch nichts Gefährliches, zum Glück. Lulu hatte genug von gefährlichen Sachen. Das meiste war gut gewesen, nicht alles, aber das meiste.

Das Beste war natürlich Graviata. Sie war wieder da. Kaum verändert, ein wenig älter vielleicht, mit winzigen Fältchen um die Augen und einer schmalen weißen Strähne im Haar. Sie wollte das so lassen, fand, dass es ihr stand, und es erinnere sie stets daran, sagte sie, dass sie nicht zu hochmütig werden durfte, Dinge konnten sich ändern, Glück konnte vergehen. Ungewöhnliche Töne für die stolze Graviata. Manchmal ließ sie alle Arbeit liegen, rief ihre Kinder zu sich und umarmte sie, einfach so. Während der ersten Tage nach ihrer Entlassung hatte sie fast nichts anderes getan.

Doch dann, nach und nach, war so etwas wie Alltag in das Haus im Palastgarten eingekehrt. Larabelle war aus dem Wald gekommen, um ihrer Freundin beizustehen. Sie hatte zu aller Freude die Tiere mitgebracht und einen Käfig voll neuer Helferlein.

Graviata heilte den Kronprinzen und die Königin von Clarisses entstellendem Zauber. Die Königin war wieder wunderschön, allerdings zeigte sie sich noch nicht in der Öffentlichkeit, sie wollte damit warten, bis ihre Haare wieder so lang waren wie zuvor. Prinz Dorvid sah nett aus, nett normal. Das müsse reichen, verkündete er.

Gemeinsam hatten Graviata und Larabelle es geschafft, Ellwin von seiner Klaue zu befreien. Die Hand war noch etwas steif, doch es war wieder eine Hand, sogar einen Stift konnte sie führen. Dann waren die beiden darangegangen, sich bei allen zu bedanken, die den Hexenkindern in der Not beigestanden hatten. Auf ihre Fürsprache hin wurde Manfredo aus dem Kerker entlassen. Graviata gab ihm Geld, womit er eine Tischlerwerkstatt eröffnete. Seitdem verehrte er Graviata wie eine Heilige und schwor, dass er ihr eines Tages das Geld mit Zins und Zinseszins zurückzahlen werde.

Die Rattenkinder waren nach ihrer Flucht aus den Kanälen je nach Alter in den Felsenkerker oder in die Besserungsanstalt gebracht worden. Graviata erwirkte beim Kronprinzen Stipendien für sie, und jetzt gingen sie in eine richtige Internatsschule, bekamen ordentliche Kleidung, gutes Essen und lernten Lesen und Schreiben, zumindest hatten sie die Möglichkeit dazu. Ob sie es wirklich taten, stand in den Sternen. Noch immer waren sie eine wilde, verschworene Bande. Wenn Lulu sie so ansah, wie sie mit Ralf herumalberten und dabei ihre Flasche kreisen ließen, hatte sie fast den Eindruck, als sehnten sie sich ein wenig nach den alten Zeiten zurück. Dven konnte immer noch keine Zischlaute. Aber er hatte gelernt, dass Ralf keine Ratte war. Er bezeichnete ihn jetzt als »Wadbären«.

Churro hatte von seinem Teil der Belohnung, die das Königshaus ihnen allen gezahlt hatte, ein kleines Haus in der Stadt gekauft und ein Atelier eröffnet. Die Königsfamilie hatte Porträts bei ihm bestellt. Seit sich das herumgesprochen hatte, konnte er sich vor Aufträgen kaum noch retten und musste mehrere Lehrlinge einstellen. Wenn das so weiterging, würde er bald ein reicher Mann sein. Er wusste nicht genau, ob er es mochte, ein reicher Mann zu sein, doch als er das Leuchten in Rafaelas Augen sah, beschloss er, es zu mögen.

Ellwin hatte mit seinem Geld nicht etwa, wie alle ihm angeraten hatten, sein Haus renovieren lassen, sondern Tonnen von neuen Büchern gekauft. Alle tippten sich an die Stirn, wenn sie davon sprachen. Lulu konnte ihn sehr gut verstehen.

Else hatten sie nicht mehr gesehen. Im Palast erzählten die Dienstboten, dass sie nicht lange im Felsenkerker habe bleiben müssen. Aber sie war aus der Stadt verschwunden, vielleicht schämte sie sich ihres Verrats und wollte niemanden, der davon wusste, je wiedersehen.

Fuchs, der alte Gauner, saß immer noch im Kerker, für ihn hatte Graviata nichts tun können. Er sei ein Dieb und ein Räuber, vielleicht sogar Schlimmeres, hieß es, eine lange Zeit im Felsenkerker sei ihm gewiss.

Eine lange Zeit im Kerker war auch Clarisses Schicksal. Eine sehr lange Zeit, eine endlose Zeit, hoffentlich. Noch immer hatte Lulu Albträume und noch immer wachte Bumbum nachts schreiend auf und wand sich in Krämpfen. Allein schon dafür hatte Clarisse immerwährende Qualen verdient, fand Lulu. Von Anassia Bolin, Clarisses anderem Opfer, ganz zu schweigen. Die Ärmste hatte sich noch nicht erholt. Ihre Hochzeit mit dem Kronprinzen hatte auf unbestimmte Zeit verschoben werden müssen. Natürlich waren die Kratzer, die ihr Gesicht vom Kampf mit Ralf davongetragen hatte, längst verheilt, ebenso die Schusswunde im Arm. Aber die tiefen Wunden in ihrer Seele heilten nicht so schnell. Selten nur konnte sie fröhlich sein, meistens saß sie still in einem Winkel und schaute teilnahmslos vor sich hin oder starrte in den Himmel. Vielleicht suchte sie ihren Falken. Er war nicht zu ihr zurückgekehrt. Kaum hatte man ihm das Häubchen entfernt, war er auch schon davongesaust. Man erzählte, dass er über dem Gipfel des Felsenkerkers kreise, gefangen in der Treue zu seiner bösen Herrin.

Und die Hexenkinder? Bumbum war vier Jahre alt und kannte fast alle Wörter. »Bumbum« sagte er nur noch, wenn er seinen Namen nannte. Lulu wusste, dass der Tag kommen würde, wo er darauf bestehen würde, dass man ihn bei seinem richtigen Namen, Grigorio, rief. Das war schön und gut, aber auch ein kleines bisschen traurig. Wieder so ein Ding mit der Zeit. Sie ging weiter, ob man wollte oder nicht.

Damiano wusste immer noch nicht genau, was er mit seinem Leben anfangen wollte. Vorerst ging er bei Churro in die Lehre. Sein Vater sagte oft, er sei begabt, doch Damiano fand Porträts langweilig. Er träumte davon, mit ganz neuen Gemälden die Kunstwelt zu revolutionieren, was immer das heißen sollte.

Rafaela war fest entschlossen, eine ebenso berühmte Hexe wie ihre Mutter zu werden. Graviata hatte begonnen, sie zu unterrichten, sie und Wanda, denn auch Wanda wollte Hexe werden. Natürlich hatte Graviata keinen Augenblick gezögert, sie zu adoptieren. Sie lebte bei ihnen, ganz selbstverständlich, als wäre es schon immer so gewesen, als hätte Graviata immer schon drei Töchter gehabt. Dass Wanda als zukünftige Hexe lesen und schreiben konnte, störte Graviata nicht. Zurzeit lernte sie erst die Sprüche der niedrigen Ordnung und später würde man weitersehen.

Lulu wusste noch nicht, was sie wollte, nicht richtig jedenfalls. Sie hatte ja auch noch Zeit, sie war erst zwölf Jahre alt. Aber wenn jemand sie aufgefordert hätte, ganz schnell zu sagen, ohne zu überlegen, an welchem Ort sie am glücklichsten wäre, hätte sie vermutlich gesagt: »In Ellwins Haus, weil dort so viele Bücher sind.« Und danach hätte sie ein schlechtes Gewissen gehabt, weil ihr diese Äußerung wie Verrat gegenüber Graviata vorgekommen wäre. Gut, dass niemand fragte. Sie wusste ohnehin, dass Graviata bekümmert war, weil mindestens zwei ihrer Kinder nichts von Zauberei wissen wollten.

Gerade jetzt sprach sie mit Ellwin darüber. »Erst Damiano, dann Lulu. Ich bin mir ziemlich sicher, dass auch sie nichts von Hexerei wissen will. Sie träumt immer nur von deinen blöden Büchern. Es ist eine Schande. Sie ist das begabteste von allen meinen Kindern.«

»Macht es dich nicht glücklich, wenn du weißt, dass sie glücklich ist?«

»Natürlich macht mich das glücklich, Meister Oberschlau, aber es macht mich auch traurig. Ich habe mich so sehr bemüht, dass meine Kinder in ihrem Lebensweg nicht beirrt werden. Sogar den Kontakt mit ihren Vätern habe ich zu verhindern versucht.«

»Und dieser Lebensweg sollte sie zur Hexerei führen?«

»Selbstverständlich sollte er das«, brauste Graviata auf. »Denn wenn sie nicht Hexen oder Magier werden, dann …« Sie sprach nicht weiter.

Das musste sie auch nicht. Ellwin wusste, um was es ging, und Lulu wusste es auch. Die Zeit war es, schon wieder die verdammte Zeit. Für Graviata hatte sie keine Bedeutung, für Lulu und Damiano schon. Wenn sie nicht Hexe oder Magier würden, würden sie alt werden wie alle Menschen.

»Das ist doch nicht schlimm, Mama«, rief Lulu und hangelte sich von ihrem Ast hinunter.

»Junge Dame!«, rief Graviata streng. »Was habe ich dir über das Belauschen von Erwachsenengesprächen beigebracht?«

»Dass es sich nicht gehört«, sagte Lulu. Sie landete auf der Tischplatte und krabbelte auf Graviatas Schoß.

»Aber es ist wirklich nicht schlimm, wenn wir alt werden. Du kannst uns doch von deinen Wässerchen geben. Dann bleiben wir jung. Wie die Königin und der König!«

»Ach Lulu«, seufzte Graviata. »Das ist nicht dasselbe. Die Jahre kommen trotzdem, auch wenn man sie nicht sieht! Und jetzt troll dich von meinem Schoß, du bist zu groß dafür.«

»Wie alt bist du, Mama?«

»Das weiß ich nicht mehr, Schatz. Es spielt keine Rolle.«

»Mama?«

»Hm?«

»Erzähl uns die Geschichte vom Rosenhaus!«

»Jetzt? Auf keinen Fall!«

»Bitte, Mama. Schon so oft haben wir dich darum gebeten und immer hast du uns vertröstet!«

»Ja, erzähl sie uns endlich«, fielen die anderen Hexenkinder und Wanda ein. Alle Gäste beugten sich gespannt vor. Sie trauten sich nicht, in den Chor der Kinder einzufallen, aber es war ihnen deutlich anzumerken, wie sehr es auch sie nach der Geschichte verlangte. Die Rattenkinder hoben ihr Lager am Brunnen auf und kamen zum Tisch. Geschichten waren ihre Leidenschaft.

»Nicht heute«, beharrte Graviata. »Es ist eine sehr traurige

Geschichte, sie würde uns die Stimmung verderben. Wir sind zum Feiern zusammengekommen.«

»Erzähl sie ihnen, Mièle. Sie haben ein Recht darauf!«

Aus dem Baumschatten des inneren Rings trat eine Frau ins Licht der Lampions. Sie war alt, doch recht rüstig, wie es schien. Zur Bekräftigung ihrer Worte stampfte sie mit ihrem Wanderstock auf. Neben ihr lief eine fette, schwarz-weiße Katze.

»Evchen!«, rief Lulu.

»Genia!«, rief Churro.

Auf kurzen Beinchen eilte die Katze auf sie beide zu. Doch die Entscheidung, auf wessen Schoß sie springen sollte, überforderte selbst eine solch große Zauberin. Ratlos blieb sie stehen und leckte sich das Brustfell.

»Ihr da!«, kommandierte Jovinda. »Setzt euch nebeneinander auf die Bank, dann kann Evchen mit euch beiden schmusen!«

Sie taten wie geheißen. Evchen streckte sich auf ihrer beider Schöße aus und schnurrte wie ein Nähmaschinchen.

»Wieder im Land?«, fragte Graviata spöttisch.

Jovinda nickte. »Evchen meinte, es sei Zeit, die alte Geschichte abzuschließen. Außerdem hatten wir Sehnsucht nach daheim. Wir wollen nicht mehr auf der Flucht sein. Wenn die Hexenpolizei uns will, soll sie kommen!« Trotzig hieb sie den Stock auf die Erde.

»So schlimm wird's schon nicht werden«, sagte Graviata. »Ich kann ein Wort für euch einlegen. Die Exzellenzen schulden mir einen Gefallen.« Sie zeigte auf einen freien

Stuhl. Jovinda setzte sich mit einem Seufzer. »Meine Füße schmerzen und mein Rücken auch. Langsam frage ich mich, ob ich das mit dem Altern nicht doch übertrieben habe. Erzähl die Geschichte, Mièle! Deine Kinder haben ein Recht darauf und alle, die dir geholfen haben, auch!«

»Nenn mich nicht Mièle«, fauchte Graviata.

»Wenn du sie nicht erzählst, erzähle ich sie. Ich kenne sie gut!«, gab Jovinda ungerührt zurück.

Graviata schwieg.

»Also gut«, krächzte Jovinda. »Es war einmal vor langer Zeit …«

»Hör auf!«, rief Graviata. »Das ist ja nicht zum Aushalten! Da erzähle ich sie schon lieber selbst! Aber vorher muss ich mir noch etwas Mut antrinken!« Sie reichte Churro ihren Becher und er goss ihr ein.

Graviata nahm einen tiefen Schluck. »Also, ihr habt es so gewollt. Hört die Geschichte vom Rosenhaus!«

19. Kapitel

Damit ihr die Zusammenhänge versteht, muss ich etwas ausholen. Meine Familie stammt nicht aus diesem Land. Sie lebte im Nachbarland, wo man von Hexen nicht viel hielt. Heute ist es besser geworden, habe ich mir sagen lassen, aber damals hasste man Hexen geradezu. Man glaubte, dass sie ihre Kunst nur zum Bösen einsetzten. Alles Schlimme, das geschah, Kriege, Hungersnöte, Seuchen, alles schrieb man den Hexen zu. Dabei gab es in jener Zeit nicht sehr viele dort. Jede Hexe, die etwas auf sich hielt, verließ das Land. Die wenigen, die blieben, mussten ihr Handwerk im Verborgenen ausüben. Wenn eine junge Frau sich trotz aller Widrigkeiten entschloss, eine Hexe zu werden, brachte sie Schande über ihr Haus. Sie wurde verstoßen, ihre Familie geächtet.

So war es auch im Haus meiner Mutter. Als herauskam, dass ihre ältere Schwester eine Hexe geworden war, trieb mein Großvater sie aus dem Haus und verbot ihr, jemals wiederzukommen. Sie sei nicht mehr seine Tochter, gab er öffentlich bekannt, niemand dürfe mehr ihren Namen nennen, der sei auf sein Betreiben hin aus allen Gemeinderegistern entfernt worden. Aber selbst das konnte nicht verhindern, dass die Familie geächtet wurde. Ihre Geschäfte gingen schlecht, niemand lud sie mehr ein, sie vereinsamten, und meine Mutter fürchtete, nie einen Mann zu finden. Darum sagte sie vermutlich dem ersten zu, der um ihre Hand anhielt.

Er war ein Bauer aus einer anderen Provinz, der auf Brautschau das Land durchreiste. Meine Mutter gefiel ihm, sie war schön, und er wusste, dass sie ihm eine demütige, gehorsame Frau sein würde, ewig dankbar, dass er sie erwählt hatte, obwohl sie aus einer geächteten Familie stammte. Sie heirateten schnell und meine Mutter folgte ihm in seine Heimat, auf seinen Hof. Sie bekam zwei Kinder, einen Jungen und ein Mädchen, meinen Bruder Robert und mich. Mein Name war Mièle, nach der Mutter meiner Mutter.

Das Leben auf dem Hof war hart. Mein Vater schuftete schwer von früh bis nachts. Auf dem Hof war er der Alleinherrscher, sein Wort war Gesetz. Er hätte es in der Hand gehabt, unser aller Leben ein wenig angenehmer zu machen, auch sein eigenes, aber er tat es nicht. Er war ein verschlossener, hartherziger Mann. Nicht ein einziges Mal habe ich gesehen, dass er eine zärtliche Geste meiner Mutter gegenüber machte, nie gab es ein liebes Wort. Und uns Kindern gegenüber war er genauso. Er befahl, wir gehorchten. Wenn nicht, setzte es Prügel. Meine Mutter fügte sich ihm, nie begehrte sie auf und mit der Zeit wurde sie genauso verschlossen und hart wie er.

So hatten wir, Robert und ich, niemanden, der uns Wärme und Freundlichkeit gab, und es blieb uns nichts anderes übrig, als uns gegenseitig zu trösten. Wir waren einander sehr nah. Mein Bruder war mir der wichtigste und liebste Mensch auf der Welt und ich war es für ihn. Er war achtzehn Monate älter als ich, ein dürres, langes Kind, seltsam zerbrechlich, oft kränklich.

Unser Vater hielt nicht viel von ihm, er dachte wohl, ein schwächlicher Junge wie er könne nie den Hof übernehmen. Von mir hielt er auch nicht viel. Ich war zwar stark und gesund, aber ein Mädchen, kein zukünftiger Bauer. Außerdem erfasste mich hin und wieder ein merkwürdiger Widerspruchsgeist, etwas, das er gar nicht schätzte und das mich teuer zu stehen kam.

Als ich etwa neun Jahre alt war und mein Bruder entsprechend älter, brach in der Provinz eine schreckliche Seuche aus. Zu Hunderten starben die Menschen.

Eines Tages waren wir mit unserer Mutter allein in der Küche, als eine junge Frau eintrat. Sie war sehr schön, eine Dame in kostbaren Kleidern, in ihrer Begleitung war eine Katze. Mutter wurde weiß wie die Wand. ›Jovinda!‹, schrie sie und presste sofort beide Hände auf ihren Mund. Da wussten Robert und ich, wer die Fremde war: die geheimnisvolle Schwester unserer Mutter, die Hexe, die Schande über ihre Familie gebracht hatte, die, deren Namen man nicht mehr aussprechen durfte.

›Was willst du?‹, fragte Mutter. Ihre Stimme war dünn vor Angst und Ablehnung.

›Ich will dich von hier fortbringen‹, antwortete Jovinda. ›Dich und diese beiden armen Würmer dort.‹

›Von hier fort?‹, rief Mutter. ›Das ist mein Zuhause! Ein anständiges Heim! Ich habe großes Glück gehabt, es zu finden nach all der Schande, die du über uns gebracht hast!‹

›Glück nennst du das? Armut, Arbeit und ein herzloser Ehemann?‹

›Was weißt du denn schon!‹

›Ich weiß, dass die Seuche euch töten wird, euch alle. Komm mit mir! Oder gib mir wenigstens die Kinder mit!‹

›Niemals! Pack dich aus meinem Haus! Solche wie du haben die Seuche doch erst über uns gebracht!‹

›Das stimmt nicht‹, seufzte Jovinda. ›Und du weißt es. Plapper nicht alles nach, was dein Dummkopf von Mann erzählt!‹

›Verschwinde!‹ Mutters Stimme bebte nun vor Zorn, nicht mehr vor Angst. ›Und pass auf deine Katze auf. Mit der Seuche ist auch der Hunger gekommen. So ein fettes Tier könnte die Leute auf Gedanken bringen!‹

›Evchen kann sehr gut auf sich selbst aufpassen‹, erwiderte Jovinda kühl.

Sie wollte sich zum Gehen wenden, doch hielt noch einmal inne. ›Wenn du schon nicht mit mir kommen willst‹, begann sie zögernd, ›so könntest du mir doch erlauben, dafür zu sorgen, dass du nicht krank wirst.‹

›Untersteh dich und sprich deine Hexensprüche über mich!‹, schrie Mutter.

Achselzuckend wandte Jovinda sich um und trat aus der

Küche hinaus. ›Zumindest haben wir es versucht‹, sagte sie zu ihrer Katze.

Mutter sah ihnen nach. Sie kaute an ihrer Unterlippe, wollte etwas sagen, verschluckte sich, hustete. ›Jo… Jovinda!‹, brachte sie endlich hervor.

Jovinda kam zurück. Ohne ein Wort zu sagen, zeigte Mutter mit ihren abgearbeiteten Händen auf uns, auf Robert und mich.

Ihre Schwester verstand.

Ich war damals, glaube ich, erst neun Jahre alt, doch bis heute erinnere ich mich an das Gefühl, als Evchen, die Katze, um meine Beine strich und Jovinda eine Hand über meinen Kopf hielt.

Sie hatte die Augen geschlossen und murmelte etwas in einer Sprache, die ich noch nie gehört hatte. Von meinen Füßen stieg ein Prickeln hoch, ein freundliches Prickeln wie ein leichtes, liebevolles Zwicken, und von oben sank Wärme auf mich herab, süße Wärme wie heiße Milch mit Honig. Es war das schönste Gefühl, das ich bis dahin gehabt hatte, ich hätte ewig so stehen können. Doch es dauerte nicht lange, es war ein kurzer Spruch.

Jovinda trat zurück. ›Ich wohne an der See‹, sagte sie. ›Man muss von hier aus immer nach Westen gehen, dann kommt man hin. Die Stadt heißt Castelmar. Werdet ihr das behalten?‹ Wir nickten. Natürlich würden wir das behalten. Castelmar, das klang nach Verheißung und Glück, nach allem, was wir nicht hatten. Schon damals, in jenem Augenblick, zürnte ich unserer Mutter, dass sie uns nicht mit

Jovinda hatte ziehen lassen. Es sollten viele Jahre vergehen, bis ich ihr verzeihen konnte.

Kurze Zeit darauf starb unser Vater. All seine Härte konnte ihm gegen die Krankheit nicht helfen, es schien sogar, als ob sie sich mit besonderer Gier auf ihn stürzte. Und um es kurz zu machen, Mutter war die Nächste. Auf dem Totenbett sah sie ihren Fehler ein. ›Geht zu Jovinda‹, raunte sie mit rauer Stimme. ›Immer nach Westen. Castelmar.‹ Sie drückte mir ein Beutelchen in die Hand, das vier Goldstücke enthielt, den Rest ihrer Mitgift.

Nach ihrem Tod zündeten wir das Haus an. Das war Gesetz. Seuchenhäuser mussten brennen. Es war ein grauer Frühsommertag, zu kühl für die Jahreszeit. Westwind wehte. Wir kehrten den Flammen den Rücken und liefen in den Wind.«

»Sie kehrten den Flammen den Rücken und liefen in den Wind«, echoten die Rattenkinder.

»Wir hatten uns die Reise zu Jovinda ganz einfach vorgestellt. ›Nach Westen‹ hatte es geheißen. Westen war dort, wo die Sonne unterging. Also dachten wir, dass wir nur in diese Richtung weitergehen müssten, bis wir vor Jovindas Haus in Castelmar stehen würden. Wir wussten nichts von der Welt, wir hatten immer nur auf dem Hof gelebt.

Am Anfang war es wirklich nicht schwer. Da war eine lange, gerade Straße, die nach Westen führte. Viele Menschen waren darauf unterwegs, ein ganzer Heerzug von Menschen. Alle waren auf der Flucht vor der Krankheit, alle wollten ins Nachbarland, von dem es hieß, dass es dort Hexen und Magier gebe, denen es ein Leichtes wäre, die Krankheit zu heilen. So widersprüchlich sind die Menschen oft. Sie sind imstande, jahrelang, jahrzehntelang eine Gruppe von Personen zu verfluchen, ihnen die schlimmsten Dinge zu unterstellen, und dann, von heute auf morgen ihre ganze Hoffnung auf ebendiese Personen zu setzen, weil alle anderen herkömmlichen Mittel versagten.

Einen ganzen Tag lang marschierten wir mit dem Zug. Nachts schliefen wir am Straßenrand. Eine nette Familie mit vielen Kindern teilte ihr Essen mit uns und gab uns, als die Dunkelheit kam, eine Decke, damit wir nicht froren. Wir bezahlten ihre Freundlichkeit mit einem Goldstück. Ich sagte es ja bereits, wir wussten nichts von der Welt, auch nichts vom Wert des Goldes, wir hatten zuvor noch nie welches in der Hand gehabt. Als wir am Morgen erwachten, war die nette Familie verschwunden und mit ihr unser Beutelchen mit den restlichen drei Goldstücken. Wir konnten es nicht fassen, diese Leute hatten so freundlich gewirkt! Das waren sie auch, erklärten die Umstehenden, die unser Unglück mitbekommen hatten, aber vier ganze Goldstücke, du lieber Himmel, das war ein Vermögen! Die Versuchung war einfach zu groß gewesen, auch für eine nette Familie.

Damit begannen die Schwierigkeiten. Wir hatten kein Geld mehr und nur noch wenig zu essen. Im Laufe des zweiten Tages erreichte unser Zug den Grenzfluss. Nur eine einzige Brücke führte hinüber ins Nachbarland. Auf der

Brücke und entlang des jenseitigen Ufers standen Soldaten, ein ganzes Bataillon. Sie ließen niemanden hinüber. Der Herrscher des Nachbarlandes hatte sie geschickt, damit die Seuche sein Land nicht ebenfalls befiel. Jeder, der versuchte, die Linie der Soldaten zu durchbrechen, wurde gefasst und zurückgeschickt oder gar erschossen. Da hatten sich die Menschen tagelang durch das Land geschleppt, getrieben von der Hoffnung auf Hilfe jenseits des Flusses, und alles, was sie von dort bekamen, waren Gewehrkugeln. Doch nur die wenigsten kehrten um. Die meisten blieben, bauten sich ein Lager aus ihren Habseligkeiten und warteten.

Manchmal kamen wilde Gesellen ins Lager. Sie behaupteten, viele geheime Stellen zu kennen, wo man den Fluss überqueren könne, ohne von den Soldaten geschnappt zu werden. Auch über Boote verfügten sie angeblich. Natürlich nahmen sie nur Leute mit, die ihre Dienste bezahlen konnten. Robert und ich konnten nicht bezahlen, wir hatten nichts mehr. Unsere wenigen Vorräte waren aufgebraucht, wir hatten nicht einmal eine Decke, aus der wir uns ein kleines Zelt hätten bauen können. Tagsüber brannte uns die Sonne auf den Kopf, nachts froren wir. Einmal gab es ein Gewitter. Wir wurden nass bis auf die Knochen, und da war nichts, womit wir uns wärmen oder trocknen konnten. Die Menschen um uns herum hatten selbst genug Probleme, das Schicksal zweier Waisenkinder kümmerte sie wenig.

Ich machte mir Sorgen um Robert. Er war so empfindlich, war es schon immer gewesen. Jovindas Zauber schützte ihn vor der Seuche, doch nicht vor Erkältungen. Seine

Nase lief, sein Kopf glühte, seine Lippen waren aufgesprungen. Für eine Nacht kamen wir im Zelt eines freundlichen Ehepaares unter, das seine Kinder an die Seuche verloren hatte. Doch morgens verließen sie das Lager, um mit den wilden Kerlen zu gehen. Leider reiche ihr Geld nicht, sagten sie entschuldigend, um auch für uns die Überfahrt im Boot zu bezahlen. Doch beim Abschied schenkten sie uns eine Decke, etwas Brot und ein paar Äpfel.

Robert ging es schlechter, er hatte nun richtig hohes Fieber, er fantasierte. Aus der Decke und ein paar Stöcken baute ich uns ein winziges Zelt. An einem heißen Nachmittag saß ich unter der Decke, hielt Roberts Kopf in meinem Schoß und flößte ihm etwas Wasser ein, als eine seltsame Aufregung wie eine Welle durch das Lager lief. Das war ungewöhnlich, meistens brüteten die Leute still und teilnahmslos vor sich hin. Doch an diesem Tag gab es ein Gerenne und Geschrei wie schon lange nicht mehr, vor allem Kinder schienen unterwegs zu sein. Ich hörte angestrengt hin, um herauszukriegen, was vor sich ging, als die Decke hochgeklappt wurde. Ein kleiner Junge stand da, den ich flüchtig kannte.

›Eine Hexe‹, japste er atemlos, ›eine Hexe von drüben ist im Lager. Sie sucht Kinder, die nicht die Seuche haben, die nimmt sie mit über den Fluss! Mich hat sie nicht genommen‹, fügte er traurig hinzu, aber das hörte ich nur noch aus der Entfernung.

So sanft es in der Eile möglich war, hatte ich Roberts Kopf auf den Boden sinken lassen und war davongestürzt.

Das war unsere Chance! Wir hatten nichts, aber zum Glück hatten wir auch nicht die Seuche. Ich weiß es noch, als wäre es gestern erst gewesen, wie ich durch die Gassen des Lagers rannte, an all den zerfledderten Zelten vorbei, an den Hütten aus Zweigen und Kistenbrettern. Ich musste diese Hexe finden! Was, wenn sie schon fort war, wenn sie aufgegeben hatte, ohne uns zu finden, Robert und mich, die beiden einzigen Lagerbewohner, die ganz sicher nicht infiziert waren! Ich verfluchte unser winziges Zeltchen, das so leicht zu übersehen war, und ich verfluchte die Lagerleute, weil sie es versäumt hatten, der Hexe von uns zu berichten.

In Tränen brach ich aus und weinend rannte ich weiter – dann sah ich sie. Am Südrand des Lagers, vor ein paar mickrigen Bäumchen, die dem Bedürfnis der Lagerleute nach Feuerholz bis jetzt noch entgangen waren, stand eine Kutsche mit zwei schönen, schwarzen Pferden. Eine schlanke, große Frau beugte sich über ein Baby, das eine junge Mutter ihr entgegenhielt. Das Baby schrie wie am Spieß, beide Frauen sprachen beruhigend auf es ein.

›Ich bin nicht krank‹, sprudelte ich atemlos hervor. ›Und mein Bruder auch nicht. Er hat bloß die Grippe. Nicht die Seuche!‹

Die Fremde drehte sich zu mir um. ›Wie heißt du, Kind?‹, fragte sie.

›Mièle‹, antwortete ich. ›Mein Bruder heißt Robert.‹

Die Fremde nickte und wies zu einer umgedrehten Kiste, wo ich sitzen und warten sollte, bis sie Zeit für mich hätte.

›Ich heiße Clarisse‹, sagte sie.«

»Clarisse!«, hauchte der Chor der Rattenkinder. Graviata nahm einen Schluck aus ihrem Becher.

»Auf den ersten Blick war nichts Besonderes an Clarisse. Sie war groß und schlank, hatte braunes Haar, braune Augen. Vom Alter her wirkte sie ungefähr so wie ich heute. Sie trug ein sommerliches Reisekostüm aus rostfarbenem Stoff, der sehr hübsch in der Sonne glänzte. Vermutlich war es Seide und sehr kostbar, doch von so etwas hatte ich damals keine Ahnung. Wie sie so beruhigend auf das Baby einredete, erschien sie mir ganz mütterlich, auch als sie bedauernd den Kopf schüttelte und die Mutter mit ihrem kleinen Kind schluchzend davonging, glaubte ich etwas wie Mitleid in ihrer Körperhaltung zu erkennen. Doch als sie sich zu mir umdrehte und mich forschend betrachtete, war da etwas in ihrem Blick, in ihren Zügen, das mich – nicht warnte, leider nicht –, das mich vorsichtig sein ließ. Ich kannte den Blick von Menschen, die andere gerne beherrschen und die ein kaltes Herz haben.

›Lebt ihr mit euren Eltern hier im Lager, dein Bruder und du?‹, fragte sie.

Ich schüttelte den Kopf. ›Unsere Eltern sind tot.‹

›Aber sicherlich habt ihr noch Verwandte?‹

Ich schüttelte wieder den Kopf. ›Niemanden‹, sagte ich leise.

Es lag an ihrem Blick. Eigentlich hatte ich mir vorgenommen, ihr von Jovinda zu erzählen, von unserer Tante, zu der wir unterwegs waren, eine Hexe wie sie selbst, von der wir einen Schutzzauber hatten, der uns immun gegen die Seuche machte. Doch nichts von alldem sagte ich.

Clarisse nickte teilnahmsvoll. ›Ich versuche zu helfen, so gut ich kann. Leider sind mir die Hände gebunden. Das Gesetz meines Landes verbietet mir, kranke Personen mit über die Grenze zu nehmen, doch man hat mir erlaubt, gesunde Kinder aus dem Lager herauszubringen. In meinem Haus können sie ein gesundes, vor Ansteckung sicheres Leben führen. Möchtest du das?‹

›Liegt Euer Haus im Westen?‹, fragte ich.

›Von hier aus gesehen schon. Warum fragst du?‹

›Ich hab gehört, im Westen wär's schön‹, log ich etwas fadenscheinig. Doch Clarisse war zufrieden.

Mit einem Messerchen brachte sie mir einen winzigen Schnitt bei und entnahm einen Blutstropfen. Dieser Tropfen, so erklärte sie mir, verrate ihr, ob ich die Seuche trug oder nicht.

Während sie im Wagen ihre Untersuchung durchführte, machte ich meine eigenen Pläne. Natürlich hatte ich nicht vor, in Clarisses Haus zu bleiben. Aber mit ihrer Hilfe kämen Robert und ich aus dem Lager heraus und könnten in einer Kutsche bequem weiter nach Westen reisen. Robert würde sich erholen. Wenn er stark genug wäre, würden wir uns davonmachen, ganz einfach.

Clarisse trat aus der Kutsche heraus und strahlte übers ganze Gesicht. ›Wunderbar!‹, rief sie begeistert. ›Dein Blut ist wunderbar!‹

Ich hatte nichts anderes erwartet.

›Bring deinen Bruder!‹, befahl sie.

›Er kann nicht laufen, er hat hohes Fieber!‹, entgegnete ich.

In einiger Entfernung standen zwei Männer und beobachteten neugierig das Geschehen.

›He, ihr da!‹, rief Clarisse. ›Geht zum Zelt dieses Mädchens und bringt mir ihren Bruder!‹ Und die beiden gehorchten ihr. Das war noch so etwas, das Clarisse auszeichnete: Sie befahl und die meisten Menschen gehorchten. Diese beiden Männer bildeten keine Ausnahme. Widerspruchslos begleiteten sie mich zu unserem Zelt, legten Robert auf die Decke und trugen ihn sanft schaukelnd zu Clarisses Wagen. Ich hielt seine Hand.

›Wir kommen hier raus‹, sagte ich. ›Die Hexe nimmt uns in ihrem Wagen mit.‹ Robert lächelte. Allein schon die Vorstellung, aus diesem schrecklichen Lager fortzukommen, bewirkte, dass es ihm besser ging.

Clarisse machte ihren Test mit ihm und wieder strahlte sie vor Begeisterung. ›Es ist gut!‹, rief sie. ›Dein Blut ist so gut wie das deiner Schwester! Ab in den Wagen mit euch, meine Lieben. Je eher wir aufbrechen, desto eher sind wir da!‹

›Ist denn sonst überhaupt kein Kind gesund?‹, fragte ich verblüfft.

›Leider nein.‹ Bedauernd zog sie die Schultern hoch.

Das war schwer zu glauben. So viele Menschen lebten in dem Lager, bestimmt viele Hundert und sicher über hundert Kinder, von denen die meisten ganz fröhlich herumliefen, fröhlicher jedenfalls als Robert und ich. Nicht zu fassen, dass sie allesamt infiziert und wahrscheinlich schon in wenigen Tagen tot sein sollten. Log sie? War Clarisse eine Lügnerin?

Sie saß draußen auf dem Kutschbock und ließ die Pferde anziehen. Der Wagen rollte durch das Lager, rumpelte über die Brücke auf die Sperre der Soldaten zu und durfte anstandslos passieren. Das war ein wunderbares Gefühl, doch mein Misstrauen gegenüber Clarisse blieb.

›Beim ersten Halt machen wir uns davon!‹, raunte ich Robert zu. Er nickte. Clarisse hatte ihm einen Saft eingeflößt, der sehr schnell wirkte, sein Fieber sank, seine Augen wurden klar. Sein Verstand war es schon. ›Sie lügt‹, flüsterte er. ›Sie ist böse!‹ Robert war ein Kind, das viel wusste. Er war ein wenig wie Lulu.

Wir fassten uns bei den Händen, bereit, bei der ersten Gelegenheit aus dem Wagen zu springen und davonzurennen, doch wir waren noch nie mit einer Hexe gereist. Als wir aufwachten, fiel graues Morgenlicht durch das Kutschenfenster und ein wunderbarer, süßer Duft wehte herein. Verstört rieben wir uns die Augen. Wie es schien, waren wir einen halben Tag und eine ganze Nacht lang gefahren und hatten die Zeit verschlafen.

›Wir sind angekommen, meine Lieben!‹, rief Clarisse fröhlich vom Kutschbock. ›Willkommen im Rosenhaus!‹«

»Willkommen im Rosenhaus!«, raunte der Chor.

»Wir schauten zum Fenster hinaus. Was wir sahen, nahm uns für einen Moment den Atem. Es war noch sehr früh, die

Sonne wollte gerade erst aufgehen. Wir fuhren über einen Weg, der zwischen zwei Feldern verlief. Und so weit man schauen konnte, blühten Rosen, ein Meer von Rot. Obwohl das Licht noch grau war, funkelten sie prächtiger als Rubine. Es ist viel über Clarisse geschrieben und erzählt worden, viel Unsinn. Doch was man von der Pracht ihrer Rosen sagt, davon ist jede Silbe wahr. Wir schauten und staunten, halb betäubt vom Blütenduft.

Der Wagen näherte sich einem Haus. Es war riesig, das größte Haus, das ich je gesehen hatte. Sieben Fenster prangten an der Front, drei unten, drei oben, eins in der Mitte. Ihr Glas war rot. Als die ersten Strahlen der aufgehenden Sonne es trafen, zuckte es leuchtend auf, als lebte es. Aus dem Dach des Hauses ragten sieben Kamine, jeder mit einem kleinen roten Spitzdach verziert.

Das Rosenhaus, wie sehr habe ich es gehasst! An diesem Morgen hasste ich es noch nicht, ich fühlte auch keine Furcht, nur so eine Art Befremden. Im Traum hat man manchmal so ein Gefühl. Man sieht etwas, etwas Vertrautes wie ein Haus zum Beispiel, und weiß gleichzeitig, dass es das Fremdeste ist, was man je erblickt hat.

Wir fuhren daran vorbei, einen Hügel hinauf, die Rosenfelder blieben unter uns zurück. Der Hügel war mit einem kurz geschorenen, gepflegten Rasenteppich bewachsen. Robert und ich kamen von einem Bauernhof, und wir konnten ungefähr ahnen, was es bedeutete, Gras so zu scheren, dass es wie ein Teppich wuchs. Oben auf dem Hügel stand ein Turm, ein dunkles, äußerst merkwürdiges Gebäude. Erst später ging mir auf, was ihn so seltsam unausgewogen erscheinen ließ: Seine Grundfläche war ein Siebeneck.

Clarisse ließ den Wagen halten, sprang vom Bock und öffnete den Wagenschlag. ›Aussteigen!‹, befahl sie knapp. Wir gehorchten, wir konnten nicht anders. An Flucht war nicht zu denken, unsere Beine waren schwer wie Blei. Sie schloss die Tür des Turms auf und winkte uns. Schwerfällig schlurften wir hinein, hinter uns fiel krachend die Tür ins Schloss.«

»Kawumm!«, riefen die Rattenkinder.

»Zwielicht herrschte im Inneren des Turms. Wir standen in einem kahlen, steinernen Raum. In einer Nische stapelten sich Kisten und Säcke. ›Samen und Dünger für die Rosenzucht‹, erklärte Clarisse. ›Ich brauche das natürlich nicht, aber ich bestelle hin und wieder etwas, um den Schein zu wahren. Ihr versteht.‹

Nichts verstanden wir, ratlos blickten wir uns um. Man konnte nicht, wie in vielen anderen Türmen, von unten bis ganz nach oben schauen, dieser hier war in Stockwerke unterteilt. Eine schmale Wendeltreppe stieg in einer der sieben Ecken steil nach oben. Durch die Fensterchen im Treppenhaus fielen Sonnenstrahlen schräg herab und vermischten sich mit dem grauen Licht des Erdgeschosses. Trotz ihrer Winzigkeit waren alle Fenster vergittert.

Clarisse trieb uns die Wendeltreppe in den ersten Stock hinauf und öffnete eine Tür in eine Art Vorzimmer, an dessen Wänden entlang eine Menge Truhen standen. Sie zündete eine Kerze an und schritt sie ab. Nachdenklich hob sie einen Deckel, schloss ihn wieder, ging weiter zur nächsten Truhe. ›Lavinia‹, murmelte sie, ›das ist gut.‹ Sie öffnete die Truhe, zog einen Packen voll Kleider und Wäsche heraus und drückte mir alles in die Arme. ›Das müsste dir passen‹, meinte sie. Robert bekam ein Kleiderbündel aus einer Truhe, die sie mit ›Cassio‹ bezeichnete.

So beladen verließen wir das Zimmer und stiegen weiter hinauf. ›Im zweiten Stock liegen die Küche und das Behandlungszimmer‹, erklärte Clarisse. ›Vorerst werdet ihr das noch nicht betreten.‹

Im dritten Stock endlich führte sie uns durch eine düstere Diele, schloss eine weitere Tür zu einem großen Zimmer auf. ›Euer Zuhause, meine Lieben‹, erklärte sie im Ton einer freundlichen Pensionswirtin. ›Macht es euch gemütlich. Um neun wird euch ein reichliches Frühstück gebracht, das für den ganzen Tag vorhält. Abendessen gibt's um sieben.‹ Ihr Ton schlug um. ›Falls ihr auf die Idee kommen solltet, zu lärmen und zu toben‹, sagte sie kalt, ›nehmt zur Kenntnis, dass euch niemand hören wird. Die oberen Stockwerke sind selbstverständlich unbewohnt und draußen gibt es im Umkreis von Meilen keine Nachbarn. Wenn ihr euch hingegen ordentlich betragt‹, setzte sie etwas freundlicher hinzu, ›dürft ihr jeden Nachmittag für eine Stunde oben auf der Plattform spielen.‹

Sie nickte uns noch einmal zu, dann verließ sie uns und drehte von außen den Schlüssel um. Kein Zweifel, wir waren in einem Gefängnis. Zwar ganz nett eingerichtet, aber ein Gefängnis. Es war ein ziemlich großer Raum, offensichtlich an der Außenseite des Turms gelegen, denn es gab ein Fenster. Doch das war verschlossen, vergittert und von außen mit schweren Läden gesichert. Licht kam von einigen Leuchtkugeln an der Decke, Luft aus schmalen Belüftungsschlitzen.

›Kneif mich‹, sagte Robert. ›Vielleicht habe ich ja wieder einen Fiebertraum.‹ Doch es war kein Fiebertraum, eher ein Albtraum, aber einer von denen, die man wirklich erlebt.

Wir durchstreiften unser Kerkerzimmer. Wenigstens war die bleierne Schwere aus unseren Beinen verschwunden. Es gab einen Tisch mit vier Stühlen. Vier Betten standen entlang der Wände, jedes mit einem Himmel aus dunklem Holz und einem karierten Vorhang an den Seitenteilen. Einer der Vorhänge war geschlossen.

Robert zog ihn ein wenig zurück, ließ ihn jedoch fast erschrocken wieder fallen.

›Da liegt jemand‹, flüsterte er. Natürlich lugte auch ich in das Bett. Da schlief ein blondes Mädchen. Es wirkte eigenartig blass, fast durchscheinend. Aber vielleicht war es das fahle Licht der Leuchtkugeln, das diesen Eindruck hervorrief.

Leise forschten wir weiter. Auf einem Regal türmten sich Brett- und Würfelspiele, auf einem anderen stand eine Reihe Bücher. Eine Kiste quoll über von Stofftieren, bei fast allen war der Plüsch schon ganz abgeschabt, als wären sie immer und immer wieder geknuddelt worden. Robert und ich hatten noch nie Spielzeug gehabt, jetzt hatten wir es im Überfluss, doch freuen konnten wir uns nicht darüber.

Was konnte Clarisse nur mit uns vorhaben? Warum hatte sie uns hergebracht? ›Vielleicht ist sie so wie in den Gruselgeschichten, die die Leute daheim immer erzählt haben‹, überlegte ich. ›Vielleicht will sie uns mästen und danach schlachten.‹

In das Bett mit den geschlossenen Vorhängen kam Bewegung. Das Mädchen dahinter gähnte und setzte sich auf. Spindeldürre weiße Beine kamen zum Vorschein, blaue Adern liefen sichtbar unter der dünnen Haut.

›Ihr seid nah dran‹, sagte sie mit vom Schlaf noch belegter Stimme. ›Clarisse will euer Blut. Sie braucht es für die Rosen. Damit die Rosen so schön rot werden.‹ Sie zog die Vorhänge zurück. Wie ein junges Gespenst sah sie aus, ganz weiß. Auch ihr Nachthemd war weiß, und weiß waren die Bandagen an ihren Unterarmen, die sie uns entgegenhielt. Weiß, bis auf ein paar rote Flecke. ›Sie zapft uns Blut ab. Fast jeden Tag. Das gibt sie in die Bewässerungsanlage für die Rosenfelder. Niemand weiß, wie viele Kinder sie schon verbraucht hat. Zurzeit bin ich an der Reihe. Ich sterbe bald. Danach seid ihr dran.‹ Sie erhob sich und glitt durch das Zimmer ins Bad. Robert und ich sahen ihr nach, unfähig, auch nur einen Laut von uns zu geben.

Als sie nach einer ganzen Weile gewaschen und angezogen zurückkam, saßen wir immer noch stumm da. ›Es wird schwieriger für sie, geeignete Kinder zu finden‹, fuhr sie in ihren Erklärungen fort, als hätte sie diese nie unterbrochen.

›Warum, weiß ich nicht und Clarisse weiß es auch nicht. Aber sie hat deswegen oft schlechte Laune. Also reizt sie nicht. Sie kann gemein werden.‹

›Ha‹, machte Robert.

›Früher waren hier, glaube ich, immer vier Kinder. Als ich ankam, waren wir zu dritt. Dann lange Zeit zu zweit. Und seit vielen Wochen bin ich allein. Dass sie gleich zwei geeignete Blutspender gefunden hat, ist ein Riesenglücksfall für Clarisse. Ich heiße übrigens Rosa. Ist das nicht ein guter Witz?‹ Sie lächelte freudlos.

›Mièle‹, krächzte ich und räusperte mich, aber meine Stimme wurde nicht klarer. ›Du erzählst uns doch Gruselmärchen!‹

Rosa antwortete nicht. Sie sah uns nur an.

›Nein‹, rief Robert dumpf, ›das ist kein Märchen! So kriegt das alles einen Sinn! Die Blutproben und dass sie nur uns aus dem Lager mitgenommen hat!‹

Rosa nickte. ›Blutproben macht sie immer. Und sie sucht sich auch immer Waisenkinder. Mich hat sie in einem Waisenhaus im Norden gefunden. Ich dachte, ich hätte das große Los gezogen, als sie mich mitnahm.‹

Waisenkinder! Deshalb hatte sie so zufrieden gewirkt, als ich gesagt hatte, wir seien ganz allein auf der Welt. Aber wir hatten noch einen Trumpf. Sie wusste nichts von Jovinda. Irgendwie mussten wir es schaffen, Jovinda eine Nachricht zukommen zu lassen.

Ich nahm Roberts Hand. ›Wir kommen hier raus‹, versprach ich.

›Jeder kommt hier raus‹, sagte Rosa düster. ›Aber keiner lebend.‹«

»Aber keiner lebend!«, flüsterten die Rattenkinder.

»Wir schon, wollte ich widersprechen, doch Rosa brach in Tränen aus und zeigte mit ausgestrecktem Arm auf das Kleiderbündel, das Robert achtlos auf eins der Betten geworfen hatte.

›Du hast Cassios Kleider!‹, rief sie. ›Sie hat dir Cassios Sachen gegeben! Das da war seine Lieblingshose und auf das blaue Hemd war er unheimlich stolz!‹

Und dann tat sie etwas sehr Seltsames. Sie griff unter ihr Bett und zog zwei kleine Holzbecher hervor. Vom vielen Gebrauch waren sie ganz dünn, fast wie Porzellan. Rosa hob die Becher an ihre Augen. Ich schrie entsetzt auf, glaubte, sie sei verrückt geworden und wolle irgendetwas Schreckliches mit ihren Augen anstellen. Doch sie hielt die beiden Becher nur an die unteren Lider, beugte den Kopf und weinte weiter.

Wir brauchten eine Weile, um zu verstehen – sie fing ihre Tränen auf! Sie weinte und weinte, bis keine Tränen mehr kamen, stellte die Becher weg und schnäuzte sich.

›Es werden immer weniger‹, sagte sie, als sie prüfend in die Becher schaute. ›Meine Tränen werden immer weniger, genau wie mein Blut.‹ Ihre Lippen zitterten. Schnell hielt sie sich die Becher wieder unter die Augen und fing noch ein, zwei Tränen auf. Als sie sicher war, dass nichts nachkommen würde, ließ sie das bisschen Flüssigkeit in einen Becher zusammenfließen.

Fasziniert und befremdet schauten wir ihr bei diesem seltsamen Treiben zu. ›Ihr müsst das auch tun‹, sagte sie. ›Es ist die einzige Hoffnung, die wir gegen Clarisse haben. Seid ihr bereit für den Schwur?‹

Schwur? Wir wussten nicht, was sie da redete, aber wir waren zu allem bereit, was eine Waffe gegen Clarisse versprach.

›Kommt mit!‹ Rosa nahm den Becher mit den Tränen, führte uns ins Badezimmer und hockte sich dort auf den Boden, griff unter den Badezuber und löste ein Dielenbrett. Aus der Höhlung zog sie ein Glasfläschchen hervor. Ein weiteres folgte und noch einmal zwei. Rosas Hand tastete weiter.

›Da sind noch zwei leere drin, das reicht fürs Erste. Sie stammen aus dem Behandlungszimmer. Clarisse sammelt unser Blut darin. Manchmal, wenn sie nicht aufpasst, kann man ein leeres mitgehen lassen. Sie hat viele davon und bemerkt es nicht.‹

Rosa öffnete eins der vier Fläschchen und ließ mit einem Geschick, das viel Übung verriet, die Tränenflüssigkeit aus dem Becher in die kleine Flasche laufen. Dann hielt sie das Fläschchen ans Licht, es war gefüllt bis unter den Hals. ›Sehr gut‹, sagte sie befriedigt und stöpselte es zu. ›Am Tag eurer Ankunft können wir mit einem neuen Tränenfläschchen beginnen. Das ist vielleicht ein gutes Zeichen.‹

Robert nahm nacheinander die kleinen Glasgefäße hoch

und hielt sie ins Licht der Leuchtkugeln. ›Sind das alles Tränen?‹

Rosa nickte. ›Vor langer Zeit, als Clarisse mit den Rosen erst anfing und noch nicht so perfekt eingerichtet war wie heute, hatte sie ein Kind gefangen, dessen Blut sie immer direkt in den Bottich für das Gießwasser tropfen ließ. Das Kind weinte oft. Doch wenn seine Tränen in das Wasser fielen, wurde Clarisse schrecklich wütend. Tränen würden ihre Rosen umbringen, schrie sie, kippte das Wasser weg und ließ das Kind noch einmal bluten. Es war das erste, das damit begann, seine Tränen zu sammeln, damals nur in diesem hölzernen Becher. Wir wissen seinen Namen nicht, auch nicht, ob es ein Junge oder ein Mädchen war. Irgendwann wird ein Kind Glück haben. Es wird den Turm verlassen können und die Tränen von allen Kindern, die Clarisse ermordet hat, in die Bewässerungsanlage gießen. Dann werden die Rosen sterben. Vielleicht werdet ihr beide das tun. Vielleicht nur einer von euch. Vielleicht auch andere, die nach euch kommen. Auf jeden Fall müsst ihr eure Nachfolger in den Plan einweihen, so wie ich das heute mit euch tue. Versprecht ihr das?‹

Wir nickten ernst.

›Und jetzt der Schwur‹, sagte Rosa mit ernstem Gesicht. ›Reicht mir eure Hände, schaut auf die Fläschchen und sprecht mir nach: Im Namen von Mannis, Olivia, Pedro, Lavinia, Eshrem, Cassio und aller, deren Namen niemand mehr kennt …‹

›Im Namen von Mannis, Olivia, Pedro, Lavinia, Eshrem,

Cassio und aller, deren Namen niemand mehr kennt‹, wiederholten wir feierlich.

›… schwören wir, die Rosen zu verderben und Clarisse zu töten. Wir werden nicht ruhen, bis Clarisse tot ist und alle Kinder gerächt sind!‹

Rosa sprach in einem feierlichen Singsang und wir taten es ihr nach. Es war uns ernst damit, todernst. Wir würden vielleicht in diesem Turm sterben, dann würden andere nach uns kommen und den Eid schwören. Wenn wir aber entkommen sollten, dann würden wir sie rächen, diese Kinder, von denen nichts geblieben war als ein paar Tränen in gläsernen Fläschchen.

Rosa zeigte uns, wie man die Fläschchen vorsichtig ins Versteck tat und das Dielenbrett verschloss. Dann legte sie sich wieder auf ihr Bett. Das lange Gespräch mit uns und der Schwur hatten sie erschöpft. Sie wurde schnell müde. ›Blutarmut‹, sagte sie und lächelte schief.

Robert und ich vertrieben uns die Zeit mit Spielen. Später erst entdeckten wir die Bücher. Wir hatten ihnen erst keine Beachtung geschenkt, da wir nicht lesen konnten, doch es waren Sprechende Bücher, die wir bis dahin noch nicht gekannt hatten. Sie wurden unsere Freude und unser Trost. Ohne sie wären wir vielleicht verrückt geworden.«

Graviata machte eine Pause. Die Rattenkinder waren still.

»Das Frühstück wurde immer um neun Uhr morgens gebracht. Es war wirklich sehr reichhaltig, wie Clarisse es versprochen hatte. Es gab Fruchtsäfte, Getreidebrei, Brot, Eier und Obst. Abends um sieben bekamen wir eine warme Mahlzeit und auch die war gut. Oft hatten wir süße Eierkuchen, Waffeln mit Honig und Sahne, geröstete Kartoffeln mit Würstchen, alles, was Kinder mögen. Robert und ich hatten noch nie so gut gegessen. Eine Magd brachte die Speisen, schob sie auf einem Tablett durch eine Klappe in der Tür, das benutzte Geschirr gaben wir zurück, wenn sie die nächste Mahlzeit brachte. Am ersten Tag flehte ich sie durch die Klappe an, uns zu helfen. Doch die einzige Antwort, die ich bekam, bestand in einem leisen Schnüffeln.

›Es ist zwecklos‹, sagte Rosa. ›Sie hat furchtbare Angst vor Clarisse. Und draußen, außerhalb vom Rosenhaus, kann sie nicht reden über das, was hier geschieht. Clarisse hat sie mit einem Bann belegt.‹

Es schien, als hätte Clarisse an alles gedacht. Sie selbst kam fast jeden Vormittag und holte Rosa ins ›Behandlungszimmer‹. Wenn sie zurückgebracht wurde, war sie noch durchscheinender als vorher und legte sich sofort auf ihr Bett.

Clarisse tat dann immer sehr besorgt. ›Du musst viel trinken, Liebes‹, sagte sie und reichte ihr selbst den Becher. Wenn sie so war, hassten wir sie am meisten.

Nachmittags durften Robert und ich oft hinauf auf die Plattform, Rosa hätte auch gedurft, aber sie fühlte sich meistens zu schwach. Das Treppensteigen fiel ihr schwer, zumal wir immer, wenn wir unser Zimmer verließen, diese furchtbar schweren Beine hatten, als schleppten wir Eisenketten mit uns herum.

Die Aussichtsplattform war rundum mit einem Gitter gesichert. Keiner von Clarisses kostbaren Blutlieferanten hätte sich von da oben in den Tod stürzen können. Doch die Aussicht war wundervoll. Ich hasste das Rosenhaus, ich hasste Clarisse und ihre Blumen, aber trotzdem liebte ich es, da oben zu stehen und über die Felder zu schauen. Ich konnte mich selbst nicht verstehen. Vielleicht lag es ganz einfach daran, dass es so schön war. Trotz all des Grauens war es schön. Vom Turm aus konnte man die ganze Anlage überblicken, die sieben roten Felder wie die Zacken eines Sterns und im Zentrum das Rosenhaus mit seinen leuchtenden Fenstern und Kaminen. Clarisse war ungeheuer stolz auf ihr Anwesen, ständig gab sie Erklärungen dazu ab. Sie hatte überhaupt keine Befürchtungen, dass eins ihrer Kinder jemals mit einer Person von außerhalb darüber würde sprechen können.

Bereitwillig zeigte sie mir eines Nachmittags ein flaches Häuschen am Fuß des Hügels, in dem die Bewässerungsanlage untergebracht war, das Herz ihrer Anlage, wie sie betonte. Von dort aus wurde das Wasser mit der notwendigen Beimischung Kinderbluts unterirdisch in die Felder gepumpt.

›Wie kommt das Blut da hinein?‹, wollte ich wissen.

›Man geht in das Häuschen, natürlich nur, wenn man einen Schlüssel hat.‹ Sie klirrte mit ihrem Bund. ›Und gießt es durch einen Einfüllstutzen in das Reservoir. Ganz einfach.‹

Ganz einfach, in der Tat, und doch unendlich schwer.

Clarisse lächelte. ›Es muss dir doch Freude machen, wenn du siehst, welch wundervolle Blumen ich mithilfe eures Blutes züchte. Außerdem haben sie ganz außerordentliche Kräfte. Jeder, der Rosen bei mir kauft, bleibt jung. Weil Kinderblut in ihnen fließt. Freut dich das nicht?‹ Sie meinte das tatsächlich ernst. ›Meine Rosen sind kostbar. Eine Helena bringt mir zwölf Goldstücke und eine Rubina oder eine Serena immerhin zehn.‹

›Die Rosen haben Namen?‹

›Alle Rosen haben Namen, Dummchen. Schau dort hinüber, gleich beim Haus, das neu angepflanzte Beet. Siehst du diese wunderbare Farbe?‹

Ich kniff die Augen zusammen und schaute in die bezeichnete Richtung. Dort war tatsächlich ein neues Beet. Es war noch klein, doch die Rosen darauf übertrafen mit ihrer Leuchtkraft alle anderen. Es war, als ob ein Feuer in diesen Blüten brannte.

›Meine bislang neueste und beste Schöpfung‹, sagte Clarisse stolz. ›Ich nenne sie Graviata.‹

Clarisses Felder wurden von Helferlein gepflegt. Auch das war neu für mich. Ich sah von der Plattform des Turms zu, wie diese kleinen Holzkerlchen zwischen den Rosenstöcken herumkrabbelten und eifrig jäteten, wilde Triebe schnitten oder Schädlinge bekämpften. Wenn wir so etwas auf dem Hof gehabt hätten!

Der Rasen unterhalb des Turms wurde nicht von den Helferlein gepflegt. Ein Junge kroch dort tagein, tagaus auf den Knien herum und schnitt die Halme mit einer Schere ab. Wenn er einmal ganz um den Hügel herumgekrochen war, fing er wieder von vorne an.

›Ein Verwandter von mir‹, fauchte Clarisse ärgerlich. ›Er taugt zu gar nichts. Nicht einmal diese Arbeit kann er ordentlich machen. Ich muss dauernd hinter ihm her sein. Zweimal hat er schon versucht zu fliehen. Aber ich habe ihn natürlich gefunden. Ich finde jeden, egal, wo er sich versteckt!‹

Beim letzten Satz hatte ihre Stimme einen drohenden Unterton angenommen. Ich nickte folgsam, schlug demütig die Augen nieder, doch ich fragte mich, ob dieser Junge vielleicht ein Verbündeter werden könnte. Er sah furchtbar mager aus, vermutlich bekam er sehr wenig zu essen, er war ja kein kostbarer Blutlieferant. Einmal, während er mit seiner Schere unten herumkroch, biss Clarisse in einen Apfel, der ihr nicht zu schmecken schien. Sie verzog das Gesicht und warf ihn durch die Gitterstäbe, sodass er dicht neben dem Jungen landete. Natürlich zerplatzte der Apfel in viele kleine Stücke. Der Junge wuselte durch das Gras, pickte die Stückchen auf und steckte sie hastig in den Mund.

›Dieser Faulpelz!‹, schimpfte Clarisse. ›Er arbeitet nicht und glaubt, er könne sich auf meine Kosten vollstopfen. Heute Abend wird er vor einem leeren Teller sitzen!‹

Als die Magd, die unser Essen brachte und das gebrauchte Geschirr abholte, wieder einmal so unglücklich schniefte, weil wir nur wenig angerührt hatten, sagte ich ihr, sie solle unsere Reste doch einfach dem Jungen mit der Rasenschere geben.

›Der Scherenjunge wird glücklich sein‹, sagte ich, ›und Clarisse dich loben, weil du so eine gute Köchin bist, die uns dazu bringt, immer alles aufzuessen.‹

Sie antwortete nicht, sie sprach niemals in all der Zeit ein einziges Wort mit uns. Doch irgendwie musste sie einen Weg gefunden haben, dem Jungen unsere Reste zukommen zu lassen. An einem der folgenden Tage, als Robert und ich am Gitter der Aussichtsplattform lehnten und zu ihm hinunterschauten, verbeugte er sich vor uns und rieb sich mit beiden Händen den Bauch. Man konnte Clarisse also hintergehen. Das war ein winziger Lichtblick. Es gab nicht viele davon.

Rosa wurde von Tag zu Tag schwächer. Ich habe nie verstanden, warum Clarisse darauf beharrte, ein Kind nach dem anderen vollständig ausbluten zu lassen. Sie hatte jetzt genug Opfer zur Auswahl, es wäre also viel vernünftiger gewesen, uns abwechselnd an die Reihe zu nehmen, sodass für jedes von uns eine gewisse Zeit der Ruhe und Erholung entstanden wäre. Es ist durchaus möglich, dass sie es aus purer Bosheit und Grausamkeit nicht tat. Für wahrscheinlicher aber halte ich es, dass der Zauber mit den Rosen einzig auf diese Art funktionierte. Schließlich war sie auch Geschäftsfrau. Wie jede andere musste sie ihre Mittel vernünftig einsetzen.

Manchmal verreiste sie für ein paar Tage. Vielleicht besuchte sie ihre Kunden, vielleicht durchstreifte sie das Land auf der Suche nach geeigneten Kindern. Sie sagte es uns nicht, wir merkten nur, dass sie fort war, weil sie Rosa nicht ins ›Behandlungszimmer‹ holte und weil wir nicht nach oben auf die Plattform durften. Unser Zimmer blieb versperrt, niemand außer Clarisse hatte den Schlüssel dafür und die nahm ihn überallhin mit. Doch die Tage ihrer Abwesenheit waren für alle etwas leichter: Rosa musste nicht bluten, die Magd schnüffelte weniger und der Scherenjunge – der Scherenjunge besuchte uns! Er hatte die Magd beschwatzt, ihn das Tablett mit dem Abendessen hochbringen zu lassen. Er wollte sich bedanken, sagte er, weil wir unser Essen mit ihm teilten, das hätte bis jetzt noch niemand getan. Außerdem habe er vor zu verschwinden und wollte sich gerne von uns verabschieden.

›Wirst du verschwinden, solange Clarisse fort ist?‹, fragte ich.

›Nein‹, antwortete er bedauernd, ›das geht leider nicht. Sie hat einen Bann um das ganze Anwesen gezogen. Wir können es nicht verlassen. Aber ich habe einen Plan. Diesmal wird es klappen, diesmal wird sie mich nicht erwischen.‹

Da war sie, unsere Chance!

›Kannst du eine Botschaft für uns überbringen‹, fragte ich atemlos.

›Würde ich ja gerne, glaub mir.‹

›Aber?‹

›Aber ich kann draußen mit niemandem reden über das, was hier geschieht. Dafür hat sie gesorgt.‹

›Du kannst doch bestimmt Rosenhaus sagen‹, wandte Robert ein.

›Das schon. Aber ich weiß nicht, ob ich eure Namen rausbringen werde.‹

›Die Kinder von Janine sind im Rosenhaus – so lautet die Botschaft.‹ Janine war der Name unserer Mutter. ›Und bekommen soll sie die Hexe Jovinda in Castelmar.‹

›Ihr kennt eine Hexe?‹ Der Scherenjunge pfiff durch die Zähne. ›Wenn das die gute Clarisse wüsste!‹

›Wirst du uns verraten?‹, fragte ich voller Angst.

›Niemals!‹, antwortete der Scherenjunge im Brustton der Überzeugung. ›Nach Castelmar komme ich leicht. Viele Marktleute fahren dorthin. Dort ist eine Werkstatt für Sprechende Bücher. Arbeitet diese Jovinda da?‹

›Hm‹, machten wir unbestimmt. ›Aber besser ist es, wenn du dich zu ihrem Haus durchfragst.‹

›Sie wird dir zwei Goldstücke geben‹, sagte mein kluger Bruder Robert.

›O Mann!‹, rief der Scherenjunge. ›Die Sache geht klar. Morgen kommt Clarisse zurück. Zwei Tage danach wird sie vor Wut schäumen. Dann werdet ihr wissen, dass ich die Kurve gekratzt habe.‹

Er trat noch einmal aufmunternd mit dem Fuß gegen unsere Tür, dann hörten wir ihn gehen.«

Die Rattenkinder schlugen mit den Fäusten auf den Tisch.

»Am nächsten Tag kam Clarisse zurück. Rosa wurde wieder zur Ader gelassen. Zwei Tage darauf schäumte Clarisse vor Wut. ›Diesmal ist der kleine Mistkerl zu weit gegangen!‹, schrie sie. ›Die Haut werde ich ihm abziehen, wenn ich ihn wiederhabe. Und ihr werdet dabei zusehen!‹

Wir haben damals nicht erfahren, wie der Scherenjunge seine Flucht bewerkstelligte. Ich glaubte, dass er sich in einem Lieferantenwagen versteckt hatte, doch Robert meinte, das sei viel zu einfach. Als wir wieder hinauf auf die Plattform durften, sahen wir die Magd statt der Helferlein durch die Felder kriechen und jäten. Mitten auf dem schön gepflegten Rasen prangte eine kohlschwarze Feuerstelle.

Von da an hatten wir Hoffnung. Wir stellten uns vor, wie der Scherenjunge zu Jovinda gelangte und die sofort zu unserer Rettung aufbrach. Wie sie uns aus dem Turm befreite und uns nach Castelmar mitnahm. Wie wir dort leben würden, alle zusammen, in der Stadt am Meer.

›Denkt an den Eid!‹, beschwor uns Rosa. Sie war nicht davon abzubringen, dass für sie jede Rettung zu spät kommen würde, und sie behielt recht. Eines Morgens wachte sie nicht mehr auf. Sie war in der Nacht gestorben. Wir hatten nichts davon gemerkt. Clarisse brachte sie fort. Ich weiß bis heute nicht, was sie mit den Körpern der toten Kinder tat.«

Die Rattenkinder schnieften.

»Der Nächste, der zum ›Behandlungszimmer‹ gebracht wurde, war Robert. Vergebens beschwor ich Clarisse, mich statt seiner zu nehmen. Ich sei stark, schluchzte ich, ich könne viel mehr viel länger ertragen.

›Du kommst schon noch dran‹, sagte sie gleichmütig. ›Jetzt ist es Zeit für einen Jungen.‹

Robert kam zurück mit blutigen Verbänden. In jeder Armbeuge hatte er einen Schnitt, der mit einer Drahtklammer verschlossen war. Bei der ›Behandlung‹ löste Clarisse die Klammer, steckte ein Röhrchen in seinen Arm und ließ sein Blut durch einen kleinen Schlauch in eines dieser Glasgefäße tropfen. Robert war nicht mehr derselbe. Rosas Tod und das Grauen im Behandlungszimmer waren zu viel für ihn. Es war, als ob mit dem Blut gleichzeitig auch sein Lebensmut, seine Fähigkeit zur Hoffnung aus ihm herausfloss.

Ich tat mein Bestes, um ihm beides wiederzugeben, sprach von unserer bevorstehenden Rettung, vom guten Leben in der Zukunft, davon, wie wir den Schwur erfüllen und Rosa und die anderen rächen würden. Doch mein Bestes war nicht gut genug. Robert glaubte nicht mehr an Rettung, er wurde von Tag zu Tag stiller und blasser. Da verlor auch ich meine Hoffnung. Wir weinten viel, füllten fast noch ein Fläschchen.

Und dann, eines Tages, der Sommer ging schon zu Ende, stand ich wieder oben am Gitter der Plattform. Robert kauerte müde im Schatten des Aufgangs, Clarisse räkelte sich auf einem Liegestuhl unter ihrem Sonnensegel. Längst hatten neue Helferlein die Arbeit der verbrannten Kollegen übernommen. Ich stand und schaute zu ihnen hinunter, ohne wirklich etwas zu sehen, als eine ungewohnte Bewegung zwischen den Rosenstöcken meine Aufmerksamkeit weckte. Es war eine Katze. Eine schwarz-weiße Katze. Ich sah sie nur einen Moment, dann war sie verschwunden. Nun ist nichts Ungewöhnliches an einer Katze, die über ein Feld läuft, doch zwischen Clarisses Rosenstöcke hatte sich noch nie eine verirrt. Überhaupt keine Tiere kamen hierher. Mir klopfte das Herz bis zum Hals. Kein Auge tat ich zu in der darauffolgenden Nacht. Zu Robert sagte ich kein Wort. Ich hatte Angst, dass er eine Enttäuschung nicht verkraften würde.

Und dann ging alles ganz schnell. Am nächsten Vormittag, als Clarisse kam, um Robert abzuholen, huschte eine Katze mit ihr ins Zimmer. Clarisse holte aus zu ihrer üblichen Befehlsgeste – und fror ein. Mitten in ihrer Bewegung fror sie ein. Ihr wisst, wie mächtig Evchen ist, ihr habt erlebt, was sie mit der Zeit anstellen kann. Clarisse stand da, ein wenig nach vorn gebeugt, den Arm ausgestreckt, den Mund geöffnet, eine Statue aus Fleisch und Blut, bewegungslos, hilflos.

Und ich stand vor ihr, noch ein Kind, doch ich schwöre euch, wenn ich etwas gehabt hätte, um sie zu töten, irgendetwas, ein Messer, ein Beil, eine Flinte, ich hätte sie getötet. Aber wir hatten bloß Holzlöffel, Sprechende Bücher, eine Kiste voller Plüschtiere und unseren Hass.

Evchen drängte zur Eile. In unseren Gedanken fühlten wir ihre Unruhe. Sie wusste nicht genau, wie lange sie die Zeit erstarrt halten konnte, Clarisse war eine ernst zu nehmende Gegnerin.

Also hakten wir die Schlüssel aus ihrem Rockbund, holten die Tränenfläschchen aus dem Versteck, hasteten die Treppe hinunter und verließen den Turm.

Draußen war es ganz still. In den Feldern hingen erstarrte Helferlein wie vom Frost überraschte Heuschrecken. Beim Bewässerungshäuschen stand die Magd starr über ihren Besen gebeugt. Wir fanden den Einfüllstutzen und leerten die Tränenfläschchen in das Reservoir. ›Für Mannis, Olivia, Pedro, Lavinia, Eshrem, Cassio, Rosa und alle, deren Namen niemand mehr kennt‹, riefen wir. Danach zerschmetterten wir die Fläschchen an der Wand. Das war ein gutes Gefühl.«

»Für Mannis, Olivia, Pedro, Lavinia, Eshrem, Cassio, Rosa und alle, deren Namen niemand mehr kennt!«, schrien die Rattenkinder und schmetterten ihre leere Weinflasche an den Stamm der alten Eiche. Graviata drohte ihnen milde mit dem Finger.

»Vor dem Haus wartete eine Kutsche. Jovinda hielt den Wagenschlag auf und trieb uns hinein. Wir hatten noch nicht Platz genommen, da galoppierten die Pferde los, als wären Dämonen hinter ihnen her.

Jovinda und Evchen waren zu dem Schluss gekommen, dass man eine so mächtige Feindin wie Clarisse nicht aus der Ferne bekämpfen konnte. Man musste über jeden ihrer Schritte informiert sein. Also fuhren wir nicht nach Castelmar, sondern zu einem schmalen Stadthaus in der Nähe des Hauptmarktes, das Jovinda gemietet hatte. Dort verbrachten wir die nächsten Monate. Jovinda eröffnete ein Hexenatelier, nichts Großes, nur gewöhnliche Liebes- und Gesundheitszauber und hin und wieder ein Sprechendes Buch auf Bestellung.

Evchen beschützte uns vor Clarisse.

Die suchte uns, natürlich tat sie das. Sie suchte im ganzen Land und überall in der Stadt. Sogar in Jovindas Haus kam sie, stand nur wenige Schritte von Robert und mir entfernt, nur eine dünne Wand trennte sie von uns. Doch wir blieben verborgen unter Evchens Zauberschleier, Clarisse konnte uns nicht wahrnehmen.

›Sieh dich ruhig um‹, hörten wir Jovinda mürrisch zu ihr sagen. ›Würde mich wundern, wenn du hier Kinder fändest.‹ Clarisse sah sich um und verließ unverrichteter Dinge das Haus. Doch sie war misstrauisch, das konnten wir fühlen.

Aber dann bekam sie andere Probleme und musste die Suche nach uns vorerst verschieben. Ihre Rosen welkten. Alle ihre wundervollen Rosen welkten dahin und entfalteten während ihres Sterbens einen pestilenzartigen Gestank. Die Bauern im Umkreis des Rosenhauses beschwerten sich beim Magistrat, weil ihnen, wie sie sagten, das Vieh auf den Weiden wegen des Gestanks krank würde. Clarisse wurde verurteilt, für den Schaden aufzukommen.

Kurze Zeit darauf erkrankten einige ihrer Kunden, vermutlich diejenigen, die nach unserer Flucht noch Rosen bei ihr gekauft hatten. Man erzählte sich, dass sogar eine Person gestorben sei. Auf diese Nachricht hin warfen fast alle

Kunden Clarisses kostbare Rosen ins Feuer, plötzlich hieß es, sie brächten Unglück.

Clarisse beteuerte ihre Unschuld, doch nichts half, fast ihr gesamtes Vermögen musste sie an geschädigte Personen zahlen und den Rest verbrauchte sie bei der verzweifelten Suche nach Heilmitteln für ihre Rosen und geeigneten Blutspendern. Letzteres tat sie natürlich heimlich, doch Evchen ließ sie nicht aus den Augen. Sie beobachtete, wie sie eines Nachts in die Kanäle stieg und den Kindern, die dort unten lebten, Blutproben abnahm.«

»Bah!«, schrien die Rattenkinder entsetzt.

»Aber Clarisse machte die gleiche Erfahrung wie viele andere Menschen auch: Wenn das Unglück kommt, kommt es dick. Ausgerechnet jetzt, da sie dringender als je zuvor geeignetes Blut gebraucht hätte, fand sie keinen Tropfen. Und dann vergaß sie einmal, wohl vor lauter Ärger und Verzweiflung, einen Schutzbann um ihr Anwesen zu ziehen. Als sie von einer Reise zurückkam, fand sie die Felder verwüstet, die Bewässerungsanlagen zerstört, die prächtigen roten Fenster des Hauses eingeschlagen. Es war ihr nichts geblieben, fast nichts.

Eins hatte sie noch: das Wissen, dass es irgendwo zwei Kinder gab, mit denen sie eine neue Rosenzucht beginnen konnte, zwei Kinder, die das ganze Unglück über sie gebracht hatten. Je mehr sie verlor, desto stärker brannte der Hass auf uns und umso besessener versuchte sie, Robert und mich wieder in ihre Hände zu bekommen. Sie verstärkte die Suche. Manchmal konnten wir fast fühlen, wie sie ihre Netze um uns wob.

Vor allem nachts war es schlimm. Robert schlief fast gar nicht mehr. Einmal schrie er verzweifelt, ein riesiger, dunkler Vogel schwebe über dem Haus und spähe durch den Kamin. Er war kaum zu beruhigen. Auch tagsüber wurde er von Ängsten geplagt, konnte nie alleine sein, nicht für einen Augenblick, schaffte es kaum, einen Schrank oder eine Truhe zu öffnen, aus Furcht, Clarisses grausames Antlitz darin zu entdecken. Selbst in den Spiegel wollte er nicht mehr schauen. Bis heute bin ich überzeugt, dass Clarisse es irgendwie schaffte, Evchens Schutzwall zu durchbrechen und ihm diese Albträume zu schicken. Er war der Schwächere von uns beiden, ihn konnte sie erreichen.

Jovinda schüttelte sorgenvoll den Kopf. ›Dein Bruder hat einen Schatten auf der Seele‹, sagte sie einmal, als Robert sie nicht hören konnte. ›Seinen Körper konnten Evchen und ich heilen, aber gegen Seelenschatten sind wir machtlos. Vielleicht ist es die Angst. Vielleicht wird es besser, wenn er Clarisse nicht mehr zu fürchten braucht.‹

Wir wussten, es war Zeit, die Sache zu Ende zu bringen. Clarisse würde uns nie vom Haken lassen. Zwar schützte Evchen uns, doch sie würde es kaum für immer und ewig tun können. Außerdem war da noch der Schwur, den wir geschworen hatten. Clarisse musste sterben. Also gingen wir daran, ihren Tod zu planen.

Vermutlich fragt ihr euch, warum wir nicht einfach die

Hexenpolizei informierten. Nun, Robert und ich taten es nicht, weil wir von ihrer Existenz nichts wussten. Jovinda und Evchen hatten ihre eigenen Gründe, sich von der Hexenpolizei fernzuhalten. Es ist nicht meine Sache, darüber zu reden.«

»Ganz recht, das sollte ich tun«, unterbrach Jovinda Graviatas Erzählung. »Evchen und ich, wir hatten keine Hexenlizenz, keine richtige Ausbildung, nichts. Sie hätten uns sofort verhaftet und uns nichts geglaubt. Eine Magd, die kein Wort gegen Clarisse hervorbringt, ein Gärtnerjunge, der verschwunden ist, Rosen, die verdorrt sind. Clarisses Wort gegen das Wort von zwei hergelaufenen Waisenkindern und zwei wilden Hexen, von denen eine ein Tier ist – keine Chance. Clarisse hätte triumphiert. Evchen und ich wären an ihrer Stelle in den Kerker gewandert.«

»Ihr, du, äh, ich meine, ihr hattet keine Lizenz?« Rafaela hatte Schwierigkeiten mit der korrekten Anrede für Jovinda, die offensichtlich wirklich mit ihnen verwandt war, Graviatas Tante war ihre Großtante, falls es so etwas gab, was aber nicht wirklich wichtig war. Viel wichtiger, geradezu empörend war das Geständnis, dass die beiden keine Lizenz, keine Zulassung hatten, nie eine anerkannte Ausbildung gemacht hatten. Das war unfassbar.

»Keine Lizenz?«, wiederholte sie mit weit aufgerissenen Augen. Ihre Stimme kiekste vor Empörung.

»Nein!«, blaffte Jovinda.

»Aber das ist verboten!«

»Kinder umbringen ist auch verboten!«, fauchte Jovinda.

»Aber …«

»Würdest du vielleicht Mama weitererzählen lassen?«, schnitt Lulu ihrer Schwester das Wort ab.

Graviata fuhr fort: »Rückblickend kann man sich natürlich fragen, ob wir einen anderen Weg hätten einschlagen sollen. Damals stellte sich uns diese Frage nicht. Wir waren überzeugt, nur einen Weg zu haben, also schlugen wir ihn ein.

Jovinda und Evchen waren von Anfang an für einen Fluch. Die Worte waren nicht wichtig, sie nahmen irgendwelche, verwoben sie mit unseren Erinnerungen, verbanden sie für immer mit unserer Furcht, unserer Hilflosigkeit, dem Gefühl der Verlassenheit, der Ausweglosigkeit. Und mit unserem Hass.

Es wurde ein mächtiger Fluch. Clarisse sollte ihn sprechen und, noch während sie die Worte aufsagte, zu einer Mumie vertrocknen und zu Staub zerfallen. Das klang vielversprechend, doch was, wenn sie merkte, was geschah? Sie war nicht irgendjemand. Was, wenn sie während des Sprechens noch Zeit hätte, einen Gegenzauber zu produzieren?

So entstand die Idee mit dem einstürzenden Gebäude. Natürlich stellte sich die Frage, wie wir sie dazu bringen sollten, erstens den Fluch zu sagen und zweitens es innerhalb eines Gebäudes zu tun. Problem eins war leicht zu lösen, zumindest in der Theorie. Clarisse würde alles sagen, wenn sie glaubte, es nütze ihren Rosen.

›Wir brauchen Zaubersprüche, die den Rosen helfen, und

mischen sie mit dem Fluch‹, sagte Robert in einem Tonfall, als spräche er über die normalste Sache der Welt. Der Seelenschatten beeinträchtigte weder seine Klugheit noch seine Erfindungsgabe.

›Und wie kommt Clarisse an diese Zaubersprüche?‹

›Ihr packt sie in ein Sprechendes Buch und das legen wir in ihr Haus. Oder besser noch, in den Turm. Jemand von uns muss es machen, Mièle oder ich. Sie muss glauben, dass sie uns wieder eingefangen hat, und dabei schieben wir ihr das Buch unter.‹

›Hm.‹

Jovinda und Evchen schauten sich sehr lange in die Augen.

›Geht nicht‹, brummte Jovinda. ›Zaubersprüche in ein Sprechendes Buch zu packen ist verboten. Strengstens verboten.‹

Evchen starrte sie weiter an.

›Hm‹, sagte Jovinda wieder. ›Evchen meint, wenn alles so geht, wie wir wollen, taucht das Sprechende Buch nie wieder auf. Und wenn nicht alles so geht, wie wir wollen, dann haben wir einen Haufen Probleme am Hals, von denen ein Sprechendes Buch mit Zaubersprüchen das geringste ist.‹

Damit war die Entscheidung gefallen. Evchen und Jovinda verfeinerten den Fluch, fügten ein paar Wörter hinzu, ›Blut‹ zum Beispiel, damit er mehr nach Clarisse und ihren besonderen Zuchtmethoden klang. Dann kam der schwierige Teil: Das Sprechende Buch musste außer dem Fluch wenigstens ein paar wirksame Segenssprüche enthalten, damit Clarisse ihm auf den Leim ging. Hierzu verwoben Evchen und Jovinda alle möglichen einfachen Segenssprüche aus der Rosengärtnerei erneut mit unseren Gefühlen. Doch diesmal sollten es gute Gefühle sein, gute Gefühle für das Rosenhaus. Das war nicht leicht, es gab nicht wirklich viele davon. Robert hatte überhaupt keine und ich hatte nur zwei zu bieten: das Aufblitzen wilder Hoffnung, als ich Evchen in den Feldern erspähte, und diese widersprüchliche Bewunderung, die ich ganz gegen meinen Willen empfand, wenn ich vom Turm aus über das prachtvolle Anwesen schaute. Das war alles, was wir hatten, es musste genügen.

Evchen pirschte sich nachts auf Clarisses verdorbene Felder und probierte die Sprüche dort aus, ein gefährliches Unternehmen. Clarisse war misstrauisch und wachsam, doch Evchen war schlau. Alles ging gut und sie kam heil zurück.

Kurze Zeit darauf hörten wir Neuigkeiten. Die Hexe Clarisse, hieß es, die mit ihren Rosen so viel Pech gehabt hatte, sei endlich wieder auf Erfolgskurs. Ein paar ihrer Rosen zeigten Knospen. Jeder war eingeladen, sich mit eigenen Augen zu überzeugen. Unser Nachbar, ein zauseliger, alter Magier, war der Einladung gefolgt.

›Glaube nicht, dass daraus was wird‹, sagte er, als er abends mit Jovinda beim Tee saß. ›Nur sehr wenige Rosen blühen. Vielleicht fünf von tausend. Aber die alte Clarisse ist ganz aus dem Häuschen, vor allem, weil ihre schönste wieder blüht, eine, die sie Graviata nennt.‹

›Hast du dir ausgerechnet die Graviata aussuchen müssen?‹, schimpfte Clarisse mit Evchen, als der alte Zausel gegangen war. ›Hätten nicht ein paar kleine, unbedeutende Rosen genügt?‹

Doch Evchen pflegte ungerührt ihr Fell. ›Wenn man einen großen Fisch fangen will, braucht man einen großen Köder‹, hieß das.

In den folgenden Tagen sah man eine glückliche Clarisse durch die Straßen der Stadt laufen. Allen, die es wissen wollten, und allen, denen es egal war, erzählte sie die gleiche Geschichte. Dass sie, Clarisse, nach Monaten des Unglücks nun endlich wieder auf der Sonnenseite des Lebens stehe, dass ihre Rosen bald wieder so schön sein würden wie früher, dass alle, die sie verunglimpft und in den Ruin getrieben hätten, bald bitter für ihre Missetaten bezahlen würden. Wer allerdings glaubt, ihre neu erwachte Zuversicht hätte sie ihre Jagd nach Robert und mir vergessen lassen, irrt sich. Das Gegenteil war der Fall. Sie verstärkte ihre Suche. Und sie wurde gefährlicher. An einem Nachmittag stand sie über eine Stunde reglos vor unserem Haus und versuchte, mit ihrem Hexenblick die Mauern zu durchdringen. Es wurde Zeit.

So stolperte ich an einem Frühlingsmorgen alleine durch die Gassen der Stadt, eine Reisetasche über der Schulter, mit Kleidungsstücken, etwas Geld und ein paar Sprechenden Büchern. Die sahen aus, wie es auch heute noch üblich ist: rot für Romane, silbern für Gesellschaftsklatsch und golden für Geschichten aus dem Königshaus. Jovinda hatte mit Robert die Stadt verlassen, ich wusste nicht, mit welchem

Ziel. Was ich nicht wusste, würde Clarisse nicht aus mir herausquetschen können.

Robert hatte tief geschlafen, als er in den Wagen getragen wurde, betäubt von Jovindas Pülverchen. Er wollte so gerne tapfer sein, mein Bruder, bestand darauf, mit mir zu kommen, obwohl wir Jovindas Schicksalsstäbchen geworfen hatten und sie eindeutig mich allein ausgewählt hatten. Vermutlich würde er ziemlich sauer sein, wenn er erwachte, doch das war mir egal, ich wollte, dass er lebte. Ich war froh gewesen, als die Stäbchen mich gewählt hatten.

Jetzt war ich mir da nicht mehr so sicher. Eigentlich schlotterte ich vor Angst und versuchte mir einzureden, es liege an der Morgenkälte. Doch wenigstens war ich nicht ganz allein. Evchen folgte mir in gebührendem Abstand. Sie würde eingreifen, wenn die Dinge sich hoffnungslos außer Plan entwickelten. Mit zittrigen Beinen und einem Gefühl wie Eisklumpen im Bauch schob ich mich durch das Getriebe des Hauptmarktes und fragte alle Verkäufer und ihre frühen Kunden, ob sie nicht meine Leute gesehen hätten. Ich hätte sie verloren, schluchzte ich, wir hätten alle zusammen die Stadt verlassen wollen, aber sie seien verschwunden und ich könne sie einfach nicht finden. Manche zuckten gleichmütig die Schultern, manche mitleidig, niemand hatte meine Leute gesehen. Ich fragte weiter, tat ganz furchtbar ängstlich und verloren und musste mich dafür kein bisschen anstrengen.

Es dauerte nicht lange, da fühlte ich eine Hand wie Stahl auf meiner Schulter. ›Komm mit, Liebes‹, gurrte Clarisse.

›Ich weiß, wo deine Leute sind, ich bringe dich zu ihnen.‹ Sie bannte mich. Ich konnte nicht schreien, nicht weglaufen. Mit einem dümmlichen Grinsen im Gesicht musste ich mich von ihr und ihrer Stahlklaue durch die Gassen zum Wagen schieben lassen, denselben, mit dem wir schon einmal gereist waren. Sie warf mich hinein, verriegelte den Schlag und wir fuhren los. Zurück zum Rosenhaus.«

»Zurück zum Rosenhaus«, raunten die Rattenkinder.

»Es ist eine Sache, einen tapferen Plan auszuhecken, es ist eine ganz andere, ihn durchzustehen. Clarisse hing auf dem Kutschbock und prügelte auf die armen Pferde ein, es konnte ihr nicht schnell genug gehen. In der Kutsche wurde ich von einer Ecke in die andere geschleudert, doch ich spürte kaum etwas, war vor Angst halb ohnmächtig. Wenn ich etwas fühlte, dann nur Clarisses wilden Triumph. Sie hatte eines der verhassten Kinder wieder, sie würde auch das andere finden und mit ihm die frechen Helfer und Helfershelfer, die sie so lange an der Nase herumgeführt hatten.

Wir erreichten das Rosenhaus. Das wenige, was ich aus dem Kutschenfenster erkennen konnte, war erbärmlich. Verfaulte Rosen allüberall, ein leichter Geruch nach Verwesung über den Feldern. Clarisse jagte den Wagen den Hügel hinauf zum Turm. Als sie mich an den Haaren herauszog, sah ich aus den Augenwinkeln den Scherenjungen über den Rasen kriechen. Er war also wieder eingefangen worden.

Sie trieb mich die Treppe hinauf in den dritten Stock, stieß mich in unser Zimmer, riss meine Tasche an sich und leerte den gesamten Inhalt auf den Boden. ›Sieht aus, als hättest du deine ganze Habe eingepackt‹, sagte sie. ›Wolltest du eine Reise unternehmen, Liebes?‹

Nichts außer den wenigen Münzen erregte ihr Interesse, schon gar nicht die Sprechenden Bücher, für die sie nur einen verächtlichen Blick übrighatte.

›Nun, deine Reise ist hier zu Ende‹, sagte sie kalt. ›Du wirst bluten müssen, Liebes, heute noch. Ich gehe jetzt und bereite die Anlage vor!‹

Sie verließ den Raum, drehte den Schlüssel im Schloss. Ich war allein. Als hätte es auf mich gewartet, war das Zimmer noch genau so, wie wir es verlassen hatten. Ich versuchte nicht zu denken, dass dieser Raum mein Sterbezimmer werden könnte, konzentrierte mich auf den Plan.

Der Anfang war gemacht, ich war wieder im Turm. Jetzt musste das Buch so platziert werden, dass Clarisse es finden konnte. Jovinda hatte mir geraten, es gut sichtbar auf den Tisch zu legen. Also türmte ich meine mitgebrachten Bücher dort auf, das goldene Buch, das Einzige, auf das es ankam, zuoberst. Doch aus einem plötzlichen Impuls heraus nahm ich es wieder weg, stellte es zu den alten ins Regal und legte eines von dort, auch ein goldenes, auf den Stapel. Kurze Zeit später kam Clarisse zurück.

›Die Anlage ist bereit‹, verkündete sie, packte mich brutal an den Haaren und bog mir den Kopf zurück. ›Doch zuerst wirst du mir verraten, wo dein Bruder ist!‹ Ein krummes

Messerchen erschien in ihrer Hand, ein bösartiges, scharfes Ding. Sie setzte es mir an die Kehle und ritzte mir in die Haut, Blutstropfen rannen mir über den Hals.

›Weiß nicht‹, gelang es mir hervorzustoßen. ›Jovinda hat ihn mitgenommen.‹

›Jovinda!‹, schrie sie und stieß mich so heftig von sich, dass ich gegen die Wand fiel und benommen in der Ecke lag. ›Jovinda, die diese erbärmlichen Sprechenden Bücher herstellt? War sie es, die euch von hier entführt hat?‹ Außer sich vor Wut wischte sie die Bücher vom Tisch. Sie fielen zu Boden, öffneten sich und begannen sofort von Räubern und Prinzessinnen, Herzögen und Grafen zu plappern.

›Stallen verrupt!‹, befahl Clarisse und die Bücher schlossen sich. ›Ah, ich habe es geahnt, ich habe euch in ihrem Haus gespürt, aber ich habe mich von dieser jämmerlichen Fassade täuschen lassen. Wie kann sie es wagen!‹, schrie sie. ›Wie kann sie es wagen, sich mit mir zu messen? Wo hat sie diese Kräfte her? Hilft ihr jemand? Sprich!‹

Ich brach in Tränen aus. ›Ich weiß es nicht. Und ich weiß auch nicht, wo Jovinda jetzt ist. Wir wollten ein anderes Versteck aufsuchen, aber getrennt das Haus verlassen, damit niemand merkt, dass wir ausziehen. Ich sollte Jovinda und Robert auf dem Hauptmarkt treffen, aber sie sind nicht gekommen, ich habe sie nicht gefunden. Sie ist fort und Robert auch.‹ Ich schluchzte bitterlich und wand mich unter ihrem Hexenblick, mit dem sie versuchte, meine Gedanken zu erfassen. Nur wenige Hexen können Gedanken hören. Evchen kann es, Clarisse konnte es nicht. Wie fast alle anderen Menschen auch war sie auf Schlussfolgerungen angewiesen.

›Wird wohl kalte Füße bekommen haben, deine Jovinda‹, bummte sie. ›Hat mich wohl über den Markt schlendern sehen. Nun ja, Liebes‹, schloss sie, ›es ist bitter, wenn man von einer Freundin im Stich gelassen wird. Aber gräm dich nicht allzu sehr, auf diese Weise haben immerhin wir beide uns wiedergefunden. Und nun – Zeit für etwas Gartenarbeit!‹

Wieder packte sie mich am Haar und zog mich aus dem Zimmer, durch die Diele, die Treppen hinunter, all die vielen Treppen bis ins Erdgeschoss. Ich stolperte, doch sie riss mich immer weiter mit, als zöge sie eine Lumpenpuppe hinter sich her, völlig gleichgültig gegen mein Weinen und Wimmern. Selbst draußen vor dem Turm ließ sie mich nicht los. Meine Kopfhaut brannte, als stünde sie in Flammen.

›Sieh dir das an!‹, schrie sie. ›Schau auf meine Felder! Das hast du getan, ausgerechnet du!‹ Sie schluchzte rau. ›Ich habe gedacht, du wärest anders. Ich habe gedacht, du könntest die Schönheit meiner Rosen würdigen! Ha-be-ich-mich-da-rin-ge-täuscht?‹ Im Rhythmus dieser Worte schleuderte sie mich an den Haaren vor und zurück. Selbst der Scherenjunge verließ seinen angestammten Platz am Boden und trat zu uns hin. ›Herrin!‹, bat er demütig.

Verblüfft über so viel Frechheit ließ Clarisse mich los. Ich fiel nach vorne und kugelte ein Stück den Hügel hinunter. Clarisse packte den Scherenjungen am Arm und stürzte hinter mir her.

›War er es?‹, schrie sie. ›War es dieser Faulpelz, der deine Jovinda zu Hilfe rief? Natürlich war er es‹, gab sie sich selbst die Antwort. ›Verräterpack hält immer zusammen! Dafür wirst du sterben, Faulpelz, ich weiß nur noch nicht, ob vor ihr oder nach ihr! *Verle!*‹

Die Schere verließ die Hand des Jungen und flog zu Clarisse.

›Wir gehen jetzt ein Stück über die Felder‹, sagte sie. ›Ich will, dass du siehst, wofür du später bluten wirst. Und, Liebes, keine Tränen! Wenn ich auch nur eine einzige Träne bemerke, wird diese hier‹, sie schwenkte die Schere, ›dir die Augen ausstechen. Ist das klar?‹

Ich nickte, ohne den Blick von der Schere wenden zu können.

›Mitkommen, Faulpelz!‹, befahl Clarisse dem Scherenjungen.

So weit hatte sich alles nach Plan entwickelt, sogar einfacher, als wir es vorausgesehen hatten.

Wir hatten vermutet, Clarisse würde mich ins Behandlungszimmer bringen. Dort hätte ich zu weinen und zu flehen beginnen und behaupten sollen, einige von Jovindas Hexensprüchen zu kennen, Segenssprüche für Clarisses kranke Rosen, die ich im Austausch für mein Leben preisgeben wolle.

Wir waren sicher, dass Clarisse mich daraufhin nach draußen bringen würde, damit ich ihr an den verwelkten Rosen die Wahrheit meiner Behauptung bewies.

Dass sie nun die Reihenfolge umstieß und mich zuerst zu

den Rosen schleifte, konnte sich eigentlich nur als Vorteil erweisen, hoffte ich zumindest.

Clarisse packte mich am Arm und zog mich in ein Feld hinein.

›Tausende‹, schluchzte sie. ›Tausende von Rosen hatte ich. Das hier‹, sie bückte sich und pflückte ein faulig braunes Blatt von einem dürren Stämmchen, ›das war Serena. Und das da drüben war Levantis. Und dort …‹ Ihre Stimme brach. ›Du‹, weinte sie, ›du Verbrecherin! Du gemeine, hinterhältige Verbrecherin!‹

Sie holte aus, um mich zu schlagen, besann sich aber anders. ›Warum‹, sagte sie kalt, ›warte ich eigentlich, bis ich dich hinauf ins Behandlungszimmer geschafft habe? Blut ist Blut, wir können es genauso gut gleich hier erledigen!‹ Sie erhob die Schere.

›Gnade, Herrin!‹, rief ich. ›Es gibt einen Spruch, der Eure Rosen heilt!‹

Ohne ihre Antwort abzuwarten, bückte ich mich der fauligen Serena entgegen und hauchte ihr die Worte auf, die Jovinda mit mir geübt hatte. Aus den Augenwinkeln bemerkte ich nur ein paar Schritte weiter einen Blätterhaufen, wie zufällig vom Wind zusammengeweht. Er zitterte fast unmerklich und zwischen den Blättern leuchteten zwei klare, grüne Katzenaugen.

›Die Serena!‹, rief der Scherenjunge. ›Seht doch, Herrin, seht die Serena!‹

›Was … wie …‹, stammelte Clarisse, sprachlos vor Staunen.

Winzige Knospen entstanden, Blättchen grünten, das dürre Stämmchen bog sich schmiegsam im Frühlingswind.

›Wie hast du das gemacht?‹, rief Clarisse, die ihre Sprache wiedergefunden hatte.

›Mit Jovindas Spruch‹, erwiderte ich. ›Er heilt Eure Rosen.‹

›Verrat ihn mir!‹ Drohend schwenkte sie die Schere.

Ich verriet ihn ihr.

Sofort kniete sie nieder, flüsterte ihn der nächststehenden Rose zu und schon konnte man die Knospen wachsen sehen.

›O wie wunderbar, wie wunderbar!‹, schluchzte Clarisse und wandte sich einer weiteren Rose zu. Doch diesmal versagte der Spruch.

›Was ist los? Wieso wirkt er nicht?‹ Wütend drehte sie sich zu mir um.

›Jovinda hat verschiedene Sprüche gemacht‹, stieß ich hervor und duckte mich unwillkürlich unter ihrem bohrenden Blick. ›Für die verschiedenen Rosen!‹

›Jovinda, Jovinda!‹, äffte sie mich nach. Doch sie rannte durch das Feld, zog mich mit sich, hielt immer wieder an, besprach die Rosen, wies mich an, es ebenfalls zu tun, und weinte vor Glück, wenn er wirkte, und vor Verzweiflung, wenn er wirkungslos blieb.

Sehr oft blieb der Spruch wirkungslos, nur wenige Rosen erholten sich. Doch Clarisse, von wilder Hoffnung beflügelt, durchmaß, ohne mich auch nur einen Lidschlag lang loszulassen, das ganze Feld bis hin zum Haus. Dort probierte sie den Spruch am Kletterrosenstrauch. Er wirkte an einem einzigen Zweig.

›Es ist nicht zu fassen!‹, heulte sie. ›Er wirkt und wirkt doch nicht. Ich brauche die anderen Sprüche!‹ Harsch zog sie mich wieder am Haar.

›Ich kenne sie nicht‹, beteuerte ich.

›Vielleicht fallen sie dir ja wieder ein, Liebes‹, fauchte sie und befahl einer Rolle Blumendraht, mich ans Treppengeländer zu binden. ›Erstaunlich, was manchen Leuten alles so einfällt, bevor man ihnen mit der Gartenschere ein paar Körperteile abtrennt!‹ Bösartig schnappte die Schere vor meinem Gesicht. ›Die Nase?‹, fragte Clarisse. ›Oder erst mal ein Ohr?‹

›Es gibt ein Buch‹, hauchte ich.

›Ein Buch?‹, kreischte sie. ›Was soll ich mit einem Buch?‹

›Ein Sprechendes Buch‹, sagte ich schnell. ›Jovinda hat die Sprüche in ein Sprechendes Buch gepackt.‹

›Was?‹ Vor Verblüffung vergaß sie ihr drohendes Scherenklappern. ›Warum sollte sie so etwas tun? – Rede mit mir oder dein Blut fließt. Warum hat sie so etwas Blödes getan?‹

›Für mich und Robert‹, erklärte ich leise. ›Bald würde das Rosenhaus uns gehören, sagt Jovinda. Mit dem Buch könnten wir selbst, er und ich, die Rosen zum Leben erwecken Sie wollte …‹ Ich brach ab.

›Was?‹, fragte Clarisse lauernd. ›Mich töten? Diese Dilettantin, diese Herstellerin von Kinderspielzeug will mich töten?‹

›Vergebt mir, Herrin!‹, flehte ich verzweifelt. Ich konnte nicht mehr. Immer wieder hatten wir zu Hause geprobt, wie ich Stück für Stück die Informationen herausgeben sollte, nur nicht zu schnell, damit Clarisse nicht misstrauisch würde. Auch wusste ich Evchen in der Nähe, sie würde das Schlimmste verhindern, aber ich konnte nicht mehr. Ich wollte nur noch, dass diese Quälerei ein Ende fand.

›Vergebt mir, Herrin! Das war Jovindas Plan, nicht meiner. Und jetzt ist alles schiefgegangen und das Sprechende Buch ist hier …« In scheinbarer Verzweiflung brach ich ab, wie jemand, der sich verplappert hat. Wären meine Hände frei gewesen, hätte ich sie mir auf den Mund geschlagen.

›Hier?‹, wiederholte Clarisse. ›Du hast es mitgebracht?‹

Ich senkte den Kopf.

›Unmöglich‹, sagte sie verwirrt. ›Ich habe doch eben die Bücher gehört, die du dabeihattest. Alles nur der übliche Schund!‹

›Ich hab's ins Regal gestellt, zu den anderen.‹

›Ganz schön schlau, Liebes‹, nickte sie anerkennend. ›Nur leider nicht schlau genug. Welche Farbe hat es?‹

›Golden.‹

›Hol es!‹, befahl sie dem Scherenjungen.

Nein, das durfte nicht sein.

›Jovindas Sprüche wirken vom Turm aus‹, flüsterte ich.

›Was brabbelst du da?‹

Ich sank zusammen, soweit es der Blumendraht zuließ. ›Jovindas Sprüche wirken vom Turm aus! Auf alle Felder zugleich!‹

Sie stand wie vom Donner gerührt, die Schere fiel ihr aus der Hand. Und dann rannte sie los. Es war vorbei, ich hatte sie besiegt. So schnell ihre Füße sie trugen, eilte Clarisse ihrem Verderben entgegen.

Der Scherenjunge zerschnitt mir den Draht. Erschöpft ließ ich mich auf die Treppe sinken.

›Sollten wir nicht schleunigst verschwinden?‹, fragte der Junge. Ich schüttelte den Kopf. ›Hätte wohl auch keinen Zweck‹, seufzte er und setzte sich neben mich. ›Unser Vorsprung wäre zu klein.‹

Aus dem Schatten unter der Treppe glitt eine Katze und sprang mir auf den Schoß.

›Deine?‹, fragte der Scherenjunge.

›Eigentlich nicht‹, sagte ich. Evchen schnurrte. Es war so ein schöner, heller Frühlingstag.

Clarisse hatte den Turm erreicht. Wir sahen, wie sie die Tür öffnete und hineinging.

›Wenn sie das Buch nicht findet‹, prophezeite der Scherenjunge düster, ›wird sie uns beide lebendig häuten.‹

›Sie wird es finden‹, sagte ich.«

Graviata schwieg. Alle schwiegen. Doch nur kurz, dann brach die Hölle los.

»Sie hat das Buch gefunden und den Fluch gesprochen«, kreischte ein Rattenkind.

»Der Turm stürzte ein!«, schrien die anderen. Sie sprangen von ihren Stühlen, warfen sich auf die Erde, schleuderten Kiesel und Staub in die Höhe, der Captain umsprang sie, bellte begeistert, Bumbum vergaß, dass er groß geworden war. »Bumbum!«, schrie er außer Rand und Band. Die Krähen erwachten und lärmten in den Bäumen. Kralle kreischte und schlug seine Riesenwelle. Es war unbeschreiblich. Doch man konnte nichts tun. Man musste warten, bis es vorbei war.

»War es so?«, fragte Lulu danach.

Graviata nickte. »Wenn ich jetzt zurückdenke, sehe ich Clarisse oben auf der Plattform stehen, die Seiten des Buchs umblättern und trunken vor Glück die Sprüche rufen, die es ihr vorsagte. Doch da muss meine Erinnerung mir einen Streich spielen. Von unserem Platz auf der Treppe hätten der Scherenjunge und ich sie niemals so deutlich erkennen können. Aber ich erinnere mich, wie der Turm erbebte. Die Wetterfahne und die Kuppel des Treppenhauses verschwanden, stürzten nach innen in den Turmschacht. Die Außenmauern standen noch einen Augenblick länger, dann brachen auch sie zusammen, und wo der Turm gewesen war, verdunkelten Staubwolken den Himmel.

Es gelang mir, den Scherenjungen aus seiner Erstarrung zu lösen, und gemeinsam mit Evchen verließen wir das Rosenhaus. Er ging in Richtung Stadt, ich ließ mich von Evchen zu der Stelle führen, wo Jovindas Wagen wartete. Doch bevor ich endgültig das Gelände verließ, grub ich noch die Rose Graviata aus, steckte sie in einen Topf und nahm sie mit. Ich wollte sie nicht zurücklassen, ich fand, ich hätte sie mir verdient. In Castelmar pflanzte ich sie an einen windgeschützten Platz in Jovindas Garten. Es gefiel ihr dort und sie entwickelte sich prächtig. Im Lauf der Jahre wuchs sie zu einer großen Hecke, die die ganze Mauer umrankte. Neben die Rose setzten wir einen Stein, in den wir die Namen der Kinder aus unserem Schwur ritzten, der Kinder, die Clarisse ermordet hatte.

Einige Jahre lebten wir in Castelmar, am Meer. Es waren schöne Jahre, so schön, wie wir sie uns immer erträumt hatten. Als ich fünfzehn wurde, verließ ich Jovinda und Evchen, um meine Hexenausbildung zu beginnen. Robert blieb bis zu seinem achtzehnten Geburtstag bei ihnen, dann trat er in den Orden der Kleinen Brüder vom Tempel ein und leitete ein Armenhospital. Er wurde nicht alt. Der Schatten auf seiner Seele verschwand nie mehr. Vermutlich war er Clarisses letztes Opfer.

Nach seinem Tod besuchte ich Jovinda und Evchen nur noch selten. Jovinda war nicht einverstanden mit dem, was ich tat. Es war ihr zu oberflächlich, sie warf mir vor, mein Talent zu vergeuden. Statt den Menschen zu Schönheit und Jugend zu verhelfen, sollte ich ihrer Meinung nach den Hunger, die Seuchen und das Elend der Welt bekämpfen. Immerzu nörgelte sie an mir herum, und als sie dann auch noch beschloss, zu altern, nur um mir eins auszuwischen, trennten sich unsere Wege.

Viele Jahre lang sahen wir uns überhaupt nicht. Erst als wir beide hier im Wald einzogen, trafen wir uns wieder und auch da beschränkten wir den Kontakt auf das Nötigste. Niemand wusste von unserer gemeinsamen Vergangenheit. Doch das Haus in Castelmar besitzen sie und Evchen immer noch. Ich vermute mal«, sie blinzelte Jovinda zu, »dorthin verschwinden die beiden, wenn ihnen der Boden unter den Füßen zu heiß wird.«

Jovinda grinste. »Die Rose blüht noch«, krächzte sie. »Du solltest sie deinen Kindern zeigen.«

Graviata nickte vage und fuhr fort: »Den Scherenjungen habe ich noch ein einziges Mal wiedergesehen, da war er schon ein Mann in den Vierzigern und führte mit seiner Frau ein bekanntes Restaurant. Ich ging zum Essen hin. Als ich ihm sagte, ich sei die Hexe Graviata, zuckte er erst mit keiner Wimper. Ich dachte schon, er habe die alten Geschichten endgültig begraben und vergessen. Doch da kam er mit einer wunderbaren Flasche Wein und zwei Gläsern an meinen Tisch. Wir erzählten uns unser Leben von da an, wo sich unsere Wege getrennt hatten. Über die alten Geschichten sprachen wir nicht, ich merkte, dass er es nicht wollte. Aber dann fragte ich doch, ich konnte einfach nicht anders, seit Jahren hatte ich drüber gerätselt.

›Wie hast du es eigentlich damals geschafft, aus dem Rosenhaus zu entkommen?‹

Er grinste. Für einen Moment blitzte mir aus seinem gealterten Gesicht der Junge von damals entgegen. ›Das war gut, was? Sie geiferte vor Wut, oder?‹

›Geifer ist gar kein Ausdruck‹, nickte ich.

›Ich bin mit einer Kutsche abgehauen‹, sagte der ehemalige Scherenjunge, ›mit einer ganz vornehmen. Die königlichen Geschwister hatten sich angekündigt, die Prinzessin und der Prinz. Clarisse war außer sich wegen der großen Ehre. Erinnerst du dich an die paar Tage, als sie verreist war? Sie fuhr zum Schneider und zum Frisör und in den Palast zum Oberhofmeister, um sich in diesen komplizierten Hofbräuchen unterrichten zu lassen. Ich wusste, dass sie mich einsperren würde, seit meinem letzten Fluchtversuch tat sie das immer, wenn Kunden kamen, immer in das gleiche fensterlose Kellerverlies. Außen an der Tür waren drei schwere Eisenriegel. Ich schraubte die Ösen ab und befestigte sie wieder mit winzigen Nägelchen, damit nichts auffiel. Die Riegel hielten überhaupt nichts mehr, und als dann der königliche Besuch da war, brauchte ich mich nur kräftig gegen die Tür zu lehnen, da ging sie schon auf. Das war's im Prinzip. Ich versteckte mich, wartete einen günstigen Zeitpunkt ab und verkroch mich in einer der Kutschen hinten im Gepäckkasten. Für einen unterernährten Jungen ist das kein Problem. Da hätten noch zwei von meiner Sorte reingepasst.‹

›Und die Helferlein?‹, fragte ich. ›Wann hast du die Helferlein verbrannt?‹

›Ach die‹, lachte er. ›Die habe ich nicht verbrannt. Clarisse hat es selbst getan.‹

Ich muss wohl sehr dumm geschaut haben, denn er lachte noch breiter. ›Es war so schwierig, zu den Wagen zu kommen, solche Prinzen und Prinzessinnen reisen ja nie alleine. Sie hatten Leibwachen dabei und einige von denen blieben die ganze Zeit bei den Kutschen und passten auf wie Schießhunde. Keine Möglichkeit für mich, ungesehen zu den Wagen zu gelangen. Dann kam die ganze Gesellschaft von ihrem Ausflug zum Turm zurück, noch mehr Leibwachen und jede Menge andere Leute. Ich lag auf dem Verandadach, platt wie eine Flunder und von der Sonne gut durchgebraten – ich war vom Haus aus da drauf gekrabbelt, durch eins der roten Fenster – und sah meine Chancen immer mehr schwinden.

Aber ich sah auch den Käfig mit den Helferlein, der so über Eck vorn auf dem Geländer stand. Man glaubt gar nicht, was auf so einem Verandadach alles rumliegt, Steine, Blätter, Äste und jede Menge Schieferplatten vom Dach, flach und scharfkantig, gute Wurfgeschosse. Ich robbte mich in Wurfposition und schleuderte die Schieferplatte auf den Käfig. Der fiel runter, ging natürlich kaputt und die kleinen Kerle stürzten sich mit Begeisterung in die Arbeit. Sie putzten und zupften und schabten die Pferde, die Hofdamen, die Soldaten, sogar die Hoheiten. Die Hoheiten kreischten, die Hofdamen fielen in Ohnmacht, die Pferde scheuten, die Soldaten schossen, und Clarisse zwischendrin wie ein aufgescheuchtes Huhn, dem man gerade seine goldenen Eier entreißt. Ihr Traum, Hoflieferantin, vielleicht sogar Palasthexe zu werden, drohte in einer Riesenpeinlichkeit zu ersaufen.

Sie beschwichtigte und beruhigte und entschuldigte sich, sammelte die Helferlein ein, und ich konnte in dem ganzen Durcheinander von der Veranda springen und in den Gepäckkasten schlüpfen. Ich zog die Plane über mich und sah nicht, was danach passierte, aber ich hörte, wie die

Prinzessin darauf bestand, dass diese bösen Holzstücke sofort verbrannt würden, vor ihren Augen und denen der gesamten Gesellschaft. Ja, und das musste Clarisse dann tun.

Ich aber fuhr mit der vornehmen Kutsche bis in die Stadt und machte mich gleich auf den Weg zu eurer Jovinda. Danach hab ich auf einem Schiff angeheuert, als Küchenjunge. Über ein halbes Jahr hat's gedauert, bis sie mich wieder einfing.‹

›Du warst ganz schön gerissen‹, sagte ich anerkennend.

›Nichts gegen dich‹, erwiderte er. ›Ganz ehrlich. Als ich dich zum ersten Mal da oben stehen sah, auf der Plattform, da hab ich gedacht: ›Die hat was. Vielleicht schafft sie es und bringt uns raus!‹

›Merkwürdig‹, lächelte ich. ›Das Gleiche hab ich von dir auch gedacht.‹

Wir schwiegen. Schließlich hob ich mein Glas. ›Auf die Toten‹, sagte ich.

›Und auf uns‹, erwiderte er. ›Auf die einzigen Überlebenden des Rosenhauses.‹«

»Auf die einzigen Überlebenden des Rosenhauses!«, summte ehrfürchtig der Chor.

Was für eine Geschichte! Die Nacht war sehr weit fortgeschritten, Tau senkte sich herab und Kälte brach herein. Doch niemand wollte den Anfang machen und die Tafel aufheben. Alle saßen mit verschränkten Armen und hingen in Gedanken Graviatas Erzählung nach. Lulu dachte an

Robert, den kleinen Jungen, der ihr Onkel gewesen war oder geworden wäre, wenn er lange genug gelebt hätte. Und dann dachte sie, dass er auf keinen Fall lange genug gelebt hätte, weil er ja kein Magier geworden war, und sie wurde wieder ganz verwirrt wegen diesem Zeitding.

»Und die Lizenz?«, wandte sich Rafaela zähneklappernd an Jovinda. »Habt ihr die wenigstens nachgemacht?«

»Schon mal was von einer Lizenz für Katzen gehört?«, fragte Jovinda zurück.

»Gib endlich Ruhe mit dieser Lizenz«, brummte Churro.

Lulu versuchte in Gedanken nachzurechnen, wie alt ihre Mutter nun eigentlich war, aber sie kam nicht weit damit, weil Wanda plötzlich so ein komisches Gesicht machte. Stocksteif saß sie da und schaute entgeistert an Lulu vorbei.

»Was ist denn das?«, fragte sie entsetzt.

Lulu drehte sich um. Auf der Treppe vor dem Haus saßen eine Menge winzig kleiner Leute. Die meisten schauten versonnen vor sich hin, zitternd vor Kälte, mit vor der Brust verschränkten Ärmchen. Andere starrten fassungslos auf Wanda.

»Die Gobblings!«, schrie Lulu. »Die Gobblings sind wieder da!«

Sie lachte wild und tanzte durch den Hof und die Gobblings tanzten auch.

Victoria Hanley
Das Auge der Seherin
Fantasy-Roman. Aus dem Englischen von Cornelia Stoll
Gulliver Taschenbuch, 456 Seiten (78657) *ab 12*

Prinzessin Torina besitzt eine Kugel aus Kristall, mit der sie in die Zukunft sehen kann, das Auge der Seherin. Torina liebt den jungen Prinz Landen, der beschuldigt wird, ihren Vater ermordet zu haben und fliehen muss. Der wirkliche Mörder aber will Torina zwingen, ihn zu heiraten – so würde er auf einfachste Art König. Torina bleibt ebenfalls nur die Flucht. Ein mitreißender Fantasy-Romantik-Thriller.

»Die Actionszenen klirren vor Aufregung. Leser, die gerne Liebesgeschichten und Fantasy-Romane lesen, werden das Buch nicht aus der Hand legen.« *Publishers Weekly*

»Ein überwältigendes Erstlingswerk.« *Schoolsnet*

»Was Victoria Hanley an Spannung beim Lesen zaubert, wie sie die Geschichte mit den großen Themen Krieg und Frieden, Liebe und Magie um Torina herum strickt, sucht seinesgleichen. Dieses Buch ist ein weiterer Beweis, dass die viereckige Droge Buch tatsächlich existiert.« *Buchjornal extra*

E. D. Baker
Esmeralda, Froschprinzessin
Roman. Aus dem Englischen von Susanne Härtel
Gulliver Taschenbuch (78958) *ab 10*

Esmeralda ist nicht gerade eine Bilderbuchprinzessin. Mit der königlichen Etikette steht sie ziemlich auf Kriegsfuß. Sie hasst Prinz Jorge, mit dem man sie verheiraten will und flüchtet zum Sumpf. Dort trifft sie auf einen Frosch, der behauptet, ein verzauberter Prinz zu sein und überredet Esmeralda zu dem erlösenden Kuss. Doch es kommt anders – Esmeralda wird in einen Frosch verwandelt. Das ist erst der Anfang eines zauberhaften Abenteuers, in dem Esmeralda Freunde, die Liebe und das Vertrauen in sich selbst findet.

»Witzige Dialoge, originelle Wendungen und das typisch britische Understatement sowohl in Erzähl- als auch in Dialogtexten machen dieses Buch zu einem wahren Kichervergnügen. Sehr kurzweilig und leicht verdaulich.« *kjl-online*

»Es scheint, als habe E. D. Baker ihre Einfälle kaum schnell genug zu Papier bringen können, so verrückt und temporeich ist das Abenteuer der verwunschenen Königstochter. Mit Witz und Liebe zum Detail hat sie die Märchenwelt auf den Kopf gestellt.« *Die Rheinpfalz*

Beltz & Gelberg
Beltz Verlag, Postfach 10 01 54, 69441 Weinheim, www.beltz.de

Jane Yolen
Der Drachenkämpfer von Sarkkhan
Sammelband
Aus dem Englischen von Anja Hansen-Schmidt
Gulliver Taschenbuch, 944 Seiten (74017) *ab 11*

Seit sein Vater von einem Drachen getötet wurde, lebt der 15-jährige Jakkin in Knechtschaft auf Meister Sarkkhans Drachenfarm. Hätte er nur einen Kampfdrachen – von dem Gold, das er bei den Kämpfen in der Arena verdienen würde, könnte er sich freikaufen. Eines Nachts stiehlt Jakkin einen jungen Drachen, den er heimlich in der Wüste abrichtet. Schon bald bedeutet »Herzblut« für ihn mehr als nur Mittel und Weg in die Freiheit. Dieser Band enthält die drei Romane *Drachenblut*, *Herzblut* und *Drachenbotschaft*.

»Fesselnd und originell – der ideale Einstieg in die Welt von Fiction und Fantasy.« *Hörzu*

Beltz & Gelberg
Beltz Verlag, Postfach 10 01 54, 69441 Weinheim, www.beltz.de